勒卡雷系列 07

莫斯科情人

The Russia House

約翰・勒卡雷（John le Carré）著
何灣嵐 譯

勒卡雷系列 07

莫斯科情人

The Russia House

作　　者　約翰・勒卡雷（John Le Carré）
譯　　者　何灣嵐
總 編 輯　汪若蘭
主　　編　管中琪
協力編輯　吳妍儀　劉文琪
電腦排版　普林特斯資訊有限公司
社　　長　郭重興
發行人兼出版總監　曾大福
出　　版　木馬文化事業有限公司
發　　行　遠足文化事業股份有限公司
地址　231 台北縣新店市中正路 506 號 4 樓
電話　02-22181417　　傳真　02-22181142
email: service@sinobooks.com.tw
郵撥帳號　19588272　木馬文化事業有限公司
客服專線　0800221029
法律顧問　北辰著作權事務所　蕭雄淋律師
印　　刷　成陽印刷股份有限公司
初　　版　2005 年 1 月
定　　價　340 元

ISBN 986-7475-41-0

國家圖書館出版品預行編目資料

莫斯科情人 / 約翰・勒卡雷(John le Carré)著；
何灣嵐譯. --初版. --台北縣新店市：木馬文化出版：遠足文化發行，2005［民 94］
面：　公分. --（勒卡雷系列；7）
譯自：The Russia House

ISBN 986-7475-41-0（平裝）

873.57　　　　93023189

作者序

個人深知在小說開場白裡如果專寫些感謝之言，就會像是電影結束時的感謝字幕一樣惹人厭。然而，愚人常因受惠於一些大忙人的撥冗賜教而銘感於心，所以此次千萬不能錯過這個機會來表達對他們的誠摯謝意。

特別要感謝的是史卓·泰伯（Strobe Talbott）的鼎力協助，他是個傑出的華盛頓報人，亦是名蘇俄問題專家。若書中有任何描寫錯誤之處，那絕非他的錯。因為若無他幫忙，訛誤的情形更不止於此。著有多部關現代衝突、爭鬥問題等高水準著作的勞倫斯·福利曼（Lawrence Freedman）教授也容我向他多次請益。若我有疏漏之處，亦不該怪他！

擔任聯邦調查局幹員多年的法蘭克·蓋瑞提（Frank Gerritty）則引介我認識了測謊器的奧秘。若書中人物對這種機器的威力並不稱許，讀者則該怪他們，而非法蘭克。

另外，對於英蘇協會的理事長約翰·羅勃（John Roberts）及其同僚，我必須特別加以澄清一點：約翰雖伴我做首次的訪蘇之行，為我敲開了許多原本不輕易開啟的門路，但他並不知曉我暗中的意圖，也未曾打探。而他的同僚中，我要特別感謝安·沃漢（Anne Vaughan）。

訪蘇期間，東道主的作家協會也同樣表現適度的尊重，使我在精神上受到莫大的鼓勵。因為在最近不尋常的年份裡，無人訪問蘇聯，而他們竟惠予我特權來進行訪談。離開蘇聯後，我對那邊的人們已懷有一份關愛，且對於他們所面臨的亟待解決的艱鉅難題感到肅然起敬。希望我的那些俄國友人能在此篇虛構小說中找到一點曾與他們為伴時的溫馨感受，讓我們共同為更穩健、更友好的未來關係而奮鬥。

爵士樂是個可將人們心靈結合在一起的偉大媒介。文中提及巴雷的薩克斯風演奏，也是有賴朋友的幫助。我借用了著名漫畫家及爵士樂手華利・福克斯（Wally Fawkes）的音感，而約翰・卡雷（John Calley）則提供了在修辭、音樂上的珠璣玉言。假使世界是由這些人統治，那麼我就不會再有任何衝突、爭鬥的題裁可訴之筆墨了！

約翰・勒卡雷

是的，我認為人們渴望和平，所以政府最好別在那些日子裡當絆腳石，阻礙他們擁有和平！

——艾森豪（Dwight D. Eisenhower）

一個人要有英雄的思想，方能做一個正人君子。

——梅・薩彤（May Sarton）

主要人物簡介

尼基・藍道：自大又自卑的波蘭裔英國人，自認是調情能手。在代表公司參加莫斯科有聲圖書展時，受一名陌生的蘇俄女子之託而帶回一個問題包裹，從而引發一連串的追查行動。

卡蒂雅：即葉卡特里娜・奧拉娃。美麗聰慧的蘇俄十月出版社編輯，將情人所寫的國防機密文件託付尼基帶給巴雷，因而結識巴雷，並墜入情網。

奈德：英國情報局蘇俄司的特務頭子，內斂型人物。厭惡官僚作風與權力鬥爭。思路清晰、判斷力強，但因權勢傾軋而有志難伸。

哈瑞：本姓德帕爾弗萊，又稱老馬。是英國情報局的法律顧問。以冷靜、觀察入微的角度來敘述、貫串本書情節，是個靈魂人物。

巴雷：即史考特・布萊爾。怠忽職守的英國出版商，雖沉迷於酒精、爵士樂，但為人誠摯而聰敏。因在一次聚會中大放厥辭而惹出麻煩，遂身不由己扮演情報人員的角色，遠赴莫斯科查明真相，也因而認識卡蒂雅，是為一生的轉捩點。

歌德：即葉可夫・沙維列夫。蘇聯的優秀物理學家，卡蒂雅的情人，是個備受壓抑而苦悶的理想主義者，因巴雷的一席話而採取行動，所寫的作品引起英、美雙方震撼，而成立「藍鳥計畫」調查。

1

離列寧格勒車站不及兩百碼的一條寬闊街道上，史達林在此建了一座陰森森的豪華旅館，莫斯科人稱其式樣為「瘟疫帝國」。在這座旅館中，英國領事館有史以來第一次為英語教學及傳播英國文化而舉辦的有聲圖書展，好不容易接近了尾聲。現在的時刻是下午五時三十分。夏天的天氣真是瞬息萬變，令人捉摸不定。才下了一整天的傾盆大雨，這會兒太陽又露出了臉來，把泥濘不堪的柏油路面曬得水氣直冒。街上，年輕人已經穿起牛仔褲和運動鞋了，而上了年紀的人仍緊緊裹在厚厚的衣服裡。

領事館租用的這個房間雖不貴，但並不適合開展覽會。不久前，我曾去過那裡，當時身懷一本外交護照，躡著腳走上了那一道大而空曠的樓梯，佇立在黑暗之中。在黑暗裡，舞廳似沉睡般的寂靜。厚實的棕色圓柱、框上金邊的鏡子，都在這片漆黑籠罩之下。這房間真像是一艘將要沉入海底的船，而不像是可以用來舉辦一個輝煌壯大的開幕式場地。天花板壁畫中，頭戴象徵無產階級帽子的蘇俄人揮舞著拳頭向列寧高聲呼喊，其氣勢與散列在牆上的一些標著「小熊維尼」或「三小時電腦英語速成」的卡式錄音帶盒實在是很不搭調。用粗麻布圍起來的試聽室都是當場隨便七拼八湊而成的，許多試聽室裡連最基本的設備和功能都沒有。參展攤位擠在懸空的樓座陰影下，猶如神堂中的賭場，有點冒瀆神明！

然而，這兒還是開了一次展覽會。莫斯科的群眾及身帶證件、地位特殊、能夠通得過門口那些身穿皮夾克的檢查人員冷眼掃視的人都來了。他們出於禮貌，也出於好奇心，想同西方人交談，只因在那兒才能如此。現在，這個展覽會的第五個、也是最後一個晚上，舉行了一場盛大的雞尾酒會，參展的廠商及來賓們正談得酒酣耳熱。一小撮蘇俄官方的文化官僚正聚集在大型吊燈下，女士們頭頂著蜂巢式的髮型，穿著專為苗條體態所設計的鑲花長袍；男士們則身穿在特別服裝店裡訂製的合身法式西裝。也唯獨那些身穿土灰色西服的英國籍主人，才能覺察出這群人在社會主義制度下單調死板的行為模式。此時，喧鬧聲頓起，原來是一隊穿圍裙的女侍們到處分送臘腸三明治及溫酒。一位資深的英國外交官頻頻與人握手寒暄。

人群中，只有尼基．藍道一人躲開了熱鬧的慶祝場面。他埋首於空盪的攤位上，算著訂單，清點開支，因為他做事的原則是「今日事，今日畢」。

眼角餘光所掃之處，一位蘇俄女子形成了一團誘人的藍點。尼基刻意裝作沒看見，一邊算帳，一邊嘀咕著：「那是個麻煩，最好少惹為妙。」

歡宴的氣息一點也沒有感染到尼基，不過他也能夠自娛。自從他父親被強制遣返波蘭以來，他始終對英國的官僚作風深惡痛絕。後來他告訴我說，他聽不得人家說英國人的壞話。他已歸化英國，而且他對這個歸化國有絕對的尊重。但是外交部的那些馬屁精則又另當別論。這些人愈自大，愈不把他當一回事，他也就愈憎恨這些人，也愈加想起他父親。另外，如果是獨自一人，那他是死也不會來參加這個有聲圖書展的。他會在布萊頓一間小而舒適、專門供朋友聚會的旅館中，和一位新認識的朋友小莉迪亞共度良辰。

尼基曾在西部的總公司裡勸告過他的客戶：「最好等到九月份莫斯科書展時再去參展。布納德，你可知道，俄國人喜歡書，但有聲圖書市場就不同了，它會把俄國人給嚇跑的，他們到現在都還沒能接受它呢！投資在書展上，大家都會賺錢；而投資在有聲圖書展，大家肯定慘死！」

可是尼基的客戶年輕氣盛，又有錢，完全不信他那套。布納德繞到尼基背後，也不管他不喜歡，一隻手臂就往他肩上搭，說道：「尼基呀！在今天這個世界上，我們得把旗號給亮出來，才能顯得出我們多愛國，對不，尼基?就像你一樣。這也就是為什麼我們公司要往海外發展業務的原因。今天蘇聯有了『開放政策』，我們在錄音這行就可以獨占鰲頭。你會幫助我們達成願望的，對不對?!如果你不願意幹，一定會有另一個既年輕有勁、又有品味的人出來幹的。」

尼基是有勁，但品味呢?讓他來告訴你：品味，算了吧!他是一個有趣的傢伙，這就是他想當的，一個咄咄逼人而小個子的波蘭人。他就是老尼基，一個厚顏無恥的浪子。總喜歡吹牛，說他有辦法賣裸照給喬治亞共和國的修女院，賣髮油給羅馬尼亞的禿子。他身材矮小，喜穿高跟鞋，把自己的斯拉夫人身材拉拔成他所羨慕的英國人尺寸，又愛穿著高雅的西裝，到處招搖。當老尼基擺起攤位，與他同來的一夥人對那些問價的人說：「我向你們保證，你們將會聽到這位波蘭商人在他的攤子上搖著鈴噹的叫賣聲。」

尼基被人拿來開玩笑，他心裡並不以為忤，反而與大夥兒一同叫鬧。「小子們!我就是你們所說的波蘭人，看你們誰敢來碰我?」他挺直了胸膛，叫起陣來。這就是他的方法，使大夥兒跟他一起笑鬧，而不會只嘲笑他。笑過之後，他會猛然從上衣口袋裡抽出一把梳子，弓著腰，藉助於牆上的一幅照片或任何其他的光滑表面，把黑得發亮的頭髮往後一梳。然後再用雙手把頭髮撫得服服貼貼，準備重新有所動作。「那位在角落裡的俏佳人，現在輪到妳了!」他會操著一口混雜著波蘭猶太人以及倫敦東區的口音問道：「喂!甜心哪!與我共度良宵如何?」每五次當中，就有一次會成功。對尼基而言，這已是挺不錯的回饋了，這種回饋使他持續不斷地想再嘗試。

但是今晚，尼基連嘗試的興致都沒有。腦子裡所想的是，雖然這一個禮拜他已竭盡了心力，但收穫卻少得可憐——就像他說給我聽的，只得到婊子的一吻而已。而這些日子以來的每一場展覽，不管是書展、有聲圖書展或其他什麼莫名其妙的展覽，都好像女人一樣，從他身上一點一點地挖走東西，令他有口難言。但得到的回報，又委實小之又小。他迫不及待地想搭明天的班機儘早回倫敦。如果這位身穿藍服的蘇俄姑娘在他收拾書本、預備推出笑容加入大夥兒一同歡樂之前再不停止勾引他的話，他很可能就會以她的語言，說出一些令雙方一輩子都難堪的話來。

不消說，她準是俄國人。只有俄國女人才會帶著一個塑膠製的手提袋在手臂上晃盪，隨時準備好，逮著了機會就大買一番，而不管那些袋子上的細繩是否承受得了。也只有俄國人會這麼好管閒事，貼著一個男人站著，檢查他的數字算對了沒有。也只有俄國人會在插嘴以前就先在嘴裡咕嚕個沒完。如果碰到一個這麼樣的男人，尼基總會想起父親繫鞋帶的樣子；而如果碰上女人如此呢？那就是催他上床的訊號了。

「對不起：先生，請問你是阿伯克洛比暨布萊爾公司的人嗎？」她問道。

「他們不在這兒，小姐。」尼基頭也不抬地回答。她是用英語問的，所以他也就用英語回答了，這是他慣用的方式。

「你是巴雷先生嗎？」

「我不叫巴雷，小姐。我姓藍道。」

「但這是巴雷先生的攤位呀！」

「這不是巴雷的攤位，這是我的攤位。阿伯克洛比暨布萊爾公司在隔壁。」

尼基仍然頭也不抬一下，只用鉛筆倒著指向左邊隔板的空攤位。這個攤位上高掛著一塊綠色金邊的板子，上書阿伯克洛比暨布萊爾公司的全名。

「但那個攤子是空的，一個人也沒有。」這女人說道：「昨天也是空的。」

「對的！對極了！」尼基帶著不屑的語調脫口而出，任何人聽了，都知道該摸著鼻子走了。他若無其事地回首於帳簿上，等待著這位藍衣可人兒會知趣而退。明知自己態度無禮，而她卻仍繼續待在那兒不走，這就讓他更感到自己粗魯了。

「但還是請問你，史考特・布萊爾在哪兒？人稱巴雷的人在哪兒？我有急事得面告他。」

尼基此時對這位女子真是無名火冒三千丈。

「小姐！」他猛然抬起頭，兩眼直瞪著她道：「史考特・布萊爾先生！人稱巴雷的就是他！他曠了職！也就是說，不請假就缺席！他的公司登記了一處攤位。史考特・布萊爾是董事長、總經理兼總裁。總之，就我所知，他是該公司的終身獨裁者。不過，他不在他的攤位上……」現在，他已吸引了她的注意，而他的態度也軟化了下來。「小姐！我在此營生，不是為巴雷・史考特・布萊爾工作的。我只能說這麼多了。」

連珠炮似地說到這兒，他停頓下來。心中怒氣已然消逝，代之而起的是一股溫柔的關懷。這位女士正在顫抖著，不單是握著袋子的手在抖，甚至連頸子也不停地顫慄著。她整齊的藍色上衣開有一道舊式花邊織成的領口。尼基可以看出這道領口如何貼著她的肌膚顫動，又注意到她的皮膚比花邊還要白。雖然如此，她嘴唇和下顎充滿了堅毅，她的表情也好像在命令著他。

「拜託！先生。你的心地一定很好，請你務必要幫助我！」聽她的口氣，好像事情已經迫在眉睫了。

現在，尼基基於自己對女人的了解而感到有些自傲了。雖然他拿這一點來吹牛很是引人反感，但的確有他的一套。「女人是我的嗜好、是我一生研究的課題、是我愛不釋手的東西，哈瑞。」他如此剖心挖肺地告訴我，語調真摯、態度莊重得好像是在宣誓一樣。他已經不再數說擁有的女人有多少多少，但會很驕傲地告訴你總共加起來，已經有好幾百了，而其中沒有一位曾經表示後悔與他交往的。「我不拐彎抹角，又能精挑細選。」他用食指輕按了一下鼻側，向我保證：「所以與我交往過的女人，不會有割腕自殺、鬧離婚，事後再惡言相向的事情發生。」他講的話到底有幾分真實性？包括我在內，沒人知道。不過，有一點倒是毋庸置疑的：其性好漁色，與他能如此準確地判斷女性是有點關係的。

她看起來熱心、聰慧、堅毅。即使黑眼珠中閃爍著幽默，仍難掩害怕之情。其氣質的確非常少見，以尼基形容女人的話來說，她是「天之嬌女」。換言之，她不但有氣質，而且也有智慧。由於那時情況似乎非常急迫，已沒時間去作更詳細的思考，而僅能憑著一波一波的直覺和經驗來判斷。他倒是立即就感覺到情況的嚴重性，在她再度開口的時候，已經能夠進入狀況了。

「我的一位俄國朋友曾經寫了一部富創意而又重要的文學作品。」她深吸了一口氣之後說道。「這部作品是一部小說，一部偉大的小說。小說裡所傳遞的信息對全人類是很重要的。」

她已經說不下去了。

「一部小說？」尼基提醒她道，這時，他問了一句在事後已經不會再去想為什麼要問的話：「請問，這部小說的名字是什麼？」

他斷定她具有堅毅的個性，這決非是出於逞強，亦非精神失常的表現，而是發自一種自信。

「如果沒有名字，那麼，它的信息又是什麼？」

「它的信息是談到先做後說，反對『重建政策』的漸進方式。它要求行動而摒棄所有的表面工夫。」

「好！」尼基深受感動地說。

她說話的樣子似乎跟我媽很像。譬如她會說：哈瑞！抬起你的下巴！

「雖然有『開放政策』，而且傳聞新的指導原則已經有所解放，敝友的小說仍然不可能在蘇聯出版。」她接著說：「史考特．布萊爾先生已經承諾要慎重地出版它。」

「小姐，」尼基溫婉地說，這會兒他的臉已經非常貼近她的臉了。「如果貴友的小說由阿伯克洛比暨布萊爾這家大出版公司出版，那妳對保密的事儘可放一百個心。」

他說這話，一方面是因為他無法制止自己不把它當笑話來講，另一方面是因為直覺告訴他要讓這交談輕鬆些，並且盡量減少旁觀者的注目。不管這女人了解這個笑話與否，她終於展開了笑顏。這短暫、溫暖而自我激勵的笑容讓人感覺到她已戰勝了恐懼。

「那麼，藍道先生，如果你愛好和平，就請把這份手稿帶回英國，立即送到史考特．布萊爾先生手中，務必要交給史考特．布萊爾本人。這是一項基於信任的禮物。」

接下來的事情發生得相當快。這是一樁暗盤交易，一個願賣，一個願買。尼基先越過了她的肩膀，看了看她背後。他這麼做既為了保護自己，也為了保護對方。根據他的經驗，每當俄國佬想要搞什麼名堂，總會有人尾隨在後。不過，會場的這一端倒是空無一人。樓座下方的區域，也就是攤位所在的地區黑漆陰暗，在大廳正中央的酒會正進行到最高潮。前門口那三名穿皮夾克的男子們也正自顧自地談個不停。

梭巡完畢，他調轉目光看了看這個女人衣領上的塑膠名牌。照道理來說，他早就該先看清楚的，但她棕黑色的雙眸使他心不在焉。這女人的名字叫葉卡特里娜．奧拉娃。在這個名字底下，分別用英文及俄文寫著「十月」這個字。這是俄國一家較小的官方出版社，專門將俄文書籍翻譯外銷，外銷的對象多半是其他社會主義國家。我懷疑這家出版社是不怎麼跟得上潮流的。

接著，他告訴她該做些什麼，也許他在看她的名牌的那一剎那就已準備告訴她了。尼基從小是跟街上的孩子一起鬼混長大，各種騙人的手法他無一不精。眼前這女人也勇敢有如六頭獅子，看她的模樣似乎也透露出同樣的形象，但她絕不像是個謀叛者。因此尼基毫不遲疑就把她納入了他的保護範圍內，他教給她最基本的保身之道，諸如怎樣找到他的旅館房間，以及回家時該對丈夫說些什麼等等。

「聽懂了嗎，小姐？」他一邊問，一邊瞧著她的袋子，臉上堆出朋友般的笑容。

「聽懂了。」

「那東西就在裡面，對嗎？」

「是的。」

「那麼，若無其事地把整個袋子給我，」尼基一邊說著，她一邊照著做。「就是這樣。現在給我一個俄國式的吻，比較正式的那一種。好！妳已經在這展覽會的最後一晚給了我一份正式的送別禮，知道嗎？這份禮除了會使英俄之間的關係更加堅固以外，除非我把它倒在機場的垃圾桶裡，它還會使我回家途中的行李超重。這是非常平凡的一場交易，今天我該已收到半打這種禮物才對。」

說話之間，他低頭彎腰背對著她。此時，他早已伸進袋中抽出一份牛皮紙袋，又很靈巧地將這個紙袋送進了他的公事包，這公事包裡塞有琳瑯滿目的東西，但又分類簡明，打開來之後形成扇形的一格格區間。

「妳結婚了嗎？卡蒂雅？」

沒得到回答。也許她沒聽見，否則就是忙著看他動作。

「那麼，寫這本小說的是妳先生嗎？」尼基無視於她的沉默，繼續問她。

「你會有危險的。」她低聲說著。「你必須相信你所做的，如此，一切自然都會明白了。」

尼基對這個警告聽若罔聞，還邊從一堆預備要在今晚發送出去的樣品中，選出了一套四卷包裝在一塊兒的皇家莎士比亞劇團特別演出的卡帶《仲夏夜之夢》。他將這套卡帶裝模作樣地放在桌上，然後拿了一支毛氈筆尖的鋼筆在盒套上為她簽下了「致卡蒂雅，平安——尼基贈」和日期。然後他慢條斯理地將卡帶盒放進她的手提袋裡，並把它合起來，塞入其手中。他這麼做，是因為她已經顯得有點無力，而他擔心她會暈倒。此時，他似乎才給了她所冀望得到的保證。他繼續握著她的手，後來他告訴我，這雙手好冰，不過也很柔細。

「我們偶爾都會做些必須冒險的事，對不對，小姐？」尼基輕鬆地說。「要不要過去為酒會增添些光采？」

「不要。」

「就當作是出外晚餐不就得了。」

「不方便。」

「要我送妳到門口嗎？」

「沒關係。」

「我想我們應該笑一笑。」他仍然操著英語，邊說邊陪著她走過大廳，活像位服務周到的銷售人員。到了樓梯口，他握了握她的手。「九月份的書展上再見！還有，謝謝妳警告我，我會牢記在心的。不過，最重要的是：我們已經做了一樁買賣，這總算不錯吧？」

她握著他的手，似乎這隻手能帶給她力量。她又笑了笑，雖然有些勉強，但也隱含著感激之意，並且帶有一股令人幾乎難以抗拒的暖意。

「敝友做了一件偉大的舉動，」她邊解釋，邊用手將一頭散亂的頭髮向後攏了一攏。「請你務必要告訴史考特・布萊爾先生。」

「我會轉告他的，請勿擔心。」尼基愉快地說道。

他希望卡蒂雅會專為他再笑一次，但她已經對他失去了興致。她伸進皮包中摸索出名片，直到此刻她才想起要給名片。名片上的名字是葉卡特里娜．波里索芙娜．奧拉娃，一面是西里爾文字，另一面是羅馬字體，上面並書有「十月」的兩種譯文。將名片給了他之後，她就挺身走向寬敞典雅的樓梯，一手扶著大理石欄杆，另一手拖著她的手提袋。穿皮夾克的男子們目不轉睛地望著她一直走到樓下的大廳。尼基一邊把名片塞進上衣口袋中，和最近兩個鐘頭內他所收到的半打名片放在一起，一邊看著他們目送她下樓，並且對他們眨了眨眼。而這些男子，在短暫的遲疑之後，也朝他眨了眨眼。畢竟，現在的風氣已經開放，俄國人也不用老是把外國人當仇家看。

之後的五十分鐘裡，尼基加入了大夥的狂歡醉飲。他對著一位滿身珠光寶氣的蘇格蘭圖書館女管理員又唱又跳，又對著兩位全蘇版權協會的國立著作權機構來的人大談佘契爾夫人的政治醜聞，一直說得令他們忍不住捧腹大笑為止。他又用一大堆花言巧語討了三位前進出版公司的女職員歡心。最後，當他穿過人群回去取公事包時，甚至還不忘分送此行的紀念品。尼基一向大方，記憶力又好。別人的名字、他答應的事以及其他雞毛蒜皮的小事他都一併記得，半點兒都不會遺忘。整晚，他沒有讓這只公事包離開他的視線範圍。即使在參觀者尚未離去以前，他也是一手緊握著它，另一隻手則頻頻向人揮別。登上了一輛等著接送參展代表們回旅館的私家巴士之後，他仍然把這只公事包放在膝上，隨同大夥唱著蘇格蘭民謠。

「男士們！現在有女士在場哦！」尼基一邊警告，一邊站了起來，示意男士們安靜下來。不過，即使在扮演一位大指揮家的時候，他仍然不忘緊握著公事包。

到了旅館門口，拉皮條的、賣迷幻藥的和兌換黑市鈔票的，一如往常地活動著。少不了的格別烏爪牙當然也夾雜在他們中間，緊盯著這一群人進來。從這些人的舉止，尼基察覺不出有任何異狀。這些人既沒有特別小心，也沒有特別鬆懈。守在電梯走道前的殘障老兵照例要求他出示旅館通行證，尼基先已遞給了他一百根萬寶路香煙，此時以責怪的語氣問他今晚為何不帶著女友出門痛快一番時，他哈哈地大笑，一拳打在尼基的肩膀上。

「哈瑞，我想如果他們要入罪於我，最好能快一點，否則線索很快就會消失不見的。」他站在敵方的立場這麼對我說。「哈瑞，如果你要入人於罪，你的動作得快，趁刀子還血淋淋地插在受害者身上的時候下手。」他的解釋讓人聽起來就像是他一輩子都在幹坑人的勾當似的。

「國家酒吧！九點見。」就在他們好不容易擠出四樓的電梯門口後，史百基．摩根滿臉倦容地對他說。

「我可能準時到，也可能不會，史百基，」尼基答道：「老實說，我累得已經有點身不由己了。」

「謝天謝地！」史百基打了個呵欠說，然後就搖搖晃晃地走進一道陰暗的走廊。走廊的暗處，本樓的客房經理正坐在她的座位上用一雙邪惡的眼睛監視著。

到了臥房門口，尼基便打起了精神，將鑰匙插進孔裡。「他們現在就要動手了。」他想。此時此地正是抓住我、攫取那份手稿的最好時機。

但他進了門，看到房間內空無一人，衣服也都放置整齊，這才覺得，自己懷疑狀況有異真有些庸人自擾。他想：「我仍然活著。」就把手提箱往床上一放。

接著，他拉起了那手帕點大的窗簾；不過，再怎麼拉也只能讓它們半遮半掩，然後，他把那塊完全無用的「請勿打擾」牌子掛在房門外，再把門給鎖上。他把西裝口袋裡的東西都給掏了出來，包括那些名片，再把上衣、領帶、金屬臂章，以及襯衫一一脫了下來，從冰箱中取出了檸檬伏特加酒，倒了一點在杯中，吸啜了一口。尼基對我說他並不善飲，但是在莫斯科的時候，他真喜歡在睡前享受一杯檸檬伏特加酒。他拿著杯子進了浴室，站在鏡子前面，一站就是十分鐘，仔細地檢查他的頭髮，看看髮根處有無出現白色的跡象，再用一種新配方、具奇效的藥水澆抹在斑白的地方。耐心地做到他滿意的程度後，就用精緻的橡膠製頭巾當作浴帽綁在腦門上，一邊淋浴一邊唱著歌。洗完之後，他拿了浴巾用力地上下擦乾身子，披上一件厚厚的繡花浴袍，邊唱邊走回到了臥房。

他這麼做，雖是因為他每天都是這麼做，而且要讓人家熟悉他每天的例行工作，但亦因他終有這麼一次可以把小心謹慎當作耳邊風，又找不出一大堆理由啥事也不做，而無所事事正是他這些時日很可能都在做的。

她是個淑女，她在害怕，她需要幫助，哈瑞。尼基又何曾拒絕過一個女人了？如果他錯認了這個女人，那麼他就會被她耍得很慘，到頭來，說不定只好收拾牙刷，到盧布揚卡①的前門面壁五年了。但他寧願被一個女人耍上千次，也不願毫無理由拒絕人家。不過，話說回來，他還是對四處都有可能存在的竊聽裝置心懷警惕。尼基從公事包中取出她那份包裹，戒慎地坐著。他沒有用刀割斷包裹的繩子，僅僅照他那德高望重的母親所使用的方法來解開它。母親的照片，此刻正穩穩地躺在他的皮夾裡。她們都有著明亮照人的臉頰；他耐心地抽解著繩結，想著想著，心中泛起一陣甜意。「那是斯拉夫人的皮膚、斯拉夫人的眼神及斯拉夫人的笑容。兩位都是斯拉夫美女，唯一的差別是卡蒂雅沒有在特雷布林卡②完蛋。」

繩結終於解開了。尼基把繩子捲起，放在床上。他假想對著卡蒂雅解釋著：「我必須要看一看，親愛的。妳知道，我並不想偷窺別人的東西，我不是那種喜歡挖別人隱私的人，但如果我想安全闖過莫斯科的海關，就必須要知道攜帶闖關的東西是些什麼。這對我有用。」

尼基小心翼翼地打開牛皮紙袋，避免把它給扯破。他並不認為自己是英雄，或即將變成一位英雄。對一位莫斯科美女構成危險的東西卻並不一定會對他形成危險。他的成長過程的確艱辛，對一個十歲大的波蘭移民來說，倫敦的東區並非易與之地。為了討生活，尼基也曾經被打裂過嘴唇、摔斷過鼻樑、碎過關節，也挨過餓。但你在任何時候問他對「英雄」的定義，他都會絲毫不加思索地說：唯有見義勇為、當仁不讓的人方可稱得上是英雄。

他瞪視著這個牛皮紙袋的時候，就覺得有些怪異了。為什麼會有這種感覺，待他以後沒別的事好做時再去想吧！但是如果今晚要做些棘手的工作，那麼就非尼基莫屬。因為當尼基有這種感覺之時，沒有人會比他更棒，那些女人都知道的。

入眼的頭一樣東西就是那封信。他將信封底下的三本筆記本排整齊，信封及筆記本是用一條粗橡皮圈綑綁起來，這種橡皮圈他自己也有，但是從沒有用過。不過，讓他感到驚訝的還是那一只信封，因為上面有她的字跡，像字帖上的筆跡。這個方形的褐色信封，黏得真是亂七八糟，其上寫著「巴多羅麥．史考特．布萊爾先生親啟，速件」。

從橡皮圈底下拿出信後，尼基將它背著燈光看。但信封不是透明的，一點影子也看不出。他用食指和大姆指探了探，裡面似乎有張薄薄的紙，最多也不會超過兩張。「史考特．布萊爾先生已經承諾要慎重出版它……請立即送到史考特．布萊爾先生手中。務必要交給史考特．布萊爾先生本人……這是一項基於信任的禮物。」這段話又浮現腦海。

「她也信任我。」他如此想著，並將信封翻了過來，背面是空的。

這信封背面什麼也沒寫。由於尼基堅持不偷窺別人信件的原則，所以並沒有任何進一步的行動。他再次打開了他的公事包，從放置文具的那一個夾層裡取出了一個普通的牛皮封套。封蓋上很平整地印著「尼基．

藍道私人用箋」幾個字。他將褐色信封塞進去，然後將封套封牢，在上面潦草地寫上「巴雷」，再把它塞進了標著「交際」的那個夾層。這個夾層裡裝的都是些奇奇怪怪的東西，包括陌生人硬塞給他的名片，以及記載著他曾經答應別人完成的奇怪差使的記事單子，諸如某出版公司的一位女士拜託他代購派克鋼筆的卡式墨水管，或是文化部的官員請他為其侄子買一件史努比T恤，以及這位在「十月」出版公司任職、在他收攤時趕巧出現的女人……

尼基這麼做，是因為他天生的警覺性告訴他，要把這信封放得離那些筆記本愈遠愈好。如果那些筆記本會給他惹上麻煩，那麼他更應當避免讓人家因為有這筆記本而聯想到那封信，反之亦然。這一點他是完全正確的，即使箇中最有經驗的老手也不能否認。

弄好了這一切之後，他才拿起那三本筆記，拿掉橡皮圈，一邊還豎起耳朵來聽聽到底有沒有人在走廊上走動。三本髒兮兮的俄製筆記本，他想著。他拿起最上面的一本，慢慢地翻開。整本筆記是以粗糙的厚紙板作封面，封面表皮都快磨爛了，兩百二十四頁四開大的低級紙張。如果藍道沒有記錯，在他從前賣文具的日子裡，這些差不多是任何一家好文具店裡只要零售價二十個「科貝」③就可買得到的，哪還像得等貨運到了，又得在良辰吉日排對了隊，才能買到的筆記本。

最後，他打開了這本筆記，看了第一頁。

「她瘋了！」他想著，強忍著心中厭惡。

「她落到一個瘋子手裡了，可憐！」

像是毫無意義的塗鴉及一個精神錯亂的人用繪圖筆沾著鮮紅墨水橫七豎八的亂畫，滿紙都是毫無章法的筆跡，字上頭又斜斜蓋著字，活像是大夫的處方寫亂了，紙上密密麻麻畫滿了愚蠢的驚嘆號、字句下畫重點線。有些是用西里爾文寫的，有些是用英文寫的。「造物主創造眾造物主。」他用英文讀了出來。「是。不是。非是。」接下來又突然冒出一堆法文，寫的是荒誕的戰爭和戰爭的荒誕，然後又是一堆鬼畫符了。「真謝謝你！」他想著，又把筆記本翻到了另一頁，接著又翻了一頁，兩頁都是滿滿的荒唐之言，甚至連留白都沒有。「花了七十年摧毀了人民的意志，我們不可能希望它驟然之間就復甦而拯救我們。」他讀道。這是一段引言？亦是一段夢話？誰也不知道。文中提及一些作家、俄文、拉丁文和歐洲語文。論及的盡是尼采、卡夫卡以及一大堆人名，他連聽都沒聽說過，更不用說是去讀了。這裏又提到戰爭，這回是用英文寫的：「老的宣戰，年輕的打仗，但今天連嬰孩帶老人都加入作戰。」他又翻到另一頁，除了一塊圓形的污點以外，什麼都沒有。他把那本筆記拿到鼻子邊嗅了嗅。酒，好臭，他嫌惡地想，像釀酒廠的酒臭味兒！無怪乎這人會和巴雷湊成對。又翻了一下，發現有一頁摺頁，上面寫著歇斯底里的宣傳口號：

——我們最大的進步是在落後！

——蘇維埃的麻木是世界上最進步的！

——我們的落後是我們最大的軍事機密！

——如果我們連自己的意圖及能力都不清楚，又如何能清楚你們的？

——真正的敵人是我們自己的無能。

下一頁是一首詩，一首鬼才知道從什麼地方死命抄來的話：

曲折彎轉，
何處去？
是去或來？
蛇行痕跡？

尼基這會兒再也讀不下去了。他憤憤地走到窗口，底下是一個陰暗的中庭，地上堆滿了垃圾，無人清理。

「哈瑞！我想這人準是一位思潮如泉湧的文字藝術家，是一位長髮披肩、沉迷於迷幻藥、放蕩成性的天才，而她呢！也昏了頭，為他犧牲自己，他們那種人都是這樣的。」

她很幸運，因為房裡找不到莫斯科市的電話號碼簿，否則他真要打電話給她，臭罵她一頓。

為了要再平添幾分怒氣，他又拾起了第二本筆記，指頭沾了點口水，帶著輕視的眼光一頁一頁翻了過去。猛然之間，他翻看到了一些圖形，頓時腦海呈現一片短暫的空白，好像電影突然中斷，銀幕上呈現一片白光的那種景象一樣。此時，他咀咒自己為什麼會是生為一個性急又衝動的斯拉夫人，而非冷靜平穩的英國人。他又往床上坐了下來，不過這一次是慢慢地坐，就好像床上有人躺著，一個因他貿然出口譴責而受到傷害的人。

如果撇開文學不談，尼基對與技術有關的事情倒是極感興趣。即使看不懂文字部分，他還是可以整天抱著幾張數學公式仍興味盎然。就像他第一眼看到卡蒂雅，就知道眼前是位高雅出眾的女人一樣，他一眼就認出這些圖形非出自凡人之手。它們不是用尺畫出來的，而是真的圖形。雖是隨意的描繪，但畫的東西並不簡單。那該是一位拿著鉛筆就能思考的人徒手畫出來的作品：切線、拋物線和角錐體。在這些圖形當中穿插著建築師及工程師等人所用的術語，如「瞄準點」、「受制射程」、「偏心」、「重力」以及「軌道」等語——「哈瑞，有些是以英文寫的，有些則是用俄文寫的。」

雖然，「哈瑞」並不是我真正的名字。

不過，當他開始將第二本筆記上那些書寫得美觀大方的文字與第一本上的那些漫無章法的潦草字跡作一比較時，卻驚訝地發現二者有不少雷同之處。他油然升起一種感覺：看這兩本筆記就好像是在讀一種人格分裂的人所寫的日記，如同化身博士寫第一本，而海德先生寫第二本。[4]

他又往下看第三本筆記。這本筆記書寫得與第二本一樣整齊，一樣用心，不過安排的方式倒像是一種數學日誌，裡面有日期、數字，還有公式以及一再出現的「錯誤」這個字，而且經常加注底線或標以驚嘆號。突然間，尼基的注意力被一行字給牢牢吸引住。作者那些摸不著邊的術語倏然結束，那些哲學字句和有別緻註解的草圖也突然告終，字句似一種誇示般的清澄而躍然紙上。

「美國的戰略家可以高枕無憂了。他們的惡夢再也不可能實現。蘇維埃的武士倒臥在自己的盔甲中。就像你們英國一樣，他是個二等強權，他能發動戰爭，卻無力持續，也無力贏得戰爭，相信我。」

尼基看到這兒就停下來，不再繼續。一種崇敬的感覺油然而生，伴隨著另一種強烈的自保本能，他告訴自己，已經打擾這座墳墓打擾得夠久了。於是將三本筆記疊在一塊，把橡皮圈給套了回去。「夠了！」他想。從此時此刻起，我管我自己的事，盡自己的本分——把這份手稿攜回我的第二祖國——英國。並且立即交給別名巴雷．史考特．布萊爾的巴多羅麥先生。

「巴雷．布萊爾。」他一邊很詫異地想著，一邊打開了他的衣櫥，抽出他用來放置樣品的那個鋁製大手提箱。好啊，好啊，我們不時在想我們中間會不會窩藏著一個間諜，現在終於知道了。

尼基向我保證，說他可以保持絕對的冷靜。他骨子裡的英國人再一次地戰勝了另一位波蘭人。「巴雷能做，我也能，哈瑞，我就是這麼對自己說的。」有一陣子，當他指定要我聽他告解時，也對我說過同樣的話。有時，有人會要我聽他們自白，他們感覺到我非實際的那一部分，於是就對著那一部分談，彷彿那才是真實的我。

他抬起箱子放到床上，打開了鎖，拿出了兩件視聽套件。這兩樣東西在展覽會場曾遭蘇聯官方強行禁止播放。其中一件是附帶旁白的二十世紀圖說歷史集，結果被他們硬指是反蘇維埃政權的宣傳品；另一件是人體手冊，附帶有動感照片及保持身段的運動卡帶，結果，那位官員色瞇瞇地看完了柔若無骨的緊身衣美女示範柔軟體操之後，居然判定它是色情影片。

那個歷史圖說卡帶集，是個看來蠻體面的東西，外表看起來就像大家在喝茶時讀的那種書，裡面有好多隔層，隔層中裝有卡式錄音帶、與錄音帶內容相同的書、進階字彙卡片和筆記本等。尼基把這些東西都拿了出來，再把這三本筆記往每一個隔層放了一放，結果發現沒有一個夠大。他決定把兩個隔層變作一個，尼基從盥洗用具袋裡取出一把指甲刀，坐了下來，把中間隔斷部分的鋼釘去掉。

「巴雷．布萊爾。」他一邊將指甲刀尖插進針孔一邊想著。我早就應該猜到的，只是你看起來實在不像罷了。巴多羅麥．史考特．布萊爾先生、阿伯克洛比暨布萊爾公司碩果僅存的繼承人──間諜。第一枚鋼釘已經鬆了。他小心翼翼地把它給撥了出來。巴雷．布萊爾是那種即使在母親生日時，也不肯賣點東西給有錢人來挽救垂死的母親的人。而他竟是我們時常掛在嘴邊的「間諜」！尼基開始撬開第二根鋼釘。他最出鋒頭的是在兩年前貝爾格勒書展時，用純伏特加酒把史百基．摩根灌醉到桌底下，再和樂隊一起吹奏薩克斯風。

奏得太棒了，連警察都拍手了。間諜。紳士間諜。好啦！這兒有封你女人來的信，就像有一首童謠裡面所說的。

尼基拾起了那三本筆記往他所預備好的空間裡頭塞，但仍然不夠大，必須再挖掉一個隔層才夠。假扮酒鬼，好！尼基的心思仍在巴雷身上打轉。扮傻瓜來愚弄我們！把家裡的錢都揮霍完了，祖傳的家業也浪蕩光了，僅僅靠著那些笨銀行在危急存亡的關頭拉你一把，對不對？！還有，你那場下棋的鬼把戲呢？如果尼基能一眼看穿它，也就罷了！一個醉醺醺的人怎麼可能在下棋的時候所向無敵呢？「哈瑞，可沒作弊喔！——如果他不是間諜，那會是什麼？」

三個隔層如今合而為一了。筆記本這會兒總算是塞進去了。隔層上方印著的「筆記」幾個字還留在那兒。

「筆記。」尼基想像自己正向那位雪瑞米特耶佛機場的年輕海關人員解釋道。「筆記本，就是像上面寫的，學生用的筆記本，而這個隔層就是為了要裝這個筆記本呀！你手中的這幾本筆記就是一位學生的作業。我把這幾本筆記帶了來是作示範用的，而這些圖形呢？是……是社會經濟模式，是人口統計學的演變式，是你們俄國人永遠學不會的統計學。你看到這個沒有，它叫作『人體手冊』。」

尼基這番說辭可能會讓他輕鬆過關，也可能不會。到底過不過關就得看那位海關人員聰明到什麼程度，也要看他們所知多少，還要看那天他們的太太有沒有給他們臉色看。

但是眼前的漫漫長夜以及拂曉前都可能會有人破門而入，拿著手槍指著他，對他吼道：「好了！藍道！把那些筆記本交出來！」——面對這樣的情況，那一套卡帶就一點也派不上用場了。「筆記本？警官，什麼筆記本？噢！你是指一位漂亮的俄國女瘋子在今晚塞給我的那一堆垃圾？！我想是在那個垃圾桶裡吧？！警官，如果某位女侍在她今生還未把它給清理掉的話，它一定是在那兒的。」

為了提防這種突如其來的事件，尼基很小心地在房間裏巧為布置，他將筆記本從歷史視聽教材套裝盒內拿了出來，煞費心機地放入廢紙簍裡，就好像在他看過這些筆記本一眼之後，就氣得把它們全給仍到這個簍子裡一樣。為了不讓它們在簍子裡落單，他甚至還把一些無用的貿易說明書和目錄撕碎，又加上他所收受的幾件毫無用處的道別禮品：包括一位蘇俄詩人的詩集以及一捲吸墨紙等，一齊放到簍中。最後，他又加上了一雙只有我們有錢的西方人才丟得起的絲質新襪。

我再一次被尼基這種與生俱來的天才給震懾住了。

尼基那一整晚並未外出冶遊。他守著這個像監牢一般的莫斯科旅館房間。窗外，薄暮轉為黑夜，昏暗的燈火懶洋洋地一一亮起。他以旅行用的小水壺替自己沖杯茶，又從隨身的口糧裡取出水果糖來吃，然後滿足地看著他價值連城的戰利品，悲憐地朝著其他東西微笑著。他打起了精神，忍受著痛苦和孤寂，回想起少年時期的艱辛來幫助他振作。尼基又翻遍了皮夾、公事包和口袋，把一切瑣碎之物全給拿了出來。這些東西全是他私人之物，例如一位可愛的朋友在數年前寄給他的火熱情書，至今還能勾起他的興致；又如他以前參加過的一個郵寄錄影帶俱樂部的會員證。看到這些東西，他第一個念頭就是「像電影裡所演的，把這夥東西全給燒了。」但是當他看到天花板上裝的那一枚煙霧測知器之後，就打消了這個念頭，雖然，他敢打賭這些東西都是中看不中用的廢物。

最後他還是找了一個紙袋，把已經撕得粉碎的這些物件碎片放到袋子裏，再把它摔出窗外，看著它落入中庭裡的那一堆堆垃圾當中。然後，躺回床上伸了伸筋骨，看著黑暗的時刻一點一點地逝去。有時他覺得自己很勇敢，有時又覺得自己很膽怯，膽怯到必須要將那把指甲刀緊握在手掌心，好壯點膽子。有一次他將電視打開，希望看到妙齡少女的體操表演，但卻看到畫面上是國王正告訴他那些興趣盎然的孩子們：舊秩序是沒穿衣服的。當半醉半醒的史百基從國家酒吧打了一通電話進來時，尼基也握著聽筒不放，一直到老史百基進入夢鄉為止。

只有一次，而且是在他情緒達到最低潮的時候，尼基才想到要去英國大使館尋求外交手段上的協助。這種突如其來的怯儒，令他覺得十分惱火。「要找那些馬屁精？！」他責問自己：「那些把父親遣返波蘭的人？我連託他們帶一張艾菲爾鐵塔的明信片都不願呢！哈瑞。」

況且，她也沒要求他這麼做。

翌晨，他穿戴整齊，似乎準備從容就義。身上的西裝是他最好的一套，母親的照片就在襯衫口袋內伴隨著他。

不論我在何時翻看尼基的檔案，或是在他六個月的所謂「顛峰期」接待他的時候，這就是我眼前所看到的尼基．藍道。而這六個月是他樂於一再回味其光榮時刻的時期，也就是在他簽下另一份官方秘密文件之前。

我彷彿見到他春風滿面地踏上莫斯科的街道，手上提著那個金屬製手提箱。手提箱內放著什麼東西，大概也只有上帝知道，但他仍舊義無反顧地勇往直前。

他是如何看待我？——如果他曾想到過我的話——我則連想都不敢想。而我曾愛過的但又辜負其期望的漢娜，則一定毫不猶豫地認為：「又是一個表面樂觀、而內心實無希望的英國人！」她定會怒氣沖沖地說。恐怕這些日子裡，她是想到什麼就說什麼，其耐性已經去了大半。

①：Lubyanka，前蘇聯秘密警察總部。

②：Treblinka，位於波蘭的納粹集中營。

③：一科貝等於百分之一盧布。

④：史蒂文生（Robert Louis Stevenson, 1850-1894）於1886年出版的作品《化身博士》（*The Strange Case of Dr. Jekyll and Mr. Hyde*）中，並存於主角身上的兩種人格。「Jekyll and Hyde」最後成為心理學上「雙重人格的」代稱。

2

英國政府機構的所有官員一致認為絕不容許這種事情再次發生。滿腦子都是「依法行事」的幾位部長對這樁事更是怒不可遏。他們組成了一個極其機密的調查委員會，調查到底是怎麼一回事。這個調查委員會找了一大堆的目擊證人，聽了他們的證辭。鉅細靡遺地一一詳加追問，把各個關鍵地方先後串連起來，作成結論，以防止類似事件的重演。最後推舉我作主席，草擬報告書。我們這個委員會所作成的結論，絕不對外公布，尤其是我們這些成員更是得嚴守機密。其實這個委員會的運作方式大家都很清楚，開始時大家會七嘴八舌、熱烈討論，直至塵埃落定，然後我們再回歸到塵堆裡。我們的委員會像是個平日嘻笑慣了的人，一旦不悅，就丟下愁眉苦臉的我們、一些毫無意義的作業紙，以及附在財政檔案裡的一些機密附加說明而不管。

以蘇俄司的奈德及其同僚所用的稍為謹慎的措辭來說，這件事肇始於某一個暖和的週日傍晚，五點至八點三十分的這段時間，一位自稱尼基．藍道、以巡迴推銷為業，收入優渥、無前科紀錄的波蘭後裔，分別拜訪了四個部級的行政機關，說有要事，要求能立即見到英國情報局的幹員。根據他自己的說法，他曾分別遭到警衛的恥笑，被人驅逐，甚至一度遭到毆打。至於國防部的兩名駐門警衛有無像尼基所咬定的：抓著他的衣領和褲檔，將他連扯帶拉地趕出大門；或者照警衛們的說法，只是「幫助他」回到街上。這是一件我們永遠無法達成協調的事了。

但我們這委員會還是很嚴厲地質問了這兩名警衛，他們為什麼覺得有必要在一開始就提供這種「協助」？

「長官！藍道先生拒絕讓我們檢查他的手提箱。他曾提議在他等待之時把手提箱交給我們保管，但要我們讓他保管鑰匙，不過這是不符合規定的。唉！沒錯，他是當著我們的面把箱子拽了又拽，拍了又拍，再扔出去用雙手接著，很明顯地是要讓我們知道箱子裡面並沒有我們所怕的東西，但這還是不符合規定呀！而當我們盡可能和氣地要取走他手中的箱子時，這位紳士（尼基在他們的證辭中終於還是變成『紳士』了！）卻不讓我們動手哪！長官！並且用他那外國腔大叫大喊，引起了一陣騷動。」

「他叫喊些什麼？」我們問道，因為我們對有人會揀星期天在政府機構所在地大吵大鬧的想法深思不解。

「呃……長官，就當我們把這個情緒激動的人趕出大門時，他叫著說他的手提箱中藏著一些非常機密的文件，這些文件是個俄國人在莫斯科交給他的。而他只是一個無理取鬧的小波蘭人呀！長官。」他們可能應再加上一句：「當時是在倫敦一個熱得人頭昏腦脹的星期天下午，而我們都在後面房間內看重播的巴基斯坦人對抗巴丹事件。」

即使在外交部這個英國正式款待賓客的中心，這個不像話的尼基居然會使出他最後的殺手鐧——聲淚俱下地乞求守衛讓他進去。他又哭又鬧，甚至驚動了帕莫爾．維婁先生呢！他是一位對李斯特音樂作過專題研究的作家。

而如果尼基不出新招，恐怕他哭腫了雙眼也不會發生一丁點兒用處。此時，他將那只手提箱打開放置在櫃台上，讓那位雖然年輕、但卻非常謹慎的門警隔著最近剛裝好的防彈玻璃，探頭檢視箱裡的東西，結果除了幾本老舊的筆記本外，並沒看到炸彈。

「禮拜一十點到五點鐘之間再來。」門警透過新裝設的電子擴音器叫著，聽起來好像是威爾斯的一處鐵路車站裡的廣播聲，隨後就猛然縮回他那黑漆漆的崗哨中。

此時大門微開，尼基看了看這位年輕人，再望了望他身後一百年前建造的用來嚇唬那些無法無天的親王們的大廊，接下來發展的情形大家都已經知道了：他抓起了手提箱，攻克那些看似銅牆鐵壁、實則不堪一擊的那種防衛裝置，「就像一隻羚羊般」穿過了中庭，直上到寬闊的大廳。他很幸運。姑且不論帕莫爾·維婁的地位有多高，他在外交部裡是屬於溫和派的，而那一天恰好是他值日。

「哈囉，哈囉。」帕莫爾一邊走下那道寬大的樓梯，一邊喃喃低語地說著，雙目瞪著眼前這位桀傲不馴、站在兩位體格魁武的警衛中間喘個不停的尼基。「你真狼狽！我是帕莫爾·維婁，是這兒的常駐職員。」他緊握左拳，高舉到肩上，好像很討厭狗似的；不過右手卻伸出來以表致意。

「我不要見職員，我要見高級官員，否則一切免談。」

「呃，職員是相當高級的了。我想你只顧到字面的意思。」帕莫爾很謙虛地向他說道。

紀錄上應該這麼寫著（而我們的委員會也這麼做了）：還從來沒有一個人像尼基這般有眼不識泰山的。帕莫爾看似滑稽，但實則是一位很有效率的人，也沒做錯過什麼事。他領著尼基來到一間訪談室，請他坐下。並且，任何微小細節他也全顧到了。他要人送來一杯茶，且在茶裡如了些糖，好給尼基壓壓驚，又拿了一些易消化的餅乾給他當茶點。接著，拿出了一支朋友送他的高級自來水筆，寫下了尼基的姓名、住址和他所服務過的公司名稱；又登記了他的英國護照號碼和出生年月日、地點——一九三〇年生於華沙。他誠懇而不帶有任何威脅地表示，他對情報的事情一竅不通，但他承諾一定會把尼基的案件遞交給「有能力管轄的人」，而他們一定會對這件案子付之以應得的關注。又由於尼基再次堅持，他只好隨手拿了筆在外交部的藍色草稿紙上寫了一張收據給他，並在上面簽名，又請來工友加蓋當日的戳印。他告訴尼基如果當局有任何想要進一步了解的事，他們會跟他連繫，連絡的方式可能是透過電話。

這時，尼基才猶豫不決地把他那骯髒的包裹拿出遞給了他，並以深深惋惜的目光看著帕莫爾用他那遲緩的手將它打開來。

「不過，你為什麼不直接把它送交給史考特．布萊爾先生呢？」帕莫爾看了信封上的人名之後問道。

「老天呀！你想我若沒有試過，會跑來找你嗎？」尼基心中又重燃起了一把無名火，「我告訴你！我到處打電話找他，找得我都快煩死了！他不在家，也不在辦公室，更不在他的俱樂部，任何地方全找過了，就是找不著。」尼基只顧著抗辯，失望中，連文法都顧不得了，「從機場我就試過，告訴你，就在星期六。」

「但今天才星期天哪！」帕莫爾帶著原諒的笑容糾正他。

「好吧，就算星期六是昨天好了！我試過找他的公司，他卻因為欠繳電話費，電話被切。我又查了電話簿，在漢莫史密斯有一個姓布萊爾的，雖然縮寫與他的不一樣，但也是叫史考特．布萊爾。結果接電話的是個女的，好兇！叫我去死！我認識一位名叫亞基帕的業務代表，是在西部地方代表巴雷的公司。我問亞基帕說：『老天爺！我有事必須馬上找到巴雷才行，能不能告訴我他在哪裡？』他回答我說：『尼基呀！他早就失蹤，逃得不知去向了！店裡已有好幾個禮拜沒見到他的人影了。』接著，我又到處詢問，倫敦、他家鄉的電信查號台都說沒有登記史考特．布萊爾這個人。不管他在哪兒，或不在哪兒，如果他是……」

「如果他是什麼？」帕莫爾滿臉迷惑地問。

「他失蹤了！對不對？他早就失蹤了。他為什麼會失蹤，要說理由，可能有好幾個。這到底是什麼原因你是不會知道的，因為你也不打算要知道。現在，除了他以外，可能有好多人都在生死關頭。她告訴我，這件事萬分重要，也絕對機密。現在就請你趕緊辦，拜託！」

那天晚上，除了兩伊戰爭及華盛頓發生的軍售醜聞案以外，這個世界倒是非常平靜。帕莫爾到蒙皮立廣場參加一個他在劍橋大學時同年級的校友聚會，與會人士都是像他這樣的單身漢，不過也挺有意思的。關於這個場合的報告，後來也傳到了我們這個委員會中。

「你們當中有沒有誰最近曾聽過一個名叫史考特．布萊爾的人？」帕莫爾在聚會將近尾聲時彈奏著蕭邦的鋼琴曲，突然之間，一串音符讓他想起了尼基這個人。「有沒有人知道史考特．布萊爾這個人的？」根本沒有人聽見他的問話，所以他又問了一次。

「他是早我們好幾屆的人了，是三一學院的。」房間的那頭傳來了很模糊的聲音。「是唸歷史的，也是個爵士樂狂。他要以吹薩克斯風維生，但他的老爸不讓他這麼蠻幹。巴雷．布萊爾是個成天喝得醉醺醺的傢伙。」

帕莫爾猛力彈奏了一下琴鍵，響聲使鄰近的人都安靜了下來。「我說，他是不是個討人厭的間諜？」他清清楚楚地一個字一個字說了出來。

「父親啊？他死了。」

「笨蛋！我說的是兒子，巴雷。」

說話的人好像是從一塊帷幕後頭冒出來似地，越過了一群比他年輕的人群之後，來到他面前，手中拿著玻璃杯。而帕莫爾出乎意外地辨認出他是早八百年前在三一學院的好友。

「我實在不知道巴雷是不是一個討人厭的間諜。」這人對帕莫爾說著。言談之間，神色並不怎麼和悅，而此時周遭的吵雜聲又變本加厲了起來。「但如果一定要以這種資格來評定他，他可就不及格了。」

經其這麼一說，他更是好奇了。帕莫爾回到外交部裡間寬大舒適的房間後，重拾起尼基交給他而他暫時交給清潔人員保管的信封和筆記本。平日鑽研於公文的他，面對這樁離奇事件，也實在是無能為力。若是換了蘇俄司裡的奈德和他的同僚來論此事，話就難聽得多了。他們會說，在任何文明國家裡，像帕莫爾這種人，都應該自己找個既高又靜的地方自行了斷，平靜地吊在那兒，讓別人去憑弔他畢生的成就。

帕莫爾拿著筆記本賞玩。一玩就玩了兩晚外加一天半的時間，因為他覺得這幾本筆記實在是太好玩了。他沒有把那牛皮紙信封打開，因為尼基在上面親筆寫了一行字：「除史考特．布萊爾先生或情報單位最高負責人以外，任何人不得拆閱。」他像尼基一樣，堅信私自拆閱別人信件是不對的，更何況這封信兩端都被密封得死死的，而帕莫爾也不是那種會來硬的人。但那本筆記上頭有瘋狂的格言、名人雋語、討厭的政客和軍人的謾罵，又零亂地提到普希金這種純文藝復興式的人和克萊斯特①這種自毀性人物，著實使他著迷。

他一點都不覺得事態緊急，也不認為需要負任何責任。他是外交官，不是「朋友」，就像人家所謂的那些間諜一樣。而在帕莫爾的字典裡，「朋友」是指那些聰明才智不如他的人。事實上，他經常在口頭上表現出一種不滿，指出英國正統的外交部已經愈來愈像一個掩護那些情報人員為非作歹的機構。帕莫爾自己也是一位飽學之士，涉獵的範圍相當廣泛，曾經修過阿拉伯文，並且在近代史這個科目上還得過第一名；也曾利用閒暇自修俄文及梵文。他樣樣都好，唯獨缺乏數學及處世的常識。或許這也就是為什麼他跳過另兩本筆記上那些記載得整整齊齊的數學公式不看，而偏偏去管那些作者以塗鴉之筆寫出來的哲學漫談。這也可以解釋（雖然委員會很難接受這樣的解釋）為什麼帕莫爾會不遵守駐外人員處理變節者的標準程序，也不管情報處主動或被動支援，而盡管做他自己的事。

「他做了一件非常瘋狂的事，提格。」在他決定了要與人同享獵物的時候，終於在星期二將此事告知了在研究部門裡一位相當高級的同僚。「你真的應該好好研究一下他這個人。」

「但我們又怎麼知道這個人是個他，帕莫爾？」

而帕莫爾就是有這種感覺，算是一種震動吧！

帕莫爾這位資深的同事瞄了那筆記本一下，又看了看第二本，然後就坐了下來上下打量著看第三本，之後又看著第二本筆記中的圖形。最後，他以專業的本能，接管起這件緊急事件了。

「我想，如果我是你的話，我會很機伶地把這些東西交給他們的。」他說。但再稍加思索之後，還是決定親自把這些東西送過去，因為實在是十萬火急。他先以綠線電話通知了奈德，叫他等著。

雖然晚了兩天，地獄之門還是已經打了開來。星期三凌晨的四點鐘，在維多利亞街奈德所屬的粗矮磚造分部，也就是大家所熟知的「蘇俄司」，還是燈火通明，日後成為藍鳥小組成員的一些人正在房子裡像無頭蒼蠅似地開著會，而這個會議到此也接近了尾聲。五個小時後，奈德在一處堤防地區高高聳立的新大樓情報總部裡主持完了另兩次會議，又回到了他的辦公室。眼前零亂的檔案，就好像那些臨時召來的女工們在路上設置的重重路障一樣。

「上帝可能會用神秘的方式進行。」有人聽奈德在轉接任務空檔時對他那紅髮助手布拉克這麼說，「以他挑選那些傢伙所用的方式來說，簡直是太遜了。」「傢伙」在俗語中，是指活的消息來源，而活的消息來源用正統的語言說來，也就是間諜的意思。奈德說「傢伙」的時候，指的是尼基?是卡蒂雅?抑或是那幾本筆記的無名作者?還是他心裡早已有了底的那一位英國紳士、大間諜巴多羅麥・史考特・布萊爾?布拉克不知道，也不在乎。他雖來自格拉斯哥，但父母都是立陶宛人。而抽象的觀念，會讓他火大。

至於我呢?我必須再等一個禮拜才會出面，等著奈德心不甘情不願地決定，才是拖出他的老馬行動的時候了！我自知一向是匹老馬。一直到今天，我都還不知道自己的教名怎麼回事。「老帕爾弗萊在哪裡？」他們說：「我們那個乖乖的法律雄獅呢？叫那個玩法律的進來！最好停一下，問問老帕爾弗萊。」

我是個很快就可以解決的人，你用不著在我身上花很長的時間來研究。霍拉帝歐‧班乃狄克‧德帕爾弗萊是我的全名，但你聽了之後可能馬上就把前面的都給忘了，甚至可能對「德」這個字根本沒有任何印象，而只記得後面的帕爾弗萊。在情報局裡大家常叫我哈瑞，我自己也常如此叫著自己。當我獨個兒回到那毫無生氣的單身宿舍弄飯給自己吃時，我更是這麼喚著自己。我是個罪犯的法律顧問，以前曾與麥基合夥開了一家律師事務所，但那是二十年前的事了。這二十年來，我一直是個情報單位的小職員，隨時準備在正義女神的天平上偷斤減兩、耍弄招數，而正義女神卻是我一向所景仰的。

有人曾告訴我，說帕爾弗萊的原義是一種馬，但既非戰馬，亦非獵人騎的馬，而是一種披了馬鞍，專供婦女騎用的馬。如果此言不虛，那麼也只有一位女人才能駕御得了我，但也幾乎驅使我踏進墳墓；她的名字叫漢娜。也就是因為漢娜，我才急急地找了這個秘密據點來作我的避風港。激情在這兒無容身之地，牆壁亦厚如堡壘，使我能夠聽不到她哭喊著撞打牆壁、苦苦哀求讓她進來的聲音，而無視於這件丟臉的事。此事曾經讓我在初入律師這體面行業之時，頗受驚恐。

漢娜曾說我「面露希望但心中空無一物」。我一向覺得，若換成一個聰明的女人，就不會把這種評語說出來。有時候，真理是以放縱為名。「那麼，你明知道這個案子不可能打贏，為什麼你還要打？」我會反駁她一句：「明知一個病人已回天乏術了，又為何一定要煞費氣力將他救活？」

她是個女人，似乎就是答案。只因她相信男人的靈魂是可獲救贖的；又因為當時我還未臻成熟得足以付出代價。

但是我現在已經付出代價了！

就是因為漢娜，我才步上情報這行，負起我那卑微的職責及聊盡棉薄之力。也就是因為漢娜，我才會這麼晚了還坐在這兒——一個門上掛有「法務室」字樣的辦公室中灰色的隔間裡。檔案、錄音帶和影片散置在四周，就好像強戴斯控告強戴斯②的案子一樣，只差沒有粉紅色的細帶而已。這就是我在擬訂官方的彌補行動——「藍鳥」計劃時的情形，主角就是巴多羅麥，亦即巴雷．史考特．布萊爾是也。也就是因為漢娜，我這一位老馬即使在寫答辯狀時，也不時地放下筆來，抬起頭作著白日夢。

尼基再度憶起那些英國人的嘴臉時，正好是在那幾本筆記到達奈德桌上四十八小時之後的事了。自從遭遇到英國政府機關那次極不愉快的經歷後，憤怒加上羞辱，使他一度病倒。他沒去上班，也沒光顧他在高德格林的小套房，平日他都會待在那兒，就好像那裡是指引他人生的一盞明燈。但是現在即使是女友莉迪亞也沒能讓他從鬱鬱寡歡中振作起來。而我很快地就取得總部的授權，竊聽她的電話。當莉迪亞打電話來的時候，我們聽到他婉拒了她的好意。而當她哭著去敲他的房門時，我們派守在外的人回報說，他只讓她進去喝了杯茶，就將她支使回家了！

「我不知道我什麼地方做錯了，但不管我做錯了什麼，我都很抱歉！」他們聽到她臨走時難過地說著。

尼基剛把門關上，坐回到椅子上時，奈德的電話就來了。後來，尼基曾很技巧地試探過我這是不是巧合。

「尼基．藍道嗎？」奈德用了一種你無法等閒視之的語調問道。

「我就是。」尼基坐直了身子說。

「我叫奈德。我想我們有個共同的朋友，沒有必要說出他的名字吧！你前幾天好心地為他寫了一封信給我們，還帶來了一個包裹，不過你的運氣似乎欠佳。」

尼基聽了這話，馬上一躍而起。他的聲音鏗鏘有力、斬釘截鐵，可以聽得出來是個好官，而非惡棍，哈瑞。

「嗯，是的！我是這樣做了。」但他的話還沒講完，奈德就接著說了。

「我想在電話中沒必要談太多細節，但我的確認為你和我必須作個長談，並且我們該向你致歉。我是一個說做就做的人，什麼時候方便和你見個面？」

「什麼時候都可以。」此時他得強忍住會迸出「先生！」這兩個字。

「我認為現在最好，不知你意下如何？」

「非常好啊！奈德。」尼基露齒而笑道。

「我派車子來接你，馬上就到。你就待在家裡等著門鈴響。車子是綠色的路寶，車號登記則是B。司機叫做山姆，如果你不放心，就向他要名片來看。如果還不放心，就按著名片上面的電話號碼撥通電話給我。你認為能辦得到嗎？」

「我們的朋友還好嗎？」尼基還來不及問，奈德就已掛上了電話。

過不了幾分鐘，門鈴就響了。「他們讓車子停在轉角處。」尼基心裡邊想，邊以飛快的腳步奔下樓。

「這就是了，我現在終於碰到行家了。」他們來到了一棟坐落在倫敦上流住宅區的宅邸，前有坡地、陽台，整修得煥然一新。剛漆過的白色前門在夕陽下對著他閃閃發光。這是一棟讓人艷羨的宅第，裡面隱藏著支配我們生活的秘密權力。門前的柱子上掛著一塊擦得雪亮的銅牌，牌子上寫著「國外聯絡部」。尼基登上階梯時，門已經開了。進去之後，身穿制服的守衛把門帶上。尼基看見一位年約四十開外、身材瘦長挺拔的人踏著落日餘暉迎面而來。首入眼簾的是其側影，後才看清他魁梧的身軀，他與尼基握了握手，態度謹慎，但亦不失誠懇，就像海軍行禮一樣。

「做得好，尼基。請進。」

人長得好看，聲音卻不一定也好，但奈德兩者兼具。當尼基隨他走進那間橢圓形的書房之後，他就發覺可以跟他無所不談，而奈德是會站在他這一邊的。事實上，奈德有許多地方讓尼基非常心儀。如：他小心翼翼的樣子、出色的外表、堂堂的相貌、沉靜的領袖氣質，甚至於他的那一聲「請進」。尼基也嗅得出來，眼前這個人精通好幾種語言，因為他自己就有這種本事。他只消說出一個蘇俄名字及一句話，他就能一面微笑，一面就用話接了下去。哈瑞，他跟你我是同一類型的人。如果你有秘密，這人是可以與你共享的，因為他絕不像那些外交部裡的人，都是些馬屁精。

但一直到了尼基開始說話，他才知道自己是多麼急切地想把所有的事情一股腦兒地和盤托出，於是一開了口之後就欲罷不能。從那時起，他所能做的就是不停地講，講到連自己都大吃一驚的地步，因為他所說的，不只是卡蒂雅和那幾本筆記，他還解釋了為什麼會接受它們、是怎麼把它們藏起來，還描述他的生平、生為一個斯拉夫人的困惑和感嘆、無視於一切地對蘇俄的熱愛，以及他對夾處於兩種文化之間所產生的衝突感。奈德並未用任何方式引導他或中途打斷他的話，他天生就是個安靜的聽眾，除了用乾淨的白卡片做著筆錄以外，他甚少挪動身子，也甚少插嘴；即使插嘴，也只是釐清一些關鍵性的細節，如在雪瑞米特耶佛機場時，檢查人員為什麼看都不看尼基一眼就招手要他去離境休息室。

「他們對你那一群人都這麼禮遇，還是只對你另眼相看？」

「我們那一群人都受到這種待遇。有一個人點了點頭，我們就都過關了。」

「你有沒有覺察出他們對你特別優遇嗎？」

「沒什麼理由值得他們要對我特別看待。」

「有沒有印象他們對你另眼相看，譬如說，他們也許覺得你比別人好？」

「我們像一隊羊一樣地通過；噢！不對！應該是說一群羊。」尼基糾正自己。「我們交出自己的簽證，如此而已。」

「有沒有其他的團體以同樣的速度前進，你有沒有注意到？」

「那些俄國佬一點兒都沒有為難大家，也許因為那天是週末，而且又是夏天的緣故吧！也許是因託了那個『開放政策』的福。他們拉了少數一些人去檢查，而讓其他大多數的人通過。說實在的，我覺得自己太笨了，我實在沒有必要在事先做那麼多的防備工作。」

「你一點兒也不笨。你做得再好不過。」奈德一面說一面寫著，語氣裡沒有一點兒故意討好的味道。

「那麼，在飛機上，是誰坐在你旁邊，記得嗎？」

「史百基．摩根。」

「還有誰？」

「沒有人了。我是坐在靠窗的位子上。」

「機位的號碼呢？你記得嗎？」

尼基死也記得那個位子是幾號。不管何時搭飛機，他都會預先訂下那號機位。

「你在飛機上談的話多不多？」

「事實上，很多。」

「都談些什麼呢？」

「女人，大部分都在談女人。後來有兩名來自諾丁丘的人加入我們的談話。」

奈德報以微笑地問：「那麼，就你現在回想，你有沒有告訴史百基有關那些筆記本的事？尼基，在那種情況下會吐露這些是很自然的事。」

「我想都不會想要這麼做，奈德。我從未對任何人談過這件事，一個都沒有。我也不會再對任何人提起的。我之所以對你說，是因為他失蹤了，而你是政府官員。」

「那麼，莉迪亞呢？」

這句話刺傷了尼基的自尊心，也破壞了他對奈德原有的尊崇及佩服，佩服他對自己熟悉的程度。

「我的女友對我知之甚少。她們可能會認為自己知道的很多，其實不然。」他答道。「她們不可能曉得我的秘密，因為我從沒有想要告訴她們。」

奈德繼續寫著，那支鋼筆流暢的動作以及那些暗示他可能考慮有欠周詳的一連串問題，讓尼基不得不心生疑竇，因為他已經注意到，每當他一提到巴雷這個名字時，奈德安穩坐著的身軀就似乎有一陣寒意流過。

「巴雷真的還好吧？他遭到什麼意外或變故了嗎？」

奈德似乎沒聽見。他取了一張乾淨的卡片，繼續寫著。

「我猜想巴雷一定有想到大使館了，是不是？」尼基說著。「巴雷是一名專業的老手。如果你想知道的話，我告訴你，是那盤棋讓他洩了底，他不該下那一盤棋，也不應該在公開場合下的。」

這時，才見奈德慢慢地將頭從那張紙上抬了起來。從他的臉上，尼基看到了一張冰冷的表情，比他下面的話還要可怕：「我們從來不提及姓名的，尼基。」

「即使我們之間也不提起。你以前不知道，所以你沒有錯，但千萬不要再提起了。」

看清了這句話在尼基身上大概已產生了他所預期的效力之後，他站起身子，走到緞木邊的桌旁，從一個塞蓋的玻璃瓶裡倒了兩杯櫻桃汁，將一杯遞給了尼基。「是的，他很好。」他說。

他們默默地為巴雷乾了杯，此後尼基發了十次誓，絕口不再提起這個人物。

「我們不要你在下禮拜去格但斯克，」奈德說。「我們已經為你安排了一張醫療證明和對你的補償費用，你現在生病了，病名可能是胃潰瘍。現在你要離開工作，好好休息，不介意吧？」

「你怎麼說我就怎麼做。」尼基說。

但是在他離去以前，他還是在奈德的監視下簽署一張官方秘密文件。就法律而言，這是一張很模稜兩可的文件，是專門用來給簽字人看的。但這種文件，對起草的人來講，也不具什麼信用。

尼基離去之後，奈德關上了麥克風和隱藏在暗處的攝影機。這些都是第十二樓的人堅持要用的，因為它已經變成了一種形式。

到此為止，奈德都是一個人作業。而這也是他身為蘇俄司主管的一項特權。外務員即使不是獨來獨往，也差不多是了。他甚至沒召喚老馬進來宣讀那份勘亂取締法令，因為還不到時候。

如果尼基覺得在那下午以前他都倍受冷落的話，那麼，此後的幾天他就浸浴在別人的關注之中了。第二天一早，奈德就以他一向持有的禮貌打了一通電話來，要求他向一處叫皮姆利柯街的地址報到。他到了那兒，才知道這兒原來是一九三〇年代的公寓街。彎彎的鋼質窗架漆成了綠色，有一處入口，可能是通到一座電影院的。當著兩個陌生人的面，奈德也不加介紹地就要尼基把他的故事重新講述一遍。之後，就把尼基丟進了虎口。

首先開口的是一位面露煩憂不決之色的男子，他有著像嬰兒般紅紅的臉龐和清澈的眼神，身穿一件淡黃夾克，剛好配上他淡黃色的頭髮，他的聲音也是浮浮的。「我想你說過一件藍色的衣服吧？我的名字是華爾特。」他加上了這一句，好像他自己也被這個消息給嚇了一跳似的。

「我是說過，先生。」

「你確定嗎？」他吸了吸煙斗，搖晃了一下腦袋，挑起雙眉斜睨著他。

「絕對確定！先生。一件藍色的衣裳和一個咖啡色的手提袋。大部分的手提袋都是用線織成的，她的卻是一個咖啡色的塑膠袋子。我對我自己說：『今天你的時運不佳，但你若想將來與這女的有一手，就應該從倫敦帶給她一只藍色的袋子來配她的藍色衣服，不是嗎？』就是因為我想過這，所以才記得的。我的腦子裡有連線的，先生。」

在我重放那一卷錄音帶時，我一直覺得相當奇怪，尼基稱呼華爾特作「先生」，但從未稱呼奈德什麼。但這暗示了華爾特可能有一些不和藹的態度，而不是代表尼基對他的尊敬。總之，尼基是一個在脂粉堆裡打過滾的男人，而華爾特剛好相反。

「而你說她的頭髮是黑色的？」華爾特哼著，就好像黑色的頭髮正在隨風搖曳一般。

「黑色的，先生。如絲一般的光澤，接近烏鴉羽毛那麼黑，真的！」

「不是染的？你認為呢？」

「我知道兩者差別何在，先生。」尼基說。他摸了摸頭，因為他想現在就把所知道的全都告訴他們，甚至連他為什麼會永遠年輕的秘密都一併講出來。

「你早先說她是列寧格勒人，你憑什麼這麼認為？」

「我是從她的教養和舉止來看，先生。我看到的是一個具有羅馬氣質的俄國女人，我就是這麼認定的。聖彼德堡[3]人。」

「但你並沒有在她身上看到亞美尼亞人，或喬治亞人，或例如猶太人的氣質？」

尼基沉思了一下，反駁道：「我本身就是猶太人，你知道嗎？先生。我不認為必須要見過某一種人才能夠認出那一種人，但我可以這麼說：我心裡可沒什麼特別的感覺。」

一種似乎是尷尬的沉靜過後，他又繼續說道：「老實講，說我自己是猶太人有些兒過分。如果這是你自己想當的，我指的是幸運的話。但如果你不要，沒人應該勉強你。我本人先是英國人，再是波蘭人，再是什麼什麼的。當然另外還有一大堆人也有好幾個國籍，但你可以不用管他們，這是他們自己的問題。」

「說得好！」華爾特使足了氣喊道，一邊彈著手指一邊笑。「這可是一句話就說清楚了，而且你說她的英語講得還挺不錯的？」

「不只是不錯，先生。她的英語講得非常典雅，可以做你我的老師了。」

「你是說，像是學校教書的老師一樣，是嗎？」

「那是她給我的印象，」尼基說。「她像是個老師、學者。我可以感覺出她有書卷氣、有智慧及堅強的意志。」

「根據你的看法，她可不可能是一位翻譯人員？」

「我的看法是，好的翻譯人員會將自我隱藏起來，而這位女士則光芒四射。」

「嗯，這個答案很好，」華爾特邊說邊將手向下搖擺著脫下粉紅色襯衫，「而且她還戴了一枚結婚戒指，這是真的嗎？」

「是真的。先生。一枚訂婚戒指和一枚結婚戒指。我通常都先看這些東西。俄國可不是在英國，你必須反著看，因為女人把結婚戒指戴在右手上。單身的俄國女人很討人厭，而離婚的更糟糕。要有健壯的好丈夫和一堆小傢伙讓她們每天都有家可回，我才可能會考慮考慮。」

「那麼，我問你，你想她已經有孩子了嗎？」

「我相信是的，先生。」

「噢，算了吧！你怎麼可能看得準呢？」華爾特嘴角突然一撇，不悅地說。「你難不成還是個靈媒？」

「是臀部，先生，臀部。她即使害怕得要死，還是維持著她的尊嚴。你看她的臀部，就知道她是曾為人母的。」

「高度呢？」華爾特尖叫著，一邊光禿禿的眉毛還揚了起來，好像是在警告他一樣。「你能告訴我們她有多高嗎？想一想你自己的高度，再想一想她的。你看她的時候，是抬起頭來看，還是低頭看？」

「我告訴你，她比一般人要高些。」

「比你高？」

「是的。」

「五呎六吋，還是五呎七吋？」

「比較像後者。」尼基沉思了一下才說。

「再說一次她的年齡，你剛剛漏了說。」

「如果她已經超過三十五歲的話，那還真讓人看不出來。她的皮膚亮麗可愛，體態婀娜多姿，尤其是她的氣質神韻，好像是一朵盛開的花朵。」尼基臉上帶著遭受挫折的微笑答道，大概是他已經發現華爾特已經在開始吃味了。在某一方面，他仍然以為這個波蘭人是個行徑怪異的人。

「想想看，如果今天是星期天，如果她是英國人，你想她會不會上教堂？」

「我相信她一定把這個問題好好想過了。」尼基脫口而出，自己也嚇了一跳，他還沒時間去想答案呢！「她可能說沒有上帝，也可能說有上帝，但她絕不會就這麼不了了之，像我們大多數人一樣。她一定會好好考慮，得到結論，如果她認為該採取什麼行動，她也絕對會去做。」

突然之間，華爾特那些希奇古怪的行為變成了一副皮笑肉不笑的笑容。「噢！你說得好。」他嫉妒地說。「現在，請問你懂不懂科學？」他繼續扯高了嗓子說。

「懂一點，廚房的科學。真的！學了一些。」

「物理學呢？」

「及格而已。先生。我過去曾經賣過物理課本。即使是現在，我也不知道自己有沒有能力做那些測驗卷。這些東西的確讓我能夠充實一下自己。」

「那麼，telemetry④這個名詞是什麼意思？」

「我從沒聽過這個字。」

「英文或俄文都沒有嗎？」

「任何語言都沒有過，先生。我不認識telemetry這個名詞。」

「那麼，CEP這個字呢？」

「什麼，先生？」

「就是circular-error-probable⑤，老天！這個字在你給我們的那幾本筆記裡已經寫得夠多了。怎麼？你還是一點兒印象都沒有嗎？」

「我沒有注意到它，我把它給跳過去了。」

「他寫的那個蘇俄武士死在自己的盔甲裡的那一段你沒有漏掉，為什麼？」

「我沒有特意要讀那一部分，我只是湊巧讀到那一部分的。」

「好，你湊巧讀到那一部分，於是你就有了一種看法，對不對？那位作者要告訴我們的，到底是什麼看法？」

「我想，是無能。俄國人無能，他們是頑固。」

「什麼地方頑固？」

「火箭，他們做錯了。」

「什麼樣的錯誤？」

「什麼東西都錯了。磁力的錯、偏差的錯誤，不管什麼都錯了。我不知道，這是你的事，不是嗎？」

但是，尼基在這種被詰問的氣氛之下所產生的不悅之情，也只是強調他已善盡了身為目擊者的本分。雖然他想表現，卻表現不出，但這倒使得他們大為放心，如華爾特現在那如釋重負的手勢所顯示的。

「嗯，我想他已經做得非常好了。」他的聲音之大，好像尼基耳朵聾了一般。他又揮了揮手，誇張得像是在下結論一樣。「他把記得的告訴我們，一點兒也沒有揑造事實。尼基！你不會揑造事實吧？」他一口氣講完，把原本交叉的腿放平，好像他的腿窩子在發癢一樣。

「絕對沒有！先生，你大可放心。」

「這麼說，你的確沒有揑造事實囉！不管怎樣，我們遲早會查得出來的。如果真是揑造事實，那你給我們的東西就光澤盡失了。」

「不，先生。我已經一五一十地告訴你了，不多，也不少。」

「我想也是，」華爾特的身子往後靠了靠，用一種信任的語氣對他的同事說道：「幹我們這一行的，最難的事是對人說『我相信』，尼基是非常少見的情報來源，如果世上多幾個像他這種人，那我們就都得挨餓了。」

「尼基，他是莊尼。」奈德在一旁像一名侍從武官一樣地解釋道。

莊尼有一頭灰色波浪狀的頭髮和寬大的下顎，手裡拿著一個檔案夾，夾內裝滿了看來像是挺正式的公文。單單看他手腕上金色的錶鍊和筆挺的西裝，他就可以在外國酒吧女侍面前擺足英國佬的派頭。但在尼基眼中，可就並不是這麼回事了。

「尼基，首先，我們先謝謝你。」莊尼帶著一口美國東岸人懶洋洋的口音說道。他慷慨的語調中，隱含著一種調調：我們是更大的受益者、我們是最大的股東。我看莊尼就是這種調調。他是一位好幹員，但他無法把美國人的優越感藏在他的公事箱中。我有時會想，這也許就是美國的情報人員和我們自己的情報人員不同之處。美國人挾其權勢和金錢，總是誇耀著他們的運氣有多好多好。他們缺少我們英國人的沉潛氣質。

不管怎樣，尼基看到他，背上的毛立刻豎了起來。

「我問你幾個問題行嗎？」莊尼問道。

「如果奈德說可以，就可以。」尼基說。

「當然可以。」奈德說。

「那麼，我們從那一晚的有聲圖書展開始談起，好嗎？老兄。」

「嗯，準確來講，是傍晚，莊尼。」

「你陪同一位名叫葉卡特里娜・奧拉娃的女子一同走過那個房間，走到那一道樓梯的頂端，也就是那些警衛站立的地方，你向她道別。」

「她挽著我的手臂。」

「她挽著你的手臂，好極了！在那些警衛們面前。看著她走下了樓梯，你也看著她走到街上了嗎？老兄。」

我以前從未聽過莊尼用過「老兄」，所以我以為他多多少少是在諷刺尼基。這是情報人員在教室裡跟他們的心理學老師學來的技倆。

「是的。」尼基斬釘截鐵地說。

「她走到街上？停在那兒沉思。」他以律師那種假意的誇張態度暗示著說。

「走到街上，走出了我的生命。」

莊尼等在那兒，一直等到大家都清楚他是在等著；而尼基比誰都清楚。「尼基，老兄！過去的二十四小時我們派人守在那道樓梯的頂端，沒有人可以從那兒看到街上的。」

尼基的臉沉了下來。這不是因為尷尬，而是因為生氣。「我看著她走下樓梯，看著她穿過大廳，到達臨大街的地方，然後就一去不復返了。因此，除非有人在過去二十四小時內把街道給搬了家，這在史達林統治時代是有可能的……。」

「我們繼續下去，好嗎？」奈德說。

「你看到任何人跟在她後頭走出去嗎？」莊尼毫不放鬆加緊問道。

「你指的是在樓梯上或是到街上？」

「都有，老兄，都有。」

「沒有，我沒看見她走到街上去，對不對，因為你才剛告訴我，說我沒有。因此，為什麼不由你回答那些問題，而由我來問呢？」

就在莊尼懶懶地坐下時，奈德插嘴了：「尼基，有一些事情是必須非常謹慎地查明。這件事事關重大，而莊尼也有職責在身，所以這是馬虎不得的。」

「我也是性命攸關啊！」尼基說。「我的話說了也是很危險的，我不喜歡人家把它不當回事，尤其這人還是美國人，不是英國人。」

莊尼的目光回到了手中的檔案，說道：「尼基，你可不可以描述一下那個展覽會的安全布置，就拿你所見到的講一講。」

尼基很快地深呼吸了一口。「嗯，好吧！」他停了一下，又開始講：「在旅館的大廳有兩位穿制服的警察四處走動著，這些人如往常一樣將來來往往的俄國人都登記下來。在大廳裡面有幾個很討厭的傢伙，他們就是便衣警察。我們稱這些人為閒逛者。」為了讓莊尼更了解，他又加上了這一句。「不消幾天，你就可以把這些閒逛者全給牢記在心了。因為他們不買、不偷展覽品，也不問你要贈品。他們當中有一位奶油黃色頭髮的人。一共有三位，整個禮拜都沒有換過，不要問我原因何在。他們看著她走下樓梯。」

「每個人都看到了嗎？老兄。」

「就我所知，是每個人，但我希望我錯了。」

「你也不能確定有兩位說不出年齡的灰髮女士，也是每天到場，早出晚歸，也不買，也不與任何在場攤位人員或展覽人員做任何生意上的交談。她們在會場，似乎是別有目的。」

「我想，你是說葛特和黛西了？」

「抱歉！請再說一次。」

「有兩位從圖書館協會裡來的老母雞，她們是來喝啤酒的。她們最喜歡做的，莫過於在攤子上搜括目錄或跟人家要宣傳單。我們給她們起了名字叫葛特和黛西，是根據戰時和戰後英國的一個很受歡迎的廣播節目取的。」

「你有沒有想過，這兩位女士也可能是在執行監視的任務？」

奈德那隻強有力的手此時已經伸出去阻止尼基作答，但他卻退了一步。

「莊尼！」尼基此時已經火冒三丈了。「那是莫斯科，對不對？蘇聯的莫斯科！老兄！如果我放著正事不做，一天到晚就想誰是監視人員，誰又不是，我早上既起不了床，晚上也睡不著覺了。連樹上的鳥兒都可能是線民啦！」

不過，莊尼還是看著他的電報。「你說，葉卡特里娜·波里索芙娜·奧拉娃來到你旁邊那個幾天以來都空著的攤位上，是嗎？」

「我的確是說過。」

「但你在前一天也沒見過她，對嗎？」

「是的。」

「你也說，你很喜歡看漂亮的女子，是嗎？」

「沒錯，謝謝你。我希望我永遠都是。」

「你難道不認為當時你就應該早已注意到她了嗎？」

「我有時的確會漏掉。」尼基承認之後，又加了一些解釋。「在我轉頭的時候、在我彎腰、上廁所的時候，我都可能會漏掉一些的。」

莊尼仍然自顧自地講著話：「你在波蘭有親戚嗎，藍道先生？」他口中的「老兄」似乎已經功成身退了，因為我在聽錄音帶的時候，注意到他已經不再用它了。

「有。」

「有沒有一位姊姊在波蘭政府擔任高階層的職位？」

「我姊姊在波蘭的衛生部擔任醫院的督察。她的職位並不高，而且也已經過了退休的年齡。」

「曾經有共黨集團或為共產黨工作的第三世界間諜，直接或間接將你當做有意的目標，而對你施加壓力或恐嚇過嗎？」

尼基轉眼看著奈德說：「什麼的目標？我的英文不怎麼好。」

「有意的，」奈德報以溫暖的笑意說道。「也就是注意的意思。」

「在你到東協集團國家旅行的時候，你曾經與這些國家的女人親近過嗎？」

「我曾經與幾個人上過床，沒有跟她們親近過。」

華爾特此時像一個頑皮的小孩子似地，將肩膀高高聳起，手摀著難看至極的牙齒，發出一陣怪笑聲。但莊尼不為所動，繼續說道：「藍道先生，在此以前，你曾經與任何敵國或友國的情報人員在任何地方接觸過嗎？」

「沒有。」

「你曾經為任何目的，無論這些目的是多麼單純，將情報賣給任何身分或地位的人嗎？如新聞從業人員、調查人員、警察人員或軍人等。」

「沒有。」

「你現在沒有加入、以前也未曾加入任何的共黨組織、和平團體或任何以某種目的作為號召的團體嗎？」

「我是英國國民。」尼基翹起他那波蘭人的下顎，回了一句。

「那麼，對於你所處理的東西裡面所包含的信息，有多麼曖昧不明和多麼令人費解，也是一無所知了？」

「我沒有處理它，我只是把它交給你們而已。」

「但你還是乘機讀了它啊！」

「我就我懂的讀了一些，之後就放棄了。這些我都已經告訴過你們了。」

「為什麼？」

「是基於道德良心，不過此刻我懷疑你沒有這種良心。」

莊尼此時被他這麼一講，居然一點兒也沒有覺得不好意思，還是耐心地看著他的檔案。他拉出了一個信封，又從那個信封裡取出了一疊像撲克牌大小的照片，像玩紙牌一樣地排列在桌上。這些照片中有些很模糊，而且都是顆粒很粗的畫面，有些照片的前景被東西給擋住了。這些照片裡拍的都是從一個蕭瑟老舊的辦公室裡走出來的女士們，有些三五成群，有的形單影隻。有些拿著手提袋，有些低著頭什麼也沒有帶。尼基記得曾聽人家說過，這是莫斯科的上班婦女們在中午時偷偷溜出來買東西的情形。她們把買到的東西塞到口袋裡，並且故意把手提袋留在辦公桌上，為的是要展示給人家看，她們只不過是到走廊走走罷了。

「就是這一位。」尼基突然用手指著說道。

莊尼把他那種審問犯人的招術又耍了一遍。他比誰都知道這些東西已經是老把戲，絲毫沒有什麼好耍，但他還是照做不誤。他裝作既失望又非常懷疑，好像是抓到尼基的小辮子一樣。從錄影帶中，可以看出他假裝生氣，而且假裝得有點過頭了。「老天！你怎麼能這麼確定？你從沒有看過她穿過大衣呀！」

尼基可是一點兒也不為他的氣勢所動。「這就是那個女的，卡蒂雅。那就是她的手提袋，塑膠的。」他繼續看著照片，說道：「那是她的結婚戒指。」有一陣子，他甚至忘了周圍還有人，喃喃自語道：「如果明天還發生那件事，我還是會為她做的，即使後天也一樣。」

莊尼這次讓人難堪的審問至此圓滿閉幕了。

日復一日，令人難以理解的訊問一再接踵而至，約過幾個不同的地點，並且除了奈德以外，都換了不同的人，尼基逐漸產生一種感覺，事情是漸漸進入了高潮。有一次在波特蘭廣場後面的一處聲學實驗室裡，他們放出女人的聲音給他聽，是俄國人講俄語，還有俄國人講英語。但他沒認出卡蒂雅的聲音。又有一天，他被他們搞得大吃了一驚，因為整天都是在談錢的事。不知他們打哪兒弄來她的銀行報表、退稅資料、薪資單、存款抵押及養老保險單？簡直比國內稅務局還精。

「相信我，尼基。」奈德臉上帶著一種誠懇、讓人安心的微笑。聽了他的話，尼基心中有一種感覺，奈德已經為他爭取到一些什麼了，而且，事情也開始走上正途。

「他們開始要為我安排工作了。」他在那個禮拜一這麼想著。「也許他們要把我變成像巴雷一樣的間諜了。」

「他們將要在我父親去世後二十年為他平反了。」而在禮拜二時他又這麼想著。之後，就在禮拜三的早晨，山姆，也就是那一位司機，來按他家的鈴。於是，接著，一切的真相就大白了。

「今天又要到哪裡了？」尼基神色愉悅地問他：「是去血腥的倫敦塔嗎？」

「星星監獄。」山姆說完之後，他們都哈哈地笑了。

但山姆既沒有帶他去倫敦塔，也沒有帶他去星星監獄，而是把他送到英國政府機關的一個辦公室邊門。十一天以前，他曾在此大鬧，試圖闖入此門，但未成功。灰眼珠的布拉克引導他走上了後面的一道樓梯，之後就消失了。尼基來到一間非常大的房間，從這房間裡向外俯視，倫敦的泰晤士河就在眼前。一排人坐在一張桌子旁，面向著他，最左邊的位置坐著華爾特。他的領帶筆直，光溜溜的頭髮垂在額前，他的右手邊坐著奈德，兩人看起來都是一本正經的樣子。這兩人中間坐著一人，兩手交叉平放在桌上，此人年齡較兩人為輕，穿著十分講究的西服。

尼基直覺地認為他的階級要比這兩人高。尼基事後說，這人看起來像是從一部電影裡走出來的，他梳理得整潔光潤，嘴角緊閉，好像準備上電視的樣子。看來不只是有錢，他年約四十出頭，不過，最糟糕的卻是他的樣子很單純，太過年輕以致於還不夠格被控為成人犯呢！

「我叫克萊福。」他故意壓低著聲音說。「尼基，請進。我們現在對於應該拿你怎麼辦有了一點不同的意見。」

尼基看了看克萊福，再看了看大家，然後，他想了一下，又看到了我——老馬。奈德見他看著我，就微笑地向他介紹。

「啊！尼基，這是哈瑞。」他半開玩笑地說。

到此時，除了他以外，沒有人真正知道交易的細節，不過奈德向我透露了一點：「尼基，哈瑞是我們的自備裁判，他是來確認每個人都會得到公平的處置。」

「好的。」尼基說。

我就是在這個時候悄悄地介入這項歷史事件，扮演著法律小廝、暗中擺平事情的人、一個小角色、討好別人並兼記事者，只有偶爾是帕爾弗萊。

為了要把尼基照顧得更周到，李格入場了。李格身軀高大，神采奕奕，予人有安全感。李格引領尼基坐上了一個擺放在房間中央的椅子，然後坐在他旁邊的另外一張椅子上。他這麼做，是因為李格的職業可說是一位施福利者，他的客戶包括變節的人、出問題的外務人員和搞砸了的情報員，以及其他的男男女女。如果沒有李格·華特爾和他的美麗妻子碧蓮妮絲在場的話，這些人對英國的向心力就會變得薄弱多了。

「你做得很好，不過我們不能告訴你好在哪裡，因為這麼一來，安全性就沒有了。」尼基聽了之後心裡覺得很是舒服。克萊福接著又用他乾啞的嗓子說道：「即使你所知道的事情微乎其微，但還是太多。我們不能讓你手擁著我們的機密在東歐晃來晃去，那樣子對你和對那些關係人來說都太危險了。因此之故，在你為我們提供了非常珍貴的服務的同時，你也令我們十分擔憂。如果是在戰時，我們可能會將你關起來，甚或殺了你。但現在不是，起碼不是正正式式打仗。」

當個起碼的小官，克萊福已經很會運用微笑了。但是如果用來對付善良的人，這可是一種頗不光明正大的作法，就像在講電話的時候保持沉默一樣。但是克萊福對「不光明正大」根本一無所知，因為他對它的反義字更是一無所知。就情感而言，如果你要人聽你的，你就得善用微笑來作武器。「畢竟，你能夠指認一些非常重要的人物，是不是？」他繼續說著，說得非常小聲，大家一動也不動地聽他講：「我知道你不可能故意這麼做，但是一個人一旦雙手被拷在熱鍋上，他也就只好身不由己了。」

當克萊福認為他已經把尼基給嚇得夠多了，就看了看我，並且對我點了個頭，於是我就打開隨身攜帶的那一只高級的皮製檔案夾，從裡面取出了我所預備的一份冗長的文件，交給尼基。這份文件的要旨是要尼基自願放棄到鐵幕旅行的念頭，並且無論何時，他必須在出國以前的數日知會李格，至於如何知會，則由兩人另作安排。並且，尼基的護照要由李格代為保管，以防不測；又，尼基終身必須接受李格或當局所指派的人擔任他各方面的朋友、顧問和監護人，包括如何處理一家煩人的英國銀行福翰分行開出的十萬英鎊支票的付稅問題。

再者，為了要讓他常接受當局的恐嚇，他必須每六個月向該情報機構的法律顧問哈瑞報到，接受一番關於「秘密」的教誨。老帕爾弗萊一度是漢娜的情人，一位被生活壓得透不過氣的人，因此可以很可靠地負起一個任務，讓別人的背脊骨挺直。依照以上所述諸點，這整件事關係到某一位俄國女人及她朋友的文學手稿，以及此手稿的內容（不管他對此內容所知多少）以及由某一位英國出版家所扮演的那一部分，均在此時莊嚴地宣布無效、死亡、消滅，並且落幕，從今日起直到永永遠遠，阿門。

此文件的一份副本收藏在我的保險箱中，一直到不可預期的將來，尼基讀了兩遍，李格也站在他身後讀了一遍。然後，尼基就陷入了沉思之中。他不管有誰在看著他、誰正巴望著他簽字好結束這一棘手的問題，因為他知道，此時此刻，他是買主，不是賣主。

他彷彿又看到自己站在莫斯科那間旅館的房間窗口，記起了他如何希望自己能將旅行用的靴子高掛起來，過個安逸舒適的日子。此時他心中突發奇想，也許神果真聽了他的禱告，並且照著他的祈求為他成就一切所求所想的。於是，他突然笑了出來，笑得大家心裡都感到毛毛的。

「嗯，我希望那個美國人莊尼會付這筆帳，哈瑞。」他說。

但這個玩笑並沒有得到任何掌聲，因為它也的確就是事實。因此尼基就拿著李格的筆，簽了字，然後把這份文件給了我，看著我在「證人」的那一欄簽上了霍拉帝歐．帕爾弗萊。我簽名潦草的歷史已有二十年，即使我簽的是「海因斯牌番茄湯」，尼基或是其他任何人也都不會發現有何差別。我把它放回了我那皮製的「棺材」，輕輕地把蓋子闔上。此時大家握了手，互相交換了自己的保證。克萊福低聲說道：「我們很感謝你，尼基。」就像在電影裡一樣，尼基不時地要自己相信，他也曾經參與過。

之後，大家都跟尼基再度地握了握手，目送他高貴地踏著夕陽離去，或者更正確地說，是看著他神情愉快地下了樓，與體格大他兩倍的李格．華特爾邊走邊聊。在美國為其利益所做的強大壓力下，我已取得許可證，擔保他們可以監視、竊聽尼基所有的行動。

於是，他們在他家和他辦公室的電話上都裝了竊聽器，拆開他的信件，並且在他心愛的「勝利」車後輪軸上安了一種電子零件。

他們在他下班後跟蹤他，並且在他將辭職前的最後一段時間中，買通了一位打字員，盯住他這位「可疑的外國人」。

他們在他常去獵艷的酒吧裡，為他安排了一位女友隨侍在側。不過，儘管他們為了因應美國強大的利益需求，而採取了這些既繁瑣又無用的防杜措施，但最終還是一無所獲。他們沒有聽說尼基有過任何吹噓或輕率的舉動。尼基此後從未抱怨過，也沒有吹過牛，更沒有大事張揚。事實上，他可以說是這一種交易中絕少數樂天知命的分子之一，也為這個故事畫下了完美的句點。

他除了是完美的結局以外，更是完美的序曲，且一去不復返。

他從沒有要與巴雷，也就是那一位偉大的英國間諜聯絡。他活在一種敬畏自己的生活中。即使那一間錄影帶店盛大開幕的時候，也正是這位在現實生活中真正的英國幕後英雄最需要有人與他作伴的時候，他都沒有逾越規矩。也許對他來說，知道有一晚在莫斯科，當這一個古老的國家召喚他的時候，他也曾經扮演過一位他長久以來一直渴望扮演的英國紳士角色，這就滿足了；或者他對於心中的波蘭能夠踢了隔壁的蘇俄一腳，就已經心滿意足了；也許存在他腦海裡的卡蒂雅，那一位堅強、高尚、勇敢及美麗的卡蒂雅，讓他忠實地活了下來。那一位卡蒂雅，即使自己身處險境，也還不忘叮嚀他可能遇到的危險，告訴他說：「你必須相信你所做的。」

尼基相信了。他也很高興自己相信，如我們任何人都應該的。

他開的錄影帶店也欣欣向榮了。這是一件轟動大事，經常門庭若市，包括從那個高德格林來的警察（我已警告過他不要找尼基的麻煩）。對某些人而言，是樂觀其成的。

最重要的是，我們能夠愛他，是因為在他的眼中，我們扮演著我們所希望扮演的角色。我們是負責保護國力安定的神，是全能的勇士，無所不在的監護人。這種看法，巴雷似乎從未有過。漢娜雖然有過，但也只能從外表上認識這個單位，知道這是一個她無法跟我走進來的地方，是一個一切的希望都得止步的地方。因此，她雖然一百個不情願，也只能絕望地離去。

就在幾個禮拜以前，當我為了某種理由把情報局的人大加讚揚一番的時候，她對我說：「對我來說，他們不但不是良藥，而且更像是惡疾！」

①：Heinrich von Kleist（1777-1811），德國劇作家。

②：源自狄更斯的法律小說《荒涼屋》（*Bleak House*），述及維多利亞時代主事者的顢頇無能，一場遺產爭奪案最後成了鬧劇一場。

③：St. Petersburg，聖彼得堡是列寧格勒的古名，蘇聯解體後才恢復原名；在本書故事發生的時代，此地仍稱為列寧格勒。

④：telemetry是「遙測」之意。

⑤：圓誤差機率。

3

我們這些幹情報的老手們經常會說：「情報作業是不可能一個笑話都不鬧的。」作業的規模愈大，鬧笑話的機會也愈多。根據本單位由來已久的慣例，由於這一個禮拜圍捕巴多羅麥，也就是巴雷·史考特·布萊爾的行動屢遭挫折，因此我們也就投注了更多的人力。而蘇俄司來的布拉克這些科班出身的新手，已經學會了在找到巴雷這個人以前，就先仇視他。

找他找了五天，他們認為除了不知道他身在何處以外，可以說對他已經瞭若指掌了。他們知道他出身於一個思想開放的家庭，父母讓他接受昂貴的教育，但是兩樣都沒有結出善果。他們也知道他結過幾次婚，最後都離異了。他們還知道在康登鎮有一間咖啡店，他常在那兒與一些到店裡閒逛的混混下棋。即使他有罪，他們仍然告訴一位專辦離婚的律師維克婁說他是一位正人君子。他們借用了一些老掉牙的藉口，在何夫找到了他的一位姊姊，也探出了她對他的絕望。此外，他們還在漢普斯德找到了一位跟他有書信往來的商人，在格雷丹找到了他已經出嫁的女兒，她對父親非常崇拜。接著，他們又在城裡找到了他一個兒子，他則絕口不提父親的事。

他們也約談了幾個他曾經偶爾加入他們吹奏薩克斯風的三流爵士樂團、一家他曾經造訪過的醫院裡的社工人員和一位在肯帝希鎮裡教會的牧師。他曾在這兒唱過男高音，讓大家刮目相看。這位牧師笑嘻嘻地說：「他唱起歌來聲音真是好聽。」但是他們在老帕爾弗萊的幫助下想要竊聽巴雷的電話，多聽聽他那美妙的聲音，卻什麼也沒聽著，因為他沒有付電話費。

他們甚至還在我們自己的紀錄裡找到了，或者應該說是那一位美國人幫忙我們找到了一點兒線索，但也沒有什麼多大的用處。因為結果顯示，在六〇年代早期，那個凡是具有雙重姓氏的英國人都有可能被情治單位召去的時代，巴雷的檔案曾經被轉到紐約，接受一項只有單方面受尊重的雙邊安全協定裡所規定的調查。憤怒的布拉克又到中央戶籍處查證了一次。起先，他們否認知道巴雷的任何資料。之後，他們從一個預備鍵入電腦的白色索引櫃中取出了他的卡片，並且根據這張白色的卡片，找到了一個白色檔案，檔案中存有原始的調查表格和回函。布拉克趕忙衝進了奈德的辦公室，好像他已經找到了解開一切謎題的線索。年齡：二十二。嗜好：看電影和音樂。從事的運動：無。考慮他的理由：有一位名叫李昂諾的表兄在近衛軍服役。

這件事卻無高潮可言。徵募來的一位幹事曾請他吃午餐，並在他的檔案上用章蓋了「無進一步行動」，然後再親手加了「至今」兩字在前頭。

不過，這個二十年前的離奇插曲卻在他們對他的態度上多少產生了一點偏差的效果，就好像他們一度曾為了他父親薩里斯伯里・布萊爾居然會與左翼分子有過牽連，而感到耿耿於懷。這項發現破壞了巴雷在他們心中的獨立性。不過奈德可不會如此，因為奈德個性較沉穩。但是在布拉克和其他年輕幹員心中，確實是破壞了。這使他們感到欠他一份情，因為他們對這一個神秘人物可崇拜不成了。

巴雷那不堪入目的車子又讓他們栽了一次筋斗。警察在列克山公園發現它非法停在那兒，保險桿已凹陷，駕照過期。另外，放手套的抽屜裡有半瓶酒和一隻手套，手套中還躺著一疊巴雷寫的情書。四周的居民已經接連好幾個禮拜在抱怨這輛車子了。

「你要我拖走它？踢它？登記它？還是把它送去壓扁算了？」那位交通督察在電話裡直等著奈德的指示。

「算了！」奈德沒精打采地回答著。不過他和布拉克還是趕往了現場，希望在絕望中能再找到一絲線索。結果，他們發現，那些情書是他寫給公園的一位女士。但她向他們表示，她絕不知道巴雷現在人在何處。

一直到了下一個禮拜四，當奈德耐心地查閱巴雷當月份的銀行借貸表時，才發現在透支欄內有一項每年四期的固定匯票，支付一百多鎊給里斯本一家房地產公司轉交某人。他無法相信自己的眼睛，邊看著借貸表，邊脫口而出了一句平常不會講的粗話。之後，他趕緊打電話給旅遊部，要他們查一查從加維及希斯羅機場起飛的班機。當旅遊部回了他電話後，他又詛咒了一遍粗話。他們找到了。之前馬不停蹄地打著電話、約談相關的人、到處央人，試了各種管道，查閱各種名冊，拍發電報給全世界大半與英國友好的國家首都，他們那趾高氣揚的檔案部門還在美國人面前卑躬屈膝。但是他們所約談過的、所做過的調查，都沒有披露一個他們所需要知道的事實，一個極其重要的、絕對不能錯過的關鍵性資料：十年前，巴雷意外地從一位住在遠方的孀孀處繼承了一筆數千英鎊的遺產，於是就用這筆錢在里斯本為自己購置了一棟破舊的小屋。從此，他為求減輕心靈上的各種負擔，每隔一段時間就會跑到這兒休息一陣子。也許他考慮過在康瓦爾、普羅旺斯或廷巴克圖買房子，但在一次偶然的情況下，他迷上了里斯本。於是乎他就在水邊風光旖旎、景色宜人的草原附近，一處漁市場的旁邊，為自己找著了這處憩息之所。

就在他們發現了這一項事實之後，整個蘇俄司充滿了一種風雨欲來之前的平靜，而布拉克那張瘦削的臉龐上則現出一種氣極敗壞的憤怒。

「這些日子，我們有誰在里斯本負責？」奈德的語調輕柔得就像夏天的和風。

然後，他打了電話給老帕爾弗萊（亦即哈瑞），要他隨時待命。這種景況，真是應了漢娜的話了。

當米利都走進來找他的時候，巴雷正坐在吧台邊的凳子上，口沫橫飛地向一位喝得爛醉如泥、名叫格雷夫斯的人逑說著人性。他的全名是亞瑟．溫士婁．格雷夫斯，是一位移居國外的砲兵上校，後來被記在優先考慮的名單士，成為巴雷的關係人之一。這是他在歷史上唯一記上的一筆，但他卻永遠也不會知道。巴雷那長而柔軟的背向後弓著，離那一扇打開的門很遠，門外是院子，而米利都這一位年約三十的胖小子因此得以在有所動作前先呼吸一口新鮮的空氣。他追查巴雷已經有半天了，到處都撲了個空。每落空一次，他心中的氣憤便添加了幾分：譬如就在離此不到五分鐘距離的巴雷公寓裡，一位操普通口音的英國女人隔著信箱對他說話，可把他給氣死了。而在大英圖書館裡，那位女圖書館員告訴他說巴雷今天一整個下午都在閒晃。雖然當面問她，她不承認，但語意中已明顯地暗示出巴雷是個醉鬼。當他追查到愛斯托里爾一處令人嫌惡的都鐸式酒館裡時，巴雷卻早在半個小時以前就離去了，他在晚餐時還和大夥兒們在此又喝又鬧。

那間旅舍（也許該稱它為小客棧）是一間老舊的聚會場所，它是英國人喜歡去的地方。為了要走到那兒，米利都還得攀登一條既老舊、又懸垂著藤蔓的梯道。他爬上去之後，四處仔細地查看一下，然後又不得不趕緊下來，叫布拉克跑（我是說真的跑）到轉角的咖啡店去打電話給奈德，然後再回來攀爬。這就是他為什麼會老是感到氣喘吁吁，甚至有被人利用的感覺。沁涼的沙岩和新磨的咖啡味混雜著夜間植物的氣味迎面撲來，但米利都對這些氣味一點兒都不感興趣，他最需要的是空氣。遠處的電車聲和船舶的汽笛聲，是唯一與巴雷的獨角戲互相唱和的背景音樂，米利都對它們卻一無所覺。

「盲童是不會嚼東西的，格雷夫斯，我親愛的老魔術師！」巴雷把他那像蜘蛛腳般的食指指尖放在這位上校的肚臍眼上，手肘擱在吧台上一盤未盡的棋盤上，耐心地解釋給這位上校聽。「這是經過科學證明的事實，格雷夫斯，眼盲的兒童需要人教才會吃東西。到這兒來，閉上你的眼睛。」

巴雷用雙手輕輕地托住他的頭，扶著他靠過來，然後打開他的嘴巴，放進了幾顆腰果。「就當你是個孩子，照著我的吩咐做，咬啊、咬啊！小心！不要咬到舌頭，咬啊！再來一遍。」

這當兒，米利都覺得該他上場了，於是堆起親切的笑容，一腳踏進了酒吧。而在進門的兩旁各豎著一個真人大小、穿著宮廷服飾的黑白混血女人雕像，著實把他給嚇了一跳。「頭髮是茶色的，眼珠是綠色的。」他在心裡打量著，一邊把巴雷當馬一樣地徹頭徹尾地審視一番：身高六尺整，鬍鬚刮得挺乾淨的，講話有條理，身材細瘦，衣著怪異。怪異！簡直是笑話！矮胖的米利都想道，他仍然喘息著端詳巴雷身上所穿的麻製叢林夾克、灰色的法蘭絨長褲和涼鞋。在倫敦的那些傻瓜會指望他在里斯本炎熱的夜晚穿些什麼？難道是貂皮大衣不成？

「呃，對不起！」米利都神色愉快地說著。「我正在找人，能否請你幫幫忙？」

「你要找的是我老娘的屁股，是吧？！」巴雷一邊回答，一邊小心地把那位上校的頭扶正，「你有沒有聽說過一句話：『天地不仁，以萬物為芻狗？』」

「我很抱歉！但我認為你應該是巴多羅麥．史考特．布萊爾先生。」米利都說，「對嗎？」

巴雷一邊用手抓住那位上校的衣領以防有任何意外發生，一邊小心地在凳子上轉了半圈，上下打量著米利都，先從鞋子看起，一直看到他堆著笑容的臉。

「我的名字叫米利都，是從大使館來的。我是此間的商務二等秘書。我非常的抱歉，我們從聯絡處接到了關於你的一份很緊急的電報。我們認為你最好馬上看一看這封電報，可以嗎？」

之後，愚蠢的米利都做了一個很奇怪的動作，由他這麼胖的人做起來，更是讓人覺得特異。他晃了一晃臂膀，用手蓋住頭，好像是要確定他的腦袋和頭髮都還待在原位。這胖子在如此矮的房間裡做了這樣誇張的動作，使得原本沉醉未醒的巴雷一下子就驚醒過來。

「老兄！你是說，有人死了？」他問道，臉上的笑容緊繃，看起來根本不像是在開玩笑。

「噢！我的老兄，請不要這麼緊張！這只是一封商業電報，不是領事館的，否則它怎會從我們的聯絡處傳過來？」他盡力在臉上裝出安慰他的笑容。

但是巴雷一點兒都不為所動，他仍然要追究到底。「那麼，究竟是什麼東西？」他問。

「沒什麼。」米利都心虛地回答道。「是一份很緊急的電報，非完全是私人的，只是一封外交電報而已。」

「那麼，是誰那麼急？」

「誰都不是，我不能在這麼多人的面前告訴你。它是機密，只准你我過目的。」

他們忘了描述他的眼鏡了，米利都一邊回了他一眼，一邊逕自想著。他戴有一副圓的黑框眼鏡。對他的眼睛來說，太小了點兒。如果一皺眉頭，眼鏡就會滑到他的鼻尖，而他就從那兒看著你。

「如果有人要還債，就算等到禮拜一又何妨？」巴雷一邊說著，一邊回頭看著上校。「鬆開你的腰帶，米利都先生，跟這些髒鬼喝一杯如何？」

米利都也許並不瘦，也並不高，但他也是個能控制場面的人，會玩弄詭計，一點也不輸給其他的胖子。情況需要的時候，他也會發火，會像山洪爆發一樣，一發就不可收拾。

「你給我聽著！史考特．布萊爾！老實說，這本不關我屁事。我可不是一個當差跑腿的；我是一個外交官，我有我的地位。我花了老半天的時間到處找你，外頭有一輛車子和一位跟班等著我，我可沒有義務把整天時間耗在你身上。」

如果不是那一位上校仗義執言，他們之間還有得瞧呢！他把肩膀往後一挺，又把下顎往後一縮，嘴角現出正氣凜然的樣子。「巴雷！這是陛下的恩召呀！」他吼道。「大使館是每一個地方的聯絡處，而他們的邀請也就是命令。你不可以有辱陛下的寵召。」

「但是他又不是陛下啊！」巴雷耐心地反駁道。「他又沒戴皇冠。」

米利都想著要不要召喚布拉克。他盡量做出勝利的笑容，但巴雷的注意力已經轉到了壁爐上，前面有個花瓶擋在空空的爐架前，裡頭的花都已經乾了。米利都喊他：「都好了嗎？」好像是對他的太太叫著，想看看晚宴準備好了沒有。但巴雷憔悴的目光始終停留在那一瓶已經枯死了的花上面，好似在那些花朵上看到了他的人生，看到他此生中所走過的荒唐道路和做過的一切錯事。就在米利都正要放棄希望的時候，巴雷開始把他的「垃圾」都裝進了叢林夾克的口袋裡。他的動作慣練，好像是要上山狩獵一樣。他的東西包括了一個變形的皮夾，裡面塞滿了沒有兌現的支票和作了廢的信用卡；一份發了霉且使用過度的護照；此外，他隨身還攜帶筆記本和鉛筆，用來在他清醒時記下他酒醉講過的珠玉之言。做完了這一切，他掏了一張大鈔放在吧台上，好像他此後很久都不會再需要用錢一樣。

「曼紐，送上校坐計程車。我的意思是幫他走下台階，坐上後座，並且幫他付車費。都做完了，就把找零留著。再見了！格雷夫斯，今天談得真開心。」

霧氣降臨，一輪新月由眾星拱擁著冉冉升起。他們走下了階梯，米利都先下，他一邊走著，一邊還要巴雷小心著走。碼頭上滿布晃漾的燈光。一部掛著外交車牌的黑色轎車停在路邊等著他們，布拉克好整以暇地躲在車子旁邊的暗處。另外一部沒有標識的車子停在它的後面。

「啊！這是艾迪。」米利都一面說著，一面介紹著。「艾迪，我們是不是在裡面耽擱得太久了？我相信你已經打過電話了，是吧？」

「都做好了。」布拉克說。

「相信在家的每個人都很高興了，艾迪？那些傢伙全都打點好了？你不會搞砸吧？」

「都打點好了！」布拉克怒吼著，意思是說：閉嘴。

巴雷坐在前座，頭往後靠在椅背上，眼睛閉了起來。米利都開著車，布拉克則坐在後座，一動也不動。第二輛車跟著他們緩緩地駛了出來，駕車的人是一個跟蹤的老手。

「這是你平常去大使館的路嗎？」似乎是打著瞌睡的巴雷突然脫口問道。

「呃……現在我像是一隻出任務的狗，拿著牠應該拿的電報回家去。」米利都解釋著，一點都不以為忤，好像巴雷說中了他的心事似的。「恐怕在未來的幾個星期，我們得把大使館釘上板條，好抵擋愛爾蘭人。」他開了收音機，傳來一個女人嗚咽的悲歌聲，「法多。」他大聲說。「我很喜歡法多。這也就是我為什麼會在這裡。我知道，這就是我申請調來這裡的原因。」他開始用空出來的一隻手揮著。「法多，這是一種葡萄牙民俗音樂。」他解釋道。

「你們就是那些曾經騷擾過我女兒，問了她一些無聊問題的人嗎？」巴雷問道。

「我們只是管商務的。」米利都邊說，邊使足了力氣想主導情勢。但是在他的心裡，正在為巴雷狀似天真的問題而深深煩惱著。很快就輪到他們來忍耐這個了，他想，覺察到巴雷那桀傲不馴的目光正盯著他的右頰。如果這就是總部在這些日子裡所要算計的，那麼，老天！求你不要讓我被調差啊！

他們已經向單位裡的一位前任幹員租了一棟房子，這位仁兄現在是英國的銀行家，在辛特拉另外還有一棟房子。老帕爾弗萊已經為他們把這次交易的細節都打點好了。他們不要以官方的姿態出現，以免在事後被人留下把柄。但是年代及地點本身就隱含著特殊的意義。一盞鐵製的燈照亮了拱形的入口處。大理石的石板上盡是密密麻麻的凹痕，用來防止馬兒滑跤。米利都按了門鈴，布拉克靠過來以防意外發生。

「哈！請進。」奈德高興地說，一邊把捲門打了開。

「好了！那麼我走了。」米利都說。「太好了！太棒了！」他嘴裡仍然咕嚕咕嚕地不停，在別人還來不及開口攔住他之前，就跑回車子上。就在他這麼做的同時，另一輛車子也駛了過去，好像是一個人在一個危險的夜晚目送另一位朋友到達家門口一樣。

有很長的一段時間，奈德和巴雷彼此打量著對方，而布拉克站在一旁觀察著他們。這種打量著與自己有著同樣身高、體型，甚至於階級的人之動作，也只有英國人會有。即使奈德在外表上是屬於那種不苟言笑，善於克制自己，作事極有分寸的典型英國紳士，並且在許多方面都與巴雷截然不同；而巴雷則是個四肢懶散，體型瘦削，一張臉即使在平靜的時刻也似乎決心要在雞蛋裡面挑骨頭。這兩人也的確都有值得對方推崇之處。從一道緊閉的門內，傳來了一陣男人的談話聲，但奈德裝作好像沒有聽到一樣。他引導巴雷走過一個通道，到了圖書室，說：「在這裡面。」而此時的布拉克則留在大廳裡。

「你喝了不少酒？」奈德壓低了聲音問道，一面遞給了巴雷一杯冰水。

「我沒喝醉，」巴雷說。「那些綁架我的是什麼人？到底發生了什麼事？」

「我的名字叫奈德，我就要言歸正傳了。就你這超乎尋常的事件而言，沒有什麼電報和危機，他們不是去挾持你。我是英國情報局的人，那些在隔壁房間裡等著你的人也全是。你曾經申請過要加入我們，現在就是你的機會了。」

奈德等巴雷回答，而巴雷卻不吭半聲。二十五年以來，奈德曾經在舉手投足間對他所要網羅的人表露過他的情報人員身分；但這是頭一次，他的客戶既沒講話，也沒眨眼、微笑、後退，甚至連驚訝的表情都沒有。

「我什麼事情都不知道。」巴雷說。

「也許我們會要你找些東西。」

「你自己去找吧！」

「沒有你，我們找不到。這也就是我們會在這兒的原因。」

巴雷走到了書架旁邊，抬起了頭，歪向一邊，透過他那圓形的眼鏡看著架上的書本，一邊喝著他那一杯水。

「先前你們說是商務部的人，現在你們又都是間諜了。」他說著。

「你為什麼不打一通電話給大使？」

「他是笨蛋。我在劍橋的時候與他是同學。」他拿下了一本線裝書，看著書上的序言。「狗屎！」他帶著輕蔑的眼光說著，「這地方一定很貴，是什麼人的？」

「大使會證明我的話是對的。如果你問他星期四什麼時候可以安排一場高爾夫球，他一定會告訴你要到五點鐘以後。」

「我不玩高爾夫球，」巴雷說著，又拿下另一本書。「我什麼也不玩，我已經玩膩了。」

「除了下棋以外，」奈德提醒他，一邊伸手把電話本子遞給了他。巴雷聳了聳肩，撥了電話。聽到大使的聲音後，他發出了一陣皮笑肉不笑，更可以說是不知所以的笑。「是托比嗎？我是巴雷・布萊爾。為了你的肝臟，好不好在星期四找個時間打高爾夫球？」

對方發出一陣不悅的聲音，說只能安排在五點鐘打了。

「五點鐘絕對不行。」巴雷回答道，「那樣，我們會摸黑打球的……這傢伙怎麼把電話給掛了？」他一邊抱怨著，一邊搖著聽筒。之後，他就看見奈德的手已按在那電話的聽筒架上。

「我想他不是在講笑話，他是非常慎重的。」

巴雷又一次陷入了沉思之中，慢慢地放回了聽筒。「非常輕浮和慎重間其實只是一線之隔。」他說。

「那麼，我們何不越過這條線呢？」奈德說。

門後的談話聲已經停止了。巴雷轉動門把，走了進去，奈德跟在後。布拉克待在大廳裡把守著門。從轉播機裡，我們已經聽到了他們所談的點點滴滴。

如果巴雷好奇，想知道他在那裡將會面對些什麼，我們也同樣地想知道。這是一場荒唐的遊戲。把他的生活弄得顛三倒四的。他慢慢地走了進來。進到房間之後，他走了幾步，就停了下來。他的兩臂分垂兩側，晃呀晃的。此時，奈德已快走到桌邊，一一向他介紹在場的所有男士。

「這位是克萊福，這位是華爾特，這位是鮑伯。這位是哈瑞。各位，這是巴雷。」

奈德介紹這些人的時候，巴雷從未點過頭。他似乎是一個比較喜歡用眼睛去觀察的人。

真正讓他感興趣的，還是那華麗的傢俱和室內那些矮灌木。除此以外，他對一棵橘子樹也稱羨不已。他碰碰樹上的一個果子，摸摸葉子，然後裝模作樣地拿起手指來聞了聞，看看它們是不是真的。在他的心中有一股悶氣，連他自己都說不出是為了什麼。我想，大概是因為他被人從沉醉的世界裡喚醒，被人孤立，被人叫出名字吧！漢娜說，這是我最怕的一件事。

我也記得我曾經想過他的樣子一定很高雅。結果我錯了，而且錯得太離譜。憑他那一身破舊的衣服、他的禮節——如果他還知道有禮節的話。

「你們不該是只有姓而無名吧！老兄們？」巴雷巡視完房間之後，向大家問道。

「我們不但有姓，而且也有名字。」克萊福說。

「我這麼問，是因為有一位利比先生上禮拜去找過我的女兒安西雅，說他是什麼稅務員，並且又跟她胡謅，說他要調整一些不公平的稅賦。」

「只要聽他這麼講，我想他八成也就是了。」克萊福說，臉上一副根本不屑說謊的樣子。

克萊福的臉活像是一個當他還是個活蹦亂跳的孩子王的時候，就已經被人給做成木乃伊似的。巴雷看著他的臉，透視著他冷峻、聰明而背後卻一無所有的眼睛，看穿在他皮膚下的屍骸。之後，他轉向了華爾特，華爾特是個圓胖、頭髮稀疏、看來好玩的人，像那個愛吹噓的莎劇人物法爾斯塔夫。然後，他的目光又轉向鮑伯，鮑伯給人感覺有一種貴族的氣息。他的年紀較大，也表現出叔叔般的穩重和安詳。他身上的衣服不是灰色，也非藍色，而是棕色的。鮑伯懶洋洋地坐著，兩腿伸得長長，一隻手臂橫擱在另一張椅子上晃呀晃的。他的上衣口袋裡，一副金邊的老花眼鏡露出了半截。而那破爛的皮鞋鞋底好像一只熨斗。

「巴雷，我是這個家庭裡的外人。」鮑伯說著，他懶洋洋的波士頓語調讓人聽了很是舒服。「除此以外，我想我也是這兒最年長的人，我並不是想在這兒只當個傀儡。我今年已經五十八歲了，託天之福，我現在任職於中央情報局，你大概也知道，就是那個位於維吉尼亞州蘭利的中情局。我的確是有姓，但我不願意跟你講，因為即使我說了，也一定是假的，那樣對你是個侮辱。」他舉起了他那隻有斑點的手，隨便地敬了個體。「很榮幸能見到你，巴雷。讓我們開開心心地做點有益的事吧！」

巴雷轉頭向著奈德。「這是集會呀！」他說，不過話裡也好像沒有什麼特別的意圖。「我們現在到哪裡去？尼加拉瓜？智利？還是薩爾瓦多？如果你要暗殺一位第三世界的領袖，我絕對聽命。」

「不要講大話！」克萊福喝道，不過說實在的，吹牛，對巴雷來說，根本算不得什麼罪過。「我們和鮑伯是同一類，幹的事也一樣。我們這兒有一份官方秘密文件，希望你能在上面簽字。」

就在這時，克萊福向我這方向點了點頭。他這一點頭，使得巴雷這才注意到我的存在。在這種場合裡，我總是會坐得離大家遠一點，而今晚也不例外。我想這是由於在我的內心深處，還對擔任法官存在著幻想吧！巴雷看了看我，剎那之間，我被他那種像動物一般直射的目光攪得惶惑不安。這種目光似乎不應該出現在他這種不修邊幅的人身上。巴雷注視著我，看我不置可否後，重新又把目光轉向了房間，去做他更進一步的審視。

房間的擺設的確是豪華。他大概以為克萊福就是這兒的主人了吧！克萊福當然會喜歡這間房子，因為他充其量也只不過是個中產階級而已，而這間房子之豪華，還有許多是克萊福尚未見識過的。房子裡有精雕細琢的椅子，美侖美奐的印花棉布沙發，牆壁上還點綴著電子蠟燭。我們這一群人所使用的桌子大得可容納整個停戰典禮的來賓。桌子放在一間地板較高的凹室，旁邊圍著插了塑膠攀緣植物的大甕。

「你為什麼沒有去莫斯科？」克萊福不等巴雷定下來，就先發制人地問道。「他們在那兒等你去，你也租了一個攤位，還訂了機票和旅館。可是你非但沒有露面，錢也沒付，反而跟一個女人到里斯本來，請問原因何在？」

「難道你要我跟個男人到此不成？」巴雷反問道。「我是跟一個女人到這兒或是跟一隻俄國鴨子到這兒，又干中情局什麼事？」

他往後拉了張椅子坐下，不是表示服從，而是抗議。

克萊福向我點了點頭，我於是起身走到那張大得荒唐的桌邊，把那張官方秘密文件的表格放在他的面前。我從背心口袋裡掏出了一支筆，用死寂的嚴肅神態遞給了他，但他的目光卻緊盯在房間外的一個定點。根據我的觀察，他不但今晚如此，日後的幾個月內也經常重覆著這種舉動。每當他如此張望，我們就知道他已拋下眼前這一些人，進入了他自己飽經滄桑的時空。我也見他經常突然打斷大家吵雜的談話，好像是迫不急待要將一個無形的惡鬼趕走一樣。我更注意到他無故地扣了扣手指，似乎是在說：「那麼，就這麼說定了。」而其實呢！大家都知道，原先根本就沒有人建議過什麼。

「你是簽這份文件，還是不簽？」克萊福說道。

「如果我不簽，你要怎樣？」巴雷反問道。

「我不會怎樣，但我要鄭重地當著證人的面告訴你，這個會議以及我們之間的談話內容都是機密。哈瑞是律師。」

「他說的是真的。」我說。

巴雷把那份文件推到桌子的另一邊去。「那麼，我告訴你，如果你逼我，我就把它的內容給漆到屋頂上去，讓大家都看到。」他說這話的時候，表情也是同樣的冷靜。

我帶著那支筆，回到了我的座位。

「在你離開以前，你把倫敦也弄得一團糟，」克萊福一邊把那份文件放入卷宗裡，一邊說著。「到處都是你欠的債，沒有人知道你身在何處。你那幾位情婦也到處在找你，她們終日惶惶，如喪考妣。你到底要毀掉你自己?還是要毀掉什麼人?」

「我繼承了一堆羅曼史書。」巴雷說道。

「這是什麼意思?」克萊福對自己的無知毫不知羞地說。「你指的是不是一堆下流書,卻故意美其名而言之?」

「我的祖先為當女傭的讀者們出版了一堆小說。那時候,大家都用女傭,我的父親管這種書叫做『通俗小說』,而且繼續維持這個傳統。」

鮑伯此時覺得他該說些話來安撫這位客人了。「巴雷,羅曼史小說並沒有什麼不好呀!至少比那些狗屁不通的東西要好得多。我太太就是一箱一箱地讀,也沒有對她造成任何損害呀!」

「如果你不喜歡你出版的書,你為什麼不換換東西?」克萊福問道。其實,他除了公務卷宗以及右翼新聞以外,平常什麼也不讀。

「我有一個董事會,」巴雷好像一個玩累了的小孩,倦容滿面地答道。「我還有保管委員、有來自家族的股東、有姑媽們,他們喜歡那種老式的長銷書,也就是什麼什麼大全啦,或羅曼史小說、電視及電影小說、大英帝國之鳥類……」他看了看鮑伯,接著說:「又如中情局內幕等書。」

「那你又為什麼不去莫斯科的有聲圖書展呢?」

「我姑媽們把它給取消了。」

「你能不能解釋一下?」

「我想我能把公司帶往有聲出版的領域發展。那些親戚查知了,他們認為我不行。這就是整個事情的來龍去脈。」

「所以，你就跑走了。」克萊福說。「有人阻礙你的時候，你是不是都這樣？你最好告訴我們這封信裡談的是什麼玩意兒。」他說著說著，看也不看巴雷，就逕自把那封信順著桌面推給了奈德。

這不是信的原本。原本在蘭利，正在那兒接受最詳細和精密的檢驗。從比對指紋到檢驗退伍軍人症病毒，沒有一樣能逃得過他們的法眼。遞給奈德的，是一份經由克萊福特別指示而預備的副本，是一個上有卡蒂雅手書「巴多羅麥・史考特・布萊爾親啓，急件」字樣的信封，奈德拿了一把拆信刀把信給拆了，又把它遞給了巴雷。華爾特用他的手指頭抓了抓頭皮，鮑伯則神色安然，好像是捐錢給人的老好人。巴雷往我這方向看了一看，好像他已經指定我做他的律師一樣。我拿這個幹什麼？他的目光中顯現了這個疑問，我仍然不為所動。我現在不是任何人的律師，我所服務的單位是情報局。

「慢慢地讀。」奈德警告著他說。

「你儘管慢慢地讀，巴雷。」鮑伯說。

上星期中，我們整批人幾乎都耗在這封信上了。我一邊想，一邊看著巴雷審視著這封信。他拿著它，近看、遠看、前看、後看，圓形的眼鏡搭在前額，活像腦袋上長了一對凸眼睛一樣。他們聽不進去或摒除掉的意見已經多得不計其數了。在蘭利的六位專家說這封信是在火車上寫的，倫敦的另外三位專家則說是在床上寫的。另外，又有人說是在急急忙忙的狀態下寫的，或說是在開玩笑的時候寫的、在談戀愛的時候寫的以及在恐懼當中寫的。有人說那是男人寫的，也有人說那是女人寫的。有人說是用左手寫的，而又有人說是用右手寫的。寫這封信的人，他的母語是西里爾語、是拉丁語，或兩者都是，又兩者都不是。

這個鬧劇到了最後，他們居然來請教老帕爾弗萊了。「根據我們本國的著作權法，信歸收信人所有，但著作權歸寫信的人所有。」我已經告訴了他們。

「我不認為會有人捉你們上蘇維埃法院。」我不知道他們在聽了我的意見之後是更加擔心了呢?還是變得輕鬆了些?

「你認得這封信的筆跡嗎?」克萊福問巴雷道。

巴雷終於把手指伸進信封裡,把信抽了出來,不過他的態度傲慢,好像料想到他抽出來的會是一張罰單似的。然後,他停頓了一會兒,再把他那古怪的圓形眼鏡取下,擱在桌上。然後轉身背著大家。一讀信,他就開始緊蹙著眉頭。看完了第一頁,他就把目光移到信的末尾,端詳著信後的簽名,然後才轉到了第二頁,一直把整封信讀完。之後,他又再一遍從信的開頭「我親愛的巴雷」一直讀到信的末尾「愛你的K」。讀完之後,他用雙手緊緊抓著那封信,擺放在膝蓋上,兩腳交疊,夾緊著雙手,額頭低垂,前面的頭髮像鉤子一樣吊在前額上,自顧自地在那兒默禱著。

「她很怪異。」他對著下方的一片漆黑說著。「我敢保證,絕對的瘋狂,她甚至不在那裡。」沒人問他「她是誰?」或者「那裡是哪裡?」即使連克萊福都知道此刻保持沉默的用處。

「K是卡蒂雅,是葉卡特里娜的縮寫,這個我懂。」華爾特等了一會兒,終於還是抽了口煙斗,說道。「取自父名的名字,是波里索芙娜。」他打著一條歪斜的蝴蝶結領帶,顏色是黃的,並帶有棕橘色的圖樣。

「我不認識什麼K,也不認識什麼卡蒂雅,更不認識什麼葉卡特里娜的,」巴雷說。「波里索芙娜也是一樣。我整過、調戲過、求過婚或娶過門的人裡,沒有一位叫這名字的。在我的記憶裡,我也從沒有見過這樣名字的人?啊!有!」

他們等著他再開口,我也等著。如果需要,我們整個晚上都會屏息等待著。在巴雷往他的記憶裡搜尋著一個名叫卡蒂雅的人的時候,沒有人會讓椅子發出聲響,或清一下喉嚨。

「奧羅拉的一個老女人，」巴雷繼續說。「想賣俄國畫家的畫給我，我才不上當！否則我那些姑媽們一定會大發雷霆。」

「奧羅拉？」克萊福問道。他不知道巴雷所說的究竟是城市抑或是國家的機構。

「是出版公司。」

「你還記不記得她有其他的別名？」

巴雷搖了搖頭，大家還是看不到他的臉。「鬍子，」他說，「鬍子卡蒂雅、陰暗的九十。」他飽伯爽朗的聲音裡有一種立體音質以及一種起死回生的力量。「可否請你大聲把它唸一遍，巴雷？」他以一種童子軍的口吻請求著。「也許大聲唸唸它，你可以記起來。要試試嗎？」

巴雷，除了克萊福以外，所有他的朋友都以此稱呼他。在我的記憶裡，克萊福只叫過他布萊爾。

「是啊！你可以大聲地唸。」克萊福帶著命令的語氣說。而大出我意料之外，巴雷居然也認為這是個好主意，因而坐直了身子起來。坐直之後，他的臉和那封信都在光線底下被照亮了。他照樣皺著眉頭，開始用一種研讀神秘小說的語調大聲地唸出那一封信。

「我親愛的巴雷，」他把信傾斜了一點，再繼續讀道：「我親愛的巴雷，你還記不記得有一天夜晚在我們的朋友家陽台上向我做的承諾，並且我們還彼此誦讀了一位熱愛英國的蘇俄大神秘學家的詩句？你對我發誓，說你永遠會置人道於國家之上。並且，當時機來臨的時候，你會做得像個正人君子。」

他又停了下來。

「難道這都是假的嗎？」克萊福說。

「我告訴你，我從來沒有見過那個女巫！」

巴雷的語氣中有一種力量，是以前沒有出現過的。他把那些威脅到他的東西又一股腦兒地鏟了回去。

「因此，我現在要求你信守你的諾言，雖然實踐它的方式可能與我們那晚意見相投的想像有別。簡直是一派胡言！」他喃喃自語道：「真是胡說八道！我要求你把這本書展示給那些與我們有同樣想法的英國人，用你充盈於心中的義憤去為我出版它。把它拿給你們那些科學家、藝術家和知識分子們看，告訴他們說這是山崩之前的第一塊石子；而下一塊石子，就要靠別人去投了。告訴他們，藉著最近的開放，我們可以聯手摧毀那破壞我們的敵人，拔去我們所創造的怪物。問一問他們：對人類而言，像奴隸一樣的順服或像一個男子漢一樣的抵抗，哪一樣比較危險？表現得像個堂堂正正的人吧！巴雷，我愛赫爾岑[①]的英國也愛你。愛你的K。她到底是誰？這實在是太離譜了吧！」

巴雷把信放到桌上，踱步到房間另一端的黑暗中，口中輕聲咒罵，右手握拳不住地在空中舞動著。「這鬼女人到底要做什麼？她把兩個不同的故事扭曲在一起。不管怎樣，書在哪裡？」他終於又記起了我們，把臉轉向了我們。

「書很安全。」克萊福說著，一邊眼睛還瞟過來看看我。

「書究竟在哪裡？它是我的呀！」

「我們寧可認為書是她的朋友的。」克萊福說。

「你拿它來歸罪於我，你也看到他寫的是什麼了。我是他的出版商，它是我的。你沒有權利佔著它不給我呀！」

他的雙腳已經踏進了我們不希望他踏進的地方。但克萊福很快地又把他的注意力給引開了。

「他？」克萊福重覆了一遍。「你是說卡蒂雅是個男人？你為什麼說他？你真的把我們給搞迷糊了！你知道嗎？我認為你是個頭腦不清的人。」

我早就料到巴雷會大吵大鬧的。我已經察覺出來，他的順服只是一種表面的休戰，而不是我們的勝利。每一次克萊福壓制他一點，就讓他更接近發作的程度。因此，當巴雷踱步到桌邊，緊靠著它，懶洋洋地舉起他的雙手，掌心向上，好像是一種溫順求助的姿態，我就料想他給克萊福的，不會是一個能讓他滿意的答案。雖然如此，我倒是沒料到他的雷霆之聲是如此地驚人。

「你什麼狗屁權利也沒有！」巴雷對著克萊福的臉大吼，同時揮動他的拳頭一拳打在桌子上，打得桌子震天價響，甚至連我的文件也都跳了起來，落到我跟前。布拉克從大廳中趕了上來，結果被奈德叱退。「這是我的手稿，由我的作者寄來給我，讓我考慮在我認為適合出版的時候出版的。你們沒有權利偷走它、讀它或藏它。把這本書給我，然後滾回你們那骯髒的英國去！」他同時揮了揮手臂指了指鮑伯，說：「並且把你們這一位波士頓來的紳士帶走。」

「是我們的英國。」克萊福提醒他。「你口中所說的書，其實根本不是一本書，你和我對它都無法主張任何權利。」他冷冷地接著往下說出他編造的一段話：「我對你那珍貴的出版倫理一點兒興趣也沒有。此處的每一個人也都跟我一樣。我們只知道：那一部有問題的手稿包含蘇俄的軍事秘密。如果這些機密屬實，它對西方國家就有非常大而重要的影響。我們所在的這個半球，你也身在其中。請問，你站在我們的立場，你會怎麼辦？不管它，還是把它丟到海裡去？或者設法找出它為什麼會被寄到一個無人當家的英國出版商手中？」

「他要的是出版這本書，由我！而不是藏在你們的貯藏室！」

「夠了！」克萊福怒目對著他說道。

「這些手稿已被正式沒收，並且列為最高的機密。」我說。「它與這場會議一樣，受同樣的限制，只不過受限制的程度要大得多。」我那位在墳墓裡的法律教授在聽到我所講的話之後，也許會說：不會吧！但一位律師能夠乘著大家都對法律一無所知的時候來個瞞天過海，又是多麼地過癮啊！

對錄音帶來說，一分十四秒的空白可真算是夠長了。奈德在回到蘇俄司之後，曾經用馬錶算過。他一直在等，甚至可說是在品味它，但是他的心中又害怕，怕錄音機在這最緊要的關頭出了問題，在錄音的時候卡住了。但他再仔細地聽了一聽，他還是可以聽出窗戶外傳來遠處車子的聲音和女孩的笑聲。這是因為當時巴雷拉開窗簾，看著底下的廣場。一分十四秒之後，我們看著巴雷很奇怪地側過半邊身子，背對著里斯本的夜色。接著，錄音機裡就傳來了一陣可怕的震動聲，好像是幾扇窗戶同時被震得粉碎，接著又有油井噴出來的聲音。任何人聽了，都會以為巴雷在等待良久之後，終於破窗而出，而走的時候還不忘連牆上的裝飾畫和那個瓷花瓶都一併順手帶了出去。但事實卻是：整個喧鬧聲只不過是巴雷發現了一個飲料桌，於是乎就放了三塊冰塊在那只高腳杯裡，又加了滿滿的一杯酒。這些事發生的地方，距離我們布拉克仁兄細心安置的隱藏式麥克風還不到數英寸。

---

①：Alexander Herzen（1812-1870），俄國十九世紀的社會主義急進派分子，主張解放農民、社會革命。

4

在房間的那一角，他找了一處盡可能離我們遠一點的地方做為他的地盤，又找了一張硬繃繃的椅子，蹲在上面，側身向著我們。他弓著背兩手捧著那杯威士忌，眼睛一動也不動地朝著酒杯裡看，彷彿出神地在想些什麼，狀甚孤單。他口中喃喃低語，但不是對著我們說，而是說給他自己聽。話中帶有斷然、譏諷尖刻的語氣，他時而舉杯啜飲，時而低頭沉吟，似乎是在肯定一些他私人的及抽象而不著邊際的故事。他以一種混雜著賣弄學問及懷疑的口氣述說著，好像是人們用來重述一個悲慘事件，譬如死亡或車禍時所採用的那種描述方式。因此，聽他講話，就如我在「這兒」，你在「那兒」，而另一個傢伙彷彿就從「那裡」進來了。

「是在上回莫斯科書展的時候。那是個星期天，不是書展前的那一個星期天，而是書展後的那一個。」他說。

「是九月。」奈德提示他說。巴雷繞轉了一下頭，低沉地說了聲：「謝謝！」好像真的是因為被人用針戳醒了一下而謝謝對方。然後，他皺皺鼻子，推了一下眼鏡，又開始說。

「我們被他們搶購一空！」他說。「大部分的參展人員在星期五就離開了。只剩我們一些人還留著。留下來的人，都是有合約在身、需要清理場地或沒有什麼急事得要馬上離開的。」

聽他講話，你會情不自禁地專注，很難再去想些其他的事情。他在他的舞台上表演，你也很難不用心思就能明白他指的是什麼。「你瞧！要不是看在老天的份上，我早就走了。」因為沒人明白他要走到哪裡，所以就更不能不用點想像力了。

「我們在星期六的晚上都喝醉了，所以星期天就坐著巨無霸的車子到皮里德爾基諾去。」講到這兒，他似乎是要提醒他自己，周圍還有一大堆聽眾在。「皮里德爾基諾是蘇俄作家群集的村莊。」他的語氣，就好像我們當中沒人聽過一樣。「只要他們不越軌，都可以取得一棟鄉間的別墅。這些別墅是由作家協會所經營，只招收會員，每個會員擁有一棟別墅。他們可以在這個變相的監牢裡寫出最好的作品，也可以從不寫作。」

「誰是巨無霸？」奈德說，他很少插嘴的。

「他是彼得．歐利方，陸普書店的董事長，是一個不切實際的蘇格蘭法西斯分子，也是黑帶的共濟會會員。他認為他在俄國人面前很吃得開，他有『金卡』。」鮑伯記得他，於是側頭對他說：「這不是美國的運通卡，而是莫斯科書展專用的金卡，是由莫斯科的主辦單位發給的。他就是憑著這張卡，說他是個多麼多麼了不起的大人物，車子免費、翻譯免費、旅館免費，連魚子醬都免費。彷彿巨無霸生來嘴裡就有一張金卡在。」

鮑伯咧嘴而笑，以顯示自己很能欣賞這個笑話。不過，他也的確是個心胸寬大的人，而且巴雷也注意到了這一點。就我的看法，巴雷也是那種具有好的本性而無法隱藏起來的人，就像他也無法假裝他不具有親和力一樣。

「我們全都去了！」巴雷接著說，然後繼續陷入了他的幻想中。

「有陸普書店的歐利方、勃得利公司的艾默利，以及企鵝公司的一位女孩，她的名字我記不得了。噢！我記起來了，她叫馬格達。我怎麼把馬格達都給忘記了？當然還有阿伯克洛比暨布萊爾公司的布萊爾。我們大夥坐著巨無霸的笨重汽車，活像是一群大財主似的。」巴雷說著，一句一句地吐出簡短的語詞，像是要從他的記憶盒裏搜出一件又一件的破玩意兒。那個巨無霸根本看不上一般的車子，他要的車必是大的奇卡車，附有窗簾的住房休旅車，但不是那種會讓駕駛者感到呼吸不暢的大卡車。他們的計劃是去看一看巴斯特納克的別墅，據說當局有意要把它改裝成一座博物館，但另外又有人謠傳那些狗養的傢伙要把它給拆了。也許也會去瞧瞧他的墳墓。巨無霸歐利方起初還不知道誰是巴斯特納克，不過馬格達已低聲向他解釋是《齊瓦哥醫生》的作者，而巴雷說巨無霸曾經看過那一部電影。他們當時沒有什麼急迫的事，大家要的，只不過是去鄉下散散步，呼吸一下新鮮的空氣。但巨無霸的司機卻把車子開上了特別為那些愛開車亂闖的官方人員所保留的車道。所以，原本計劃要花一個小時而結果只花了十秒鐘就走完那段平坦單調的路程。車子在一個水坑中停了一下，然後再被拖爬似地開上墓地，此時車身彷彿還在吃力地顫動著！

「車子停在山邊的一處公墓，四周有許多的樹木。那位司機待在車子裡，因為開始下起雨了，不大，但他很擔心他的衣服會被淋濕。」巴雷停了一下，想到那位司機而低聲咒罵了一句：「瘋子！」

但在我的感覺裡，巴雷斥責的，似乎是他自己，而不是那位司機。我似乎聽到了在巴雷的心裡面有一隊自責的合唱團，在高聲的唱著。我不知其他人是否聽得出來。在他的內心的確有一堆人，快把他給逼瘋了。

重要的是，巴雷解釋道，那天他們碰巧遇上了一大群被解放的群眾。他說在過去，無論他何時到那裡，所看到的都是一片荒涼的景象，只有被籬笆圍起來的墳墓和一些醜里巴怪的樹木，但九月的那一個星期天，空氣之中充滿了難得一聞的自由氣味。巴斯特納克的墳前約有兩百位讀者站在那裡憑弔，即使是等到他們要離去時，憑弔的人數還是有增無減。各種各樣的人都有。墳的周圍長滿了及膝的青草，不斷地有人擺上供品，鮮花由大家的頭頂傳到墳前堆成了一堆。然後有人開始朗誦了。一個年輕男子朗詩，而一個較大的女子誦讀散文。讀了一段時間之後，突然有一架小飛機在我們頭頂上低飛而過，吵得我們什麼都聽不到。它卻去而復返，始終揮之不去。

「汪！汪！」巴雷叫道，他長長的手臂在空中前後地揮舞著，甚至還捏著鼻子發出厭惡的聲音。

但是，連雨水都無法澆息大家的熱情，更何況是那架飛機！有人唱起歌來，其他人隨之唱和著。最後，這架飛機還是離開了。有人想，它大概是沒油，所以也不得不飛走了。但其實不是這樣的，完全不是。巴雷說，一點也不是。你會覺得它是被大家所唱的歌給趕走的。

歌聲愈來愈強、愈來愈深沉，也愈來愈神秘。巴雷對他們唱的俄文只懂得三個字，其他的人則一竅不通。但即使有這語言上的障礙，他們還是齊聲高歌，那個叫馬格達的女孩也還是哭得連眼睛都快要掉出來。歐利方雖然喉嚨都唱啞了，但下山的時候，還對著天向上帝宣誓，說他要把巴斯特納克所寫的每一個字都印出來，不只是已經拍成電影的那些，還有他所寫的一點一滴。並且也說當他一回到他那華麗的城堡之後，要自掏腰包來辦成此事。

「巨無霸就是有股熱心腸！」巴雷鬆了口氣而露齒一笑地解釋著，並且轉過頭來面向著我們這堆聽眾，但主要是對著奈德。「有時那些情緒會延續個好幾分鐘。！」然後他停頓了一下，又皺起眉頭，摘下那付怪異的圓框眼鏡，彷彿如釋重負；他一一望著每個人，似乎可以提醒他所站的立場。

他們最後走下山了，大家仍然哭得淚流滿面。此時，同一個蘇俄男子走了過來，口中銜著一根香煙，並且用英文問巴雷說他們是不是美國人。

又一次，克萊福搶在前頭發問，他的頭慢慢地抬了起來，用銳利得像刀鋒一樣的語調問道：「同一個蘇俄男子！什麼同一個蘇俄男子？你從來沒有說過呀！」

巴雷一下子就感受到克萊福的存在，很不高興地把頭抬了起來，再次表達出他的不悅。「他就是那位朗讀者，那位在巴斯特納克墳前讀詩的傢伙。他問我們是不是美國人。我說不是，感謝上蒼。我們是英國人。」

此時我注意到了，並且，我想大家也都注意到了，此時巴雷被指定做他們那一群人的發言人，而非歐利方、艾默利，或那位叫馬格達的女孩。

巴雷已經可以隨心所欲的扮演各個說話的角色了，他的耳朵跟八哥鳥一樣靈敏。當他扮演那一位年輕男子的時候，話中流露出一種蘇俄口音。而在扮演歐利方時，他也能讓你聽出說話的是個蘇格蘭人。他模仿別人說話，就好像說話者根本就不是他本人。

「你們是作家？」巴雷學著那位男子的口音問道。

「不是，我們只是出版商而已。」巴雷此次以自己說話的口音回答。

「是英國的出版商嗎？」

「我們到這兒來參加莫斯科書展。我經營的是一家小書店，書店名叫阿伯克洛比暨布萊爾公司。這位是陸普書店的董事長，他是個非常有錢的傢伙，有一天他會封爵的。他有金卡，也有酒吧，對吧！巨無霸？」

歐利方向巴雷抗議，說他話說得太多了。但這位年輕人要聽的還不只這麼多。

「恕我冒昧，請問你們在巴斯特納克的墳前做些什麼？」那位年輕人問道。

「我們只是看看，」歐利方又插嘴道。「只是隨便看看而已。我們看到了一群人，然後走上前去看到底發生了什麼事。沒什麼，我們走吧！」

但是巴雷一點都不想走。他被歐利方的態度搞得有點兒生氣。他說，他不是來這兒看一位肥胖的蘇格蘭人拒絕回答一位營養不良的蘇俄陌生人的。

「我們在此做的，與大家做的沒什麼兩樣，」巴雷回答他。「我們只是在向一位偉大的作家致敬。我們也喜歡你的朗誦，非常感人，你做得非常好。」

「你也崇仰勃里斯．巴斯特納克嗎？」那位年輕人問道。

歐利方這一位偉大的民權領袖，此時又再一次板起臉孔，粗魯地對他說：「我們沒有資格評論巴斯特納克或任何其他的蘇聯作家。我們在這兒是作客，純粹是作客而已。我們對蘇俄的內政沒有任何意見。」

「我們覺得他非常棒，」巴雷說。「他是世界級的作家，是一顆巨星。」

「你們為什麼這麼認為？」這男子就像是要挑起一場衝突似地問道。

巴雷倒是不為所動，別管他並不是完全相信巴斯特納克是一位被人誇稱的天才。別管這個。事實上，他認為巴斯特納克被人家恭維得太過分了。但那是出版家的意見，而眼前則將有一場戰爭。

「我們推崇他的天才和成就，」巴雷答道。「我們也景仰他的人道精神。我們尊重他的家人和他的文化。此外，我們也佩服他在一群豺狼般的官僚環伺之下還能深入俄國人的心，而那些禽獸也許就是今天派飛機來干擾我們的同一批人。」

「你能否背誦出他寫的文章？」那位年輕人問道。

巴雷解釋給我們聽，說他就是有這樣的記憶力。「我背誦他的諾貝爾得獎演說的第一段給他聽。我想，在經歷了那段吵雜的飛機聲之後，這應當是很恰當的。」

「現在唸給我們聽，好嗎？」克萊福說，好像凡事都需要經過他檢查似的。

巴雷低聲背著，在我聽來，我想也許他真是個很害羞的人。

我像欄中的一個怪物被趕逐
被朋友、自由和太陽
但是趕我的獵人已經佔盡上風
我已無路可逃

那位年輕人在傾聽的時候，燃著的香煙照著他眉頭深鎖的臉。巴雷說，一時之間，他真擔心會不會有一場風暴平地而起，應了歐利方所懼怕的。

「如果你對巴斯特納克尊崇若此，何妨來見見我的一些朋友？」這位年輕人建議道。「我們是本地的作家，有一棟別墅。能夠與傑出的英國出版家們談談，我們覺得非常榮幸。」

光是聽了他前半段話，就足以讓歐利方得了嚴重的潛水夫病。巴雷說，巨無霸對接受陌生俄國人的邀請知之甚多。在這一方面，他是個專家。他知道他們會怎樣設計來陷害你，用藥來迷你，用一些你羞於示人的照片來威脅你，要你辭去你的董事職務，放棄你封侯封爵的機會。此時，他正在斡旋一個與全蘇版權協會聯手出版的大計劃，最忌被公司發現他有任何不軌的行為。歐利方當那年輕人是個聾子，把這些顧慮低聲地說給巴雷聽。

「不管怎樣，」歐利方帶著勝利的語調說：「現在下雨了。我們拿這車子怎麼辦？」歐利方看了一下他的錶。那位叫馬格達的女孩則望著地下，而那個小夥子艾默利看了看馬格達，心裡想：在莫斯科星期六的下午要做壞事可有的是機會呢！但是巴雷他可不這麼想。他又看了看眼前的這位陌生人，決定不惡人之所惡。他對那女孩或高官厚祿都沒有興趣，於是下定決心，寧願跟一些俄國浪女一道被拍下照片，也不願邀寵於這位巨無霸歐利方。於是乎他便讓他們搭上了巨無霸的車子，揮別他而去，他和那位陌生人一同留在原處。

「他叫列斯丹諾夫，」巴雷突然間打斷了他自己的話，向著沉靜的房間宣布，「我記起這位年輕人的名字來了！列斯丹諾夫，他是一位劇作家，負責一間劇院，但沒法上演他自己寫的劇本。」

華爾特此時脫口而出，他那高亢的聲音瞬時打破了室內的平靜。「我的老兄！維大力．列斯丹諾夫是現代的英雄。五個禮拜以前，他才剛剛在莫斯科上演了三齣獨幕劇，大家都對這幾齣劇報以最熱烈的期望。這並非因為他是個異議分子，所以我們就胡亂捧他。」

打從見到他以來，這是我第一次看見巴雷的臉上出現了真心的喜悅。我立即有一種感覺——這才是真正的他，而一直到現在才撥雲見日。「啊！這真是太好了！」他以一種像是能分享別人成功喜悅的口氣說著。「這真是太好了！維大力需要的就是這種鼓勵。謝謝你告訴我！」他說話的樣子看起來還不到他實際年齡的一半。

接著，他的神色再次黯然，又開始啜飲起他的威士忌。「我們都在那兒，」他口語含混地低述。「人愈多愈好。請來見見我的表弟。請用一個香腸卷。」但是我留意到他的眼神，就像他說的話一樣，是從很遠的地方傳出來的，似乎他也看得出前面將有一段難熬的考驗。

我沿著桌子看過去，那邊的鮑伯正在微笑。我想即使他馬上就要進棺材了，他還是會照樣保持著這副笑容。不過，他的笑容裡也始終帶有老童子軍的那種誠懇。我也看到克萊福的側臉，就像斧頭般的銳利，也像斧頭般的高深難測。華爾特則一刻也沒有安靜過，他那聰明的腦袋已經歸位，側頭對著華麗的天花板嘻笑，額頭上冒著汗，手指尖還揪著食指上的一小撮毛。再看看奈德這一位首領，這一位既能幹又神通廣大的奈德，這一位精通各種語言，又兼戰士、實行家、軍師的奈德。他從一開始就坐著凝神傾聽，隨時注意會議程序的進行。看著他，我就想到有些人因他們自己過於忠誠而苦，總有一天，這些人會發現他們無事可做。

在這個大而寬敞的房子裡，巴雷還是以那種電報似的口吻在敘述著事情。有七世紀時代的護牆板、雕樑畫棟的迴廊、美不勝收的花園、樺樹林。另外還有腐朽的椅子、用木炭升的火、下雨時所聞到的蟋蟀氣味及常春藤。這間宅第裡大約有三十個人，他們在花園裡或站或坐，一邊燒烤著食物，一邊啜飲著美酒，完全無視於惡劣的天候，就像英國人一樣。陳舊的車子沿著馬路邊停放，與佘契爾夫人和她那群貴人執政以前的英國沒什麼兩樣。屋子裏有一張張友善的面孔，到處流曳著說話聲。列斯丹諾夫引著巴雷進來了，大家連頭都沒轉。

「這兒的女主人是一位詩人。」巴雷說。「她的名字叫塔馬拉什麼的，雖然結了婚，但其實是一位女同性戀者，有一頭白色的頭髮，笑嘻嘻的。她的先生是一家科學刊物的編輯，列斯丹諾夫是她先生的弟弟。那兒的每個人都是別人的先生或太太的兄弟。室內籠罩在一片文學的氣息中。如果你會講話，而他們又讓你講話的話，就一定會有人聽你的。」

從他散亂的記憶中搜尋出的景況，被巴雷分成了三個部分：從兩點半雨停時開始的午餐，午餐結束之後接著進入的夜晚，以及被他稱為「最後一點」的那一段時間。這一段時間來到以前，凡是該發生的事都已發生了。就我們的研究，它應該是在兩點至四點之間，當時巴雷已經醉得介於悠遊仙境和不醒人事之間。

午餐開始以前，巴雷都是在各群人之間游走，他說，先是列斯丹諾夫陪他一道，然後他獨自一人隨便和人聊聊。

「隨便和人聊聊？」克萊福懷疑地問道。

巴雷很快地解釋道：「只是隨便談談而已，克萊福。」他用一種很友善的態度向克萊福解釋。「我們只不過是邊談邊喝酒，沒幹什麼壞事情。」

但是當午餐端上來之後，他們就一同圍桌而生，巴雷坐在一端，列斯丹諾夫則坐在另一端。桌上放著喬治亞的白酒，每個人都使出他們最好的英文，談著「如果真理阻礙了偉人的所謂無產階級革命的話，它還算不算是真理」、「我們應不應該恢復祖先的精神價值觀」、「重建政策到底對一般人有沒任何正面的影響力」、「如果你要知道蘇俄到底出了什麼毛病，最好的方法就是從新西伯利亞寄一個冰箱到列寧格勒去」等等的題材。

克萊福又插話進來了，這讓我心裡很不高興。他像是一個無聊透頂的人，居然要巴雷說出每個人的名字。巴雷用手掌拍了一下前額，顯然已忘了克萊福對他的不友善。「名字！克萊福，噢！上帝啊！有一個男子是莫斯科國立大學的教授，但我從沒問過他的名字。另一位是個化學藥品的採購商，他們都叫他藥劑師，是列斯丹諾夫同父異母的兄弟。有一個人是蘇聯科學院的人，但我並沒問他的名字，更不用說是他的觀點了。」

「有沒有女士們和你們同席？」奈德問道。

「有兩位，但是沒有卡蒂雅。」巴雷說道。奈德和我都對他的反應敏捷非常驚訝。

「但那兒另外還有人，對不對？」奈德暗示著說。

巴雷慢慢地將身子往後仰，喝著酒，然後又彎了回來，將杯子置於兩膝之間，彎腰蓋著它，他的臉向下，使盡全力在回想著。

「當然，當然，當然，還有別人。」他同意著說。「總是會有的，是不是？」他說話時的神情真讓人猜不透。「但不是卡蒂雅，是別人。」

他的語音變了，從哪兒變到哪兒，我就猜不透了。其意思並不明顯，但它意味著悔恨及自我的呵責。我跟大家都在等待著。我想我們都已經感覺到，一件非比尋常的事就要出現了。

「是一位留著稀疏鬍子的年輕男子。」巴雷繼續說著，眼睛也望著幽暗的一角，好像他最後還是走了過來。「他個兒很高，身穿深色西服，打黑色領帶。一張臉表情空洞，也許這就是他留鬍子的原因吧！他的袖子太短。黑頭髮。喝醉了。」

「他叫什麼？」奈德問。

巴雷仍然瞪著那處幽暗的地方，那處我們當中沒有一個人可以看得透的地方。

「歌德。」他終於脫口而出。「就像那位詩人歌德。他們都叫他歌德——來見過我們偉大的作家，歌德。他可能已經年過半百，也可能還不到十八歲，瘦得像一個孩子。兩頰有淡淡的顏色，非常高，留著鬍子。」

當奈德事後將這一卷錄音帶播放給這組人聽的時候，錄音帶裡既聽不出大家一言不發的沉默，也聽不出任何人呼吸的聲音，反而是巴雷乘這時大大地打了一個噴嚏。這是他第一次打噴嚏，以後還多著呢！他打噴嚏的時候，先是頭一個回合的槍響，接著就加速變成連珠砲，一連串緊接著發作。再之後，劈哩叭拉的速度就在他用手帕遮住臉外加一陣發作之後才慢了下來，而終至消失於無形。

「真是糟糕的咳嗽！」他帶著歉意解釋著。

「我是很聰明的。」巴雷又接著說：「一點兒也錯不了。」

他重新把杯子灌滿，只不過這一次是水，不是酒。他慢慢地一點一點喝著，動作中帶著旋律，宛如電視還沒普及以前，英國每一家幽暗酒吧的吧檯上都會擺放的那種喝水的塑膠製鳥兒。

「好好先生，那就是我。是舞台上表演的能手。來自西方，講禮節，又很體面。這不就是我去那兒的原因嗎？俄國人是這個世界上唯一笨到會聽我臭蓋的民族。」他的前額又低得要碰到他的杯子了。「那邊的事情就是這麼回事。你到鄉間去散步，最後與一群喝醉了的詩人們辯論自由和責任孰者為重。之後，你去髒兮兮的公共廁所小解時，有人在隔壁側身問你人死之後是否還有永生。只因你是西方人，所以你就應該知道。你告訴他們，他們也就記下了。事情就是這樣。」

他似乎是即將靜默不語了。

「你為什麼不告訴我們到底發生了什麼事，而讓我們來下斷語？」克萊福如此建議著，他的話中多少有批評巴雷沒有資格下斷語的意味。

「因為我太卓越了，就是這麼回事。心思敏捷，大出風頭。算了吧！」不過，在此的人，沒有一位不是想把所聽到的一股腦兒全記起來，你只消看看鮑伯臉上愉快的笑容就會明白。「巴雷，我想你對你自己是太苛了點。沒有人該為了自己逗趣而自責，你也不過是為了填飽肚子而高談闊論罷了，聽起來是如此。」

「你們在說些什麼？」克萊福對巴雷說，他實在是不解鮑伯的好意。

巴雷聳了聳肩膀。「要如何在兩餐飯之間就重建蘇俄這個王國。杯酒之間達成和平、進步和開放。不用強制而立刻就能解除武裝。」

「你是不是時常拿這些題目大作文章？」

「當我在蘇俄的時候，的確是的。」巴雷被克萊福不友善的口氣給激怒了，沒好氣地說。不過，他的不快都是瞬間就消失了的。

「我們能否知道你們都在講些什麼?」

但是巴雷此刻不是在把自己的故事說給克萊福聽，他是在說給自己和房間裏所有的人聽，說給與他同樣在此作客的人聽。一點接著一點，慢慢地道出了他一生中的荒唐行為。「停戰能否成功，並非取決於軍事，亦非取決於政治，而是取決於人類的意志。我們必須要決定我們要的是和平或是戰爭，並且預作準備。因為我們要作什麼準備，就得看我們所掌握的是什麼。」他停頓了一下。「這是我首務之急。」他再一次選擇了奈德，向他解釋道。「為了準備辯論，我遍讀文章。」

他宛如覺得有必要作更多的解釋，於是又開始說話。「那個禮拜中，我就好像是他們的專家一樣。我曾經想過我的公司可能會很快就訂下一本書，那是在書展中，有一個情報販子要我拿下一本關於蘇聯開放政策與和平危機的書的英國版權。都是些過去和現在的主戰派分子寫的文章，對戰略再重作評估。而他們找了一些六〇年代的老政客簽了出書合約後，真正的和平最後就會來臨嗎?這只能顯示這些人在離職以後仍具有一點影響力罷了。」

他再一次向我們道歉，讓我們覺得很奇怪。為什麼他覺得有必要先減少他可能會帶給我們的震撼呢?聰明的鮑伯，以他坦率的個性，應該早就會問自己同樣的問題了。

「對我來說，這個主意蠻不錯的!巴雷。我能看出來，一旦你們取得了版權，一定有利可圖。也許你自己也可以賺上一筆。」他一邊說著。還一邊詭異地笑了笑。

「你有所隱瞞，」克萊福話中帶刺地說。「而且你已推敲過這整件事，這就是你所要告訴我們的嗎?我了解，要讓一個人重述酒後的奇思怪想，不是件容易的事，但如果你能盡力而為，我們會感激不盡的。」

我很奇怪克萊福到底學到了些什麼，如果他有的話？而他又是在哪兒學的？到底是誰招他、惹他了？情報局是在哪兒找到這些蠢蛋的，而居然還讓他們我行我素，在這兒橫行霸道？

還好，巴雷面對再一次的攻擊，始終保持著風度。「我說我相信戈巴契夫。」他平靜地說，說完又喝了一口水。他們也許不相信，但我相信。「我說西方的工作是去找他另外一半的底細，而東方的責任是承認他們所擁有的另一半的重要性。我說如果美國果真把停戰看得比送一些笨蛋上月球或是在牙膏上搞一些粉紅色的線條還要重要，那東西雙方老早就和解了。我說西方最大的罪惡就是相信我們如果在武器競賽上能夠多浪費些金錢，就可使蘇俄破產，而其實他這麼做，是拿全人類的命運來賭博。我又說，我們揮了一揮軍刀，就給了蘇俄頭子們一個藉口把大門深鎖，到處駐紮軍隊。」

華爾特哼的一聲，發出了一陣笑，然後就立即用手掩住了他難看的牙齒。「噢！老天，所以，我們該為蘇俄的病態負責了！真是荒唐到了極點。你難道沒有想到他們是自作自受嗎？你難道沒有想到是他們自己把自己關在他們的偏執狂裡？沒有，他並沒有想到，我可以看得出來。」

巴雷聽了他這番話仍然不形於色，繼續他的自白。「有人問我，我認不認為核子武器已經為人類維持了四十年的和平？我說那完全是自欺欺人的說法。這就好比說滑鐵盧和塞拉耶佛之間的和平是靠火藥來維持的一樣沒有道理。我說，無論如何，什麼是和平？原子彈沒有阻止過韓戰，也沒有阻止過越戰。它沒有讓捷克免去被人併吞的命運，也沒有遏阻過柏林被封鎖的事實，更沒有讓柏林圍牆不矗立起來，或讓阿富汗不遭侵略。如果說這就是和平，那麼，讓我們試試沒有核子彈，我們能不能締造和平。我說，現今我們需要的不是在太空中進行試驗，而是在人性中進行試驗。美蘇兩個超級強權必須攜手合作來捍衛這個世界。我可是滿機伶的！」

「那麼，你相信不相信這些胡說八道的事情？」克萊福問道。

巴雷似乎也不知道。他好像突然之間變得很隨和，而且也變得很腼腆似的。「之後，我們就談到了爵士樂。」他說，「畢克斯．白德貝克、路易斯．阿姆斯壯、李斯特．楊格。我自己也奏了一些曲子。」

「你是說有人有薩克斯風？」鮑伯興奮得不由自主地叫了出來。「他們還有些什麼？低音鼓？一組十件鼓？巴雷，我可不相信。」

我起先以為巴雷是要走出去。突然之間，他不再緊繃著身子，而是站了起來，先向四周看了看，然後略帶歉意朝著門口的方向走了過去。奈德也警覺性地站了起來，因為他怕布拉克會先他一步去抓他。但是巴雷走到一半，就停在一張矮桌旁站著。接著蹲在桌前，開始一邊用手指頭輕輕地敲著桌邊，一邊鼻子裡還輕輕哼著「巴巴巴巴」的聲音，在他用手模擬著各種樂器的伴奏下，唱著歌曲。

鮑伯已經迫不急待地拍手了，華爾特也是一樣。我和奈德則笑著。唯獨克萊福一人不覺得有任何可資稱讚之處。巴雷表演完了，又把他的杯子拿了回來，重新坐了下來。

「然後他們就問我還有什麼補救的方法？」他說話的樣子，就好像他從未離開過椅子一樣。

「是誰說的？」克萊福說話的語氣中帶著使人厭惡的懷疑。

「是在場的某個人，這有什麼重要嗎？」

「我們何妨假設凡事都重要。」克萊福說。

巴雷又裝著他的蘇俄腔調說話，聽起來黏黏的，又有壓迫感。「『好！巴雷，就算你說的都對，又是由誰來主持這些在人性裡的試驗？』我就說：『由你們。』他們聽了都非常驚訝地問：『為何是我們？』我回答說，因為一旦有劇烈的變動，俄國人要比西方人容易承受。他們的領導階層人數少，又有一群深受傳統影響的知識分子。在西方的民主社會中，你很難登高一呼，就讓眾人聽你的。他們對這種似是而非的說法很滿意，我也一樣。」

甚至連他對民主的偉大價值所採取的如此直接而又絲毫不留顏面的攻擊，也沒有使溫和而忍讓的鮑伯動怒：「巴雷，我想，你這是一竿子打翻了一條船的人，但我認為你講的話裡面還是有一些道理的。」

「但你有沒有建議過他們，什麼是應該做的？」克萊福還是不死心，要打破砂鍋問到底。

「我說也只有烏托邦了。我對他們說二十年前我們視為李伯大夢的事，今天已經是我們唯一的希望，而不管我們談的是裁減軍備，或是生態，或只是人類的存續。戈巴契夫了解這點，但西方的國家不希望他能了解。我希望西方的知識分子能夠起而高聲疾呼。我又說西方必須要先建立起一個榜樣，而不是等人家去立好榜樣讓他們去依循。要讓這一座山崩坍下來，每一個人都有責任。」

「如此片面的裁減軍備！」克萊福說著，兩手鼓掌然後交握在一塊兒。「妙啊！說得好啊！」不過他這個「好」，真正意思是「不好」。

但是鮑伯對這話卻是非常感興趣。「你對這個題目涉獵不深，卻能如此高談闊論？」他問道。「巴雷，你真有兩把刷子！我會這麼講，是因為如果我吸收知識的速度能有你那麼快，我就會非常引以為傲了。」

也許他口中的「真有兩把刷子」的真正意思是「太了不起了」，但巴雷聽了並沒有為其所動。

「你把我們原先對你的觀念都給改了；不過，那位名叫歌德的人有沒有什麼舉動？」克萊福問道。

「沒什麼舉動，另外那人加進來聊，歌德沒有。」

「但是他在一旁聽著？睜大眼睛聽吧！我可以想像得到。」

「我們那時是在重新規畫這整個世界。我們把雅爾達會議又重新開了一遍。除了歌德以外，大家都你一言，我一語地講個不停。他既沒吃，也沒有講話。因為他沒有和我們一起聊，所以我就不斷地想刺激他講。而他的反應只是臉色愈來愈蒼白，喝得愈多而已。最後，我不再嘗試了。」

「歌德從未講過話。」巴雷繼續以那種神秘的自我批判的語氣說著。整個下午只見歌德一語不發地聽著，眼睛像是在凝視一個看不見的水晶球。他也會笑，雖然不一定是周圍有任何可笑的事情發生了他才笑。他也會在別人喝著酒時，到飲料桌前去拿另一杯伏特加酒，再走回來，然後就在別人小乾一杯的時候，他卻三口兩口的就把手中的酒給喝光了，他是那種能以沉靜來影響別人的人。跟這種人相處，你到頭來就會想他到底是得了什麼不治之疾快死了呢？還是有了什麼了不得的成就？

當列斯丹諾夫帶大夥兒進到內室去聽立體音響所放的「伯爵」貝錫的演唱時，歌德也順從地尾隨進來。就在巴雷已經不再對歌德存有任何奢望之後，歌德卻開口講話了。

很少開口問問題的奈德，這會兒插進來問道：「其他的人對他的態度怎樣？」

「他們很尊敬他。他是他們的福神。他們會說：『我們來聽聽歌德怎麼說。』此時他會推一推他的眼鏡，並且舉杯向他們敬酒。除了他自己，大家都在笑。」

「女人們也笑嗎？」

「每個人都笑。他們對他甚是順從，幾乎已經到了凡事禮讓的地步。他們說：『偉大的歌德來了。』」

「難道沒有人告訴你他住在何處，在何處工作？」

「他們說他工作的地方不許人喝酒。因此，對他來說，那一天是他的飲酒假。他們一直不斷地為他的飲酒假而喝酒慶祝。他是某人的哥哥，大概是塔馬拉的吧？我不知道。也許是表哥也說不一定，我沒有認真去弄清楚。」

「你認不認為他們在保護著他？」克萊福問道。

巴雷停了下來，一言不發。他停頓的時候，與別人都不一樣。他很少持續專注於眼前事物，他的心思早已飛到了九霄雲外，撇下我們焦躁不安地等待著，不知他的心會不會再回來。

「是的。」巴雷突然脫口而出，連他自己都被自己的聲音給嚇著了。「是的，是的，他們的確是在保護他，一點兒也不錯。他們都是他的忠實擁護者。」

「保護著他什麼？」

又是一陣沉寂。

「也許是保護他不用為他自己解釋。我那時候沒這麼想，但我現在是這麼認為。是的，就是這麼回事。」

「那麼，為什麼他不應該為他自己解釋？你能否提一個不是杜撰的理由？」克萊福問道，他的用意，已經很明顯是要再度激怒巴雷。

但是巴雷並未被惹火。「我從不杜撰。」他說，而且我認為我們大家都知道他說的是事實。他的心思又飛走了。「他是極具權威的，你可以感覺得到。」他又回過神說。

「那是什麼意思？」

「是那種沉默，像是在滔滔雄辯。但即使你竭盡所能傾聽，也只能聽到他的腦子裡在滴答滴答地轉著。」

「但是卻沒有人告訴你說他是天才或是什麼的？」

「沒有人告訴我，我不需要人家告訴我。」

巴雷看了看奈德，看到他點點頭，表示他了解了。行家一伸手，就知道對方的底細如何。奈德有一種本事，在你還在捉摸著話中意思的時候，他早已把你從頭到尾給摸透了。

鮑伯又有了另外一個問題。「有沒有任何人抓著你的手肘，向你解釋說為什麼歌德會嗜酒成癖？」

巴雷發出了一聲近乎放肆的笑聲。他這一聲大笑，聽起來委實有點兒恐怖。

「我的老天！你在蘇俄喝酒，是根本不需要有任何理由的。沒有一個俄國人能擔得起自己清醒時可能會製造出的問題！」

他又陷於沉寂，再次蒙上愁苦的陰影。他皺緊了眉頭，低聲自語，不知在祈求著什麼。也許他大概是在祈求神明懲罰他自己吧！之後，他突然從這種冥想中一躍而出。「我在半夜的時候被人晃醒。」他笑著說道。「『老天啊！我在哪裡？』我轉頭一看，這才發現自己躺在一張折疊椅上，身上還蓋著一床紅色的毯子。起先，我還想自己是到了美國，是睡在新英格蘭地區的一個掛有蚊帳的陽台上。我想不起為什麼自己只在皮里德爾基諾吃了一頓午餐之後就跑到美國來了。然後我就記起了他們已經停止和我談話，而我也已經談膩了。沒有什麼個人的原因。他們也都喝醉了，而且他們也厭倦了在喝醉時講外國話，所以，我就抱著一瓶威士忌到陽台上休息。有人丟了一床毯子到我身上，免得我被露水凍著。當時，天上掛著一輪明月。我想我一定是被月亮給喚醒的。之後，我就聽到這個男子的聲音。他非常地清醒，英語講得毫無瑕疵。我那時心中想：老天！都什麼時候了，還有新的客人來。『有些事情是必經的劫難呀！巴雷先生。但有些事情比非忍受不可還更為不幸！』他說。他是引用了我在午餐時所講的話。這些話是摘自我以和平為題，足以震撼天下的演講。我環顧了四周，看到這位九呎高的、留著鬍子的『禿鷹』在我上方盤旋，手裡抓著一瓶伏特加，被風吹動的頭髮輕拂著他的臉頰。他蹲了下來，膝蓋靠在耳朵的附近，倒了酒在杯子裡。『哈囉！歌德。』我說。『你為什麼還沒死，看到你在這兒真好。』」

巴雷方才獲得的自由，此刻又再被關入監牢。他的臉又蒙上一層陰霾。

「然後，他又唸了一段我在午餐時所講的長篇大論：『所有的犧牲者都是平等的，沒有人比其他人更平等。』

「我笑了，但是笑得並不長。我覺得發窘，覺得反胃。我覺得有人在監視我。這個人整個午餐時間都坐在那兒不吃東西也不說話。十小時之後，突然他卻像錄音機一樣把我所說的話一句不漏地復述出來，在我聽來，心裡真不是滋味。

「『你是什麼人，歌德。』我說。『你不喝酒，不聽人講話的時候，是以什麼為生的？』

「『我不是正人君子。』他說。『我專門發表下流的理論。』

「『能夠認識一個作家總是好的。』我說。『你最近都在寫些什麼？』

「『什麼都寫，』他說。『歷史、喜劇、謊話、愛情。』說著說著，他就談到他所寫的東西上面。那些東西都是擺在太陽底下就會溶化的奶油，因為它們沒有一致的觀點。不過我倒注意到，他說起話來，一點也不像作家，他太害羞了。他會嘲笑他自己，而且就我所知，他也嘲笑我。我不是說他沒有權利這麼做，而是說他這麼做，聽起來實在沒多大意思。」

又一次，我們看著巴雷的側面，等著他魂遊四海歸來。是我們緊張，還是他在緊張？他舉杯喝了一口，轉了轉頭，口中不知道在說「不好」還是「他媽的」。這不但連我們這些人聽不懂，恐怕連那個麥克風都無法錄進去。我們聽見他的椅子咯啦咯啦地響，好像濕了的柴火一般。在錄音帶上聽起來，像是他在發動武裝攻擊一樣。

「然後，他又對我說：『噢！巴雷先生，你是一位出版商。你要不要問我是從哪裡得來的那些靈感的？』我聽他這麼講，心裡就想：出版商是不會問這個問題的，老兄，但你心裡到底要對我說些什麼呢？『好！歌德，你從哪裏獲得你的靈感的？』『巴雷先生，我的靈感來自於——第一……』他開始數起來了。」

巴雷此時也張開了他那長手指頭，開始數了起來，話中的俄國口音幾乎輕到讓人察覺不出來。又一次，我被他那縝密的音樂性記憶力所震撼。他對字句的記憶力，似乎還不及他對音樂的強。那些在充滿了亂七八糟的禮堂裡演奏的音樂，只要進了他的耳朵，恐怕就再也褪不了色了。

「『我的靈感是來自於——第一，從三〇年代柏林咖啡館中用的那種紙桌巾而來。』然後他喝了一大杯伏特加酒，同時深深吸了一口夜間的空氣，『第二，從那些比我更有天才的競爭對手。第三，從各國軍人和政客們腦子裡所存在的卑劣幻想而來。第四，從那些被納粹強迫徵召，後來又被解放的科學家而來。第五，從那些偉大的俄國人而來，這些人都是對民主懷抱著極大的期望，但也因此受盡各方的摧殘卻仍至死不渝的人。第六，從一個偶然踏進我心扉裡的傑出西方知識分子。』很顯然的，他指的就是我。因為他說了這話之後，眼睛就死瞪著我，看我做何反應。他像一個早熟的孩子一樣，直直地瞪視著我。他的目光中傳遞出一股股像生命般重大的訊息。然後，剎那間他又變了，變得多疑起來。俄國人都是這樣。『你在午餐時的確表演得很精彩。你是如何說服列斯丹諾夫邀請你的？』這句話分明就是一種冷嘲熱諷，意味著我不相信你。

「『我從沒有要說服他，』我說，『這是他的想法。你又要安什麼罪名在我身上？』

「『任何想法都不是專屬某個人的，』他說。『你把它放在他的腦子裡，你是一個聰明人。你做得很有技巧，恭喜你了。』

「之後，他不再對我冷嘲熱諷，他突然死力抓住我的肩膀，好像他就快要淹死了似的。我不知道他到底是病了還是失去了平衡。那時我有一種很不舒服的感覺，覺得他可能是要吐了。我試著要去幫助他，但又不知如何著手。他渾身熱得像地獄一樣，並且不停地冒汗。他的汗水滴到我身上，頭髮已全濕。然後，他的聲音又直灌入我的耳朵，他站得太近了！我往後退了一下，但他又跟了上來。

「『我相信你所說的每一個字。』他口中說道。『你已經說到我的心坎兒裡去了。請你向我保證，你不是一個英國間諜，我就答應你一件事。』」

「他的話句句正確。」巴雷似乎感到有點不好意思地說：「他記得我說過的每一句話，而我也記得他所講過的每一個字。」

巴雷講到「記得」這個字的時候，就好像是在受一種折磨，這已經不是第一次這樣了。也許，這就是為什麼我自己這麼常想到漢娜的原因吧！

「可憐的帕爾弗萊！」有一次，她以一種近乎殘忍的語氣嘲笑著我，一邊在鏡前審視著她光溜溜的身子，一邊啜飲著伏特加酒，心裡準是盤算著要回到她的丈夫身邊去。「你既然有這麼好的記憶力，又怎能忘得掉我這麼一位女子呢？」

巴雷是不是對每一個人都有這種影響力，能在言談舉止之間就觸動別人的中樞神經，在他們的內心最深處激起了共鳴?說實在的，我很懷疑。不過，也許歌德就是這麼地受了他的感召了吧！

底下的這一段是從未經增刪、塗改或另加解釋的。為了要保持原樣，我將錄音帶的內容原原本本、一字不漏地做成筆錄。這段紀錄關係到以後所有故事的發展，我們稱呼它為「里斯本接觸」。當大西洋兩岸的煉金術士和神學家你來我往地展開談判、彼此各不相讓的時候，一場精彩的好戲於是就此開演：

「『我不是什麼間諜，歌德，我現在不是，以前也從未擔任過，以後也永遠不會是。也許是你那行，可不是我的。我們來談談下棋怎麼樣？你喜歡下棋嗎？我們來談談下棋好了。』

「他似乎沒聽見我在說話。『你不是美國人？你也不是誰的間諜，甚至不是我們的？』

「『歌德，說實在的，我已經有點煩了。我不是誰的間諜。我是我！我們現在要麼就談下棋，要麼就請你另找話題，好嗎？』我想我這麼講就能讓他閉嘴吧！但他還是沒有。他說他精通棋藝，在下棋的時候，若是一方心生一計，而沒被對方看穿，或對方的注意力已經鬆懈，那麼你就會贏。下棋時理論就是實際，但在生活中，尤其是在某種形式的生活，你會碰上一種這樣的狀況：一位棋士會對另一位棋士產生一種非常怪異的幻想，甚至有時他會自己創造一位他所需要的敵人。他問我同不同意他的說法，我對他說我完全同意。然後，他不再談棋了，他用俄國人喝醉酒時的那種說話方式來談他自己。他說他活在這個世界上的意義就只為了要講話給我聽。他又說他像浮士德一樣，生就兩個靈魂，而這也就是他們管他叫歌德的原因。他母親以前是個畫家，但是她畫她眼中所見之物，因此，很自然的，官方就既不允許她展覽，也不允許她買顏料，因為我們眼睛所見到的任何東西都屬國家機密。同時，即使你畫的是想像作品，那也是國家的機密。即使這種所謂的機密根本永遠都不會產生什麼影響，但它還是國家機密。而且，如果那是徹頭徹尾的謊言，那它就更是最需要保密的機密。他說他的父親在勞改營裡待了十二年，最後死於心力交瘁。他說他父親的問題是：他是一個殉道者。受害人已經夠糟了，聖人更糟。他說，但殉道者根本就是生不如死。你同意嗎？

「我當然同意。我不知道我為什麼會同意，但我是個很講禮貌的人，而且當一個人抓住我的頭，告訴我他父親是坐過什麼十二年牢才死的，我即使再不同意，也不預備和他爭了。

「我問他真實的姓名為何。他說他沒有真名字，他說這個名字是他的父親取的。他又說在任何高尚的社會裡，大家殘害無知的人，但在蘇俄卻完全相反，因此他們殘殺他的父親，因為他不像他的母親，他拒絕因為心碎而死。他說他要對我做這個應許。他說他愛英國人。英國人是歐洲的精神領袖，是努力不懈的人群，是歐洲偉大理想的統合者。他說英國人了解說話與行動之間的關係，而在蘇俄，已經沒有人會再相信行動了，因此下自升斗小民，上至居高位者，無不以空言代替行動、代替真理。現在連這種空言都無人願意聽，原因是大家既然知道無法改變現狀，便也就懶得再加以理會。否則，知道如何改變現狀而又妄圖改變者，可能連工作都不保；而不知如何改變者，則也就只好永遠安於現狀了。他又說蘇俄之所以會弄到今天這步田地，是因為他們渴望成為歐洲的樣子，但最後卻註定變成美國樣了，而美國人是以物質的邏輯毒害了全世界。他們認為如果我的鄰居有一輛車子，我就必須要有兩輛。如果我的鄰居有一把槍，我就必須要有兩把。如果我的鄰居有一枚炸彈，我就必須要有更大的，並且愈多愈好，至於這些炸彈能不能擊中目標，則還是其次的問題。所以，我所需要做的，只是想像我的鄰居會有多少把槍，並且再把數字加倍，這樣，我就有了正當的理由去製造我想製造的東西。他問我同不同意他的看法。」

這真是個奇蹟，他一口氣講到這兒，居然沒人插嘴，甚至連華爾特也吭都不吭一聲。巴雷停止說話，大家也都三緘其口。房間內靜得連椅子的嘰嘰聲都聽不到。

「我同意，我完全同意，歌德。任何事情都比被問我是不是英國的間諜要來得好。之後，他開始談十九世紀的偉大詩人和神秘學家比居林。」

「是比雪林！」華爾特終於忍不住失聲怪叫了起來。

「對！是比雪林。」巴雷點頭說道。「佛拉第莫．比雪林。比雪林要為人類犧牲他自己，他死在十字架上，他的母親倒在他腳前。他問我聽過他沒有？我說沒有。他說比雪林去愛爾蘭當修道士。但是歌德無法這麼做。因為一則他無法拿到簽證，二則他也不喜歡上帝。比雪林喜歡上帝，但他不喜歡科學，因為科學沒把人的靈魂放在眼裡。我問他幾歲了，我問的是歌德，不是比雪林。他現在看起來像是只有七歲，但又似即將步入一百歲。他說他離死比生更近，他說他已五十，但又像才剛出母腹不久。」

華爾特又插了進來，但這一次比較溫和，像是在教堂裡的人，而不像他自己失聲怪叫的樣子。「你有那麼多的問題可以問卻不問，反單挑他的年齡問，有何理由？此刻問他有多少歲，又有什麼重要性？」

「一來是他令人不安，二來他除了皺眉頭以外，臉上看不出一絲皺紋。」

「而他說的是科學，不是物理，是嗎？」

「是科學。然後他就開始背誦比雪林的東西。他一面說，一面翻譯，先講俄語，再講英文。……憎恨自己的國家、渴望它毀滅是多麼快意的事情……只有它毀滅了，全人類才有復甦的一絲曙光。我也許不是說得一字不漏，但也八九不離十了。他說比雪林了解一個人在愛他的國家之同時亦有可能憎惡其制度，比雪林瘋狂地愛著英國，歌德也是一樣。他們愛英國是正義、真理、自由之國度。比雪林認為出賣自己的國家並沒有什麼不對的地方，只要你所出賣的是你所憎惡的，並且為你所愛的去奮戰。現在，假設比雪林已經擁有了蘇俄的極大機密，他會怎麼辦？非常明顯的，他會把這份秘密給英國人。

「我這時再也受不了他了。我覺得極不自在，他卻又靠近了過來。臉貼著我的臉，吐著氣，咬著牙，活像是一部蒸氣引擎。他的心臟都快迸出他的胸膛了。他的眼睛睜得大大的，好像碟子一樣。『你喝了什麼東西？』我說。『可體松？』

「『你知道你在午餐的時候還說了些什麼嗎？』他說。

「『沒說什麼。』我說。『我不在那邊。有兩個傢伙先批評我。』他還是沒有聽見我在說什麼。

「『你說，今天一個人要有英雄的思想，方能做一個正人君子。』

「『「這話不是我先說的，』我說。『我所說的話都不是我第一個先講的，而是我聽來的。現在，請你忘掉我所講的話，回到你的同胞那兒去吧！』他對我說的話聽若無聞，卻又抓住我的手臂。他的手細得像女人，但力道卻像鐵般強固。『請你答應我，如果我有勇氣做英雄的思考，你起碼得做一個正人君子。』

「『好了！』我說。『我們不要再談這個了，去拿點兒東西來吃吧！他們還剩一點湯，我聞到了。你要喝湯嗎？湯？』

「這時，我雖然不能說他是在哭，但他滿臉都已經濕了，皙白的皮膚被痛苦的汗水所濕透。他緊抓著我的手，就好像我是他的神父一樣。『答應我！』他說。

「『但是我又能答應你些什麼，你總得對我說清楚啊？』

「『答應我你會做個紳士。』

「『我不是紳士，我是個出版商。』

「他聽到我這麼說，就笑了。這是他第一次發笑。他笑得很大聲，笑聲裡還夾雜著莫名其妙的嘖嘖聲。『你不能想像我從你的拒絕中獲得了多大的信心。』他說。

「他說到這兒，我就站了起來，慢慢的、輕輕的，盡量不驚動他。但他又抓住了我。

「『我每天都犯科學上的罪，』他說。『我把犁頭當作寶劍。我誤導我的上司，也誤導了你的。我一直不停地扯謊。我每天都在不斷地摧殘我裡面的人性。請你聽我說。』

「『我必須要走了，歌德仁兄。我旅館裡的那些女客房經理都一定在熬夜等我回去呢！放開我，好不好！你會把我的手給弄斷的。』

「『抱緊我。』說著，就把我往他懷中一拉，我當時的感覺就好像是一個肥胖的大男孩一般，而他卻是如此瘦弱。他鬍髮全濕，身體卻在燃燒。

「『答應我！』他說。

「『我答應！答應！』我邊說邊用力想抽出身來。

「『好吧！』我說。『如果你能成為英雄，我就做一個正人君子。就此一言為定，好嗎？現在，請讓我走，行行好吧！』

「『你答應了？』他說。

「『我答應了！』我一面說著，一面把他給推開。」

華爾特又在叫了。我們事先對他的警告以及奈德、克萊福或我自己對他的嚴厲眼色，都無法讓他再沉默不言。「但是，你相信他嗎，巴雷？他有沒有騙你？他早已摸清你的底子，請問你作何感想？」

又是一陣沉默。一陣更長的沉默。終於，他開口了。「他是喝醉了。我這一輩子裡，也許有兩次像他一樣醉，就說是三次好了。他整天都在喝那玩意兒，而且一直不停地喝，像灌開水似地喝。但他說出來的話倒是清清楚楚。我相信他。他不是那種你不願意去相信的人。」

華爾特又在怒吼了。

「那麼，你相信他什麼？你想他在跟你談些什麼？你認為他到底在做些什麼？他老是在跟你閒扯淡，但是他的目的是什麼卻隻字不提。他說對他的上司、也對你的上司扯謊。他表面上是在談棋。但事實上談的又不是棋，他到底在聊些什麼？你到底有沒有加油添醋？你為什麼不來找我們？我知道為什麼了！你是隻駝鳥，愛把頭埋在沙中。『你不知道，因為你不想知道。』你就是這樣。」

帶子裡的下一個聲音是巴雷一面在房間裡踱著步子走，一面詛咒著自己：「該死！該死！該死！」他喃喃自語，一直不停地說著。接著，就是克萊福的聲音。如果有那麼一天，是該由克萊福來宣布宇宙毀滅時，他也會用這種要死不死的聲調的。

「我很抱歉，但我們需要你的大力幫忙。」他說。

很諷刺地，這次我居然會相信克萊福是真的抱有歉意。他是個講求技巧的人，和間諜人員相處頗覺格格不入，現在他就像是處在一個現代化學校裡的土氣間諜。他相信事實才是唯一可以採信的資料，任何悖離此項原則的人皆為他所不齒。他除了對自己的飛黃騰達和他那部有一道刮痕就不能開出車庫的銀色賓士車有興趣之外，如果還有什麼熱衷之事，那一定就是有武器和有權勢的美國人了，要是克萊福能發揮才智，「藍鳥」就必定是個已被破解的密碼，或是一枚人造衛星或中央情報機構委員會，那麼巴雷也用不著出世了。

而奈德卻剛好相反，反而因此而更想冒險。他先天的氣質和後天所接受的訓練就是要做一名情報人員的頭子和統御眾人的領袖。間諜的偵察工作就是他必備的本事，也是他所熱衷的，他不喜歡搞情報界的內部爭鬥，而寧願把那些交給克萊福。就好像他把分析的事情都交給華爾特一樣。就他所從事的工作來說，他是一位果斷的藝術家，而這也是所有與人性打交道的人所必須要有的特質。對於克萊福而言，人性只不過是一個乏味的名詞，因此，他也就安之若素地身為一個有名望的現代人。

5

我們已經移到了奈德和巴雷最初談話的那個圖書室。布拉克自己也已經在那兒布置了一個銀幕和幻燈機。他把椅子擺成馬蹄形。在他的腦海中，每一張椅子都是專為某一個特定的人所設立的。布拉克之所以會這麼做，是因為他和所有心懷鬼胎的人一樣，總是喜歡出一些怪點子。他也從監聽裝置裡聽到了我們之間的談話。雖然他很不喜歡巴雷，但他黯淡無神的眼眸裡還是流露出一股興奮的神采。巴雷懶洋洋地坐在鮑伯和克萊福之間，深深地陷入了沉思之中。在這個秘密的審訊裏，他是個沮喪的貴賓。布拉克打開那具幻燈機的時候，我正從側面端視著他的臉龐。他先是低頭沉思。繼而在第一張幻燈片打到銀幕上的當兒，猛然地抬起頭，瞪視著銀幕。奈德就坐在我旁邊，一語不發；但我可以感覺得出他自我克制著強烈的興奮。二十個男性臉孔一一地跳過了我們的視線，其中大部分是蘇聯的科學家，這些人都是以快速的步伐參觀著位於倫敦的檔案室，而蘭利也被認為有辦法取得藍鳥的資料。有些人的照片出現不止一次，有的前一張是留有鬍子的，下一張裡則鬍子又刮掉了。照片中的某些人比他們的實際年齡年輕了二十歲，這是因為從這些人的檔案資料中也只能找到他們二十年前的照片的緣故。

「都不在這些照片裡面。」當所有準備好的照片都放映完後，巴雷對他們宣稱。突然，他把手插進了頭髮中，像是被針刺了一下。

鮑伯就是不相信他所講的。他懷疑你的時候和相信你的時候一樣都面露快樂笑容。

「巴雷，你難道就這麼有把握，連一點兒轉寰的餘地都沒有嗎？你上次見到他的時候，你喝得爛醉如泥，記得嗎？我自己也曾經醉過，當時連我自己姓誰名何都記不起來了呢！」

「真的一個也沒有，老兄。」巴雷說著，又返入沉思。

現在輪到卡蒂雅了，不過巴雷並不知情。鮑伯很謹慎地把場面轉換到她的身上。蘭利的現場拍攝技巧真是道地的專業水準。

「巴雷，這是在莫斯科出版展覽會場上的一些男男女女。」他乘著布拉克準備放第一張幻燈片的時候故意若無其事地說著。「他們都是你在蘇聯旅行時可能已經碰過面的人：譬如說是在接待處、書展、身邊來來去去的人等等。如果你看到任何人，是你曾經見過的，就請他停下來。」

「我的天哪！那是李諾拉！」鮑伯還沒講完，巴雷就很高興地指給他看。此時，銀幕上出一名非常結實的女人，她有一片像足球場一樣的背。照片中，她正漫步於一條柏油路上。「藍妮是ＳＫ的重要人物。」巴雷補充著說。

「ＳＫ？」克萊福脫口而出，就好像他才挖出一個地下的秘密社團。

「是全蘇圖書進口代理公司的簡稱。ＳＫ是蘇聯訂購及經銷外國書的總部。至於他們訂購的書會不會到那兒，是另一回事。藍妮是個有趣的人。」

「知道她的另一個名字嗎？」

「西諾維娃。」

鮑伯以笑容證實了他說的沒錯。

他們又放了幾張給他看，而他挑出來的都是他們知道他知道的。但是，當他們把放給尼基看的那一張卡蒂雅的照片。就是那張卡蒂雅穿著大衣，頭髮梳了上去，手中拿著手提袋下階梯的照片給他看的時候，巴雷卻說：「跳過去。」他的反應與剛才觀看那些他不認識的人時，是同樣表情。

但鮑伯此時感到非常挫敗。他說：「請暫停在這裡！」語氣是如此地不悅，即使是尚在襁褓中的嬰孩也知道這幀照片具有特殊的重要性。

因此，布拉克停住了，我們也跟著屏住呼吸，停頓在那兒。

「巴雷，這位有一頭黑髮、大眼睛的女孩是莫斯科十月出版公司的人。她的英語說得非常好，一如你和歌德一樣。據我們的了解，她是一位編輯，專門負責審核蘇俄出版品的英語翻譯。怎麼，沒有印象嗎？」

「我沒有這麼好的運氣會碰上她。」巴雷說。

就在這時，克萊福向我點了點頭，把他交給了我。交給你了，帕爾弗萊，他是你的保證人，嚇一嚇他。

我在做教化的工作時，總是會用一種很特別的聲音。它特別的程度，理當可以把結婚宣誓時的恐懼都給凝結起來才對，但我並不喜歡這種聲音，因為漢娜討厭這種聲音。如果我的職業要我穿上一件假冒的白色外衣，那麼，此時就是我給病人注射那一針毒劑的時候了。但是那一晚，就在我單獨與他在一塊兒的時候，我卻選擇了一種更具保護色彩的聲調，並且變成了另外一個人，也許甚至可以說是返老還童的帕爾弗萊，也是一個漢娜曾經發誓過一定要戰勝了的帕爾弗萊。我對巴雷講話的時候，不是拿他是一名緩刑的犯人，而是把他當作朋友一樣看待，並且先給予一番警告。

現在我們就要談交易了，我說。盡量用我所能夠想得出來的非專業術語。現在我們要在你的頸子上套上一個圈套，你得小心了！得要好好考慮才行。

面對其他人的時候，我都是要他們坐著。這次，我讓巴雷站起來隨意走動。因為我看得出，他站起身來背著手、踱著步，要比他坐著來得自在。感情用事，即使為時極為短暫，也是很危險的。但是，並不是英國所有撈什子的法律都可以阻止我這麼做。

當我瞬間對他生了好感之際，我才注意到一些事，是我在人多時未曾留意到的。我注意到他的身體是如何地遠離我，就好像他在刻意抵擋他那已經根深柢固的習性，免得自己一受到別人的要脅，便會不由自主的屈從。還有，我也注意到他的手臂，無論他自己是多麼地想要駕馭它們，它們還是不住地顫動著，好像是死命地想從一件禁制它們、讓它們不得自由的制服中掙脫出來一樣。

除此以外，我又想到自己目前所遭遇的挫折。到現在我還不能在夠近的距離內觀察他，而必須在他不停地來回穿梭、走過一面鏡子前方的時候，才能利用瞬間瞄他一眼。即使時至今日，他在我的感覺裡，距離仍然十分遙遠。

我也注意到，在他時而注意聆聽我的訓誡、時而心神他往、悠遊於九霄雲外之時，其內心所隱現的掙扎和淒涼。往往在聽我講完兩點之後，就兀自跑開去消化它們，而每次他這麼做的時候，我就會覺得自己正面對著一個強而有力的後背，這個後背行將屈從於他那頑抗不羈的前半身。

我也注意到，當他回到我身邊的時候，眼睛裡一點也沒有其他那些聽了我這一席充滿智慧話語的人所顯露出來的卑恭屈膝、令我看了都覺噁心的眼神。他沒被我的話給嚇著，甚至可以說，我的話可能壓根兒都未觸及其內心。相反的，他的雙眸倒令我覺得很不自在，就像他頭一次見到我、打量著我的那個時候的感覺一樣。他那雙眼睛太真實、太清澈，也太沒有武裝，即使他再怎麼揮舞著雙拳，都無法保護它們。我覺得，我或任何人都有可能填塞進它們裡面，並且將他佔為己有。但這種感覺卻令我吃驚，彷彿變成一種對我的威脅，甚至讓我擔心本身的安全。

我想到了他的檔案。在漫長的一生中，他行行走走，真可以說是撞得頭破血流。他的一舉一動，似乎都在毀滅自己。然而他又是這麼不在乎。他求學的紀錄真是可怕，那好不容易才得來的名聲，居然是用打架換來的。打到最後，他連下顎都被打破了，被送到學校的醫務室去。後來因為讀經時喝醉酒，而被校方開除。「我前一天晚上就喝醉了，先生，我不是故意的。」結果，他還是免不了一番訓誡，然後被開除學籍。

我想，如果我能夠想出一些他曾經犯過的滔天大罪，就準可以把他嚇個半死，對他和我來說便方便多了。也不會像現在，雖然費盡了氣力，仍然拿他一點辦法都沒有。但是奈德已經把他一生的紀錄都給了我，包括他的健康紀錄及他怎麼一擲千金、如何玩女人、娶了多少個太太、生了多少個兒女。他的缺點雖多，但卻絕非大奸巨惡之人。也許，這就足以詮釋他這個人。也許，他一直追求著徜徉在浩瀚大海裡的夢想，因此才不惜一而再、再而三以己身去撞擊人生道路上的岩石，以此向造物主抗議，用以換取更大的際遇，或就請上帝再也不要去煩他？但是，話說回來，果真讓他如願以償，他還會不會奮不顧身，撞得滿身是血？

突然，在我根本還來不及覺察到的時候，我們的角色已經主客易位了。他站在我的面前，向下俯視著我。大夥兒都還等在圖書室裡，而我也已經聽到他們不耐煩的聲音。聲明書就擺在我的桌前，但他此刻在讀的是我，而非那份聲明書。

「那麼，你有何問題沒有？」我抬起頭望著他老高的面孔問道。「你在簽字以前還需要知道些什麼沒有？」我自始至終都用那種特別的腔調，為的是要保護我自己。

他起先還有一點迷迷糊糊的，然後就開始覺得好笑起來。「為什麼問我呢？你自己不是有更多的答案想要告訴我嗎？」

「這是一項不公平的交易，」我很鄭重地警告他。「你已經身不由己地承受了一個大秘密。你雖然沒有特意要去知道它，但既然知道了，你就無法擺脫它。就你所知道的，已經足夠使一個人，也許還外加一個女人為你喪命。這種情況，使你產生了一個需要保密的身分，也帶來了一個逃脫不掉的義務。」

上帝啊！幫助我，我又想到了漢娜。他已經喚起了漢娜在我內心深處所種下的痛楚，彷彿她是個剛癒合的傷痕。

他聳聳肩，似乎把負擔卸得一乾二淨。「我不知道我到底知道些什麼？」他說。

有人在重重地敲打著門了。

「要你這麼做的意義在於：對方可能想要告訴你更多的事。」我說。我的態度比起剛才又軟化了許多，因為我要讓他知道我在替他著想。「你所知道的，也許只是個開頭，他們希望你去發現更多的東西。」

他終於簽了字，是連看都沒看就簽了的。他像一個夢魘般的客戶。他可能把自己的命都給簽掉了而還不知道、也不在乎。他們在門外敲門，但我還是在證人欄中簽上我的名字。

「多謝了！」他說。

「嗯！這是我應該做的。」

我收好筆，心裡想著：我終於讓他就範了。克萊福和其餘的人進來了。此時我的心裡有了一股冰冷的勝利感。他雖狡猾，但我終於還是讓他簽了字。

然而，我的另一半卻是處在羞愧和不可思議的掛慮之外，感覺到我已經在我們自己的陣營內點燃了一把火。從此刻開始，誰也不知道這把火將會如何蔓延開來，更沒有人知道會有什麼人能將它撲滅。

下一幕唯一可以稱道之處在於它的簡短。想到鮑伯，我心中就難過了起來。他既非狡猾之人，亦非頑固之輩。他有話就會直說，但這也並非是什麼罪過，即使是對幹情報的他而言。與奈德和克萊福比較起來，他較像前者。而且，其作風也比較接近英國情報局，而不像蘭利的美國情報局。有一段時期，蘭利曾擁有許多像鮑伯之類的人，而且比他更為優越。

「巴雷，截至目前為止你對歌德所提供的情報性質為何，有沒有什麼概念？我指的是那份情報的全部內容。你需要我再詳細解釋嗎？」鮑伯問話的方式怪怪的，不過臉上還是堆出了他慣有的笑容。

我記得，莊尼曾對尼基提出過相同的問題，並且，那一次他還因管人閒事而吃了苦頭呢！

「我能有什麼概念？」巴雷回答道。「那個玩意兒我連看都沒有看過一眼，我又能有什麼概念？」

「你確信歌德沒有再給你什麼別的指示嗎？沒有什麼私下的耳語，就像作者對出版家所說的那種。譬如說，如果你們雙方都信守諾言，那麼，他會對你再提供些什麼之類的話？除了他在皮里德爾基諾告訴你的那些話以外，他還有沒有再對你述說任何有關武器裝備和假想敵之類的事情？」

「我已經把我所記得的都一五一十告訴你們了。」巴雷邊說邊搖了搖頭。

鮑伯現在又像先前的莊尼一樣，開始瞇起眼看著放在桌子底下的那一份簡報。所不同的是，鮑伯現在是真正感到不悅了。「巴雷，你在過去七年中曾經去過蘇俄六趟，在這六次造訪之中，你曾否與任何的支持和平分子、異議分子或其他非官方的那一類人物有過接觸？」

「這麼做犯法嗎？」

克萊福插了進來，說道：「回答這個問題，好不好？」

出乎我們意料之外的，巴雷居然照著他的話做了。有些時候，克萊福表現得真是十分卑微，令人不得不感動。巴雷說：「那兒的人形形色色，什麼樣的人物你都碰得到，鮑伯。譬如說，表演爵士樂的、出版界的、知識分子、記者、藝人等等。這個問題我回答不來，抱歉。」

「那麼，就讓我換個話題來請教你，你在英國有沒有與這種支持和平的人士打過交道？」

「從來沒有這種印象。」

「巴雷，在一九七七年至一九八〇年間，你曾經和一個藍調樂團一起演奏過。你可知道他們當中有兩個人曾參加過禁止核子武器競賽的運動和其他的和平團體？」

巴雷似乎有些不解：問道：「真的嗎？你可知道他們的名字？」

「如果我告訴你這兩人是密克斯．伯溫和伯特．溫德利，你會不會感到驚訝？」

巴雷暢快地大笑出聲。除了克萊福以外，大家都非常吃驚。「噢！老天啊！鮑伯，我還以為是什麼人物呢！原來是那個密克斯啊！他根本就是個殺人不眨眼的共產黨。如果他手中有炸彈的話，他一定會把上下議院都給炸掉的，而伯特也一定會舉雙手贊成。」

「他們鬧同性戀嗎？」鮑伯露著微笑說。

「完全正確。」巴雷同意他的看法。

已經獲得整件事情完整輪廓的鮑伯，收起了他的那一張紙，向克萊福使了個眼色，表示他已經都問完了，於是乎奈德就向巴雷提議到外面去呼吸呼吸新鮮的空氣。應了奈德之邀作陪的華爾特向前走了一步，將門打開來。奈德一定是把華爾特當作了他的跟班，因為華爾特對他向來是唯命是從。巴雷猶豫了一下，終於還是拿了一瓶威士忌和一個杯子，並且把它們塞進他那件叢林夾克的口袋裡，一邊一個。我懷疑他這麼做是故意要嚇嚇我們。如此打點妥當之後，才慢步跟在他們後面，撇下我們三個人無言相向。

「你轟炸他的問題是羅素．薛里頓設計的嗎？」我友善地問鮑伯。

「近來羅素太機伶了，那些玩意兒他已經不管啦！哈瑞。」鮑伯以明顯的憎惡答道。「羅素經歷了不少事情。」

蘭利的內部權力爭鬥甚至對於置身其中的人都是一個謎，當然對於咱們十二樓那些老闆而言，他們更是無從知曉——不論我們如何假裝，又是另一回事。但在爭權奪勢的熱潮中，薛里頓的名字老是排行榜上的熱門人物。

「那麼是誰授權給他們的？」我仍就問題追問，「是誰徵調他們的？鮑伯。」

「也許是羅素。」

「你才說羅素太機伶了！」

「也許他必須讓那些權貴者安心。」鮑伯不安地說，他點燃煙斗，揮熄火柴。

我們定下心來等奈德他們。

那株綠葉成蔭的大樹在靠近碼頭的一個公園裡。我曾在樹底下站過、坐過，看著旭日從碼頭升起。露水沾濕了我的雨衣。我曾經聽著（雖然心中不解）一位面貌莊嚴的老者，在那個地方教訓著他的徒眾。他的徒眾彼此年齡相仿，並且都稱他為教授。這株大樹的周圍環著一圈木凳，凳子上面被鐵欄杆分割成一個一個的座位。巴雷就坐在這張凳子上，奈德和華爾特各坐在他的左右邊。巴雷說，他們先是在水手們休息的酒館裡談，後來又跑到山頂去談，但是奈德為了某種原因，不願意提及他們曾經在山頂上談過話。現在他們又回到他們原先談話之處。布拉克在那部租來的車子裡強自打起精神看著他們越過草坪。幾輛起重機從道路另一邊的倉庫那兒開了過來，車子的唧筒和漁夫的吆喝聲也傳了過來。現在的時間是清晨五點鐘，但碼頭從半夜三點就已經人頭鑽動了。破曉時，原已聚攏的雲朵現正破散開來，猶如上帝創造世界的第一天。

「你去找別的人吧！」巴雷說道。他在此以前已經藉著不同的方式說過幾次了。「我不是你們的人。」

「不是我們找你的，是歌德。」奈德說。「如果我們知道一種方法，能不藉著你就能連絡到他，我們會不加思索就去做。但他要的就是你，他也許等了十年才等到像你這麼一個人，一個他認為可以託付的人。」

「他找我因為我不是間諜，」巴雷說。「因為我會唱抒情調。」

「你現在也不是間諜呀！」奈德說。「你是一個出版商，他的出版商。你所做的只不過是和你的作者、同時也與我們合作。這麼做有什麼不對嗎？」

「你既有魅力又富機智，」華爾特說。「但卻嗜酒如命，你已經被耽誤二十年了！現在是你大放異彩的時候，你的機運到了。」

「我在皮里德爾基諾早已大放異彩過了，每一次去那兒我都是光芒四射，讓人目不暇給。」

「你大可放鬆心情，」奈德說。「在倫敦花上三個禮拜，一邊準備，一邊等你的簽證，再快快樂樂地在莫斯科待上一個禮拜，然後你就可以永遠自由了。」

生性謹慎的奈德，非常技巧地避免使用「訓練」這兩個字。

下面輪到華爾特開口了。他的話既是督促，也是諂媚，而且兩樣都過了頭，但奈德並不加以干涉。「不用管錢的事，巴雷比錢重要得多了！這是一次報效國家的大好時機，許多人一輩子都巴不得有這種機會。他們夢寐以求，頻頻來信求我們，但都不能如願以償。而且當你完成了任務之後就可以退居幕後，享受做為一個英國人所得到的好處。即使你對它不屑一顧，它還是你的。這是你的權利，是一件值得你為它去放手一搏的權利。」

奈德料得一點兒也沒錯。巴雷笑了出來，並且對華爾特說：「算了吧！」或是這一類的話。

「這對你那位作者來說，也何嘗不是一次千載難逢的機會，如果你好好地想過，就會同意我的說法。」奈德以他一慣的樸實語調說道。「你會保住他一條命的。如果他所給的真是他國家的機密，你最起碼可以為他找到完成心願的人。你是哈羅公學畢業的，對不對？」他突然加上這一句，好像他才剛剛記起來一樣。

「我好像是在什麼地方看過你曾在哈羅唸過書？」

「我只是在那兒待過一陣子而已。」巴雷只說了一句，華爾特就笑出聲來，而巴雷居然也顧不得禮數，也跟著笑了。

「你為什麼在那麼多年以前申請要加入我們？你記得當時是什麼原因促使你這麼做嗎？」奈德問道。

「我不要待在父親的公司裡。我的老師替我出主意，要我在小學裡教學。我的表哥李昂諾則教我去當間諜，但你們不要我。」

「是一種責任感，對不對？」

「是的，不過我們這回可不能再拒絕你了。」奈德說。

這三個人就像是老朋友一樣，默默審視著碼頭。一艘海軍軍艦的索具像項鍊一般拖曳著。

「你可知道，我曾幻想過會有個上帝？」華爾特突然哼唱起來，對著海隨意地說：「我確信自己是個對上帝非常虔敬的人，再不然就是個失敗的馬克思主義者，我一直相信遲早有一天，他們的歷史必須趕緊找出一個上帝來。你讀了多少有關科學的東西？沒有，你是不會去讀的。你是屬於那一代對技術毫無所知的人。如果我問你什麼是幾級燒傷，你大概會認為我說的是烤麵包吧！」

「大概吧！」雖然華爾特是在貶他，但巴雷還是同意地笑了。

「再問你一個，什麼叫作ＣＥＰ？有沒有概念？」

「能不能不要只講縮寫字母？」

「好，它的全名叫作circular error probable，怎麼樣？」

「我不懂。」巴雷沒好氣地回答，顯示他有一種令人難以捉摸的脾氣。

這一次倒是華爾特沒聽清楚巴雷所講的話。「再調整，我要再調整什麼？用什麼去做調整？」巴雷不願再多費唇舌去答覆他。

「好，非常好。再來，在圓場中常稱做ＢＭＦ的又是什麼？這種話應該不會再讓你的耳朵覺得刺耳了吧！它可是道地的盎格魯撒克遜語呀！」

巴雷聳了聳肩。

「ＢＭＦ是蘇聯的ＳＳ９型超級火箭。」華爾特說道。「它在美蘇冷戰那幾年被拖出來亮過相。體積龐大到你無法想像的地步，後來被冠上一個聲名狼藉的稱號──『腳印』。怎麼，這個名字你也沒聽過嗎？『腳印』？別擔心，你會對它產生印象的。我們現在所講的『腳印』是在蘇俄荒原上的三個窟窿。它們看起來就像美國『義勇兵』飛彈地下發射室及指揮中心的形狀。我們現在搞不懂的是它是不是由三個可以分別對準目標的彈頭所製成的，並且蘇聯是不是就因此有能力一舉射中三個美國的地下發射室？不願作如是想的人可以說這三個腳印只不過是僥倖而已！而那些願意相信的人卻又敢跟你打賭，說那些彈頭是用來對準首都，而不是用來對付地下發射室的。相信的人勝了，於是可以參與『反彈道飛彈』（ＡＢＭ）的計劃，至於他們的理論在三年後就被推翻，那就不用提了。反正他們是熬過來了。我想你已經被我搞糊塗了。」

「你也從來沒有讓我弄清楚過。」巴雷說。

「但是他學得很快。」華爾特越過巴雷的身體，向奈德保證。「搞出版的人對什麼事情都是胸有成竹的。」

「多知道一些事情又有何妨？」奈德有一些不高興，他的語氣就好像是一個好人，被別人深奧的談話給搞迷糊了。「我就是搞不懂這一點。我們不是在要求你去建造一個巨型火箭，或是按按鈕。我們只是在要求你幫助我們，增加我們對敵人的認識。如果你不喜歡核子事業，那更好。而且如果到頭來敵人轉變成了朋友，也無傷啊！」

「我認為冷戰應該已經是過去的事了。」巴雷說。

還沒等他講完，奈德以一種非常吃驚的口氣大叫：「噢！我的天啊！」他倒抽了一口氣。

但是華爾特可沒像他有這麼好的自制力。他假裝成很生氣的樣子，也許他真的很生氣。他是一個隨時隨地都變幻莫測的人。「那是一種無恥的政治矯飾和虛情假意的友誼！」他嗤之以鼻地說。「我們現在正陷於歷史上最大的一種意識型態對立的局面之下，而你卻告訴我說它已經是過去的事了。你知道嗎？你之所以會這麼講，是因為有一堆政客發現這麼講能夠讓群眾支持他們，也可以甩掉一些陳舊的玩意兒。那個邪惡的帝國現正擺著卑躬屈膝的姿態。不錯，他們的經濟是一團糟，意識型態也已搖搖欲墜，並且在他們的背後也給扯了後腿。不過，不要因此就對我說因為他們如此如此，所以我們就可以高枕無憂。因為你講的話，我一個字都不會信。所以我們才要一天二十五小時地監視他們，每當他們一有動靜，就踢他們屁股。天知道十年之後他們會認為自己是什麼樣的人。」

「我想。你應該了解，如果你遺棄歌德，美國人就會去找他。」奈德以他對事實的觀察所得向巴雷透露出他的觀點。「鮑伯不會放他走的，他也沒有理由不這麼做？你不要被他表面上那種溫文有禮的態度給騙了。如果事情真的變成這樣，你又將如何自處？」

「我不要和我自己相處。沒有人比我自己更難相處的了。」

一朵烏雲還沒遮蓋到日光以前，就已經碎成片片了。

「事到如今，」奈德說，「我明知這麼講很不君子，但我非講不可；在保衛你的國家上，你要做一個積極的角色，還是一個消極的角色？」

巴雷仍然在思索，試著尋找出一個答案，而華爾特已代他答覆了，而且語氣決絕，不容分辯。「你來自一個自由的社會，而你沒有選擇的餘地。」他說。

碼頭上的喧鬧聲隨著日光漸漸升高。巴雷慢慢地站了起來，揉擦著他的背。他的背部，就在腰圍上方，似乎有個部位長久以來老是痛個不停。這也許就是他駝背的原因吧！

「任何有良知的教會都早該把你們這些王八蛋統統活活給燒了。」他憂心忡忡地說著。他轉向了奈德，從他那小得可憐的眼鏡裡看著他，說道：「我不是適當的人選。」他警告他。「你如果用我，你就是個大傻瓜！」

「我們都是不適合的人。」奈德說。「我們卻常經辦一些不適當的事情。」

巴雷穿過了草坪，手拍打著褲袋找他的鑰匙。他走進一條邊街，從他們的視線中消失，布拉克尾隨其後緩緩而行。巴雷打開了前門鎖，進了門，反手把門給關上。這棟房子像是一個楔形的物體，靠街的那一面很窄，後面很寬。他壓下了另一扇門的開關，然後爬上樓梯，每一個步伐的速度一致且穩當，因為他還有很長的一段路要走。

她是一位好女人，她沒有錯。她們都是好女人。她們都是對他懷有任務的女人，就像漢娜也曾一度對我身負任務——要救贖他，將他改變過來，使他把一切的天分集中起來往一個方向發展，要幫助他從頭開始，脫離以前的種種，完完全全地重新開始。而巴雷呢？他已經激勵了她如此做，就好像他已鼓勵了她們全部一樣。當她們站在病床旁邊的時候，他也曾經與她們站在一塊，好像他自己並不是一個病人，而是醫療小組的一員。她們會如此盤算著：「那麼，我們到底該怎麼做，才能把這個可憐的老傢伙醫好，教他正常去工作？」

唯一不同的是，他就像我一樣，從來就不信這套療法會有何屁用。

她筋疲力盡地躺著，臉朝下，大概已經睡著了。她已經把那間公寓清理乾淨，就像是囚犯清理自己的牢房，喪家清理墓地一樣，她已經把這個她不可能改變的世界清掃得一塵不染。旁人也許會告訴巴雷，說他對自己太過嚴苛。女士們也經常對他說，不應該老是對過去失敗的婚姻耿耿於懷。其實，巴雷比別人更清楚這一點，他知道自己與凡事之間有段距離，當時他比誰都清楚自己已是無藥可醫了。

他碰觸了一下她的肩膀，但她一動也沒有動，所以他知道她是醒著的。

「我得去大使館了。」他說。「在倫敦有人懸賞要我的人頭。我必須回去親自面對那些麻煩事，否則他們會拿走我的護照。」

他從床底拖出了一個皮箱，開始把她為他燙好的襯衫裝進去。

「你說過，此時你不回去的。」她對他說道。「你已經為英國效忠了，你自己說的。該做的不都已經做了！」

「他們已經為我訂了早班機位，一早就得走，我自己也無能為力。幾分鐘之後，他們派的車子就會來接我。」說完，他走到浴室去拿牙刷和刮鬍刀。「他們把所有的罪名都加諸在我身上，我自己也無能為力。」

「那麼，我就得回到我的丈夫身邊去了。」她說。

「妳也可以待在這兒，妳可以使用這棟公寓和這裡的一切。只消幾個禮拜，所有的問題就都可以解決了。」

「如果你沒有說那些話，我們就什麼事情都不會有。我會樂意跟你偷偷在一起。你應該看一看你自己寫的信，聽一聽你自己說過的話。」

巴雷沒有看她，逕自走過去拿他的皮箱。

「以後千萬別再對別人來這一套了。」她說。

她的冷靜此刻已經再也維持不下去了。她開始啜泣，直到他離開。當我翌晨面對著她，把一份聲明放在她面前，問她巴雷到底對她透露了多少，還是一點兒也沒有的時候，她仍啜泣著。她把所知道的都給抖了出來，但還是寧死也要護衛著他。如果是漢娜，也一定會這麼做的。即使她的幻夢都已經破碎，還是會維持著她過度的忠誠。

奈德和他那些蘇俄司的一夥人也只剩三個禮拜時間來將巴雷訓練成材。整整三個週末及十五天時間，巴雷要待到下午五點鐘才能從他的辦公室溜出來。

但是奈德從頭到尾對這個工作一點兒也不放鬆，就好像只有他一個人才有能力來應付它一樣。奈德從早到晚緊盯著那些訓練人員們，甚至連他自己也是一刻沒放鬆過。而天生善變的巴雷，一有個風吹草動，就會搖曳不止。不過，他到底還是走了下來，並且在他將離開的時候，顯現出一本正經的態度。他「似乎」是對我們這一行的倫理全盤接受，而毫無一點兒異議。他對華爾特說，畢竟「表面」不就是唯一的「存在」嗎？

天啊！是的，華爾特高興地叫道，而且不僅是就咱們這一行而言！所有男人的身分不也正是一種掩護嗎？巴雷堅持地這麼認為；他又說：在這個奧秘的星球上，那不正是個值得居住的地方嗎？華爾特對他說正是，並且勸他乘著房價還未上漲，趕緊取得這個地方的永久居留權。

巴雷從一開始就喜歡華爾特，喜歡他那種柔弱（現在在我眼中看來）和變幻無常的個性。他似乎在最初就知道他握著一個要往軋碎機工廠的人的手。有時，巴雷的神色空洞得就像是打開的墳墓一樣。似乎，巴雷若不像是心情不定的人，巴雷也就不是巴雷了。

他最喜歡奈德為他營造的那種屬於家的氣氛。奈德天生就有一種本事，善於應付像他這種個性飄忽無常的人。奈德為大夥準備晚餐，讓大夥能夠一邊吃一邊聊個痛快。奈德總是能讓他和大夥打成一片，讓他跟老帕爾弗萊下棋。其實，奈德是要藉著下棋來匡正巴雷，舒解華爾特在他身上所產生的不良影響。

「只要你高興，隨時歡迎你來。」奈德友善地拍著我，對著我說。

就這麼地，我就成了巴雷口裡所說的老哈瑞。

「老哈瑞，我們來下一盤棋，好嗎？老哈瑞，你為什麼不留下來吃晚飯？老哈瑞，你那只髒玻璃杯在哪兒？」

對於邀請鮑伯，奈德的態度謹慎。不過，他從不邀請克萊福。這是奈德的表面做法，而巴雷是奈德的人。他的心中非常清楚，絕不會把一個巴雷最討厭的人拉進來攪和的。

為了要找一處安全的地點，奈德選中在倫敦一處叫武士橋地區的一座愛德華式的別墅。在這個地區裡，巴雷沒有任何的熟人。克萊福反對這項選擇，因為花費太高，但是當他知道是美國人出錢時，也就沒話說了。這棟房子坐落在一個死巷子裡，從哈洛德步行走去，不到五分鐘的距離。我是以「道德研究與行動會」

的名義把這裏給租下來的，這是一個以慈善事業為名目的機構，我在數年前曾向政府登記過，為的就是要在這種情況時使用它。我安排了情報局裡一位名叫寇德的女士在那兒負責打點，當然，我也免不了讓她宣誓參加藍鳥的教學計劃。頂樓的育嬰室被改成一個小型的教學室。這個房間，與這間房子裡所有的房間一樣整潔舒適，而且裡面也裝設了監聽的裝置。

「這是你在這一段時間內的住所。」就在我們帶他看這整棟房子的時候，奈德對他說道。「如果你要睡覺，你可以睡這間。這是你的鑰匙。你可以隨意使用電話，但我們勢必會監聽的。所以，如果你有私人電話要打，你最好到馬路對面那個公用電話亭去打。」

為了要查探個究竟，我已經把馬路對面的那個公用電話都納入我們的監聽範圍了。其實，我們也是為了要照顧到美國的強大利益才這麼做的。

由於巴雷和我都睡得不長，當別人進門來的時候，我們已經在下棋了。他是一個性急、易衝動，也是一個極其聰明的對手，但在我心裡有一種算計的癖性，是他所沒有的。而且，我也比他更能適應對方的弱點，而他卻不能。畢竟，我讀過他的檔案。但我始終記得，有幾次當我布好了戰局，他只消瞄上幾眼，就三兩下打得我招架不住，只有棄械投降的份兒了。

「將軍！哈瑞，認輸吧！不然就吊死你。」

但是，當我們再把棋局擺起來，我就覺察出他的耐性似乎已經都消失殆盡。他開始時兩手輕擺，過了不久，就沒人知道他魂遊何方了。

「你結婚了嗎，哈瑞？」

「你難道看不出來嗎？」我回答道。

「你這話是什麼意思？」

「我在鄉下有太太，我自己則住在城裡。」

「你讓她一個人住在那裡？」

「已經自己一個人住幾生幾世了。」我不經意地說，心裡想，實在不應該這麼回答他的。

「你愛她嗎？」

「你這老傢伙！」但他還是瞪著我，堅持要知道。

「我想，是隔著老遠的在愛著她吧？」我勉強說道。

「她也愛你嗎？」

「我想是的。我問她的時候，她會這麼說。」

「有孩子嗎？」

「有一個男孩，都已經三十好幾了。」

「你平常有抽空去看他嗎？」

「聖誕節時我們會寄卡片給對方，在參加婚、喪禮時，也會碰面。我們有一套維持友好的方式。」

「他現在在做什麼？」

「他是搞法律的，現在可賺錢了。」

「他快樂嗎？」

我生氣了。這些日子以來，我是極少生氣的。快樂和愛的定義何在關他屁事。他這個老傢伙，我有權利接近他，他卻沒有權利接近我。不過，還有比我生氣更重要的事，就是我還得讓他看出我正在生氣。我恐怕他已經看出來了，因為我看到他正瞪著我，眼中帶著關切的神情。他心中一定在想：眼前這個人，家裡一定發生過悲劇。之後，他就紅著臉，掉轉頭，想找一些分散大家注意力的東西，好舒解目前這種尷尬的氣氛。

「他沒有不樂意，長官，我會把東西裝好的。」有一位叫甘第門先生的人，是一位最近才發展出的身體麥克風專家，告訴奈德說：「他雖非天才，但不僅肯聽，而且記得牢。」

「他是一位紳士，奈德先生。我就是喜歡他這樣的人。」有一位受命教導巴雷街上技巧入門的女性監視員這麼對奈德說。「他既有腦筋又富幽默感，我常說要做偵探，先有這兩樣就成了一半啦！」

後來，她承認遵守局裡的規定，拒絕過他的追求，但也因為他而閱讀了史考特．費茲傑羅的書。

「這整件事情簡直就是一種騙人的把戲嘛！」巴雷在上完一堂秘密書寫技巧的課之後，用一種刺耳的聲調說著。但他對它的喜歡，一點也沒有改變。

算帳的日期接近了，他變得對我們百依百順。局裡有一位坐著輪椅的會計人員，名叫克里斯多福。他花了五天時間，把阿伯克洛比暨布萊爾公司的帳目給徹底清查一遍。當我推著他走進來的時候，巴雷並沒有表現出他那種桀傲不馴的樣子。

「不過，出版界每個卑鄙的傢伙都破產了，克里斯多福！」他很不以為然地說著。一邊哼著歌，一邊按拍子在客廳裡踱步，手還把威士忌酒杯拿得好開，好配合大步子。「像巨無霸的那種大人物吃樹葉，我們吃樹皮。」然後，他又換了一種和緩的聲音說道：「你們有你們的方法，我們有我們的。」

但是奈德和我都沒有罵每個卑鄙的傢伙。克里斯多福也沒有。我們所關心的是這次行動。我們心裡憂心忡忡，想到說不定什麼時候巴雷就會出師未捷先破產。

「但我可不要什麼鬼編輯，」巴雷一邊叫道，一邊對我揮舞著他那副飽經風霜的眼鏡。「我付不起錢請一位鬼編輯。如果我雇用一位鬼編輯，我那些在伊萊的姑媽們會氣得把她們的吊襪帶都給爆開的！」

不過我已經把他那些神聖得不可侵犯的姑媽們給擺平了。在魯爾斯的一次午餐上，我極盡所能地討好潘朵拉．威爾．史考特女士，這位女士因為極端信仰英國國教派，所以被巴雷視為「神聖不可侵犯者」。我自稱是外交部的一級主管，以一種讓人深信不疑的語調向她解釋，說阿伯克洛比暨布萊爾公司不久就會秘密收到一筆洛克斐勒獎助金，做為拓展英蘇雙方文化交流之用。但她不可對任何人透露半點風聲，否則這筆錢就會落到其他更有資格獲得的公司手中。

「嗯，我相信我們比任何其他的公司都要有資格獲得這筆獎金。」潘朵拉女士一邊伸出手來刮起她最後一口的龍蝦碎渣，一邊滿有自信地說著。

我故意惡作劇，問她我能否跟她的姪子見個面。

「門都沒有。這件事由我來跟他說。他連錢和糞都分不清，而且人家只要給他一顆糖，他什麼話都會跟人家說的。」

巴雷極需一位替他打點一切的人，這件事突然間變得很迫切了。「你來看這個廣告。」奈德當著巴雷的面舞動著一張最近的報紙文化版。它上面寫道：某素有威望的出版公司誠徵俄文助理編輯，年齡二十五至四十五歲，專於處理小說及技術性古籍，請備履歷表。

第二天下午，李納德．卡爾．維克斐就出現在諾福克的阿伯克洛比暨布萊爾公司那間大部分都已經抵押出去的辦公室裡。

「我為你物色到一位天使，巴雷先生。」聲調低沉的鄧太太在通話機裡問著巴雷。「我要不要請他飛進去見你？」

一個大步走來的天使！背著一個小巧的袋子。他的額頭高聳，不帶一絲憂慮，頭頂上頂著天使般的捲髮。藍色的眼睛裡看不出一絲罪惡。他有一尊天使的鼻子，不過歪得實在厲害，任何人只要看一眼，都會情不自禁地想伸手把它給扭直。奈德已經告訴過巴雷：就像面試平常人一樣地接待他。李納德·卡爾·維克婁，生於一九六四年，是倫敦大學斯拉夫和東歐學院的榮譽畢業生。

「噢，是你，太好了！請坐。」巴雷口中唸唸有辭地抱怨著：「是誰把你帶進出版界的？這行業可不是人待的。」也難怪，他中午才和一位講話比他還要刺耳的女小說家共進過午餐，並且因剛才的經歷一直到現在都還沒消化乾淨呢！

「嗯，事實上，我這幾年都在『進展』著這樣的事情呢！先生。」維克婁說著，臉上還帶著天使般的笑容。

「噢，如果你來我們這裡，你當然不會馬上有進展。」巴雷雖然是在警告他，但還是克制住自己，沒有說出帶有攻擊性的言語。「你可能會繼續、持久地幹下去，甚至也可能會幹得很成功，但只要我坐在這張椅子上一天，你就不可能馬上有進展。」

就在同一天的晚上，當我們三人走上那狹窄的樓梯，預備與華爾特一起開會的時候，他對著奈德咆哮道：「不知道這個傢伙是在學狗叫還是在學貓叫。」

「他兩樣都學得很好。」奈德說。

華爾特的討論課程將巴雷牢牢控制住，每次都是這樣絕佳的表現。巴雷所喜歡的人都是對生命的掌握力薄弱的人，而華爾特看起來就像是每當站起來時，就會從世界的邊緣摔下去的那種樣子。他們會談商業的技巧、會談原子的理論，談到不管「藍鳥」是誰，都無可避免要繼承的蘇俄科學恐怖故事。華爾特實在教得太好，一點都不會讓對方知道他的主題是什麼，而巴雷對他所講的也太專注，專注到連問也不會問了。

「控制？」華爾特這隻大老鷹憤憤不平地對他吼著：「你連控制和解除武裝都分不清嗎？你這個傻瓜？你剛剛不是在說要解除世界的危機？這種沒有見地的話你也說得出口？我們的領袖們苦心孤詣地在尋找危機，我們的領導人物是靠著危機吃飯的。他們花了一輩子的功夫把這個世界給搞得四分五裂，就是希望能找著機會恢復他們日益衰頹的生命力。」

巴雷聽了他的教訓，不但沒有生氣，還坐著把身子往前傾，一邊嘆息，一邊拍手，一邊還大叫著要他再繼續講下去。他會向華爾特挑戰，跳到他腳邊，大叫道「可是——你他媽的停一停！」聲音在房間裡迴盪撞擊。他的記憶力強，領悟力高，與華爾特所預測的完全相符。而他在科學上的無知，在面對第一次攻擊時，也就是當華爾特對他發表他的恐怖入門演講，細數人類種種愚行的時候，早就已經俯首稱臣了。

「沒有辦法可以置身事外的。」他帶著滿足感這麼宣布著，「你不要夢想你可以置身事外。魔鬼是不會回到瓶子裡去的，相反，對立是永遠的。那種包圍會愈來愈緊，武器一代強過一代。結果，對雙方面來講，就永遠不會有安枕無憂的日子到來。對那些大角色們來講不會有，對那些成天抱著一個裝了炸彈的皮箱，到處要去炸飛機的小角色來講也就更不會有了。我們聽那些什麼『威脅已經遠離』的鬼話已聽得都膩了。因為我們是人類，所以就知道威脅永遠不可能遠離，永遠不可能的！」

「那麼，誰來拯救我們呢，華爾特？」巴雷問道。「你和奈德嗎？」

「不可能，我不相信有什麼東西會來拯救我們的。」華爾特反駁道。「沒有任何國家的領袖願意在歷史上留下一個臭名，讓人家說是他讓自己的國家在一夜之間被人給顛覆了。並且，我想，我們這些金玉其外的領袖們，絕大部分都是自我陶醉似地不願去自殺吧！真是得感謝上蒼！」

「那麼，就沒有其他的指望了？」

「就憑人類自己，是不太可能有希望了。」華爾特滿意地說。他不只一次認真地考慮要接受聖職，而非秘密任務。

「那麼，歌德想要完成的，又是什麼呢？」巴雷又一次發問，語間帶著些許惱怒。

「我想，他要拯救這個世界，我們大家也都想這麼做。」

「怎樣去拯救？他的信息到底是什麼？」

「那就有待你去查明了，對不對？」

「他到目前為止到底告訴了我們什麼，我為什麼不能知道？」

「我親愛的孩子，不要這麼孩子氣好不好？」華爾特開始暴躁起來，但是奈德很快地就插進來。

「你是該知道你所需要知道的。」他帶著一份冷靜的權威性說著。「你是信差。這就是你在此受訓的目的，這也是他要你擔任的角色。他告訴我們在蘇聯有許多東西是起不了作用的。他已經勾畫出一幅圖畫，顯示出蘇聯無所不在的失敗。這些失敗包括了無能、腐化、散漫等等。最重要的是，送到莫斯科的資料是經過竄改的。也許他所言屬實，因為故事來自於他。也許編故事的另有其人。這個故事實是在費人猜疑。」

「你們認為這是真的嗎？」巴雷仍然窮追不捨地問道。

「我們無法知道。」

「為什麼不呢？」

「因為人一被審問，沒有不招供的。今天你找不到一位英雄。你會招，我會招，華爾特會招，歌德會招。所以如果我們告訴你知道他們些什麼，我們就是冒了向他們招供的危險。我們是不是知道他們的某一項特定的秘密？如果答案是否定的，那麼他們就知道我們沒有可資找出他們這項秘密的軟體，或是器材，或是公式，或是超級的秘密地下電台。但如果答案是肯定的呢？他們就會採取侵略性的行動，以確保我們不會繼續用這種方法來刺探他們。」

巴雷和我下著棋。

「你後來有沒有想過，也只有當你們分開，你們的婚姻才會有作用？」他問我，好像我們先前那次的談話根本就沒有被打斷過。

「我確信我們還是確實相愛著。」我不由自主地發著抖回答他道，一面趕緊把話題叉開。

這是他最後的一晚，寇德小姐為他準備了一條鮭魚，盛在銀盤子裡面端上桌來，鮑伯與我們一起為他送別，也為他預備一瓶麥芽製的威士忌和兩瓶聖塞瑞白葡萄酒。巴雷在這種歡樂氣氛中仍是維持著他若有所思的樣子，一直到華爾特最後的一席演講才將他從這個地球的無風帶給拉了回來。

華爾特突然顫著聲音大聲地說道：「現在的關鍵是*為什麼*？」他一邊拿起我的酒杯，一邊說著。他那尖銳刺耳的聲音充斥整個房間。「這就是我們在追尋的。我們要的不是資料內容，而是動機。*為什麼他會這麼*做？如果我們信任他的動機，我們就能信任他這個人。而只有當我們信任他這個人的時候，我們才能信任他的東西。人類起源之始既非因那道神諭，亦非行為，更非那條笨蛇，而是*為什麼*？她為什麼會去摘那蘋果？她是窮極無聊了嗎？還是她好奇？抑或有人施惠給她？還是亞當要她去摘？如若不是，那又是誰？所有的女孩子都拿魔鬼來作掩飾。而忽略了他。她是不是為了某個人而作掩飾？光憑『因為蘋果就在那兒』這句話是不夠的。這句話也許可以在埃弗勒斯峰、可以在樂園行得通，但是這對歌德，對我們，或對我們那勇武的美國盟邦卻沒有用。我講的對不對，鮑伯？」

就在我們大家捧腹大笑的時候，他卻瞇著眼睛，把聲調提得更高了。「或者，我們就拿那位迷人的卡蒂雅來說吧！為什麼歌德要揀選她？為什麼他要她冒著生命危險，替他辦這事？又為什麼她甘願替他辦這事？我們不知道。但是我們又必須知道。我們必須盡可能地對她做透徹的了解，因為在我們的職業裡，信差就是信息本身。如果歌德是真心的，那個女孩就危在旦夕了。那是一種付出。如果他不是，她又會怎樣？是她自己發明那些資料的嗎？她和他真的保持連絡嗎？或者，與她連絡的是另有其人？果真如此，那又會是誰？」他伸出軟弱無力的食指指著巴雷的臉。「然後，就是你，先生。歌德認不認為你是間諜？有沒有其他人告訴他說你是間諜？去做一隻倉鼠吧！把所有你能拿得到的金塊都儲藏起來。願上帝祝福你和所有你所碰到的人。」

我小心地再斟滿了另一杯酒後，我們又開始喝酒。我記得當大家陷入深沉的靜默中時，能清楚地聽到西敏寺的鐘聲沿著河水傳過來。

第二天一早，在巴雷起程的幾個小時以前，我們終於讓他看了一眼他在里斯本聲嘶力竭嚷著要看的資料：歌德的筆記本。不過，所不同的是，這份資料是在極機密的情況下由蘭利傳真了過來的。連同厚厚的書背和畫滿幼稚圖畫的書皮都一一讓他過目。

他一言不發地用雙手把它接了過來。他在眾人的注視之下，一下子變成了一個道地的出版商。他打開第一本筆記，看著裡面的字裡行間，再用手稱稱它的重量，然後一下子就把它翻到後面，似乎是在思量著要花多久才能把這本筆記給讀完。然後他又拿起第二本，隨手翻了一頁，看了看裡面密密麻麻的字體，神情中似乎是在抱怨：這本筆記寫得密密麻麻，而且還是用手寫的。

之後，他就一下子把三本筆記通通又過目了一遍，從圖看到內文、看到那些龍飛鳳舞的詩句。這時他把頭往後仰，並且側向一邊，好像是不願驟下斷語似的。

當他抬起目光的時候，我還是注意到他的心思早已飛到遙遠的一座山——那一座屬於他自己的山上去了。

在巴雷離去之後，奈德和布拉克到巴雷位於漢普斯德的公寓做了一次例行檢查，但發現不出什麼能夠顯示他心境的線索。在他零亂的桌上。他們找著了一本他慣常用來記載一些瑣事的筆記本。最後一項記載似乎是他最近記的。據我們推測，那極可能是他從史蒂薇．史密斯①的後期作品裡所摘錄下來的兩行詩句：

我並不太怕那黑夜，

因為它是我還未認識的朋友。

奈德謹慎地把它放到檔案裡去，但是沒做什麼記錄。似乎沒有什麼跡象顯示巴雷在做這第一次行動的前夕，心情是很緊張的。

在一張已經被丟到字紙簍裡去的舊帳單背後，布拉克發現了一句引言。他最後還是在魯特克的作品②裡找著了這一句話。為了他自己不願意透露的原因，他一直拖了幾個禮拜之後，才提及這件事，那句引文是：

我從我必須去的地方中學習。

①：Stevie Smith（1902-1971），二十世紀中葉著名的英國女詩人。詩作風格簡潔、生動活潑。

②：Theodore Roethke（1908-1963），美國詩人，曾以詩集《覺醒》（The Waking）獲得1954年的普立茲獎。書中摘錄的詩句即出自此詩集。

6

卡蒂雅從睡夢中一下子醒轉了過來，立即想到今天會是個好日子。她是個從禁錮中解放了的蘇俄女子，但是迷信還是在她裡面生了根，除之不去。

「一切都是命定的。」後來她告訴自己。

在那破舊的窗簾外面，陽光在莫斯科北邊鄉下的水泥廣場上緩緩地出現。周遭掛滿晒洗衣物的磚造房，像衣衫破舊的粉紅色巨人般拔地而起，伸向空蕩的天空。

她心想，現在是星期一。我還躺在自己的床上。我終於擺脫了那條街了。此刻她腦中想的，是她的夢。雖然已經醒了，她還是又躺了一會兒，漫遊於她秘密的世界裡，努力地想把心裡頭的各種惡兆給甩掉。當她發現這種努力是徒勞無功時，就立即以她素來所練就的靈巧，一下子從床上躍起，鑽到浴室那破爛的簾布之後，沖起澡來。

尼基觀察得一點也沒錯，她的確是個美女。她的身材高挑；雖然豐滿卻一點兒也不臃腫。她有渾圓的腰、強健的大腿和一頭烏溜溜的黑髮。當她把挽著的頭髮放下來時，那真是可以用「奔放」兩個字來形容。她的臉蛋有些兒艷麗但是充滿了靈氣，而且似乎可以讓四周的事物都生出朝氣來。無論是穿著衣服或是裸露，她的姿態無一不帶著優雅。

洗完了澡，她使出渾身的力氣把水龍頭死命地關上，再用拳頭狠狠地搥了它一下，意思是說：你給我關上。哼著哼著，她拿起了一個小鏡子，踏著大步走回房間穿衣服。她又想到夢裡的街道：到底是在哪條街上？是在列寧格勒？還是在莫斯科？雖然是沖了澡，還是沒有把她的惡夢給沖掉。

她的臥室非常小，是這間小小的公寓三間房裡最小的一間。它只能算是房間裡的一間凹室，裡面也只有一個衣櫥和一張床而已。但是卡蒂雅已經習慣了這個僅夠容身的小房間。她盤起頭髮，用夾子夾了起來。這是她上班時候的髮型。她的動作快速而性感，舉手投足之間都帶著優雅。說真格的，如果卡蒂雅不是因為工作上的職位關係而能夠獲得額外的配給，她的房子一定遠比現在更小上二十呎。因為她的叔叔馬特維跟她同住，使她多分配到九呎，而那對雙胞胎和她自己的神通廣大，讓她獲得了其餘的十一呎。現在，她對房子已經不再有更多的要求了。

也許，她夢中的街道在基輔，她想。因為她記起了最近曾經去那兒一遊。不，基輔的街道寬敞，但我夢中的卻是狹窄的。

就在她穿衣服的時候，整條街道的住戶都已甦醒過來了。卡蒂雅滿懷喜悅地聆聽且數算著這個平凡世界的例行晨起公事。首先，由牆的那一邊傳來了哥格李茲的鬧鐘聲，時間恰是六點半。接著，那隻兇巴巴的獵犬大大聲嘶吼著要人讓牠出去。可憐的哥格李茲，我一定要帶點什麼禮物給他們，她想著。上個月娜塔莎的母親病逝；星期五奧塔的父親因為腦中長瘤而住進了醫院。我要帶一些蜂蜜給他們，她這麼想著。就在這一剎那，她發現自己正對著以前的愛人照片發出一個很彆扭的笑容。他是一個俄籍猶太人畫家。他曾經不顧自然的生態，想要把一窩子的蜜蜂養在屋子裡面。他待她很壞，她的朋友都看得出來，也都這麼認為，但是卡蒂雅心中卻一直替他辯護著。他是一位藝術家，也許還是一位天才呢！他懂得怎麼去愛，雖然他時常對她發火，但也曾讓她擁有過歡笑的日子。無論如何，她也曾愛過他的明知不可為而為之的天真理想。

就在哥格李茲家的聲響過去之後，窩克豪夫斯家剛出生不久的小女孩就開始折騰人了。過不了一會兒，他們家那台新買的日本音響，就隔著地板傳來陣陣美國最新流行的搖滾樂聲。他們怎麼可能弄得到這個玩意兒？卡蒂雅又一次墜入了沉思：伊利莎白一直不停地懷孕，而沙夏一個月只賺一百六十元。窩克豪夫斯家的聲響剛停，卡波夫斯家的又來了。他們放的，都是莫斯科電台的節目。一個禮拜以前，卡波夫斯家的陽台塌了下來，壓死了一位警察和一隻狗。而街坊鄰居們卻只為這隻狗收拾善後呢！

卡蒂雅儼然成了大家的供養者。每個星期一，她會拿到有人在星期六私自從鄉下運上來的新鮮魚類和蔬菜。這是因她的朋友唐亞有一位表弟，私底下在為一些小自耕農做買賣的工作。該打電話給唐亞了。

想到這兒，她也想到了音樂會入場券的事。她已經作了決定，一到辦公室，就要把那兩張愛樂音樂會的入場券要來，那是因一位叫巴辛的編輯在勞動節酒醉時對她失禮求愛而答應給她表示賠罪的。卡蒂雅根本從未注意過他對她的追求呢！但是巴辛總是在為著什麼事情折磨著他自己。其實，他要這麼做，干她屁事！尤其是他以音樂會入場券來作為手段。

在午餐休息時間，買過東西之後，她就會用這兩張票子去跟那位服務生莫羅索夫交換東西。莫羅索夫答應為她留著二十四塊進口香皂，這些都是用非常漂亮的包裝紙包著的，有了這些漂亮的香皂，她就可以去買一捲用純羊毛織成的綠色格子布。這格子布是那位布店經理特別答應為她給藏起來的。這天下午，在招待那些匈牙利外賓的酒會結束之後，她就會把那捲布交給奧爾嘉．史坦尼斯拉夫斯基這位曾受過她好處的人，在她那架以家中的老勝家縫紉機換來的東德製縫紉機上做兩條牛仔褲，好給兩個雙胞胎當作生日禮物。若有剩的，就拿去塞給那位牙科醫生，請他私下為雙胞胎檢查一下牙齒。

就這麼決定了。再見了，音樂會。

電話是擺在馬特維叔叔睡的那間房裡。那是從波蘭進口的，很珍貴。這是從佛洛狄亞的工廠裡偷摸出來的。感謝上蒼，他在最後出國時，沒帶走它。她踮起腳尖走過熟睡中的馬特維身邊，一面溫柔地看了他一眼。馬特維是她父親最鍾愛的弟弟。她拿起電話機走過了迂迴的走廊，放到她的床邊，在她決定要先跟誰通話以後，就撥號了。

有二十分鐘之久，她打遍了電話給朋友，電話中盡是談些什麼東西可以在哪裡買到之類的事，但也有一些談心的話。有兩次，她剛把電話給放了下來，馬上就有人打給她。最近剛崛起的捷克電影導演昨晚在索亞家過夜。亞歷珊德拉說他實在太驚人了，今天她要以生命冒險打電話給他。但是，她要用什麼話做開場白呢?卡蒂雅絞盡了腦汁，終於想到一個藉口。有三位前衛藝術家將在鐵路工人的工會展出他們的作品，為什麼不邀請他陪她去參觀呢?亞歷珊德拉聽了她這番提議之後很是高興。卡蒂雅所想出的主意總是最好的。

每個星期四晚上，在前往雪瑞米特耶佛機場路邊的一輛冷凍卡車後座可以買到黑市的牛肉，這是李育巴說的：去問一名叫詹安的大塊頭，但是不要讓他接近你。在克羅普特金街的後面有一處商店裡有古巴鳳梨拍賣，這是奧爾嘉說的，還提到去找一個叫狄米特里的人，並且付他雙倍的價錢。

電話打完了，卡蒂雅這才開始為拿沙揚借給她的那本有關限武的美國書頭痛。拿沙揚是十月出版公司非小說類書籍的新任編輯。沒人喜歡他，也沒人知道他是如何弄到這個職位的。但是大家都注意到，他負責保管一部影印機的鑰匙，而這項特權更讓他有模有樣地擺足了官僚架子。她的書架放在走廊，上面的書多得從地板堆到了天花板，還嫌不夠擺。她死命地找著：這本書是個滲透破壞的奸細!她要把這本書給請出去，跟拿沙揚一起給請出去。

「那麼，有誰要翻譯這本書呢?」她曾經在他到她的辦公室閒逛、偷瞄她的信時，冷冷地撥著她那一堆尚未閱讀的手稿，面色嚴肅地問過他。「是不是因為如此，所以你才要我去讀它?」

「我認為這本書會引發妳的興趣。」他答道。「妳是個母親。也是一位自由派——不論這是什麼意思。妳對車諾比核能事件、亞美尼亞情況總是趾高氣揚。如果妳不想借它，那就不要借。」

她終於在休・華爾波爾和湯瑪斯・哈代的書之間找著了那本討厭的書。她把書拿了出來，用報紙把它包好，塞到她的手提袋裡。然後把那個袋子掛在前門的門把上。她這麼做，是因為最近她老是會惦記著每一件事，但也老是把事情給忘掉了。

這個門把是我們一起從跳蚤市場買回來的。她想著想著，心中充滿了一片憐憫之意。佛洛狄亞！我那可憐又讓人無法忍受的丈夫，懷著你那由來已久的鄉愁，現在被降級到與五個氣味難聞的離家男子住在一起，他們就像你一樣！

電話打完了，她匆匆澆過盆栽，然後去喚醒她的雙生子。他們正各自斜躺熟睡在那張床上。卡蒂雅站在那兒看著他們，心中又有些不忍。有一會兒，她甚至沒有勇氣去碰他們。最後，她堆起了一臉笑容，好讓他們一睜開眼睛就能看到媽媽的笑臉。

之後的一小時，她把自己的時間完全給了他們。這是她每天計劃要做的事，她為他們煮粥，為他們剝橘子，和他們一起瘋瘋顛顛地唱著歌兒。他們兩個人齊聲唱著，唱得搖頭晃腦的，就好像那些革命英雄一樣。他們自己沒法體會詞意，但是卡蒂雅是了解的，並且一再地被他們這種可人的模樣兒逗得開心異常，而他們所唱的曲子，也包含了一些納粹的進行曲。他們喝茶的時候，卡蒂雅為他們準備飯盒。塞吉的午餐是白麵包，安娜的則是黑麵包，兩人的麵包內各夾了一塊肉餅。把兩人的午餐給準備好了之後，她把塞吉的扣子給扣上，並且將安娜的紅色領巾弄直。在她為兩個寶貝梳頭以前，她分別親了兩人一下，因為他們學校的規矩就是「整齊的行動是蘇維埃人民對國家效忠的一種表示」。

這些工作都做完了之後，她蹲了下來，把雙胞胎各抱在手臂中，就像她最近四個禮拜以來的每個星期一所做的一樣。

「現在，如果媽咪有一天晚上沒有回來，或者必須趕著去參加一個會議，或是探望一位病人，你們應當怎麼做？」她單刀直入地問他們道。

「打電話給爹地，叫他回來陪我們。」塞吉一邊說著，一邊掙出了母親的懷抱。

「我會照顧馬特維叔公。」安娜說。

「那麼，如果爹地也不在，你們又該怎麼辦？」

他們開始吃吃地傻笑起來。塞吉所以會笑，是因為這個問題讓他覺得心中不安，而安娜呢？是因為潛意識裡感覺災難要來了而害怕。

「去找奧爾嘉阿姨。」安娜叫著。「把奧爾嘉阿姨的金絲雀時鐘給扭緊，讓它唱歌！」

「那麼，奧爾嘉阿姨家的電話號碼是多少？你們會不會唱那首歌？」

他們唱著唱著，然後三個人就笑成了一團。甚至在他們出門下樓梯的時候，孩子們還在不停地笑著。這幢樓房的樓梯間裡，年輕人把它當作築愛巢的地方，醉鬼們把它當作酒吧，有些人則把它當作廁所。卡蒂雅手攜著這兩個子女，步入陽光的照拂之下，越過公園上學去。

「你今天的生活目標是什麼，同志？」卡蒂雅用嘲弄並夾雜著命令的語氣，朝著塞吉問道，一面再把她的衣領給理直。

「盡心盡力服事人民和黨。」

「還有呢？」

「不要讓維大力．羅哥大偷挾我的午餐！」

這兩個小孩掙開了她，爬上石階之後，又是一陣笑聲。卡蒂雅對著他們揮別，一直到他們消失為止。

在地下鐵裡，一切都是那麼醒目，即使隔著距離來看。她眼見行人都是那麼的憂鬱，而她自己似乎不屬於他們這一群。她又看到他們每一個人都在讀著莫斯科的報紙。這在前幾年，是無法想像的。那時的報紙除了拿來擦屁股和塞通風口以外，一無用處。有時候，卡蒂雅也會讀一下報紙，若是不讀報紙，她手中也會拿著一本工作上需要讀的書或手冊之類的東西。但是今天，就算她昨晚所做的夢已經完全從記憶中退去，她也有太多的事情要想。她要為她的教父煮碗魚湯，以彌補那天的頂撞之罪。她還要忍受一堂那位上了年紀的塔提雅娜．塞吉耶芙娜的鋼琴課，她老是說卡蒂雅不專心學，說她太草率。她彷彿還在夢中的街上跑著，對她來說，也許是街道在她後面跑著，腦子無法一下清醒過來。這大概也就是她會差一點就忘了換車的原因吧？

終於到了辦公室。這間辦公大樓是一間看來陰冷的建築物，到處是剝落的木片，水泥地陰濕。她一直在想，與其拿這裏做個國家的出版機構，倒不如拿去充當游泳池還要來得恰當。進了門，一眼看到工人在穿堂錘著、鋸著，她心裡不免一陣吃驚。甚至有一秒鐘，她還想到可能是他們為了要處決她，正在趕搭絞架呢！

「這筆修繕費老早就在我們的預算裡了！」老莫羅索夫曾氣喘似地對她說，他通常總有一些小道消息可告訴她。「錢早就在六年前就已經撥給我們了，但是直到現在，那些官僚才同意簽字動工。」

電梯像往常一樣，總是處於維修狀態。她心想，在蘇俄電梯和教堂總是在維修。她走上樓梯。用著非常快的速度爬上去，但卻不知道自己為什麼要爬得這麼快。她向照面的每個人匆匆道賀早安。後來想起來，她懷疑是不是辦公室的電話鈴聲在潛意識裡催促著她快速前進。因為，就在她一腳踏進門時，桌上的電話已在那兒不停地響著，彷彿催著人快把它給拿起來，好解除它的痛苦。

她拿起了電話筒，上氣不接下氣地說道：「喂！」但很顯然的，她似乎是說得太快了些，她聽到一個男人的聲音用英文請奧拉娃太太聽電話。

「我是奧拉娃太太。」她也用英文回答他。

「是葉卡特里娜．奧拉娃太太嗎？」

「請問你是誰？」她笑著回答道。「你會是彼得．溫西①爵士嗎？請問你是哪一位？」

有一位愚蠢的朋友正在開我玩笑吧？李育巴的先生也許又要我跟他幽會。再不然，她也想不出會有誰了。

「噢，恐怕你大概不認識我。我的名字是史考特．布萊爾。是倫敦的阿伯克洛比暨布萊商出版公司的巴雷．史考特．布萊爾。我是出版商，來此地辦些事。我想我們有一位共同的朋友尼基．藍道。尼基堅持要我一定要打電話給你。真是久仰了。」

「你好！」卡蒂雅說著，並感覺有一團烏雲朝著她罩了過來。她的胃部，就在胸腔的下緣，開始痛了起來。就在這時，拿沙揚踱著步子走了進來。他的手放在口袋裡，一臉的鬍子。他以這樣不修邊幅來象徵知識分子的深度。看到她正在講電話，他聳了聳肩，向她擺了個臉孔，希望她能馬上把電話給掛掉。

「你好啊！卡蒂雅．波里索芙娜。」他帶著調侃地說。

但是電話那頭的聲音又開始說話了，語氣強而有力，讓她覺得對方是個身材高大的人。他的語氣充滿自信，因此她猜想對方是個自大的人，是那種身穿昂貴服飾，談吐高尚，講話時兩手放在背後的那種英國人。

「我會告訴妳我為什麼會打電話給妳。」他說著。「很顯然的，尼基答應妳去找一些珍．奧斯汀作品的舊版本給妳，並附贈妳原書的原版圖畫，對嗎？」他一句接著一句地說著，一點時間也不給她說「是」或

「不是」。「只不過，我這次只帶了幾本過來；不過這些版本都是非常好的版本。我想請問妳是不是可以安排個妳我都方便的時間，好讓我把這些東西交給妳？」

拿沙揚已經等得很不耐煩了。他照著往常的習慣，在她的文件盒裡撥弄著。

「你真好！」她對著話筒說道，但語調冷淡至極。她已經板起了臉孔，臉上一點表情和生氣都沒有，這是做給拿沙揚看的。她已經封閉起心靈，這是為了她自己好。

「尼基也送給了妳一堆傑克森茶葉。」對方繼續講著。

「一噸？」卡蒂雅會錯意地問道。「你說什麼？」

「說老實話，我甚至還不知道傑克森的店還在開著。他們過去在皮卡迪利，就在隔著哈查德的店幾家遠的地方開著一家很不小的店。無論如何，現在我面前就擺著他們出品的三種茶葉。」

她的聲音突然消失了。

他們一定把他給抓了，她這麼想著。他未再開口講話。這也許又是我在做夢吧？！老天爺！我該怎麼辦呢？

「……阿薩姆、大吉嶺和奧倫治嫩葉紅茶。嫩葉紅茶到底是個什麼東西？聽起來倒像是一種外國鳥似的。」

「我不知道。我想大概是一種什麼植物吧！」

「我想妳是對的。不管怎樣，問題是我要如何把這些茶葉拿給你呢？我能不能帶到什麼地方去給妳？或者是請妳到我的旅館，我們喝一杯、見個面？」

她開始欣賞他那種繞著彎子說話的技巧了。他正利用時間使她逐漸恢復鎮定。她用手指攏了一下頭髮，發現居然還蠻整齊的。

「你還沒告訴我你待在哪家旅館裡呢？」她反問道。

拿沙揚向她猛扭了一下頭，表示反對她再繼續講下去。

「哦！我居然忘了告訴你，真是糊塗呀！我在奧得薩旅館，妳知道奧得薩嗎？從那間舊的澡堂一直往上走。我已對這裏產生莫大的好感，我一直都會住在這裡。白天的時間我都會在開會，因為一個人如果是坐飛機來訪問，就無可避免地會有這些事情。但是目前我晚上的時間還算是相當自由的。妳可以利用晚上來找我。我的意思是說，就今晚如何？我們要把握現在，今晚如何？」

拿沙揚已經點燃了他的第五根香煙。他這麼做是故意的，因為全辦公室的人都知道她討厭煙味。煙點著了，他把它高高舉起，然後用他那女人般的小口吸吸著它。她對他冷笑著，但他裝作沒看見。

「其實也挺方便的。」卡蒂雅用她最軍事化的語調說著。「今晚我必須去你那兒附近參加一個官方式的酒會。歡迎從匈牙利來的貴賓。」她又加上了下面這一句話，心裡也不清楚是說給誰聽的：「我們已經期待這一天好久了。」

「好極了！能不能說個時間呢？六點或是八點？什麼時間你最方便？」

「酒會是在六點鐘開始。我可能要八點一刻才能到。」

「大約八點半，好嗎？你記住我的名字了，是嗎？史考特．布萊爾。史考特，就像是第一個登陸南極那個史考特；而布萊爾就像是一支喇叭。我很高，神情有點憔悴，大約有兩百歲那麼老，戴的眼鏡厚到連我自己都看不透。但是尼基說如果有人要問蘇俄人維娜斯長得什麼樣兒的，妳就是最好的寫照，所以我想我無論如何都會認出妳的。」

「這真是胡說八道！」她一邊叫道，一邊忘情地笑了。

「我會在樓下的大店專程等妳的。但是，我想我還是給妳我房間的電話號碼以防萬一。妳有鉛筆嗎？」就在她掛上電話的那一瞬間，積壓在她心裡的另外一種情緒像是洪水決堤，一發不可收拾。她轉向拿沙揚，兩眼中閃現出她的怒氣。

「葛利哥里．提格蘭諾維奇！不管你的職位是什麼，你都沒有權利到我的房間如此胡鬧！檢查我的書信，偷聽我跟別人講電話。這是你的書！如果你有話對我說，待會兒再說！」

然後，她就翻出了一疊有關古巴農業合作團的翻譯手稿，並且用她冰冷的手，開始一張一張的翻，假裝是在數那一疊稿子。等到她打內線給拿沙揚，那已經是一個小時之後的事了。

「你必須要原諒我的無禮。」他說。「我的一位密友在上個禮拜週末去世了。我的心亂得一塌糊塗。」

午飯的時間到了，她已經改變了原有的計劃，讓莫羅索夫去等候他的入場券吧！讓那一位店東等他的漂亮肥皂吧！讓奧爾嘉．史坦尼斯拉夫斯基去等她的布吧！她走著路，然後搭上巴士，不是計程車。下車後她又步行，穿過一處中庭又一處中庭，一直到她找到所要找的那一處破舊小屋。旁邊就是那一條巷子。「當妳需要我的時候，妳就到這兒來找我。」他曾經說過。「那位工友是我的一位朋友。他連誰做了這個暗號都不會知道。」

妳必須要對妳所做的有信心，她提醒著自己。我有，我絕對有。

她手中拿著那一張明信片，那是列寧格勒赫米提基博物館印製的林布蘭畫的明信片。「我愛你們大家。」她的明信片上這麼寫著。簽名的人是「阿里娜」，還畫了一顆心。

她找著了那條巷道。這條巷道現在就被踩在她的腳下。這就是她惡夢中的巷道。她按了門鈴，按了三聲，然後把那張明信片從門底的縫裡塞了進去。

這天早上真是太美了。莫斯科的天空發亮，一景一物都好像在向你招手。沉浸在這麼美好的一天裡，真該把一切的不快都置諸腦後。巴雷打完了電話，就走出這家旅館。他站在溫暖的人行道上，鬆弛著他的手腕和肩頭。並且把頭也轉了一轉，他把心思移向外面的世界，讓這個城市用難聞的氣味和那難聽的聲音把他的恐懼感給掩蓋住。俄國汽油的味道、煙草的氣味、廉價的香水味和河裡的水味，沒有一樣不臭。我在這兒還要待上兩天呢！真是受不了！街上稀疏的騎兵與過往的交通車互相呼應著。噴著煙的大卡車風馳電掣地在滿布坑洞的馬路上彼此追逐著。轎車的窗戶都已變成漆黑一片，沒有任何標幟的建築物在使用年限未滿之前就已經布滿了裂痕。這到底是辦公大樓呢？還是學校？臉色蒼白的年輕人在門口抽著煙、等待著。司機們在他們的車子裡看著報紙，也在等著。一群面色凝重、一言不發的人目不轉睛的瞪著一扇門，也是在等待著。

為什麼這裏老是吸引著我？他心中覺得奇怪，一邊不由自主地想起他這一生中的點點滴滴。最近，這種回憶已經變成了他的習慣。我為什麼老是回到這兒呢？想著想著，他的心情突然為之一振，他是不習慣害怕的。

因為他們的知足使然，他找出答案了。因為他們比我們能過苦日子。因為他們喜歡無政府狀態、他們那種混亂的恐怖，以及在兩者之間的緊張。

因為上帝總是找各種藉口不願光顧這兒。

因為他們普遍的無知及自無知中迸發的光輝。

因為他們的幽默感，比起我們來，有過之而無不及。

因為他們是這個過度開發的世界中最後的處女地。因為他們是這麼努力要像我們一樣，卻又遠遠落後。因為在那巨大的戰場中，有一顆悸動的心，而那個戰場就是我自己。

我可能要八點一刻才能到，她已經這麼告訴我了。他在她的聲音裡聽到些什麼呢？是防備嗎？防備誰呢？她自己嗎？還是他？或是我？在我們這一行裡，信差就是信息。

看外面，巴雷告訴他自己，外面才是唯一存在的地方。

地下鐵裏，一群十幾歲的女孩子穿著棉質的長袍，另一群男孩子穿著厚棉布夾克。他們朝向目的地快步的走，為的是要去工作？抑或去講習？陰沉的表情為一句話而轉變為笑臉，看到他這個外國人，他們就用冷冷的眼光打量著他：他那圓圓的、突出的眼鏡，他那破破爛爛的鞋子，他那帝國主義的西裝。在莫斯科，巴雷·布萊爾算是見識到了中產階級端莊的服飾。

在人群中，他讓人潮帶著他走，而不管他到底是走向何方。排隊買食物的人排成了一排，他們顯得毛躁不安，與他胸有成竹的心情形成了強烈的對比。那些衣衫襤褸的工人英雄和退伍軍人們通過人群時，胸前的胸牌在陽光照耀下閃呀閃的。他們當中有一種無論是跋涉到何地都已經嫌晚了的氣氛，即使是慵懶也都含著一股抗議的氣氛。在這種清新的空氣下，無所事事的本身就是一種反抗。就好像：因為無所事事，他們也就不必改變什麼。又因為不必改變什麼，他們也就一直停留在他們所知的有限事情上，即使這麼做阻礙了他們，讓他們無法達成目標，他們也不在乎。

我可能要八點一刻才能到。

到了寬闊的河邊，巴雷又開始閒蕩起來。在河的那一邊，克林姆林宮的那一尊神話般的圓頂高高地聳入無雲的天空。這是一個向天吐著舌頭的耶路撒冷，他想。有這麼多的樓塔，卻沒有一座鐘。有這麼多的教堂，卻找不到一位會開口禱告的人。

他突然聽到有人在他身旁對他講話，他猛然轉過身去，發現是一對老夫婦，穿著他們最好的衣服，正在問他那一條路是通到什麼地方去的。但是，巴雷挖空了腦子，也只記得幾個俄文字。那是他常聽到的一首歌的歌詞。

他笑了笑，擺出一個道歉的表情。「不要對我說俄語，老兄！我是一位貪婪的帝國主義者，是英國人。」

那位老年人握著他的手腕表示友善。

在他曾經去過的任何一個外國都市裡，都會有人以他不懂的語言詢問他所不知道的地方，而只有在莫斯科，才有人因為他的不懂而對他友善。

他重拾起他的腳步，邊走邊停在那些店鋪的窗戶旁，假裝看一看他們在店裏陳列些什麼。木製的娃娃是預備賣給誰的？蓋滿了灰塵的蔬菜罐頭，也可能是魚罐頭吧？一綑一綑被壓扁了的罐頭掛在紅色的繩子上，被可憐的十瓦燈泡照著。裡面都有些什麼？也許是茶葉？或是一罐一罐的藥品？他又走回到他的旅館來了。一位醉眼惺忪的農婦拿著一束用報紙包著的鬱金香走到了他的面前。

「妳真是太好了！」他一邊叫著，一邊翻著他的口袋，找出了一張盧布紙幣。

一輛綠色的「拉達」車就停在旅館出口外，車上的散熱器被撞壞了。在擋風玻璃上貼著一張紙條，上面寫著「全蘇版權協會」。那位司機就靠在車子的引擎蓋上卸下雨刷，以免被宵小偷去。

「史考特．布萊爾？」巴雷問他。「你在找我嗎？」那位司機對他一點兒都不理睬，繼續他的工作。

「布萊爾？」巴雷繼續問道。「史考特？」

「這些是給我的嗎，老兄？」維克婁已來到他身後，問道。「你很好嘛！」他小聲地又說道：「後面半個人影也沒！」

維克婁會在你的背後替你把守著，奈德已經這麼告訴過他。維克婁會知道你是不是被人給跟蹤了。除了維克婁還有誰？巴雷心裡這樣想著。昨天晚上，就在他們剛進旅館登記住房的時候，維克婁就消失不見了，一直到午夜，當巴雷都要上床睡覺了，才透過窗戶，看見他站在街上和兩個穿牛仔褲的年輕人談話。

他們進了汽車，巴雷就把那一束鬱金香丟到後面架子上。維克婁坐在前面的座位，以極為流利的俄語和司機親切地閒談著。那位司機突然大聲地笑了起來，維克婁也笑了。

「能說給我聽聽嗎？」巴雷問道。

維克婁已經這麼做了。「我問他是不是願意在女王到此訪問的時候為她駕車。有一句話是這麼講的：『如果你要偷，去偷一位百萬富翁，如果你要勒索人，就去勒索女王。』」

巴雷把車窗給放下來，邊哼著曲子邊敲著窗框，一直到八點十五分以前，他除了閒逛以外，無事可做。

「巴雷！歡迎你蒞臨這個『蠻荒危險區』！看在老天的份上，請你不要和我在門口握手。我們已經是麻煩不斷了。你的氣色真好。」亞力克．沙巴提尼就在他們有時間互相打量的時候帶著警告的語氣如此抱怨著。「我能不能問你，你為什麼沒有喝醉？你在談戀愛嗎？你又離婚了嗎？你最近究竟在幹什麼？弄到要求來跟我坦白的地步？」

沙巴提尼拉長了臉，用十足精明的目光審視著他。那凹陷的臉頰上始終戳印著界限分明的陰影。

巴雷初認識他的時候，沙巴提尼已經是以假工作為名的一名可疑翻譯。現在，他仍然是一位可疑的「重建」計劃英雄，穿著大號男人的白領襯衫和黑色西裝。

「我已經聽到了『消息』，亞力克。」巴雷解釋道，舊日的癖習一時衝動起來，他一邊塞給他一束用褐色紙包起來的過期《時代》雜誌。「每晚十點過後躺在床上好好地看一本書。來見一見我們的俄語專家李思・維克婁。他對你認識得比你自己都多，是不是啊，維克婁？」

「哦，謝天謝地！終於有人認識我認識得這麼清楚了！」沙巴提尼抗議道，並且很委婉地拒絕了那一份禮物。「近來我們對自己愈來愈沒把握了？因為我們這個俄國大謎團都要在眾目睽睽之下登台。順便問你一下，維克婁先生，你對你的新老闆所知多少？舉例來說吧，你有沒有聽聞過他現在已經一手承擔起重新教育蘇聯人民的責任？我告訴你，以他的高瞻遠矚，居然能看見有一億的蘇聯人口正飢渴地想在他們空餘時間內充實他們自己。他正準備要把各種各樣的書賣給蘇聯人民，例如：如何自修希臘文、三角和基本的家事等等。我們必須告訴他說，在俄國那些在馬路上閒逛的人都認為自己不堪造就。因此，他們一空下來就是喝得爛醉如泥，你知不知道，雖然如此，為了要討好他，我們還是買他的書。我們買的是教大家如何打高爾夫球的書！你想像不到我們會有多少人被你們那套資本主義者所玩的高爾夫球給迷住吧？」他愈講愈急促地說道：「並不是我們這兒有資本家！噢！老天！不是的。」

他們足足有十個人圍坐在一幀以木頭鑲框的列寧像下面的一張黃桌旁。沙巴提尼發表著言論，其他的人不是在聽，就是在抽煙。就巴雷所知，其中沒有一個人有資格簽合約或是核准一份買賣。

「現在巴雷，你說你這次到這兒來的目的是為了要買蘇聯的書，究竟是什麼意思？」沙巴提尼挑起了他的眉毛，把指尖對放在一塊兒，有一點福爾摩斯的架式。他單刀直入地要求巴雷說明。「你們英國人是從來不買我們的書的。反之，你們總是讓我們買你們的書。還有，你現在破產了。這是從倫敦來的朋友跟我們說的。他們說，阿伯克洛比暨布萊爾公司已經呼吸不到上帝的空氣和蘇格蘭的威士忌了？我個人認為那是再好也不過的了。但你為什麼還要來？我想你此行的目的只是想找個藉口來看看我們罷了。」

時間一分一秒的過去了。那一張黃桌在陽光下浮動著，而它的上方瀰漫著一堆煙氣。照片裡的卡蒂雅身影已進入巴雷的心中，然後又走了。魔鬼是所有女孩用來作為掩飾的謊話。他們拿著漂亮的列寧格勒杯子喝茶，沙巴提尼仍然提出他慣有的警告，警告不要直接跟蘇聯的出版商做交易。他選擇維克妻作他的聽眾，告訴他全蘇版權協會正在不分晝夜地和這個世界上其餘的部分打著仗，而且這場仗還有得打呢！兩個臉色蒼白的人晃了進來聽他們談話，但又晃了出去。維克妻請人抽法國香煙以博取好感。

「已經有人在我們這兒投資了一筆資金，亞力克。」巴雷從頭解釋給他聽。

「時代已經改變了。蘇聯人口在今日的世界上已經佔有絕對的優勢。我只需告訴那些有錢的小伙子說我要為蘇聯的市場出版一系列的書，他們就迫不及待地雙手把錢奉上了。」

「但是，這些人，就算他們是你口中的小伙子，他們也會很快地就長大成為男人的。」沙巴提尼實在是隻老狐狸，聽了他這麼一講，就馬上警覺過來，臉上立刻堆起了笑容，說道：「特別是當他們希望從你這兒得到回收的話。」

「我在我的電報上不就是這麼說的嗎？亞力克，你一定是沒時間去讀。」巴雷一邊說著，一邊賣弄著他的實力。「如果事情真如我們所計劃的那樣，阿伯克洛比暨布萊爾公司在一年之內就可以針對蘇聯的讀者出版一系列的東西，包括小說、非小說、詩、青少年讀物及科學書籍等等。我們已經開發了一系列大眾醫藥常識的書籍，全部都是平裝本的。這些書籍一旦流通，也就帶動了作者的名氣。我們希望真正的蘇聯醫生和科學家們能夠有所奉獻、付出。我們不要出什麼在外蒙古牧羊或是在南極洲捕魚的書籍，但是如果你們有什麼非常好的題材可以向我們建議，我們會在書展上宣布書目。如果事情進行得順利，我們在明春就會推出六種不同的書。」

「恕我無禮！請問你現在有自己的班底替你賣書嗎？或是你還得靠著上帝的幫助，就像從前一樣？」沙巴提尼以他特有的優雅姿態問道。

巴雷強忍住要告訴沙巴提尼注意他的禮節的衝動，說道：「我們正和幾位大出版商協談分銷的事宜，最近就會宣布結果了。不過，小說除外。因為我們會運用我們自己的擴大編組網路來推銷小說的。」他說著說著，不禁從心底懷疑他們為什麼要做這麼古怪的安排，或者他們到底有沒有做過安排。

「小說仍然是我們公司的主力，先生。」維克婁幫助巴雷向他解釋道。

「小說一定得是一家公司的主力。」沙巴提尼糾正了他。「我會說小說是所有馬拉松式競賽裡最重要的項目。當然，這也只是我個人的淺見。小說是藝術中的最高境界，高過詩，高過短篇故事。但請不要亂引用我的名句。」

「嗯，讓我這麼說吧！這是對我們這些文學界的超級強權所說的，先生。」維克婁帶著阿諛的口吻說道。

沙巴提尼聽他這麼一講，非常的滿意，隨而轉身對巴雷說道：「就你所談的小說而言，我們想提供我們自己的翻譯人員，然後在翻譯上另抽百分之五的版稅，如何？」他說。

「沒有問題！」巴雷糊里糊塗地就答應了他。「最近，我們公司經常付出這個價碼的。」

但是，出乎巴雷意料之外的，維克婁很敏捷地插了進來。「對不起，容我插上一句，這是雙重的版稅呀！我認為我們是不可能付得起這麼高的酬勞的。你一定誤解了沙巴提尼先生所講的話了。」

「他說得對！」巴雷說著，立即坐直了身子。「我們哪有能力付得起那麼高的百分比呢！」

巴雷開始覺得他是一個變戲法的，正準備進行他下一幕的動作。巴雷從他的手提箱裡拿出了一個卷宗，再從裏面拿出了六份企劃書，攤開來放在光線底下。「我們在美國的主顧在第二頁有所說明，」他說道。「我們在這項計劃中的合夥者是波多馬克波士頓公司，我們公司買下俄文書的所有英文版權，然後賣到北美洲給他們。他們在多倫多也有一個姊妹公司，因此我們就可以長驅直入加拿大境內，對不對，維克婁？」

「對的，先生。」

維克婁是如何能夠這麼快就學會這麼多的？巴雷心裡想。

沙巴提尼仍在研究那些企劃書。他把那份潔白又硬挺的企劃書一頁接著一頁地翻了過去。「這份東西是你印的嗎，巴雷？」他挺有禮貌的說。

「在波多馬克印的。」巴雷說。

「但是波多馬克河離波士頓城非常的遠啊！」沙巴提尼故意賣弄他對美國地理的熟悉，說道：「除非美國人最近把這條河給搬了家，不然的話它還是在華盛頓市啊！波士頓和這條河之間會有什麼吸引力？你所談的是一個舊的公司還是一個新的，巴雷？」

「這家公司在這一行算是新的，但是做生意的歷史已經很久了。他們是生意人，目前搬出了華盛頓，到了波士頓。他們投資在各種企業上，例如製片、停車場、吃角子老虎、應召站和古柯鹼。出版只是他們的一個旁支而已。」

但是他的耳裡卻響起奈德的話。「恭喜你了，巴雷。鮑伯剛才得到他在波士頓的一個朋友應允，答應讓你入股。你所要做的只是花他們的錢。」

而鮑伯呢？他站在一旁，臉上堆出買者的笑容。

十一點三十分了。還差八個小時四十五分就到了八點十五分。

「那位司機要知道當他遇到女王的時候，會發生些什麼事情。」維克婁很熱心地從他的椅子上向後喊著。「她會不會收賄賂？住在一個由兩個兇蠻的女人管轄的國家裡有何感想？」

「告訴他的確是很難受，但是我們都經受得起的。」巴雷打了一個大哈欠，說道。

巴雷從口袋裡掏出小酒瓶喝了一口，然後就靠在椅背上睡了。當他清醒之時，發現自己已經尾隨維克婁走過一個拘留所的通道。除了那些被監禁起來的人哭喊聲以外，他所聽到的，也只有茶壺煮開的呼笛聲，還有撥算盤的聲響在陰鬱的黑暗中所激盪起的回音。過了一刻，維克婁和巴雷就站在一家英國鐵路公司的辦公室裡。那些辦公室是一九三五年建的，裝著有蠅卵的燈泡和已經不能使用的風扇在鑄鐵作的屋椽上搖擺著。包著頭巾的大個子女人坐在像爐子大小的西里爾語打字機面前打著字。滿布灰塵的架子上塞滿了帳簿。擺滿了淺黃色卷宗的皮鞋箱從地板一直堆到窗台。

「巴雷！老天啊！歡迎大駕光臨！他們告訴我你終於得到了一筆錢。是誰給你的？」一位穿著卡斯楚戰士裝的中年人越過了重重障礙來到了他們的面前。「我們直接做交易好嗎？管他那些撈什子全蘇版權協會的人幹嘛？」

「尤里，見到你真好！來見一見維克婁，他是我們的編輯，會講俄語。」

「你是間諜？」

「老天！好傢伙！看到你，我就想起了我的弟弟。」

他們是在麥迪遜街。屋子裡有活動百葉窗、牆上的統計圖表、扶手椅。尤里很胖，很熱心，是個猶太人。巴雷帶了一瓶黑標威士忌給他，也帶了緊身衣給他美麗的新婚夫人。打開了威士忌瓶蓋，尤里堅持要把酒倒在茶杯裡喝。他們開始談蘇俄的種種，他們談及布爾加科夫、普拉東諾夫、阿赫馬托娃。索忍尼辛會不會被批准？布羅德斯基呢？他們又談英國下層社會的一群作家，談他們如何利用門道邀得官方的寵幸，因此得以在蘇俄享有大名。他們所談的，有的巴雷尚未聽過，有的令巴雷噁心。談話間，有時驟笑，有時乾杯，有時談在英國的朋友近況，有時又談全蘇版權協會當中有誰已經作古。蘇俄現在每一刻鐘都在改變，巴雷知道嗎？他有沒有看到上星期四莫斯科報上所登載的消息，跟潘雅特的新法西斯狂熱有關？他們那種極端的民族主義，那種反猶主義以及他們除了自己以外無人不反的消息？他知道那則發生在歐貢約克有關佛洛伊德的消息嗎？編輯、設計家、翻譯人員以著驚人的速度增加許多。大家都醉了，即使那些反對喝酒的人也醉了。接下來，一位名叫米夏的大作家被大家推介出來，坐在大家能夠看到的地方。

「米夏到目前為止還沒有坐牢。」尤里面帶歉意地說著，說完之後大家哄堂大笑。「不過，如果他幸運的話，他們遲早會送他進監牢的，如此，他的作品就可以在西方出版！」

他們又談到蘇俄小說作品中最近有那些大作。夠得上尤里標準的，也只有八部。「每一部包準都會是最暢銷的書，巴雷。如果你把它們給出版了，你就可以為我在瑞士銀行開一個戶頭了。」他找了一個塑膠提袋，把那八本不能出版的手稿複寫本給裝了起來，交給維克婁保管。在這裡，像影印機和電子打字機這類的東西還是當局管制的違禁品，為的只是防止人民拿來犯上作亂。

他們又談到戲劇和阿富汗。「我們很快就會在倫敦碰頭！」尤里大聲說道，像是一個把所有賭注都瘋狂下光了的賭徒。「我把我的兒子送去給你，你也把你的兒子送來給我好嗎？你聽我說，如果我們用這種方式交換人質，大家就不會彼此轟炸了。」

巴雷開講的時候，大家都安靜了下來，連米夏這位大作家也保持著沉默。維克婁為他作翻譯，但尤里和其他三位反對維克妻的翻譯，而米夏則反對他們所提的反對。於是乎，氣氛就開始變得凝重了。

有人想要知道為什麼英國一直到現在還是由法西斯式保守黨所統治。為什麼無產階級不把這些個渾球給踢出去？巴雷引一句別人的話告訴大家說：民主制度除了對別人好以外，其實是世界上最壞的制度。沒有人笑，也許他們早已聽過這類的論調了。既然大家的笑聲已竭，倒不如乘著酒興還在，就此打住此一話題。有人面色凝重地問道：英國人自己都還在奴役愛爾蘭和蘇格蘭的人民，又怎能向世人宣揚人權？有一位年約九十，身著舞會裝束的老者問道：你們為什麼要支持南非那可惡的政府？巴雷說：我不支持，我真的不支持。

「你聽我說。」尤里站在門邊說道：「你離那個狗養的沙巴提尼遠一點好嗎？我不是說他是格別烏的人，我說的是他需要一些去他媽的好朋友來幫他重新回到這個圈子裡來。而你是個好人，你懂我的意思嗎？」

他們已經擁抱了好幾次。

「尤里。」巴雷說，「我的老媽曾告訴我說你們全都是格別烏的人。」

「連我也是嗎？」

「你最特別，她說你是最壞的。」

「我愛你！你聽到沒有？把你的兒子送來給我。他的名字叫什麼？」

一點三十分了。距離他們預定赴約的八點十五分又近了一個鐘頭。

黑色的木材，豐富的食物，畢恭畢敬的僕役，整個氣氛像是男爵狩獵的小屋。他們現在正坐在「作家協會」陽台底下的長桌旁邊。亞力克．沙巴提尼再一次的主持這個會議。有些六十年代頗有潛力的作家晃了過來，聽了一下又晃了開去，臨走還把他們那些偉大的思想給一併帶走了。沙巴提尼指出哪些是最近剛從監獄中給放出來的，哪些又是他所認為即將進而取代他們的。文化官僚推開椅子，站起來練習著他們的英語。維克婁作翻譯，巴雷則到處散發著他的光芒。大家的手中都拿著果汁或是黑標威士忌。巴雷向沙巴提尼保證，說這個世界一定會更好，就好像他是個世界問題專家一樣。

他輕率地引用季諾維夫的話：「這個世界什麼時候會完蛋？當大家不再等著進墳墓的時候嗎？」

這是指列寧的陵墓。

這次，掌聲不再如此地震耳欲聾了。

兩點鐘了。依照新訂的飲酒法，並且也恰如其時。侍者端來一瓶酒，沙巴提尼則從巴雷陳舊的手提箱中榨出一瓶伏特加酒。

「尤里是不是告訴你，說我是格別烏？」他很悲哀地問道。

「他怎麼會呢？」巴雷一本正經地說著。

「你不要以為他只對你一個人講，他對所有的西方人都是這麼說的。事實上，有時我會替尤里擔心，他是一個好人，但是大家都知道他是一個差勁的出版商，所以，像他這麼樣的一個猶太人如何能獲得地位呢？他的小兒子上個星期在沙哥斯克受了基督教的洗禮。你又如何為他解釋呢？」

「這不是我的問題，亞力克。為自己想，也要替別人想，到此為止。」說完，他側著臉說：「維克婁，我們回去吧！我已經清醒了。」

六點鐘以前，巴雷又參加了兩個大型的聚會，並且奇蹟似地推掉了將近半打晚間的其他邀約。他回到旅館，打開了水龍頭沖澡，打算讓自己清醒清醒。維克婁透過門對他大聲重覆剛剛所聽到的那些出版界人士所說的笑話。維克婁之所以會這麼做，是因為他受奈德之命，一定要緊跟著巴雷寸步不離，直到事情辦完為止，以防他一時怯場，或說錯了台辭。

①：Lord Peter Wimsey，英國偵探小說家賽兒絲（Dorothy L. Sayers）筆下的貴族偵探。

7

在蘇維埃偉大的重建政策進行到第三年的這個時候，奧得薩旅館在蘇俄水準粗劣的旅行業中，雖然算不上頂好，但也不是最差的。但這間旅館還真是有夠破爛了，更可笑的是這還不是人人都能夠住得進去的。它只收盧布，不收美金，連客人到它的酒吧喝酒都不能支付外幣。好幾個從明尼蘇達風塵僕僕遠道而來的旅行團，團員個個哭喪著臉，吵著叫著要找回他們丟掉的行李。此地照明極差。那一盞一盞的銅燈和掛滿了畫的餐廳只會引人想起它過去慘澹的歷史，而絕不會讓人覺得蘇俄如今是一隻浴火鳳凰。當你從那搖晃顫抖的電梯中走出時，面對著你的是那一層樓客房經理的晚娘面孔。她窩在那間包廂裡，四邊掛滿了髒兮兮的鑰匙以及陳舊的電話。和她面對面的接觸之後，你馬上就會覺得好像又回到童年時代最令你討厭的學校。

然而，到目前為止，蘇俄的改革也還僅及於「只聞樓梯響，不見人下來」的地步。不過，話說回來，對那些專程來此看改革的人來說，近日的奧得薩顯得頗有朝氣，仍然是蠻幸運的。負責接待的女性在冷峻的目光後面，仍然保有著一顆顆溫柔的心腸；而大家也都知道她們是不會在你每一次回來的時候都要檢查你的通行證。她們會向你眨眨眼，示意你趕快上電梯，如果你對餐廳經理施一點小惠，他就會引你到一處幽靜的雅座。每晚的六點到八點之間，一樓的大廳就變成了萬國在此舉行即席盛會的場所。有從塔什干來的穿著入時的行政官員，有來自土庫曼和喬治亞、目光森冷的黨工，有從亞千格港來的海軍輪機人員，此外，更有從古巴、阿富汗、波蘭、羅馬尼亞、東德來的大老粗。這些人從機場乘坐大巴士到達旅館，一窩蜂地下了車，擠到陰森的大廳裡，去向地主國致敬。並且把一箱箱的隨身行李拖到演講臺。

而巴雷自己呢？雖然是被人逼著從異鄉來幹特務的，但到了這步田地，也只好隨遇而安了。

首先，他坐了下來。他之所以會坐下來，也是因為有一個老女人捶著他的肩膀，命令他就坐。他坐的地方靠近電梯。坐下之後不久，旅客們放在他四周的皮箱和包裹就把他給圍堵了起來。最後，他移到了一尊柱子旁邊，讓柱子擋著他，並且頻頻向四周的人道歉。他看著玻璃門開開關關，一會兒因眾人阻隔而在視線中消失，一會兒又出現了。他一手拿著珍・奧斯汀的《愛瑪》在胸前舞動著，另一手則提著他從希斯羅機場所帶來的一只非常難看的手提袋。

幸好，卡蒂雅來了，也把他從人群中給救了出來。

他們的這次約會不是秘密，而他們的舉止也毫無不可告人之處。在同一瞬間，他們不約而同地進入對方的眼簾。卡蒂雅仍然被人潮擠著進入大門，而巴雷則舉起他手中的書揮舞著。

「哈囉！我是巴雷，妳好！」他叫道。

卡蒂雅消失在人潮之中，又帶著勝利的姿態鑽了出來。她聽到他呼喊嗎？不過，她到底是笑了，也看到了尼基所說的訂婚和結婚戒指。

「你該瞧瞧我是如何想盡辦法要離開那個宴會的。」她越過重重的人頭向巴雷打著手勢。也許她的意思是說：「我用盡了一切辦法也沒法叫到計程車。」

「一點兒也沒關係！」巴雷向她回了個手勢。

當她蹙著眉頭翻查手提袋，找尋她的身分證給那位便衣人員看時，巴雷真是心疼得要命。這位便衣人員當晚的任務就是站在大廳裡盤問所有走進大廳的漂亮女子。她拿出的是一張紅色卡片，所以巴雷猜測那是作家協會會員卡。

而此時，巴雷自己也不得不用他那還不算頂破的法語向一位巴勒斯坦人解釋，說他可不是那些和平代表團裡的一員，而且，老天啊！他也不是這個旅館的經理。說實在的，這個旅館裡到底沒有經理，連他都懷疑了。

維克婁此時則站在樓梯中間，觀察這整件事情的發展。他後來說他從來未曾看過比這次兩人在公開場合見面更好的一次會面。

巴雷和卡蒂雅這兩位演員各穿著不同的戲服：卡蒂雅演的是大型戲劇，她穿著藍色的衣服，襯著老式的花邊領。這一套打扮，曾經教尼基著迷過。而巴雷呢？他演的是低級的英國喜劇，穿的是他父親留給他的細條紋西裝。對他來講，這套西裝的袖子實在是嫌小了。除了這一套破西裝外，他腳上還穿了一雙都快被磨破的鹿皮靴子。這麼舊的靴子，恐怕也只有收集古董的會看得上眼。

他們照面的那一剎那，彼此都吃了一驚。不管怎麼說，他們都還算是陌生人。促成這兩個陌生人在這兒見面的是存在於他們之間的一股力量。這股力量，與他們倆人之間的距離，比起他們彼此間的距離都要近。放棄了想要過去在她的面頰上正式獻上一吻的念頭，巴雷這一下子倒覺得自己被她的雙眸所迷惑了。她的雙眸不只是非常的黑，而且黑得發亮；同時，其睫毛非常濃密。看到這雙眼睛，他不由得懷疑她是不是天生就有兩套睫毛。

巴雷的臉上顯露出一副難以形容的愚蠢表情，某些英國人碰到美女時經常就是這副德性，因此卡蒂雅也不由自主地想著，想著她在和他通電話時所產生的那種直覺也許是對的：面前的這個人是一個高傲自大的人。

就在這時候，他們已經接近到可以感覺得出彼此體溫的距離；而且，巴雷甚至還聞得到卡蒂雅的化妝品香味。四周的人仍然以各種語言彼此交談著。

「我想，你一定是巴雷先生了。」她上氣不接下氣地對他說著，並且把一隻手擱在他的前臂上。她這麼做，是因為她想用觸覺來證實面前的這個人是不是真的。

「是的，我的確是。哈囉！那妳也一定是卡蒂雅．奧拉娃了，也就是尼基的朋友。妳好嗎？」

照片雖然不會說謊，但也不會說出真話。巴雷望著她的胸部隨著她的呼吸起伏，這麼想著。照片不會顯示出一個女孩子臉上的紅暈，好像她剛剛才目睹了一場奇蹟，而你是第一個聽她講這個奇蹟的人。

大廳中川流不息的人潮又重新讓他回復了該有的知覺。任何人，不管是為了什麼目的而會面，都不可能在這種混亂的情況之下長久寒暄的。

「這樣好了。」他說著，好像他突然之間想起了一個很不錯的主意。「我請妳吃點麵包好不好？尼基要我一定得好好的請一請妳。你們在那次展覽會上相見，他告訴了我。他這個人真是個大好人，有天使一樣的心腸。」他一面說著，一面引著她走向樓梯邊，那兒的一處牌子上寫著：「自助餐」。「他是個有趣的傢伙。有時也是挺叫人煩的，當然，誰不是呢？」

「噢，藍道先生的確是一個非常好的人。」她說話的樣子，可以看得出她是把巴雷當作一個未驗明正身的聽眾，但她的語氣又十分動聽。

「而且很可靠。」巴雷同意她的說法，又加了一句。當他們爬上一樓之後，巴雷覺得有點氣喘吁吁了。「如果妳要求尼基做一件事，他會做，但他會用自己的方法做，而且從不把他的想法洩露給別人知道。我一直認為這是一種好朋友的表徵，妳認為呢？」

「依我的看法，一個人若是不謹慎，是不可能交到朋友的。」她的回答好像是照著一本婚姻手冊上所講的。「真正的友誼必須建立在互信的基礎上。」

而巴雷呢？聽到這麼意義深遠的話，他不可能沒察覺出她的論調和歌德的論調之間，有著相當程度的相同點。

在一個靠幃幕的地方，有個三十呎長的櫃台，是專門用來放食物的。此時，它上面除了一盤餅乾以外，什麼也沒有。櫃台後面，三個穿著白色制服的大塊頭女人分別戴著透明塑膠做的盔帽，一邊看守著一個炭爐上的茶壺，一邊彼此辯論著。

「尼基對書也是挺有自己一套看法的。」巴雷說著，一面與對方在繩子所形成的障礙前面找到了一個座位坐下。「『愚蠢的知識分子』，如法國人所說的。請來壺茶，女士們！」

那三個女人仍繼續彼此爭辯著。卡蒂雅看著她們，臉上一點兒表情也沒有。突然，出乎巴雷意料之外，她抽出了她的紅色通行證，拿在手上揮了一揮，一個字也沒講，那三個人中的一個就趕緊丟下了其他兩人，去架子上拿了兩個杯子，並且把它們重重的往兩個碟子上一摔，好像她是個上了火藥的老來福槍一樣。她裝滿了一壺開水之後，仍然怒氣沖沖地把一個瓦斯爐給點燃了，再把那個水壺往爐子上一放，怒氣依舊地走回到她的同志身邊去。

「要吃餅乾嗎？」巴雷問道，「要點鵝肝醬嗎？」

「謝謝，我剛才在招待會上已經吃過蛋糕了。」

「哦，那個蛋糕很好吃嗎？」

「不怎麼好吃。」

「那麼，那些匈牙利人呢？都很好嗎？」

「他們說的談的沒有什麼重要之處，我可以說他們都很陳腐。我們蘇聯這邊不該邀請這些人來的。對付外國來的人，即使是社會主義國家來的人，我們總是有點兒放不開。」

兩人一時之間都有點兒辭窮了。巴雷記起一個他在大學裡認識的女孩子。她是一個將軍的女兒，皮膚像玫瑰花瓣一樣。她活著似乎就只為保護動物的權利，直到有一天，她突然跟當地的一個男人結了婚。卡蒂雅臉色陰沉地望著房間的那一端，那兒有十幾張桌子很整齊地排成幾列。維克婁就在其中的一張桌子上與一個像他一般年紀的人講著笑話。另一張桌子上，年紀較長，穿著馬靴的一位先生正跟一個穿著牛仔褲的女子喝著檸檬水。他把手臂張開，好像是向人訴說他丟光了財產一樣。

「我怎麼沒想到為什麼沒在電話裡請妳吃晚餐。」巴雷說著，兩眼再一次與她的目光相對而視。他也再一次地覺得自己好像是要陷入她的眼裡一樣。「我想，也許每個人都不願意一下子就進展得太快了。不是人人都能放得開的。」

「即使你請我，我也不方便。」她蹙著眉頭答道。

水壺開始發出滾熱的軋軋聲了，而那些戀戰不休的女侍們居然對它連看也不看一眼。

「在電話裡辦事，總是這麼困難，妳不覺得嗎？」巴雷說著。「就好像是讓自己對著一堆塑膠花講話，我是說，不是對著真人的面孔講話。我個人很討厭這種怪裡怪氣的東西。妳呢？」

「討厭什麼？對不起，我沒有聽懂。」

「電話！隔著一段距離和人說話。」水壺開始冒水噴在瓦斯爐上了。「妳沒法看到別人的時候，根本就沒法想像他們會是個什麼樣兒。」

馬上切人主題！他告訴他自己，就是現在。

「前幾天我才跟我在出版界的一位朋友談起同樣的事情。」他以同樣的愉悅語氣，同樣的音量，繼續說了下去，「我們在討論一個人送給我們看的書時說的。我已經拿給他看過，是在完全秘密的情況下做的。而他則對這本小說著迷得要命。他說這是他多年以來所看過最棒的一本小說。他甚至說這是一顆炸彈。」她的眼睛小心翼翼地對著他直視。「但是，多麼奇怪！連一張作者的照片都沒有。」他裝腔作勢地繼續說道。「我甚至連那位作者姓啥名誰都不知道，更不用說他是從何處得到他的資料，學到他的技藝等等的了。妳懂我的意思嗎？就像我聽到一首曲子，但無法確定它是布拉姆斯的作品，還是柯爾．波特的作品一樣。」

她蹙著眉。把雙唇抿進去，似乎是要把它們濕潤一點。「我認為不應該侵占一位藝術家個人的隱私。有些作家只願意以不具名的身分寫作。天才就是天才。天才是不需要任何解釋的。」

「嗯！我所講的，也並不是什麼解釋不解釋的問題，而是真實性的問題。」巴雷解釋道。沿著她面頰骨的地方有一些汗毛，但卻不像她的黑髮，而是金色的。「我的意思是說，妳是知道出版業的。舉例來說，如果有一個人為了一部有關緬甸北部山區民族的小說，那麼，讀者就絕對有權利問，他是否到過明斯克以南的地方。特別是把這一部小說當作是一部非常重要的小說時。根據我的這一位密友告訴我的，這部小說是一部足以震撼世界的小說。我想，在這麼一件非比尋常的事件上，你絕對有權利要求作者站出來，證實他的資格吧！」

那位年長的女人比別的女人都要勇敢，她把滾燙的水注入那個茶壺裡。第二個女人打開現鈔櫃，第三個女人正抓把茶葉盛到手提吊秤上。巴雷把手伸進了褲袋裡，拿了一張三個盧布的鈔票出來，那位站在收銀台的女人看到之後發出了失望的嘀咕聲。

「我想她是要零錢吧？」巴雷呆呆地說著。「我們不也都缺零錢嗎？」

正說著，他就看到卡蒂雅把三十個小銅板放到了櫃台上，笑了笑。她笑的時候，嘴角有兩個小小的酒窩。他拿著書和袋子，她拿著那一盤碟子和杯子跟在他後面。但是就在他們到達桌邊的時候，她向他說了一段具有挑戰性的話。

「如果一位作家有必要證實自己所言是實，那麼為他出版書的出版商豈不更當如此嗎？」她說。

「哦，我是贊成各方面都要誠實。底牌在桌上亮得愈多，大家都會愈好過。」

「據我所得到的消息，那位作者是從一位蘇俄的詩人處得到靈感的。」

「比雪林，」巴雷答道。「我查過他的資料，他在一八〇七年出生於基輔的戴莫卡。」

她的嘴唇就著杯子的邊緣，眼瞼垂了下來。雖然巴雷的心裡還有著一大堆雜七雜八的事情，但此時也情不自禁地注意到從她頭髮中露出的右耳。傍晚的光線從窗外照了進來，她的耳朵在光線的照射之下，也成了半透明的狀態。

「那位作家從一位英國人那兒得到了一些有關世界和平的靈感。」她說。她以一種正經得不能再正經的態度說道。

「妳想他會想再見那一位英國人一面嗎？」

「我可以問他看看，但我現在還不知道。」

「那麼，我可以告訴妳，那位英國人想再跟他見一面。」巴雷說道。「他們之間有太多可談的事了。妳住在哪裡？」

「跟我的小孩住在一起。」

「妳的小孩住在哪裡？」

對方停頓了一下。巴雷這回心裡又生起了一種不舒服的感覺，因為他想自己可能已在不知不覺間問了不該問的話。

「我們住的地方距離飛機場地下鐵車站很近。那兒其實已經沒有什麼機場了，取而代之的是公寓。巴雷先生，你預備待在莫斯科多久？」

「一個禮拜。能否給我妳所住的公寓地址？」

「不方便給。你在莫斯科的時候，都會待在這間奧得薩旅館嗎？」

「除非他們把我給趕出去。妳的先生在那兒高就？」

「那不重要。」

「他是不是幹出版的？」

「不是。」

「他是作家嗎？」

「不是。」

「那麼，他到底是幹那一行的？作曲家？鎮守邊界的戰士？廚子？他是如何讓妳適得這麼安於現狀的？」

聽他一連串地講了這麼多，她又再一次展顏面笑了。她的笑似乎不僅讓她自己開懷，同時也讓他高興了起來。

「他是一家木材公司的經理。」她說。

「他目前在經理些什麼東西？」

「他的工廠預造房子給鄉下的地方使用。我們離婚了。在莫斯科多得是像我們這樣的人。」

「那麼，孩子們呢？是男孩？女孩？都多大了？」

他這句話讓她的笑容倏然僵住了。他一度想到她會忿然拂袖而去。她抬起頭來，板著臉孔，眼神中充滿了忿怒。「我有一個男孩，一個女孩。他們是雙胞胎，現在八歲。他們與這件事情沒有關係的。」

「妳的英語講得好極了，比我的還好。好像井水泉湧而出。」

「謝謝你。我對外國語言有一種天生的理解能力。」

「不只這樣，妳對語言的天分是這個世界上絕無僅有的例子，就好像珍·奧斯汀的英語無人能出其右一樣。妳是在哪兒學的？」

「在列寧格勒學的。我在那兒上學。英語也是我所熱愛的一種語言。」

「妳大學是在哪兒上的？」

「也是在列寧格勒上的。」

「妳是什麼時候到莫斯科來的？」

「在我結婚的時候。」

「妳和他是怎麼結識的？」

「我先生和我從小就認識。我們當學生的時候，一起去過夏令營。」

「妳釣魚嗎？」

「不但釣魚，還抓兔子。」她說著說著，又笑了。她璀璨的笑容似乎可以照亮整個房間。「我先生佛洛狄亞的童年是在西伯利亞度過的。知道怎樣在冰上睡覺。我跟他結婚的時候，並沒考慮到知性價值觀的差異。當時我認為一個男人所能學的事裡，最重要的莫過於懂得如何剝兔子皮了。」

「我正在想妳與那位作者是怎麼認識的。」巴雷解釋道。

他看出她為了要怎麼決定而掙扎著，也注意到她眼神中閃現著時時刻刻都在變動的情緒，一下子向他傾洩而來，一下子又縮了回去。突然，她攏了一下那飛散了的頭髮，拿起她的手提袋。「請你替我謝謝藍道先生，謝謝他所送的書及茶葉。」她說。「下次如果他再來莫斯科的時候，我會親自再向他道謝的。」

「請不要走。我需要妳告訴我。」他放低了聲音，並且，突然以一本正經的態度說清道。「我需要妳告訴我要怎麼去處理那些手稿。單單我一個人是無能為力的。那些個手稿到底是誰寫的？歌德又是什麼人？」

「很抱歉，我必須回去照顧我的孩子了。」

「難道沒人代妳照顧他們嗎？」

「當然有。」

「請妳打電話給他們，告訴他們妳得很晚才能回去。告訴他們妳碰到一個好人，他要跟妳談一整個晚上的文學。我們好不容易才見到面，我有一大堆的問題要問妳。」

她收起了珍．奧斯汀的書，向門口望了一望，快步走了出去。巴雷就像一個死纏不放的推銷員，亦步亦趨地跟在她的旁邊。

「拜託！」他說：「再待一會兒，我知道我這個英國出版商有多麼差勁，見了一位漂亮的俄國美女又不知道該談些什麼正經事兒。我不會騙人，也不會說謊。跟我吃晚飯好不好？」

「不方便。」

「改天晚上方不方便？我該怎麼辦呢？拿一尊神像來燒嗎？還是放一盞蠟燭在我的窗前？妳是我此行的目的。請幫助我，然後我才能幫助妳。」

他的懇求讓她也不知如何是好。

「能不能把妳家的電話號碼給我？」他堅持著。

「不方便。」她低聲說道。

他們走下了寬闊的樓梯。巴雷向頭頂上望了望，看到維克婁和他的朋友站在那兒。他抓住卡蒂雅的手臂，力道雖不猛，但也足夠使她停住了腳步。

「那什麼時候？」

他仍然握著她的手臂，握住的地方，就在她手肘上方肌肉最豐滿的那一部分。「我今晚也許會打電話給你。」她帶著憐憫的眼光答道。

「不要也許。」

「我一定會打給你的。」

他待在樓梯上，望著她走向人潮邊緣。她似乎在那兒先作了一口深呼吸，才伸展身手，擠進了人潮之中，朝著大門前進。她的全身都已為汗水濕透。圍在他頸子上和背部的那一條圍巾也都已被汗水所濕。此時，他強烈地渴望喝上一杯。不過，比起喝酒還要更強烈的一種欲望，是想要拆除那一只纏繞在他身上的麥克風。他要把這一只麥克風踩成碎片，然後用掛號信寄去給奈德親收。那個鼻子彎彎的維克婁，此時三步併作兩步地爬上了樓階。他露出了牙齒，像個賊一樣，一邊盡是跟他講些蕭伯納俄文傳記的無聊話。

她步行得很快，一邊走一邊找著計程車。天上烏雲密布，看不到半點星光。能看得兒的，也只有寬闊的街道和從佩特羅夫卡方向所閃現的極光。她此時需要跟他保持距離，也需要跟自己保持距離。她的內心生出了一種恐慌，不是出於懼怕，而是出於強烈的反感，這種恐慌正威脅著要吞噬她。他不該談那一對雙胞胎的。他沒有權利打破一種生活和另一種生活之間所築的紙牆，他更不該用那些官僚的問題來折磨她。她已經信任他了，而他為什麼還不信任她？

她轉到一處街角，繼續走著。他是個標準的帝國主義分子：虛偽、糾纏不休，並且一點兒也不信任別人。一輛計程車掠過去了，沒有注意到她。另一輛則慢慢地駛近；聽她呼喊著她所要去的目的地，又疾駛而去，去找尋更能賺錢的工作，譬如搭載娼妓，載運傢俱，載運黑市的蔬菜、肉、伏特加酒，以及為遊客運送隨身行李等等。雨開始下了，來勢洶洶地刷落了下來。

他那什麼鬼幽默。還有，他所調查的，根本都是些毫不相干的事情。再也別想要我跟他接近了。她應該去搭地下鐵的，但是又害怕那種密封的感覺。不過，他也跟多數英國人一樣，看起來蠻吸引人的，甚至在笨拙之中也隱含著優雅。他機智，並且毫無疑問地也很敏感。她從沒想到他會距離自己這麼近。也許是她自己跟他太過於接近了吧！

她一直步行著，一邊穩定情緒，一邊找著計程車。雨下得更大了。她從袋子裡取出一把摺傘撐開。就在她走到一處十字路口，準備過街的時候，一個開著藍色「拉達」車的男子把車子開了過來，而她並沒有招呼他。

「生意如何，小姐？」

他到底是開計程車的？還是強盜？她管不了這麼許多了，一屁股坐上了車子，並且把自己要去的目的地告訴了他。這個男子開始跟她大聲的講話了。雨點像在落冰雹似地打在車頂上。

「我很趕。」她說著，並且把兩張三塊錢盧布遞給了他。「我很趕。」她又重覆了一遍，並且看了一看錶。自己心裡也覺得奇怪，是不是大家在匆匆忙忙趕往醫院途中時都會看錶。

這個男子似乎也把她的託付很當作一回事。他開得飛快，但口中還是不斷地講著話。雨水朝著車子打開著的車窗撲了進來。從他口中，她得知他有位體弱多病的老母住在諾伏哥羅德。一天，她在爬梯子採蘋果時摔了下來，就不醒人事。當她醒來的時候，兩腳已經上了石膏。雨水像急流般地滚滿了車前的擋風玻璃。他一直都沒停下車來把雨刷給裝上。

「她現在如何？」卡蒂雅一邊問道，一邊試著把一條髮巾給繞到頭髮上。一個急著趕到醫院去的女人是不會跟別人談到她們家的痛苦的，她心想。

那名男子把車子停了下來。她看見了那一扇大門。雨勢已經停了。今晚的氣溫很暖和，空氣中也散發著甜甜的香味，她甚至都懷疑剛才是真的有下過雨。

「哪！」那個男子一面說，一面把她剛才給他的一張三塊錢盧布退還給她。「下一次，好嗎？妳叫什麼名字？妳喜歡新鮮蔬菜，或是咖啡，還是伏特加？」

「拿著！」她打斷對方的話，並且把錢往對方的手裡推。

那扇門一直是開著的。往門內望去，坐落在盡頭處的，可能是一排辦公室，裡面閃著幾盞昏黃的燈光。門的後面是一排石階，已經被周圍的泥土和瓦礫埋掉大半，只剩下一條往上的通路，勉強可供人行走。卡蒂雅向旁望了一下，看到了停著的救護車，藍色的燈光懶洋洋地閃著，司機和醫護人員圍坐成一團抽著煙。在他們腳下橫放著一個擔架，擔架上躺著一個女人。她受傷的臉部轉向一側，似乎是在躲避著另一次襲擊。

他挺照顧我的，她的心思轉向了巴雷，想了一陣子。

她匆匆地走上坐落在她眼前的那一棟灰色房子。她記得，這一棟房子是由但丁設計，並由卡夫卡蓋成的。醫院的職員到這棟大樓裡偷藥，再把偷得的藥賣到黑市去。她也記得，這裡的大夫們夜裡都加班，為的只是要讓家裡的妻小過得好一點。在這個地方，人所能見到的只是那些被這個帝國遺棄的人渣。他們既無勢力，亦無門道。就在她踏著堅定步伐穿過那兩扇門的時候，她的腦海中好像有一段旋律跟著她行進。一個女人衝著她過來，卡蒂雅沒有把她的證件拿出來，而是拿了一個盧布給她。這個大廳像是一個游泳池，到處充滿了回音。在一處大理石的櫃台後面，坐著幾個女人。除了當中的一個以外，其他人對四周的人都是視若無睹。一位穿著藍色制服的老人坐在一張椅子上打著盹兒，她的雙眼盯著一台破破爛爛的電視。她越過了他，進入一個走廊。走廊中排滿了病床。上一次她來的時候，走廊中還沒有病床。也許是他們這時為了要接待一個重要人物，而把這些病床清掉。一位看起來已經筋疲力盡的實習醫師正忙著給一位老女人輸血；一位穿著白罩衣和牛仔褲的護士在一旁協助他。沒有人呻吟，也沒有人抱怨，也沒有人問為什麼他們必須死在走廊上。一個透光的牌子上面寫著「急診室」。她跟著進去，妳得裝得就像那個地方的主人一樣，他在第一次就跟她這麼講過。她每次來，都裝出這付樣子，每次都很管用，到目前仍然管用。

候診室原先是個已廢棄不用的演講廳。裡面燈光昏暗，像是夜間的囚房一樣。講台上，一位面如聖人的護士長坐在那兒。在她的面前，候診的人排著長長的一隊伍，好像等待撤退的軍隊一般。演講廳裡，一大堆沒人管的病人等在陰暗的燈光下，有的呻吟，有的咆哮。傷口經過粗略包紮的傷患躺在椅子上。醉鬼們不是懶懶地睡著，就是大聲地在那兒賭咒發誓。空氣中充斥著消毒藥水、酒、和血跡的味道。

還要等十分鐘。她發現自己的心思又不知不覺回到巴雷的身上——他那直射的熟悉眼神，他那無可救藥的莽撞口吻。我為什麼不把家中的電話號碼給他呢？他抓住她的手臂時，她好像感覺到她的手臂一直就是這麼被他抓著的。「妳是我此行的目的。」她選了一張靠近那一扇標著「廁所」的門前邊破椅子坐了下來。你在這兒死掉了，可能都不會有人問妳姓什麼。那兒是門，那兒的一個小房間被他們當作衣帽間來使用，她先預習著。再來，就是廁所了。電話在衣帽間，但是沒有人會去用它，因為沒有人知道它在那裡，線路不忙時也沒有人能打進醫院。這一具電話是為一位身分特殊的大夫所預備的，他用它來連絡他私人的病人和情婦，一直到他調職為止。不知是哪一位白癡把電話裝在柱子的後面，人家看不到的地方。它一直就在那兒。

你又是怎麼知道有這麼些地方的？她曾經問過他。這個入口，這個房間，這具電話，坐下來等著，你都是怎麼知道的？我到處漫遊！他不等她講完，就已經在回答她的話了。此時，她也已看到他覺也不睡地邁步走在莫斯科的街道上。他在那兒徘徊著，是在找食物，還是找她？我是滿腦子鬼靈精的異教徒，他曾經這麼地告訴過她。我走路是要陪伴我的心靈，而我喝酒，是要躲避它。當我走著的時候，你就在我的身旁，我可以看到你的臉貼在我的肩膀上。

他會一直走，一直走，直走到他倒下為止；而我也會跟著他走。

就在她身旁的椅子上，一位身穿橘紅色斗蓬的農婦已經開始用烏克蘭語在那兒析禱了。她手中抱著一尊小聖像，跪在地上，她的頭蓋過了聖像。每祈禱一次，她的頭就低得更深，一直到她那光禿禿的前額抵住錫製的框架為止。她的眼中閃現著淚光。當她把眼睛閉起來的時候，卡蒂雅看到淚水從她的眼瞼裡汩流了出來。她想，在星光閃爍的時候，我也會像妳一樣。

她記起他曾經告訴過她，他去西伯利亞的一處停屍間所參觀的事情。那是一個處理死人的工廠，就坐落在他曾工作過的一個鬼城裡。他告訴她屍體都是從一個槽裡出來，被人放在旋轉台上，男女雜陳，然後就是沖洗，貼標籤，再由一位夜間在那兒工作的老婦把他們身上所有的金子給剝了下來。死之為奧秘，與其他的奧秘沒有什麼兩樣。所謂奧秘，是一次只給一個人看的東西。

你為什麼總是要拿死亡的意義來教育我？她曾經帶著厭惡的心情這樣質問過他；而他的答案居然是：因為妳曾經教過我怎麼活。

他曾經說過：這具電話是全蘇俄最安全的一具電話。即使在我們這些情治機構裡的那些喪心病狂之人，也不會想到要竊聽醫院急診室裡沒人用過的那具電話。

她記起了他們在莫斯科最後的一次晤面。那一次是那一年冬天最冷的一天。他從一個鳥不拉屎的窮鄉僻壤的車站搭火車遠道而來。他沒有買票，搭的是末等艙。他像別人一樣，塞了十個盧布在那位列車長的手中，就這麼地一路坐了來。他曾經說過：我們這些個堂而皇之的人民公僕們，這些日子都變得中產階級起來了，連怎麼跟工人們相處都不知道了。她曾經想像他那一副流浪漢的模樣，穿著厚厚的內衣，躺在原本是放行李用的頂層臥鋪上，聽著老煙槍們的咳嗽聲和老酒鬼們的滿腹牢騷。車廂裡的氣氛加上從熱水器中漏出來的水蒸氣，他都快窒息了。不過，儘管雙目所及盡是令他毛骨悚然的景象，他也從來隻字未提。那種景象，會是什麼樣的地獄啊！她想著，難道說，還得被你自己一手所創造的東西給折磨嗎？你要知道，你的功業愈大，人類的災禍就愈深。

她看到自己和其他數以千計的人一樣，餐風露宿在卡山斯基的火車站，守候在昏暈的日光燈底下，翹首期盼著他的到來。有人謠傳，說這班火車脫班了，脫軌了，甚至被取消了。濃密的雪愈發下得愈大了。那一班火車到了，也再沒有發動過。我再也不用花這麼多的腦筋去想那麼多的謊話。車站的管理人員把甲醛給倒在廁所裡，整個大廳都充滿了難聞的氣味。她戴著佛洛狄亞的毛皮帽，因為戴起這頂帽子，臉上大部分都會被遮住。她的毛海披肩覆蓋住她的下顎，而身體的其他部分則包在羊皮大衣裡。她從來沒有對任何人有過這麼強的慾望——那是一次隱藏在皮毛衣服底下的熱和飢渴。

就在他走下火車，踏著爛泥迎向她時，她的身體又僵又狼狽的挺立在那兒，就像個男孩。當她在擁擠的地下鐵裡站到他身旁時，他一貼向她，她就幾乎想大叫出來。她向亞歷珊德拉借了公寓用。亞歷珊德拉和她的先生一起到烏克蘭去了。她把前門打開，讓他走在前面。有時候，他好像是不知道自己身在何處，或者，反正都是她在計劃的，所以他也就不管這麼許多了。有時候，她很怕碰觸他，因為他很脆弱。但今天則不然。今天她撞他，用盡所有的氣力去抓他，絲毫顧不得技巧和溫柔地把他拉過來，為的只是要懲罰他讓她數月以來嚐盡了相思的苦楚。

而他呢？他抱著她，就好像過去她的父親抱她一樣，他的腰絲毫沒有接觸到她，而他的肩膀居然還能保持著穩定。就在她推開他的那一剎那，她知道他把所受苦難都埋到她體內的日子，已經過去了。

你是我唯一的信心，他一邊用緊閉的嘴唇親著她的眉毛，一邊輕聲地說道。卡蒂雅，我現在要告訴妳我所決定要做的，妳要用心地聽。

那一位農婦跪在地上，輕撫著他的聖像，先把它壓在胸前，又把它放到嘴邊。卡蒂雅不得不越過她走到通道上去。一位穿著皮夾克，臉色蒼白的年輕人已經坐在長椅的那一端。他的一隻手臂縮進了襯衫裡去。她想他的手大概是斷了。他的頭向前傾著，就在她經過他的時候，她注意到他的鼻樑也斷了，不過卻已治癒了。

那個放電話的小房間黑漆漆的一片。一只破掉的電燈泡無用地掛在那兒。一個很大的木製櫃台擋住她去那個小房間的路。她努力想把蓋子打開，但發現它實在太重了，於是只好鑽了過去。她站在空空的衣架和沒有被拿走的帽子之間。那個柱子現在距離她只有一呎。有一個牌子，上面用手寫著「不找零」，而她也只有借著那一扇開開關關的門才能看到這牌子上的字。電話還是像往常一樣，放在它原來放的地方，但是當她走到它面前的時候，她卻幾乎無法在黑暗裡看到它。

她瞪著它看了看，希望它會響起來，他的恐懼感已經消逝了，她又變得穩重。你在哪裡？她在心中這麼喊著。是在你的那些郵遞號碼中的一個呢？還是在你的地圖當中所畫的那些點裡的某一個點呢？哈薩克嗎？在中窩瓦河區嗎？還是在烏拉山？她知道這些地方他都去過。在過去，她曾經能夠憑膚色判斷他有否在戶外工作過。有幾次，他看起來好像是在地底下待過幾個月的樣子。你和你那可怕的罪惡感都跑到哪兒去了？她在心中想著。你和你那讓人聽起來都覺得毛骨悚然的決定又到哪裡去了？在一個小鎮上二十四小時營業的電報局嗎？她想像他是被捕了。她有時會這麼想，想像著他的雙手被綁，關在一間小屋之中，面色蒼白。他們把他栓在一個木馬上，不斷地鞭打他，而他一動也不動。電話鈴響了。她拿起了話筒，聽到了一個沒有抑揚頓挫的聲音。

「我是皮雅特。」他說。這是他們之間的暗號，是特意用來保護他們的。如果我落在他們手中，而他們又逼我打電話給妳的話，我就告訴他們另一個名字，這樣妳好躲起來。

「我是阿里娜。」她答道。連她自己都覺奇怪，她居然還講得出話來，這一瞬間過了之後，她就什麼也不再擔心了。他還活著。他沒有被捕。他們沒有打他。他們還沒有把他栓在木馬上。她覺得懶懶的，什麼事情都不想做。他還活著，他正在對她說話。這是事實，不是情感，他的聲音起先很遙遠，並且只有一半像他的聲音。來來回回地訴說，只有事實。告訴他，我謝謝他親自到莫斯科來。告訴他，他的作為像是一個有理性的人。我很好，妳好嗎？

她把電話掛了。她太虛弱，不能再多說了。她回到那一間演講廳，和大夥一齊坐在椅子上。她深呼吸著，心中知道沒有人會來管她的。

那個穿著皮夾克的男孩仍然懶洋洋地靠在椅子上。她又注意到他那彎彎的鼻子了。她再一次記起了巴雷，並且很感謝他的存在。

他穿著襯衫躺在床上。他的臥房是從一間大寢室闢出來的一間房，不但空氣不流通，而且還充斥著每一間蘇俄旅館都會有的水龍頭交響曲；從水龍頭滴出來的水不斷地滴嗒地流著，流到那間小浴室的水槽裡，再加上那個無時不在痙攣的冰箱所發出的呻吟聲。他正從一個漱口杯裡面吸啜著威士忌，假裝在那無用的床頭燈下閱讀。電話就在他的肘邊，旁邊放著他記事的筆記本。電話無論有沒有掛在架子上，都可能是「活」的，奈德一再地警告過他。但是這具電話不會，巴雷這麼想著。就像已絕跡的渡渡鳥一樣地死絕，除非她打電話來，否則這電話就是死的。他正在讀馬奎斯的精采小說，但是書的印刷之差，對他來講，就好像是有刺的鐵絲網一樣；他被這差勁的印刷給搞得頭昏腦脹，非得一而再，再而三地重覆推敲。

先是一輛車子駛過了街頭，繼而一位行人步行經過。然後，雨勢轉小了，無精打采地行在玻璃框上。既沒有哭叫，又沒有笑鬧，莫斯科就這樣地又回到了她那寧靜的時空。

他還記得她的雙眸。這雙眼睛裡看到我的什麼了？他想，一定是我身上的這些紀念品。我穿著我父親的西服，我是一個隱藏在自己的表演背後的差勁演員，除了臉上的油彩以外，已經一無所有了。她所要找的，是在我裡面的信念，但我讓她看到的，卻是我這個高級英國人道德上的破產。她要找的是未來的希望，但我找到的卻是一個已經結束了的歷史陳蹟。她要找的是門路，但她在我的身上所看到的，卻是一張寫著「已預定保留」的條子，所以，她只看了我一眼，就跑掉了。

我是為誰而被人「預留」的？到底是為了什麼偉大的日子或強烈情感，我要將我自己給「預留」起來？

他試著去想像她的身體。有那樣的一張臉，誰還需要什麼身體？

他喝了一口酒。她有勇氣，她有困難。他又喝了一口。卡蒂雅，如果這就是妳，那麼我就是為妳而被預先保留的。

如果。

他心裡在想，到底還有什麼方法可以多知道她一點的。除了老實以外，實在也沒有什麼方法了。曾經有過一段時間，一段已經是久遠到都已塵封的時間，他錯把智慧當作美麗，但是卡蒂雅的確是這麼聰明，這回把這兩種特質混淆在一起沒關係。曾經也有過另一段時期，老天啦！他錯把才德當作美麗；但是在卡蒂雅身上，他幾乎能夠見到一個十全十美的形像，好像是圖畫中那些頭上有著光環的聖人一樣。如果她現在突然探頭進來，告訴他說她剛才親手謀殺了她的孩子們，他也會立刻為她找出六種理由，告訴她罪不在她。

他又倒了一杯威士忌，意識裡模模糊糊地記起了安迪。

安迪．馬奎第是一名小喇叭手。現在正躺在醫院裡，他的頭被切開了。他的太太含糊地說是甲狀腺的毛病。當他們初次發現他有這毛病的時候，安迪不願接受手術。他寧願去做一次長泳，並且一去不復返，他說。因此他們就一起喝醉了，並且計劃好去卡布里島旅行，等到吃了最後一頓豐盛的餐點，喝了一加侖的紅酒之後，就下到那髒兮兮的地中海裡，預備就此晨泳不歸。但是，當他的甲狀腺毛病又犯了的時候，安迪想了一想，覺得他還是寧可苟活不願貿然一死，因此就轉而選擇接受手術。除了脊椎神經之外，他們把他的腦袋與身體分了家，就讓他靠著管子維生。所以，安迪還是活著，只不過他已經不再為任何事情而活，也不再為任何事情而死。他只是咒詛著為什麼當初沒有趁著還有時間，趕緊地去游泳，並且為他自己找出一個有意義，一個死亡所不能吞噬的意義。

打電話給安迪的太太，他想著。問她看看她的先生如何了。他看了看錶，計算著在安迪的太太真實或是非真實的世界裡，現在究竟幾點鐘了。他的手剛要拿起電話筒，又放了下來，因為他怕電話鈴會響。

他想起了他的女兒安西雅。安西雅真是一個好女兒。

他想起了他住在城裡的兒子海爾。對不起，我把家裡的事業都給敗光了，海爾。但是你還是有一點時間去挽回的。

他想起了在里斯本的那一棟公寓，以及那個哭得心都碎了的女孩子。他邊想就邊起疙瘩。不知那個女孩子現在究竟怎麼了。他又想到了其他的女人，但是他的罪惡感卻又不像平時那麼深，所以他也為此納悶著。他又想到了卡蒂雅。他的心裡非常清楚，他一直都是在想著她。

有人在敲門。她已經來找我了。她正穿著一件家常衣，衣服裡面則是全裸。巴雷，她小聲地說，你以後還會不會一直愛我？

她不會做這種事情的。她是既無前情，亦無續集的一個人。她不是屬於那種讓你豎起大姆指叫好的連續劇裡面的人物。

是維克婁，他的守護天使，正要檢查他所保護的人。

「進來吧！維克婁，要喝一杯嗎？」

維克婁抬起了他的眼簾，問巴雷她打過電話來了沒有？他穿著一件皮夾克，上面有幾滴雨。巴雷搖了搖頭。維克婁替他自己倒了杯礦泉水。

「他們今天推給我們的書，我已經看過了幾本，先生。」他說，「我想，你可能會把幾本非小說的書目加以更動。」

「維克婁，告訴我一些新消息吧！」巴雷友善地說著，一邊趁維克婁往椅子上坐下去的時候，在床上伸展他的四肢。

「嗯，他們給我們的書當中，我只想跟你談一種，那就是講飲食和運動的健康手冊。我想我們可以把它列入我們合作生產的對象之一。我不知道是不是可以與他們最好的一位插畫家簽約，並且藉此提升俄國人的影響力。」

「放手去做吧！天是沒有界限的。」

「嗯，我得先問一問尤里看看。」

「去問他吧！」

一段沉默時間。讓我們再排演一次吧！巴雷想道。

「噢，順便提一提，你問我為什麼有這麼多的俄國人都用『方便』這個字眼。」

「噢，是的。」巴雷說，這種事情恐怕是沒有人會問的吧！

「他們想到的字是俄文字『方便的』，但它同時也有『合適』的意思。因此，也就無怪乎有時候它會把人給搞混了。我的意思是說，它有時會讓你覺得是不方便，又有時候會讓你覺得是不合適。」

「的確是。」巴雷一邊啜飲他的威士忌，一邊想了很久才這麼說道。

之後，他一定是打盹了。因為他清楚的知道自己所做的下一件事情是：他一下子從床上坐起了身子，手拿起聽筒靠上耳朵，而維克婁站在他的身旁。這兒是蘇俄，因此她沒有道出她是誰。

「回心轉意了。」他說。

「我很抱歉這麼晚才打電話給你。我有沒有吵醒你？」

「妳當然有，妳隨時隨地都在打擾我。那一杯茶很夠分量，真希望可以維持得久一點。妳現在在哪？」

「我想你曾邀請我明晚吃晚飯。」

他伸手在找他的筆記本。維克婁把它遞給了他。

「中飯、午茶、晚飯，這三樣都請。」他說。「我要去哪裡接妳？」他振筆疾書，寫下了地址。「順便問一下，妳家的電話號碼多少，我想知道，以防萬一我迷路了，或妳迷路了。」於是，她也把自己家的電話號碼給了他；不過，是很不情願地給的。這麼做，違反了她的原則，但她還是給了。維克婁看著他把號碼寫了下來，然後乘著他們還在談話的時候輕聲離開了房間。

你永遠都不可能知道，巴雷又喝了一大口威士忌，藉此把心情給穩定下來。跟漂亮、聰慧、有才德的女人在一起，你永遠都不可能知道她們是在固守著什麼立場。她是針對我來的呢？還是我只是她眾多的仰慕者裡的一個呢？

突然，莫斯科帶給他的恐懼感，像暴風雨一樣地向他襲來。就在他最沒準備的時候，就在他已經費了一整天奮戰不懈之後它卻出乎意料地冒了上來，像雷一樣地擊打著他的耳鼓。當這種感覺好不容易過去之後，華爾特那難聽的聲音又再度在腦海中響起——「她真是跟他連絡的嗎？這些資料是她自己發明的嗎？她是否與別人有連絡，如果是的話，那又是誰？」

8

蘇俄司地下室的狀況室中，氣氛非常緊張，就好像是要對敵方發動一個持久性的夜間空襲一樣。奈德坐在他那張發號施令的桌子後面，面前擺著好幾具電話。一有電話響起，他就會拿起話筒，以簡潔的語調，一個一個音節地吐出話來。有兩位女助手輕輕地把電報散放在他的桌面，並且把「外送公文」盒給清理乾淨。兩個郵電局裡用的時鐘，一個指的是倫敦時間，另一個指的莫斯科時間，好像是雙胞月亮似地掛在房間牆上。在莫斯科，現在是午夜；在倫敦則是晚上九點鐘。他的工友為我打開房門時，奈德連頭也沒抬起來看我一眼。

我從來沒有像今天這樣，這麼早就得以脫身。整個早晨，我都花在財政部的律師事務所裡，下午又和從切爾滕納姆來的律師在一起。晚餐我負責協助招待一個從瑞典來的代表團，一直到他們整裝出發去赴一個已經排定了的音樂會為止。

華爾特和鮑伯彎著腰在看一幅莫斯科市的地圖。布拉克正用內線與密碼室通話。奈德正聚精會神地研究著一篇看起來似乎是很冗長的目錄。他揮手叫我坐在椅子上，並且推了一堆剛剛送來的通訊譯碼到我面前。這些東西從開頭就寫得很潦草。

九時五十四分：巴雷打到十月公司給卡蒂雅，打通了。他們已經約好二十時十五分在奧得薩旅館見面。待續。

十三時二十分：不定跟蹤者曾跟著卡蒂雅到××街的十四號。她遞了一封信到一處我們認為是空屋的房子裡去。照片會由包裹盡速寄到。待續。

二十時十八分：卡蒂雅已經到達奧得薩旅館。巴雷和卡蒂雅在餐廳裡談話。維克婁和一名不定跟蹤者正在觀察。待續。

二十一時五分：卡蒂雅離開奧得薩。他們談話的內容摘要隨後送到。錄音帶由包裹儘速寄到。待續。

二十二時正臨時報告：卡蒂雅已經答應今晚打電話給巴雷。待續。

二十二時五十分：卡蒂雅到了××醫院。維克婁與一名不定跟蹤者負責跟蹤。待續。

二十三時二十五分：卡蒂雅從一家醫院裡的一具已沒人使用的電話，接獲一通別人打給她的電話。她講了三分二十秒。待續。

整個通訊到此突然中斷了。

間諜的工作就是被拉往極端的常態。間諜的工作就是等待。

「克萊福今晚是否有生意可忙？」奈德問道，好像看到我就讓他想起了什麼似的。

我回答他，克萊福今天整晚都會在他的套房裡。他今天一整天都被關在美國使館中。他已經告訴過我，有事可以隨時打電話找他。

我有車子，所以我們就一起到了總部。

「你有沒有看過這一份鬼文件？」奈德柏拍膝上的檔案夾，問我道。

「那是什麼樣的鬼文件？」

「是『藍鳥』文件的分發表。上面記載著所有閱讀過藍鳥資料的人和他們的主管。」

我很謹慎地不讓自己涉入太深。奈德在行動作業中的壞脾氣是有名的。克萊福辦公室門上的那一盞燈是綠色的，意思是說：有種你就進來。

「這『必須告知名單』究竟是怎麼一回事，克萊福？」奈德一看到他，就一邊揮著那份分發表，一邊問著他。「我們給了蘭利一堆高度敏感、又找不出來源的文件。結果，一夜之間，他們就找了一大堆毫不相干的人來。我是說這到底是什麼，好萊塢嗎？我們已經派了一個人在那兒，而另外還有一個投誠的，他現在人在何處我們都不知道，而這個消息就已經傳遍了？」

克萊福在那一張金黃色的地毯上踱著步子。他有一種習慣，每次在跟奈德辯嘴時，他就會一下子全身像是紙牌一樣地轉了過來。

「所以你就認為藍鳥分發表上的閱讀名單太長了？」他的口氣，好像是一個手握證據的人。

「是的，你也理應有同樣的看法，羅素．薛里頓也該如此。那個五角大廈科學聯絡組是個什麼東西！還有那個白宮學術顧問團又曾在他們的國家裡搞過什麼玩意兒！」

「你希望我只挑高層人士，並且限制藍鳥只能給兩國之間的情報委員會看囉？只有大頭們可以過目，職員和助手都請避開，你要告訴我的是不是這個？」

「如果你認為我們可以覆水重收的話，是的。」克萊福假裝著在忖度此舉的得失，但我知道，奈德也知道，克萊福所考慮的根本就不是得失問題。他所考慮的，是誰贊同什麼事情，誰又不贊同，然後他再衡量一下該站在誰的一邊。

「第一，我剛才所講的這些高尚紳士裏，沒有一位有能力不藉著專家的指引，就能夠將藍鳥的所有資料給理出個頭緒來。」克萊福恢復了他不帶一絲火氣的聲音說著。「在這種情況下，我們若不要讓他們拿著這份資料在那兒蠻幹，就得允許他們把這些人給加進來，並且甘冒我們可能會付出的代價。至於防禦情報小組、他們的海軍、陸軍、空軍、白宮評估人員等，也都是一樣。」

「這是那個羅素・薛里頓講的，還是你講的？」奈德問道。

「我們怎麼能夠在把那麼一大堆複雜的資料給他們看的同時，卻要求他們不要徵召他們的科學小組來參與其事？」克萊福仍然堅持著他的觀點，並且乾淨俐落地就想把奈德的問題給敷衍而過。「如果藍鳥所講的是真的，那麼，他們就需要盡他們所能的去幫助了。」

「如果！」奈德回嘴道，口氣裡面帶著惱怒。「如果藍鳥所講的是真的，我的天哪！克萊福啊！你比他們更差勁。你要知道，有二百四十個人在那張表上，他們每一個人都有太太、有一個情婦和十五個最要好的朋友。」

「第二，」就在我們都已經忘了還有個第一的時候，克萊福繼續說道：「這不是我們的情報機構所能處理的事情；要處理，也得靠蘭利的。」他在奈德還沒來得及插嘴進來的時候，就把頭一轉，朝著我說了下去。「帕爾弗萊，你說我說的話有沒有道理？我們和美國人所訂定的合約裡，是不是有規定我們得把所有的戰略資料先給蘭利過目？」

「在戰略的資料上，我們是得完全的依賴蘭利的，」我承認的確是有這麼回事。「他給我們他們想要我們知道的資料，而相對的，我們得把我們所發現的一切讓他們知道。這種事情不會有太多次，但條約上就是這麼規定的。」

克萊福細心聽完，並且表示我說的沒錯。他在冷漠中帶著一種異乎尋常的野蠻，讓我覺得奇怪。如果他還有良心，我也要說他的良心不會太好過。他這一整天都在美國大使館中幹些什麼？他究竟拿了些什麼東西給什麼人？為什麼要給他們？

「在我們這個單位裡，很多人都誤解了一點，」克萊福又繼續說道。這一次，他是直接對著奈德說。「他們以為我們和美國人是在同一條船上。其實不然，特別是在談到戰略的時候，我們和他們並不是在同一條船上。在我們國內，還沒有任何一個戰略分析家能夠和美國的戰略分析家相提並論的。我們是一條小船，一條毫不起眼的小船，而他們是伊利莎白女王號。我們沒有資格告訴他們該如何駕駛他們的船。」

就當我們正被克萊福振振有辭的說法給震懾住的時候，他的熱線電話響了。他迫不及待地跑去接它，因為他總是喜歡在他的下屬面前接聽他的熱線電話。不過，他的運氣不好，是布拉克打來找奈德的。

卡蒂雅剛才打電話到奧得薩給巴雷，他們已經同意晚上會面，布拉克說。莫斯科的情報站要求奈德立即同意他們對這次會面所提的行動建議。奈德立刻就離開了。

「你跟那些美國人都在搞些什麼？」我問克萊福道，但他懶得回答我。

第二天，我整天都在跟那些瑞典人窮聊。蘇俄司裡，恐怕很難再達到比現在更生氣蓬勃的時候了。間諜的工作就是要等待。約在四點的時候，我溜回房間，並且打了一通電話給漢娜。這種事情我偶爾為之。四點鐘的時候，她已經從兼職的癌症研究所回來了，而她的丈夫從來沒有在七點以前回家過。她告訴我她這一天是怎麼過的。我根本沒心在聽。我告訴她我兒子亞倫的一些事情：他現在正在伯明罕和一位護士打得火熱。那位護士是一位好女孩，但配不上亞倫。

「我待會兒再打給你。」她說。

她有時會這麼說，但她從來沒有打過。

巴雷走在卡蒂雅的身邊。他可以聽到她的腳步聲，就像是緊跟在他自己腳步後的回聲一樣。在充滿狄更斯風味的莫斯科，那些牆壁片片剝落的大廈浸浴在死氣沉沉的灰暗燈光中。第一棟大樓的中庭光線昏暗，第二棟大樓則是完全漆黑一片。垃圾堆裡，幾隻貓正瞪著他們。兩個留著長髮，看模樣可能是學生的男孩正隔著一排包裝箱在打鋼球。另有一個男孩斜靠在牆壁上。他們的面前有一道門，上面被人信手塗鴉地塗了一些書和一輪新月。「注意看紅色的標記。」維克婁已經告訴他了。她的臉色蒼白；他心想，也許他自己的臉色也跟她一樣蒼白，因為如果他的不是，那可真是個活生生的奇蹟了。有些凡人是不可能變成英雄的，而有些英雄也不可能倒著回去變作凡人。他想著想著，心裡頭不由得覺得康拉德這句話說得實在有道理。而巴雷・布萊爾呢？也不可能成為英雄的。他抓住了那個門把，用力地拉了一下。她在後面與他保持著一段距離。她的頭上戴著一條頭巾，身上穿著雨衣。門把是轉了，但門還是文風不動。他用兩手推了一推，不動。他又使出更大的勁兒。打網球的那幾個男孩用俄語對他嚷嚷起來。他立時停了下來，覺得背後好像有火在燒著。

「他們說也許你應該用踢的看看。」卡蒂雅說著，他往後看了看她，令他非常驚訝的是，她居然是笑著說話。

「如果妳現在能笑，」他說，「那麼妳快樂的時候又會有多麼美麗？」

但是他多半是說給自己聽的，因為她並沒有回答。他踢了踢那扇門，它終於降服了，吱吱嘎嘎地開了。那幾個男孩笑了起來，又回頭打他們的網球去了。他踏進了黑暗之中，她跟在後面。他按了一個開關，但是燈沒亮。門砰然一聲關了起來，他摸著黑找門把，但卻找不著。這一下子，他們真的是站在一片漆黑之中。撲鼻而來的，盡是貓、蒜頭以及炒菜油的味道。除此以外，他們還可以聽到一些別人家裡的音樂聲和爭吵聲。他劃了根火柴棒，眼前出現了三級樓階、半部腳踏車，然後就是一個入口，通到一個髒兮兮的升降機。然後，他的手指就被燒到頭的火柴棒給燒著了。維克婁已經說過：你上到四樓；注意看紅色的標記。我在這種黑漆漆的鬼地方怎能看得見什麼紅色的標記！上帝答覆了他的問題——樓上亮有一盞微弱的燈光。

「我們到底在什麼地方？」她禮貌地問了一句。

「這是我一個朋友住的地方，」他說，「他是個畫家。」

他推開了那扇升降機的門，又推開了那個鐵柵欄。還沒等他說「請」，她已經越過他，站在升降機上，向上望著，等著它向上爬升。

「他離開這兒幾天。這是一個可以談話的地方。」他說。

他又注意到她的睫毛和眼中的濕氣。他想要安慰她，但她並沒有他所想像的那麼悲傷。

「他是個畫家。」他又說了一遍，好像這麼說就會使一個朋友變成合法的一樣。

「是官方的畫家嗎？」

「不，我想不是，我不知道。」

維克隻為什麼沒告訴他那位畫家是個什麼樣子的精采人物？

就在他要伸手按那個按鈕時，一個戴著玳瑁眼鏡的女孩手裡抱了一個塑膠熊在他們身後跳了上來。她說了一句問候辭，卡蒂雅的臉上現出了光彩，也對她說了一句相同的話。升降機不住顫抖地往上爬升，那個按鈕在經過每一層樓的時候都會像玩具槍一樣的跳起。到了三樓時，那個女孩很有禮貌地說了一聲再見，而巴雷和卡蒂雅也同聲向地道了再見。到了第四層樓，升降機猛然一下停住了，就好像它是碰到天花板一樣，或許它果真是的。他扶她出了升降機，並且尾隨她跳了出來。在他們眼前的是一個通道，通道裡面充滿了嬰孩身上的乳臭味，也許那兒有一大堆嬰孩吧！就在那個通道的盡頭，看上去似乎是一面空白的牆上，一個紅色的箭頭指示著他們左轉。他們順著一個木製樓梯向上攀登。在最後一級樓階上，維克隻像一個小妖精似地蹲在那兒，藉助於一盞機械工用的照明燈，正在讀著一本厚厚的書。巴雷和卡蒂雅經過他上樓的時候，他頭連抬也沒抬起來一下，但是巴雷注意到卡蒂雅一直都在瞪著他看。

「怎麼啦？看到鬼啦？」他問她道。

她聽得到他說的話嗎？他又聽得到他自己說的話嗎？他曾經講過話嗎？他們現在到了一間長形的閣樓上。從瓦片之間的裂縫可以望到天空，屋簷上抹滿了蝙蝠的排泄物。鷹架工人所用的板子橫放在托樑上。巴雷抓住她的手。她的手掌寬而有力，又乾燥。這隻手交到他手上，彷彿也把她的生命全都託付給他。

他小心翼翼地前進著，鼻中聞到了松節油和亞麻仁油的味道，耳中也聽到屋外的風拍打著房子的聲音。他走在兩個水槽之間，看到了一個像實物般大小的紙製海鷗，兩個翅膀張開，懸掛在一根橫樑上，繞著線在旋轉。他把她拉向身後。越過海鷗的後方，掛有一塊條紋狀的簾布，綁在一根橫桿上。如果沒有海鷗，就沒有聚會，維克婁已經說過。沒有海鷗就意味著流會。那是我的墓誌銘，巴雷想。「沒有海鷗，他就不用開會了。」他把簾布扯向一邊，進入了一間畫家的畫室，並且再一次把她拉向身後。在那間畫室的中間，立著一個畫架及一個給模特兒坐的箱子。那是這位畫家以前所用過的設備，維克婁已經說過。一個八成是那位畫家自己做的天窗嵌進了屋頂。窗框上塗了紅色的記號。俄國人是不信任牆壁的，維克婁已經解釋過了，所以她最好是在屋子外頭說話。

那一扇天窗打開了，嚇走了一群鴿子和麻雀。他點頭示意，要她先爬上去。他注意到她在彎腰時那修長身軀流暢的動作。他隨著她攀登了上去，一邊揉著他的背脊，口中一邊咒著三字經。他們站在屋頂的一個骨槽兩測的山型牆之間，那個骨槽的寬度僅僅夠他們立足。雖然眼睛看不到底下街道上往來的車子，但是腳底下卻可以感受得到隱隱傳過來的震動。她面對著他，而且跟他靠得很近。就讓我們待在這兒別走了，他的心裡這樣想著，妳的眼睛，我，還有天空。他又在揉搓他的背，緊閉雙眼以抵抗疼痛。

「你受傷了？」

「沒什麼，只是我的脊骨曾傷到過。」

「蹲在樓梯上的那個人是誰？」她說。

「他是為我工作的。他是我的編輯。在我們談話的時候，他負責把風。」

「他昨晚在醫院裡。」

「什麼醫院？」

「昨晚，在和你談完話之後，我必須趕到一個醫院去。」

「妳生病了嗎？不然妳為什麼去醫院？」巴雷停止了揉背，問道。

「那不重要。他在那兒。他看起來手臂斷了。」

「他不可能在那兒的。」巴雷說，其實連他自己都不相信他自己的話。「他在妳走之後，整晚都和我在一起。我們討論俄文書。」

他看到她臉上的疑慮消褪了。「我當時一定累了，你得原諒我。」

「讓我現在告訴妳我已經做了什麼樣的安排，如果妳認為不好，可以告訴我。我們先談話，談完了我就帶妳去吃晚餐。如果那些人民的監護人昨晚竊聽到我們的電話，那麼他們就一定已經預知我們會去吃晚餐。這個畫室是我一個畫家朋友的。他是一個爵士樂迷，就像我一樣。我沒法告訴妳他的名字，因為我已經記不清楚了，也許我從來也沒有知道過。我曾經想我們可以帶一瓶酒給他，看看他畫的畫，但是他不在。我們待會兒一起去吃晚餐，談談文學和世界的和平。雖然我的名譽不怎麼好，但我沒敢追求妳，我被妳的美麗給震懾住了。這樣安排，妳可滿意？」

「很方便。」

他蹲了下來，拿出他為自己預備的半瓶威士忌，並且旋開了瓶蓋。「妳喝這玩意兒嗎？」

「不喝。」

「我也不喝。」他希望她會蹲在他的旁邊，但是她還是站著。他倒了一小杯酒在蓋子裡，然後把酒瓶放在他的腳邊。

「他的名字叫什麼？」他說。「我是指那位作者。歌德。他是什麼人？」

「那並不重要。」

「他的單位是什麼？公司？他的郵政信箱號碼？他的職務？他的實驗室？他在哪兒工作？我沒有時間跟妳在這兒瞎扯。」

「我不知道。」

「他都住在什麼地方？妳也不會告訴我這個的，是嗎？」

「他在許多地方待過。要看他在何處工作而定。」

「妳是如何和他碰面的？」

「我不知道！我不知道我該告訴你些什麼。」

「他要妳告訴我些什麼？」

她支支吾吾地說著，就好像是被他抓住了把柄一樣。她蹙著眉頭。「只要有需要，我都會告訴你，我應該信任你的。他是個寬宏大量的人，這是他的個性。」

「這麼說來，是什麼讓妳欲言又止？」沒有回答。「妳想找到這兒來是為了什麼？」沒有回答。「妳認為我喜歡在莫斯科玩官兵捉強盜的遊戲嗎？」

「我不知道。」

「妳如果不信任我，為什麼要送那些資料給我？」

「是為了他，我才送那些資料的。並不是我選定你的，是他。」她情緒激動地回答著。

「他人現在在何處？在醫院裡？妳如何與他聯絡的？」他抬頭看了看她，等著她回答。「妳為什麼不乾脆說出來，看一看會有什麼結果？」他對她建議道。「他是誰，妳又是誰？他是靠什麼營生的？」

「我不知道。」

「在那犯罪的夜晚，凌晨三點鐘的時候，那位在陽台上的人又是誰？」又沒有回答。「告訴我為什麼妳要把我拖來，淌這趟渾水？是妳先發動的，不是我。卡蒂雅？是我，我是巴雷．布萊爾。我會開玩笑，我會學鳥叫，我會喝酒，但我也是個朋友。」

他喜歡看她瞪著他的時候，那種一言不發的樣子。他喜歡看她用眼睛來「聽」他說話的神情，和她每次講話的時候，那種恢復了的友伴之情。

「從來沒有什麼人犯過罪，」她說。「他是我的朋友。他的名字和職業是什麼並不重要。」

巴雷一邊想著這句話，一邊啜了一口酒。「所以，妳平常就是這麼為妳的朋友服務的？替他們把違法的手稿偷偷地送到西方去？」她除了會用眼睛「聽」以外，還會用眼睛「想」，他想。「他有否跟妳提過他的手稿裡都在談些什麼東西？」

「當然，他絕不會沒經我的同意，就讓我處於危險之地的。」

他察覺到她語氣中的保護色，他憎惡這種保護色。「他告訴過妳那裡面是些什麼？」

「那本手稿裡敘述我國多年以來，都在預備著種種可以大量屠殺人類的惡毒武器。它畫出了一幅在我國國防工業中各層各面貪污和腐化的圖畫。它也說出了管理上的種種弊病和道德上的缺失。」

「這是很籠統的。除了這些，妳還知道些更詳細的細節嗎？」

「我對於軍事事務並不熟悉。」

「這麼說，他是軍人囉？」

「不是。」

「那麼，他是做什麼的呢？」

又是一陣沉默。

「但是妳贊同他這麼做，把那些東西傳遞到西方去，是嗎？」

「他不是要把它傳遞到西方去或傳遞到任何政權去。他尊敬英國，但這也不重要。他的所做所為都是要讓不同國家的科學家們彼此坦誠對待。這對消滅武器競賽有所助益。」她仍然防著他。她平淡地把這些話全給說了出來，就好像她已把這段台辭背得滾瓜爛熟了。「他相信，所剩的時間已經不多。我們應該消除科學的濫用以及應該對此負責的政權。他講哲理的時候，是用英文講的。」她又加上這麼一句。

而妳現在正在聽我講，他想。用妳的眼睛聽，聽英語。在妳心中還在想著是不是應該信任我的時候。

「他是不是科學家？」他問道。

「是的。他是科學家。」

「不管什麼科學家，我一概都不喜歡。他搞的是那一門的科學？是搞物理的嗎？」

「也許吧！我不知道。」

「他的情報來自各方面，精密度、瞄準點、指揮與管制、火箭發動器。他是單單一個人嗎？是誰給他那些資料的？他又如何能知道這麼多？」

「我不知道。他是一個人，這是很顯然的。我的朋友也並不多。他不屬於一個集團。也許他也監督其他人的工作。我不知道。」

「他是高高在上的嗎？是大主管？他是在莫斯科工作嗎？是在總部工作的嗎？他幹的到底是什麼差使？」

她對每一個問題都搖了搖頭。「他不在莫斯科工作。我也不曾問他，而他是從來不告訴我的。」

「他測試過任何東西嗎？」

「我不知道。他到過很多地方。全蘇俄他都去過。有時他在烈日底下工作，有時他在風雪酷寒之中工作，有時他既曬太陽，又挨凍。我不知道。」

「他有沒有向妳說過他在哪個單位工作？」

「沒有。」

「他的郵政信箱號碼？他的上司名字？他同事或下屬的名字？」

「他從來都不跟我說這些事情的。」

但他相信她。當他跟她在一起的時候，他會相信南就是北，他也會相信小孩子是由一種南美洲的樹上長出來的。

她看著他，等著他問下一個問題。

「他明白出版這些東西會有什麼樣的後果嗎？」他問道。「我的意思是，對他來講？他知不知道，他在玩的東西有多麼危險？」

「他說，有的時候我們必須先行動，並且只有當後果發生的時候才能考慮到後果。」她似乎是在期盼著他講一些話。但他已經知道了要慢慢地來。「如果我們清楚地看見了一個目標，我們可以向前走一步。如果我們一次就想要達成所有的目標，就什麼目標也別想達到。」

「那麼妳呢？他有沒有想過一旦這些東西曝光之後，妳會遭遇什麼樣的後果？」

「他都想過了。」

「那妳呢？」

「自然。這也是我的決定。不然的話我為什麼會支持他呢？」

「那麼，孩子們呢？」

「這麼做是為了他們以及他們那一代好。」她說話的時候，語氣中帶著堅定的決心和些微的惱怒。

「還有，對於你們的祖國蘇俄呢？」

「我們認為寧可讓蘇俄滅亡，也比讓全人類滅亡要好的多。最大的負擔是過去。所有的國家都是如此，不單單是蘇俄。我們把自己視為是消滅過去的人。他說如果我們不能消滅我們的過去，又如何能夠建造我們的未來呢？除非我們已經把舊有的想法都給清除乾淨了，我們是無法建造一個新世界的。為了要表達真理，我們也必須要準備做反對的使徒。他這段話是引自屠格涅夫的話。一個虛無主義者就是不會把任何事視為理所當然，不管那種原則是多麼地受人尊敬！」

「那麼妳呢？」

「我不是虛無主義者。我追求的是人道主義。如果我們受命要為將來扮演某種角色，我們就應該要扮演。」

他在她的聲音裡搜尋，想要看看是否能夠找到任何可疑的線索，但是他失敗了。她表現在語氣中的是完全的自信。

「他談這種論調有多久了？一直都在講嗎？還是最近才開始這麼說呢？」

「他一直都在追求理想，這是他的本性。他永遠都是極端的喜歡批評，但他所做的都是建設性的批評。有一度他甚至相信那種滅絕人類的武器已經厲害到足以消滅戰爭的地步。他相信這些武器可以在軍事當權派心中產生一種改變。他被那種似是而非的理論所折服，認為最厲害的武器中也藏有最大的能量，能夠促使和平的實現。在這一方面，他極端熱衷於美國的戰略理論。」

她開始對他發動攻勢了。他可以感覺得到，在她的心裡有一種迫切的需要。她現在甦醒了，並且向他咄咄逼進。在莫斯科的天空底下，她，經歷過太多的寂寞和剝奪，此時把她所有的不信任都一股腦兒地拋開。

「那麼，又是什麼讓他改變了？」

「他親眼目睹我們軍事和官僚體系的顢頇和無能，已經有好多年了。他曾經看著這成為我們進步的絆腳石。這是他的說法。他受到重建政策運動和世界和平展望的激勵，但他也不是烏托邦的信徒，也不是消極派。他知道沒有任何事會無中生有。他知道我們的人民受到矇騙，沒有團結的能力。新的革命必須要由在高位者發動，由知識分子來發動，由藝術家發動，由為政者來發動，由科學家來發動。他希望能遵循著我們領導階層的教訓，貢獻出他一己百折不撓的力量。他常引一句蘇俄的名言：『如果冰層很薄，你就得走快一些。』他說我們活在一個我們早已經不再需要的時代已經太久了。只有當這個時代結束時，進步才有可能實現。」

「而妳也同意他的說法了？」

「是的，並且，你也同意，不是嗎？」她的眼中充滿了熱火。她的英語實在講得太好了，是在修道院裏學的，從古典文學裡學到的。「他說他聽到你用類似的話批評過你的國家！」

「他在生活的一些小節上有沒有什麼特別注重的地方？」巴雷問她。「我的意思是說：他喜歡看電影嗎？他喜歡開什麼樣的車子？」

她把頭轉了開去，他只能對著那空曠的天空，看著他的側臉。他又喝了一口酒。「你說過他可能是個物理學家。」他提醒她。

「他可能是受過訓練的物理學家。我相信他一定也精通工程方面。就他所從事的工作範圍裏，要劃分出其中的差別是很難的。」

「他是在哪兒受訓練的？」

「他在學校的時候就已經被人視為神童。十四歲的時候，他榮獲了數學奧林匹克獎。他的成就被登在列寧格勒的報紙上。他去了里特莫，後來在大學裏做博士後研究。他是一個天才橫溢的人。」

「我在做學生的時候，最討厭的就是這種人。」巴雷說，但是，他也驚覺到她在皺眉頭了。

「但你並不討厭歌德，相反的，你還激發他的靈感。他經常引他的朋友史考特．布萊爾的話：『如果出賣國家就會有希望的話，我們都應該出賣我們的國家。』你確曾說過這話嗎？」

「里特莫是什麼？」

「里特莫是列寧格勒機械和光學研究所。他從大學開始，就被送到新西伯利亞，在那兒的科技城——阿卡得格羅多克研讀。他通過科學博士的甄試資格，取得科學博士頭銜。他真是無所不能。」

他本來想逼她講出他到底是無所不能些什麼東西，但是又怕逼她過甚，於是他轉了個話題，讓她說說她自己的事。「那麼，妳又是如何與他扯上關係的？」

「當我還是個孩子的時候。」

「當時妳幾歲呢？」

他覺察得出來，她又沉默了下來。然後，她又突然醒轉了過來，好像提醒了自己目前的狀況是安全的，或者，自己所處的情況是非常的不安全，而做不做更進一步的妥協已經沒有任何差別了。

「我在十六歲的時候就很聰明。」她說著，臉上綻放出濃濃的笑意。

「當時那位神童幾歲？」

「三十歲。」

「我們現在所談的事是發生在哪一年？」

「一九六八年。他心中仍對和平存有理想。他說他們絕不會派遣坦克進攻捷克的。他說：『捷克是我們的朋友，就像塞爾維亞人和保加利亞人一樣。如果是華沙的話，他們也許就會派遣坦克進去了。但我們絕對不會派兵攻捷克的，絕不會的。』」

她已經完全地背對著他。在她身上集結了太多女人的特點。她背對著他，朝著天空說話，不過她還是把他拉進她的生命裡來，並且把他當作心腹知交。

當時是八月，在列寧格勒，她說。她那時十六歲，是做學生的最後一年，攻讀法文和德文。她是學校的校花。她崇尚和平與那種最不切實際的革命方式。她那時已經是個準女人，自認為已經成熟了。她談到她自己時，語氣中都帶著譏諷。她那時已經讀過一些心理、哲學著作如：弗洛姆、奧爾特加·加塞特和卡夫卡的著作，她也看過電影《奇愛博士》。她認為沙卡洛夫的想法是對的，但方法不對。她很關心蘇俄的猶太人，但是她對他們的看法和她的父親是一樣的，認為他們的麻煩都是自找的。她的父親是在學校裡教人文學的教授，而她所上的學校又都是為列寧格勒權貴子弟所預備的學校。那時是一九六八年的八月，但卡蒂雅以及她的朋友還能夠對政治有所期待。巴雷努力地回憶，想想他自己有否曾經生活對政治的期望之中，但最後認為那是不太可能的事。她不停地講，就好像沒有任何事情能夠再阻止她說下去。他希望能夠再次地握住她那隻他在上樓梯時曾經握過的手。他更希望他能夠擁抱著她，最好可以托住她的臉，並且以親吻來代替聽她講情史。

「我們相信東方和西方正在拉近彼此的距離，」她說。「當美國學生示威反對打越戰，我們為他們驕傲，並且把他們視為是我們的同志。當巴黎的學生掀起暴動時，我們真希望我們能和他們併肩站在拒馬旁邊，身上穿著他們法國學生的制服。」

她再度轉過身子，越過肩膀朝他笑了一笑。一輪彎彎的明月出現在她左側的天空中，巴雷的心裡突然產生了一些模糊的感覺，覺得這種景象好似預示了某種惡運徵兆。有一群海鷗停在對街的一棟房屋頂上。我永遠都不會離開妳，他想。

「在我們家的大雜院裡有一個人一連失蹤了九年，」她說。「有一天早晨，他回來了，假裝他從來就沒有離開過。我父親邀請他來吃晚餐，並且整晚放音樂給他聽。就我懂事以來，我從來沒有遇過任何一位像他這樣活生生地遭受壓迫的人，所以我很自然地就希望他能講一些集中營裡的恐怖故事給我聽。但是他想要做的只是聽蕭斯塔科維奇的音樂。在那時候，我並不了解有些人所受的苦是言語所不能形容的。我們聽到捷克又發生了更激烈的改革。我們相信這些改革不久之後就會降臨到蘇聯，以後我們就會有硬幣可用，並且也可以自由地去旅行了。」

「妳的母親在哪兒?」

「她死了。」

「她是如何死的?」

「她死於肺炎。她在生我的時候就已經病了。在八月二十日科學家俱樂部裡，有一場不對外開放的高達電影放映會。」她聲音變得激昂了起來。「請帖上請的是兩個人。我父親知道那部電影似乎不太高尚之後，就不願帶我去。但我堅持要去。最後他因為我可以趁機學學法文，所以就讓我陪伴他去。你知道那個在列寧格勒的科學家俱樂部嗎?」

「我不能說我知道。」他邊說邊往後面靠。

「你看過『斷了氣』這部片子嗎?」

「我還主演了呢!」他說，她在他啜飲著威士忌的時候笑了開來。

「那麼你就應該記得那是一部非常緊湊的電影。是不是?」

「是的。」

「那部電影是我看過的電影中最具震撼性的一部。大家都被深深吸引住了。不過對我來說，那就像雷劈一樣。那個科學家俱樂部是在尼瓦河的堤防旁邊，有著古老的光榮歷史:裡面有大理石階和非常低的沙發，穿著緊身的裙子坐在上面很不舒服。」她又回到原先側身對著他的姿勢，頭向前傾著。「有一個美麗的花園和一個像回教寺院的房間，裡面掛著重重簾幕和厚厚的地毯。我父親非常鍾愛我，也非常關懷我，而且對我也非常的嚴格。當電影完畢之後，我們到了一間有木頭鑲板的餐廳。我們坐在一張長桌旁邊，我就在那兒遇到了葉可夫。我父親替我們介紹。『這裡有一位從物理世界新來的天才。』他說。我父親有時對年輕人說話會話中帶刺。葉可夫是個非常英俊的人。我曾經聽聞過一些有關他的事，但是沒有人告訴過我他看起來是多麼的脆弱，脆弱得像個藝術家，而不像是科學家。我問他當時在做什麼，他說他回到列寧格勒來，是要恢復他的純真。我笑了笑。當時才十六歲的我，給了他一個很深的印象。我對他說我覺得很奇怪，一個屬於大家的科學家居然還需要尋求純真。他對我解釋道，說他在阿卡得格羅多克曾經因在某一方面展現了過人的才華，而使得他被軍方所看中。在物理學上，和平與軍事用途的研究工作有時是沒有什麼分界可言的。現在他們什麼都願意提供給他，包括特權、金錢，以供他做研究工作。但是他仍舊拒絕他們，因為他希望保存他的精力用在和平研究上。這種態度惹火了他們，因為他們一向都是徵召科學家中的精英分子為他們工作，而且從來沒有人敢拒不從命。因此他又回到了他的老學校，為的就是要回復到他的純真。他原先想研究理論物理，並且尋找有力的人士贊助他，但他的態度讓他們不情願幫他的忙。他無法獲准再住在列寧格勒。他暢所欲言：我們的科學家是可以暢所欲言的。他也對格羅多克充滿了熱情。他也談在那時頗受人矚目的一些外國人，還有一些從史丹福大學及麻省理工學院畢業、很有才氣的美國人，還提及英國人。他對我們描述了當時在莫斯科被禁止展出，但是在格羅多克卻獲准的一些畫家。我到現在還記得他那一席話，充滿了生氣，我們毫無拘束地交換著意見，而且，我相信他和我也互相仰慕著。『除了蘇俄以外，什麼國家會讓著名的指揮家里希特和羅斯托波維奇來特別為科學家們演奏，讓奧庫茲哈娃來演唱，讓沃茲涅先斯基來朗誦他的詩？這個世界是一個我們這些科學家必須為他人貢獻心力的世界！』他開著玩笑，而我笑得就像一個成熟的女人。那一段時間裡，他非常機智，也非常脆弱，和今天的他沒什麼兩樣。在他身上，有一部分是拒絕長大的。這一部分是他藝術家的一面，也是他身為完美主義者的一面。他在那時已經對當局的無能口誅筆伐了。他說格羅多克的超級市場上有這麼多的蛋和香腸，顧客們卻一窩蜂地從新西伯利亞傾巢而出，在早上十點的時候，就把架子上的貨品全都搶購一空了。為什麼不讓那些蛋巡迴叫賣，而非得讓人老遠去買呢？果真能這麼做，不就會好多了嗎？他說，那個地方沒有人收垃圾，而且電力老是中斷。有時垃圾在街上堆得有人的膝蓋那麼高，而他們卻稱這種鬼地方為科學的天堂！我聽了他的話之後，發表了另一個早熟的意見：『那就是天堂裡最傷腦筋的問題，』我說，『天裡是沒有人會去收垃圾的。』這句話逗得大家都開懷大笑，我那時就出盡了風頭。他描述一位上了年紀的守衛努力地想要理解這些新來者腦子裡的想法，結果卻搖著頭走開，像是第一次看到曳引機的農夫一樣。沒鋼係，他說，我們會愈來愈進步的。他說那一輛被史達林給推翻的革命裝甲列車最後還不是照常行駛，它的下一站一定是火星。就在這時候，我父親語帶譏刺地插了進來。他覺得葉可夫太呱噪了。他說：『可是，葉可夫．葉佛瑞莫維奇啊！火星不就是象徵戰神嗎？』葉可夫聽他這麼一說，立刻就變得深沉了。我那時從未想到一個人會轉變得這麼快，前一分鐘還表現得趾高氣昂，下一分鐘就變得垂頭喪氣了。我責怪父親，對他很是生氣。葉可夫努力想振作，但父親已經讓他絕望了。」

「葉可夫有沒有跟你談到他的父親？」

她跨坐在屋頂上，前腳頂著斜著的屋瓦，她的長腿在她身前伸展開來，衣服緊緊地裹在上面。她身後的天空變得更加深沉了，月亮和星星爬得老高。

「他告訴我他的父親死於太過聰明。」巴雷解釋道。

「他參加集中營裡的一場暴亂。他是絕望了。葉可夫在他父親死後好幾年才知道這件事。某天有一位老者去葉可夫家中，說他槍殺了他的父親。他曾經在那一個集中營裡擔任過警衛，他受命執行槍斃的任務。有幾十個死刑犯就這麼地在靠近佛庫塔鐵路終站的附近被機關槍掃射而死。葉可夫那時才十四歲，但他還是寬恕了這位老者，並給了他一些伏特加酒。」

我做不到，巴雷心想。我可沒有這麼大的度量。

「他父親是在哪一年被射殺的？」他問道。要做一隻倉鼠，這是現在唯一你適合做的事。

「我想那是在一九五二年的春天吧！由於葉可夫一直都不肯講話了，在座的人就開始你一嘴我一句地談論起捷克的局勢。」她繼續用那完美的古典英語說道。「有些人說執政的那一幫人會派遣坦克去鎮壓，我父親非常相信這一點。又有些人說他們若是如此做，也無可厚非。我父親說無論此舉有無引人非議之處，他們都會這麼幹的。只要他們高興，赤色沙皇是什麼都做得出來的，就像白色沙皇一樣。我們的政權一定會贏，因為這個政權從未輸過，因此，這個政權就是我們的咒詛。這是我父親的斷語，後來變成葉可夫的。但是葉可夫當時仍然寧願相信革命。他希望他自己死的時候能夠死得值得。他當時專心地聽我父親講話，但他後來又變得激進起來。『他們是不可能派遣坦克進攻捷克的！』他說。『革命萬歲！』他用拳頭猛捶著桌子。你見過他的手嗎？就像鋼琴家的手。他一直在喝酒，而我父親也是，他變得很生氣。父親希望別人不要打擾到他，讓他獨自悲觀。他是一個傑出的人文學家，不喜歡被一位在他眼中傲慢無禮的年輕科學家所頂撞。也許，我父親是嫉妒他，因為在他們兩人發生爭吵時。我已徹底地愛上了葉可夫。」

巴雷又啜飲了一口威士忌。

「你不覺得很震驚嗎？」她憤慨地說著，但笑容又回到了他的臉上。「一位十六歲的女孩子會愛上一位三十歲經驗老到的男人？」

巴雷並不覺得有什麼好講的，但是她似乎是需要他的印證。「我沒什麼話可說，但大致上，我覺得你們兩人都很幸運。」他說。

「酒會結束時，我向父親要了三個盧布，要和我的友伴到塞佛咖啡店去吃冰淇淋。在那一次的招待會中，有好幾位學術界名人的女兒也參加了，其中有些是我學校的同志。我們成了一個小團體，我邀請葉可夫加入我們。就在我帶他過來的途中，我問他住在何處。他告訴我他現住在波普夫教授街。他問我『波普夫是誰？』我笑了。大家都知道波普夫是誰，我說。波普夫是一位偉大的蘇俄發明家。他發明收音機。我告訴他，遠在馬可尼發射電波以前，他早就把電波發射出去了。葉可夫並不太清楚。『也許波普夫這個人根本不存在，』他答道。『也許是共產黨發明了這個人，為的就是要拿首先發明某某東西的這件事來滿足蘇俄人的幻想。』從這件事上，我知道他仍在為了不知他們將怎樣對付捷克而掙扎著。」

巴雷實在不覺得她講的有什麼精采之處，但還是聰明地點了點頭。

「我問他是住在公家宿舍，還是單獨搬出來住?他說他與一位在列寧格勒機械和光學研究所的朋友在外合租一間房子，這位朋友是在特別的夜間實驗所工作，所以他們很少會碰得著面。我說：『那麼帶我去你住的地方看一看。我希望知道你住得舒不舒服。』他是我的初戀情人。」她簡單明瞭地說。「他極端脆弱，就像我所預料的一樣，但他也極為熱情。」

「好！」巴雷說，他的聲音非常輕，所以，或許她沒有聽到。

「我和他在一起共逗留了三個小時，最後乘坐最末班地下鐵回家。父親一直在等我，當我對他說話時，變得就像是一個陌生人到他家去拜訪一樣。那一晚我沒睡。第二天我聽到英國國家廣播電台的新聞廣播，知道坦克一如父親所料，已經進入布拉格了，而父親還是感到很失望。但我所關心的不是父親。我那天沒去上學，而跑去看葉可夫。他的室友告訴我說可能在『西貢』可以找著他。『西貢』是在涅夫斯基普羅斯別克的一處自助餐館，是詩人、賣藥的小販們以及投機客聚集的地方，不是教授的女兒們所會去的地方。我到那兒的時候，他在喝咖啡，但他也已經喝醉了。他自從聽到這個消息之後就一直在喝酒。『妳父親是對的，這個政權總是會贏的。』他說。『我們是以自由之名，行壓迫之實。』三個月之後，他回到了新西伯利亞。他心中非常苦，但他還是回去了。『這是在潦倒而死，抑或是妥協而亡之間作一抉擇。』他說。『由於不管怎麼選擇結果都是死，那麼我們不如就選擇比較舒服的方式。』」

「那妳覺得怎麼樣呢？」巴雷問道。

「我很以他為恥。我告訴他他是我的偶像，但現在他令我太失望了。我一直在讀斯湯達爾的小說，所以我對他說話的口氣就像個了不起的法國女主角。不過，我相信他已經做了一個不正當的決定。他已經是一個言行不符的人了。我告訴他，在蘇俄，許多人也都是像他這樣。我告訴他除非他改正他不正當的選擇，否則我永遠也不要再和他講話。我提醒他要像我們兩人都尊敬的小說家E．M．福斯特一樣。我告訴他必須要言行一致。自然，我很快地便回心轉意，而有一段時間，我們也恢復了以往的關係，但這種關係已不再羅曼蒂克；而且，當他有了新的工作時，他寫給我的信裡頭已經沒有當初的那種溫馨。我以他為恥，也許也以我自己為恥。」

「所以妳就嫁給了佛洛狄亞？」

「是的。」

「而妳也還是讓葉可夫在妳的身旁？」他在話中，故意暗示著這是非常平常的事。

她的臉立刻就紅了。她皺了皺眉，說道：「有一陣子，葉可夫和我還暗中維持著關係，但不是常常，只是偶爾而已。他說我們是一部沒有結局的小說。我們彼此都看著對方，要完成各自的使命。他是對的，但我還是不了解他對我的影響力或是我對他的影響力究竟何者為強。我想如果我們再多見幾次，我們可能就不再需要對方。當我了解了事情並不是我所想像的那樣，我就停止和他見面。我愛他，但是我拒絕再見他。同時，我也懷了佛洛狄亞的孩子。」

「那麼你們兩人又是什麼時候再碰面的？」

「在上次莫斯科書展結束之後。你是他的催化劑。他那時正在度假，喝酒喝得很兇。他已經寫下許多內部文件，也發出許多正式的申訴。他所寫的，沒有一樣使當局為之所動。不過，我倒是認為他已經很使當局惱火了。那時你又說到他的心坎裡去了，你讓他在生命中的一個關鍵時刻把他的思想變作文字，而他又讓文字變成了行動。這對葉可夫來說，是太不容易的一件事。第二天，他用了一個託辭打電話到我的辦公室來，他已經借到了一間朋友的公寓。當時我和佛洛狄亞的關係已經有了裂痕，雖然我們仍然住在一塊兒，那是因為他那時正在等待分配到一間公寓。當我們坐在葉可夫朋友的公寓裡，他對我說了很多有關你的事。你已經讓他把大大小小的事情都想清楚了。他對我這麼說：『那個英國人已經把這個謎題的解答給了我。從現在起，只有行動，只有犧牲一途了，文字是我們俄國社會的詛咒，是行為的替代品。』葉可夫知道我與西方的出版商時有連絡，所以他要我從我們外國訪客的名單裡去尋找你的名字。他立即著手預備一份手稿。為了他，我心裡好害怕地問他：『你如果喝醉了，怎麼能寫東西？』他回答我說他喝酒是要維持生命。」

巴雷啜了一口威士忌。「妳有沒有告訴佛洛狄亞有關葉可夫的事？」

「沒有。」

「佛洛狄亞發現了嗎？」

「沒有。」

「那麼，誰知道？」

似乎她也一直在問她自己同樣的問題，因為她絲毫不加思索地就答了出來。

「葉可夫什麼事情也不告訴他的朋友，這我能確定。如果那棟公寓是我借的，我會說我借它完全是為私人的用途。在蘇俄，我們有秘密，會孤獨，但是我們不談私人的事。」

「那妳的女性朋友呢？妳難道一點都沒有暗示她們嗎？」

「人可不是天使。如果我要求她們幫助，她們就一定會做出某種假設。多數時是我在幫助她們。就是這樣。」

「那麼難道沒有人幫助葉可夫編輯他的手稿嗎？」

「沒有。」

「他的酒友也沒有。」

「沒有。」

「妳為什麼能夠這麼肯定？」

「因為我能肯定他在思想上是完全孤立的。」

「妳和他在一起快樂嗎？」

「能否說清楚一點？」

「妳喜歡他嗎？愛他嗎？他會讓妳發笑嗎？」

「我相信葉可夫是一個偉大而又脆弱的人，沒有我他絕對活不下去。要成為完美主義者就要像小孩一樣天真，也要能不切實際。我相信如果沒有我，他一定會崩潰的。」

「妳想他現在崩潰了嗎？」

「葉可夫必定會說：哪一種人才是精神健全的？是那種計劃要屠殺全人類的人？還是採取步驟要防止它發生的人？」

「那麼，兩種事情都做的人健全嗎？」

她沒有回答。他是要激怒她，而她也知道。他這麼做，是因為他嫉妒，所以他要腐蝕她的信心。

「他結過婚嗎？」他問道。

憤怒掠過了她的臉。「我不相信他結過婚，但這並不重要。」

「他有小孩嗎？」

「你這個問題是多麼的荒唐呀！」

「這個情況的本身就是這麼的荒唐。」

「他說只有人類會拿自己的孩子當作犧牲品，而他已經決定絕不製造犧牲品。」

巴雷想：除了妳的以外，但他沒有說出口。

「所以，妳就投入他的事業中了？」他單刀直入地說出，把話題又扯回到歌德身上。

「我雖投入，但還是有限，而且也不清楚細節。」

「而從來都不知道他做的工作是什麼？妳是這個意思嗎？」

「我所知道的，只不過是從我們所曾經討論過的道德問題上面推論出來的東西。『如果要拯救全人類，我們先得殺掉多少人？如果我們所能拿得出的計劃都脫不了滅絕人性的戰爭，我們又有什麼資格來談為和平奮鬥呢？而我們又有什麼資格來選擇目標，如果我們連基本的準確度都沒有？』我們在論這些問題的時候，我當然知道他的為難處。當他告訴我人類最大的危機，其實並不是在於蘇維埃所擁有的實際兵力，而是人類對此產生的錯覺時，我並沒有向他提出質疑。相反的，我鼓勵他要言行一致，該拿出勇氣時就要拿出勇氣。但我並沒有質疑他所說的話。」

「羅格夫？他從來沒有提過羅格夫這個人嗎？阿卡迪．羅格夫教授？」

「我告訴過你，他是不跟我談起他的同僚的。」

「是誰說羅格夫是他的同僚？」

「我是從你的問題中推想出來的。」她激烈地反駁道。不過他還是相信她所說的。

「妳又是如何與他聯絡的？」他問道，又恢復了剛才和緩的語氣。

「那不重要。當他的一位朋友接到通報時，他會通知葉可夫，而葉可夫會打電話給我。」

「他那位朋友知不知道這份通報是何人所發？」

「他沒有理由要知道。他知道那是一個女人所發，僅此而已。」

「葉可夫害怕嗎？」

「由於他講勇氣講了這麼多，我想他是害怕的。他會引尼采的話，說：『至善就是無所懼。』他也會引用巴斯特納克的話，說：『美的根本……』」

「那妳呢？」

他的目光轉了開去。在對街的那幾幢房子裡，燈光透過窗戶照射了出來。

「我必須要為所有的孩子著想，而不能只為我自己的孩子著想。」她說，而他注意到兩行熱淚已經從她雙頰流了下來。他又喝了一口威士忌，並且哼了幾小節的歌。當他再看她時，那兩行淚已不見了。

「他談到那個大謊言。」她說著，好像她才剛剛記起來。

「什麼大謊言？」

「事無分大小，都是謊言。甚至連重要性最低的作戰武器中的備用零件，都不例外。即使送到莫斯科的結果都是謊言。」

「結果？什麼結果？什麼東西的結果？」

「我不知道。」

「試驗的結果。」

她似乎忘了她的否認。「我相信是試驗結果。我相信他所說的是試驗結果被故意歪曲，為的是要迎合那些將軍的命令以及那些官僚們所規定的生產需求。也許是他個人把它給歪曲了。他是一個非常複雜的人。有時他也會談一些他個人所擁有，但也引以為恥的種種特權。」

這是張購物清單，華爾特曾經這樣稱呼它，其實是張問卷調查表。巴雷帶著逐漸減輕的責任感，在心中把最後一項問題刪除掉。「他有沒有特別提到某一項計劃？」

「沒有。」

「他有沒有講過他曾經涉及過什麼樣的指揮系統？有沒有說過現場的指揮官是受誰的控制？」

「沒有。」

「他有沒有告訴你要防止錯誤的發射，必須採取什麼行動？」

「沒有。」

「他有沒有暗示，他從事資料處理的工作？」

她累了。「沒有。」

「他有沒有偶爾也獲得升遷，或者是獎章之類的獎勵？或者是在他一路高升的時候舉行過什麼盛大的酒會？」

「他除了說那些人都是腐化不堪以外，從沒有提過有升遷之類的事。我已經告訴你他可能太過於喜歡批評那個制度。我不知道。」

她已經開始在迴避他。她的臉已經被她的頭髮遮住，看不見了。

「其他的問題，你最好自己去問他。」她說著。她的語氣；就好像是一個人已收拾好行李，預備要走了。「他希望你能在禮拜五和他在列寧格勒見面。他那時會在那裏的一個軍事科學研究單位，參加一個很重要的會議。」

天邊起風了，巴雷感覺到夜晚的一陣寒意。雖然天空還是很黑、很開闊，並且那一輪新月也還掛在天空中，散發出了一種溫暖的光輝，但是這陣寒意仍像一朵冰冷的雲覆蓋著他。

「他建議了三個地方，三個時間。」她繼續以她那種平穩的語調說著。「三個約定的時間和地點你都去，一直到他出現為止；如果他辦得到，在這三個約定的時間和地點裡面他會趕上一次。他要我代他歡迎你來，他說他愛你。」

她說出了三個地點，看著他把它們全都寫在日記本裡——用道歉做暗語，然後她等著他好好地打了一個噴嚏，再看著他站起身來，咒詛上帝。

他們像一對筋疲力竭的情侶，在地下室裡用餐，旁邊伴有一條灰色的狗和一個拿著吉他唱著藍調的吉普賽人。到底這個地下室是誰的？誰讓它存在那兒？或為什麼讓它存在？巴雷壓根兒也沒有想要去研究過。他所知道的只是曾經在一次現在已經被人遺忘的書展裡，他和一堆瘋狂的波蘭出版商到過這兒，並且和他們在此拿著薩克斯風吹奏過一曲《祝福這間屋子》。

他們談得不甚暢快，並且他們之間的距離似乎也隨著談話拉長著。終於，巴雷了解，在卡蒂雅的心目中，他的地位並非如自己所想像的那般重要。他凝視著她，感覺到自己所能給她的，她無一不是已有了十倍之多。要是照他往常的作法，她老早已聽到他以熱情的口吻告訴她，他愛她。想到自己與卡蒂雅好不容易才建立起的關係，如今又陷入了這種僵局，巴雷知道如果要打破這種僵局，自己得先採取些非常的手段不可，但是面對著卡蒂雅，他又實在找不出什麼非常的手段來對抗她。他省視到自己的一生，好像就是重覆著一連串毫無意義的復活嘗試，一個失敗過去了，另一個又接踵而至。他很駭然地發現，自己居然是生活在一個講求物質文明的社會中，他本身很少關心這個社會，更遑論這個社會中所充斥的論調了。這一切的種種，在她面前，他更是隻字都不敢提。因為他知道，提起這些，只會破壞他在她心目中的印象；而目前，他除了給她這一點點可憐的印象之外，也已經一無所有了。

他們談書。他看著他的注意力隨著談話飄走。她的煩躁寫在臉上，雖然他唱作俱佳，但是她的心已不知去向。即使她在說話，她的語調也是平淡乾澀，言語更是教人覺得索然無味。突然，他想到他為何不告訴她波多馬克波士頓公司的由來，並且向她解釋那條河和那個城市事實上並不連在一塊。上帝到底還是幫了他，他終於做到了。

還不到十一點，餐廳就打烊了。所以，他也只好陪著她沿著那條了無生意的街道，一直走到地下鐵的車站。此時，他逐漸地領悟到，他到底在她的心目中留下了一些鮮明的印象，雖然這一點點的印象還不及她在他心中所留下的。她挽著他的手臂，手指放在他的前臂上，邁開大步，依循著他的速度行走。電梯門開著迎接她。枝狀吊燈在他們的頭頂上閃爍著，好像聖誕樹一樣。他給她一個正式的蘇俄式擁抱，先是左頰，再來是右頰，然後再一次左頰，才和她道別，揮手送她離去。

「巴雷先生，我就想看到的就是你！真巧啊！上車來吧！我們送你回家！」

巴雷爬進了車子，維克婁以他那活像空中飛人的身段迅速鑽進了後座，坐在那兒為巴雷取下他後背上的錄音機。

他們把他載回了奧得薩。放他下車之後，他們還有工作要做。旅館的大廳就像是濃霧中機場的候機室一樣。昏暗中，每一張沙發和搖椅上不是坐著就是斜躺著客人。這些人並不是旅館裡的房客，他們只是在這兒花一些錢買個臨時的地方棲身而已。巴雷和善地瞟了瞟他們，一面皺起了他的眉頭。這些人有些穿著緊身連衫褲，有些倒也還穿得正式一些。

「嘿！有人還醒著嗎？」他叫道，聲音挺大的。沒有人回應。「有人想喝杯威士忌嗎？」他一邊問道，一邊從口袋中搜出他的酒瓶。還剩三分之二瓶呢！他先把酒瓶拿到嘴邊大大地喝了一口做個示範，然後就遞給了第一個伸手向他要的人。

維克婁在約莫兩個小時之後找到他時，他就是這付樣子——蹲在大廳裡，周圍有一堆帶著感激的心情與他共度夜晚的酩酊客。

9

奈德、我，還有一大夥人在狀況室裡活像早期的那些崇拜者一樣地圍著布拉克的錄音機的時候，我問奈德道：「到底誰是克萊福新結交的美國人呢？」

倫敦的大鐘指著六點。維多利亞街還沒有開始清晨的怒吼呢！錄音機的輪軸發出吱吱軋軋的聲音，好像眾白頭翁聚在一塊兒發出的合唱。錄音帶是半個鐘頭以前才送達我們的辦公室。帶子在快遞信差送來以前，先是在郵袋裡被送到赫爾辛基，再搭特別班機到諾索特。如果奈德肯接受那些搞技術的同僚誘惑，我們就可以省下這一大筆昂貴的郵費。我這麼說不是沒有道理的。那些蘭利的魔術師曾經鄭重地發過誓，說他們所發明的新玩意兒可以在絕對安全的狀況下，傳送口語的情報而不虞機密外洩。但是奈德畢竟是奈德，他有自己的主見。

他坐在桌子後面，一隻手遮著文件，另一隻手在上面簽字。簽完了之後，他把那一份文件折疊了起來，放在它所屬的信封裡，再把信封口封好，交給了他的一位助手——個兒高高的艾瑪。等了這麼久還沒回答我的話，我不再抱著任何希望了。就在這時，他突然開口了。

「他們是專門投機取巧的一幫人。」他說的很急促。

「是蘭利派來的？」

「天知道，都是些安全人員。」

「是誰派來的？」我堅持一定要知道。

他搖了搖頭，看他的樣子，他實在是氣得說不出話來了。是他剛剛簽的那一份文件惹惱了他，還是那些美國來的滋事分子讓他如此不愉快呢？來的共有兩個人。從倫敦站來的莊尼正在伺候著他們。他們穿著海軍的運動上裝，蓄著短髮，一身摩門教徒般的乾淨，看了真是讓我覺得有點噁心。克萊福站在他們中間，不過鮑伯倒是很坦然地與華爾特併肩站在房間的另一端。華爾特看來有點神情憔悴。我初想可能是時間還太早的緣故。即使是莊尼，也不免因在場的人，而顯出了一些無精打采的樣子。看著這些同事個個面色憔悴，我也就立即受到感染。這些個既冷漠又生疏的臉孔跟我們的這項任務，尤其是在這個緊要關頭，根本就扯不上一了點兒關係。他們就好像是一群弔喪的人，在這兒等著要為一個他們老早就預知他要死的人致哀罷了。但是，他們要致哀的對象到底是誰？我再一次看了看華爾特，我的憂慮更深了。

我又看了一眼那些新來的美國人。多麼瘦削，多麼整潔，多麼沒有個性。安全人員，奈德已經說過了。但是，為什麼要派他們來？又為什麼要現在派他們來？他們為什麼什麼人都看，就是不看華爾特一眼？又為什麼華爾特什麼人都看，就是不看他們一眼？還有，為什麼鮑伯跟他們分開了坐？為什麼莊尼不斷地看著他的雙手？終於，我的思緒被打斷了。

我們聽到腳步聲踏著樓梯而上，布拉克已經把錄音機打開了。我們聽見噹啷一聲，又聽見巴雷背在碰到窗架時的咒罵聲。然後，在一陣細碎的腳步聲之後，他們攀登上了屋頂。

就在他們所講的第一句話傳到我的耳中時，我就猜到他們是在「開會」。巴雷和卡蒂雅高高在上地對著我們講話。很快地，我們就忘了在房間裡，還佇立著兩位一動也不動，表情像劊子手般的陌生人。

奈德是我們當中唯一擁有耳機的人。用耳機聽起來就是不同。我後來發現，戴上耳機來聽，你可以聽到莫斯科的鴿子在屋頂上走來走去，以及在卡蒂雅的話語中夾帶著急促的呼吸聲。經由身體麥克風的錄音，也可以聽到巴雷心臟的跳動聲。

布拉克把屋頂的那一段完全播放完畢之後，奈德喊了聲停。全場中，只有那些新來的美國人無動於衷。他們的棕色眼珠子掃過我們每個人，不知在看些什麼。華爾特的臉紅了。

布拉克接著把他們在晚餐時的對話播放了出來。大家仍是摒息著靜靜地聽；沒有人嘆息，清喉嚨，也沒有人鼓掌。甚至在他把錄音機停下來倒轉帶子的時候也沒有絲毫動靜。

奈德拿下了他的耳機。

「葉可夫．葉佛瑞莫維奇，姓不詳，物理學家，一九六八年時年三十歲，因此，他一定是在一九三八年出生的。」他一邊說著，一邊從他面前的那一堆紙中拉出了一張粉紅色調查單，並且在上面寫著。「華爾特，你有什麼提議嗎？」

華爾特抖擻了一下精神。他的心情似乎很煩，語調中也欠缺平日的那一份意氣風發。「葉佛瑞姆，蘇聯的科學家，其他的名字不詳，他是葉可夫．葉佛瑞莫維奇的父親，於一九五二年春的一次暴亂之後被槍殺於佛庫塔。」他瞄都不瞄手上的拍紙簿一眼，就全數說了出來。「不可能會有那麼多叫葉佛瑞姆的科學家因為太聰明而被處死，即使在那可惡的史達林時期也不可能。」他帶著感傷的語調又加上了這最後一句。聽來也許荒謬，但我還是想像著我在他的眼中看到了淚光。也許的確是有人死了，我一邊想著，一邊又再度地看了一下我們這兩位摩門教徒。

「莊尼？」奈德一邊寫著，一邊說道。

「奈德，我想我們要記下波利斯，其他名字不詳，是一名鰥夫，六〇年代後期在列寧格勒大學擔任人文學的教授。」莊尼說著，不過仍然看著他的手。

奈德拿起了另外一張調查單，在上面填了一些字，然後就順手把它丟到了他的外送公文盒。那樣子就好像他在隨興丟一張錢幣一樣。

「帕爾弗萊，要加入嗎？」

「幫我查一下列寧格勒的報紙好嗎？奈德。」我盡可能地裝腔作勢，心裡想著克萊福的那兩名美國人一定又把他們的棕色眼珠子對著我瞧。「我想要調查一九五二年數學奧林匹克獎的候選人、創辦人以及獎牌得主。」我一邊笑著一邊說道。「並且，為了安全起見，我想你不妨連同五一年和五三年的都一起調查了。再者，我們可不可以把他在學業上得到的所有獎牌都一併查個一清二楚？你難道沒聽她說：『他通過科學博士的甄試資格，取得科學博士頭銜，他真是無所不能。』我們可不可以做點這方面的調查，謝謝。」

當所有的資料都會齊了，奈德看了看四周，找艾瑪為他把那些調查表格拿到檔案室去。但華爾特似乎覺得不太痛快，突然決定臨時軋上一腳。他三步併作兩步地跑到奈德跟前，伸出他的手腕在空中揮舞著。

「我要自己來查所有的資料。」他的口氣似乎是莊嚴地有些過了分。正說著，就順手把那綑粉紅色的東西給抓到胸前。他說：「這一場戰爭太過於重要，不管我們檔案室裡的那些戰略專家們有多麼地不可抗拒，也絕對不能留給他們去查。」

我到現在還記得當時那些摩門教徒是以什麼樣的眼光目送他一直走到門口，然後，就在我們聽著他的腳步聲咚咚地遠去時，這兩個人還彼此相望著。不知為什麼，隨著華爾特的離去，我的脊骨著著實實地為他發了一陣寒。

一個小時之後，就在我剛回到總部辦公室自己的辦公桌後不久，奈德打內線電話對我說道：「出去呼吸一些鄉村的新鮮空氣如何，告訴克萊福我需要你。」

「既然他都打了電話來，你最好還是走囉？」克萊福說道，然後緊接著就又與他那些摩門教徒進行密談。

我們從停車場裡借了一輛快速的福特。當奈德開車時，我幾次想跟他說話都被他打斷。他把檔案交給我，叫我讀。我們駛入了伯克郡的鄉村，他還是一言不發，甚至當車內的電話鈴響起，布拉克傳來了他早先要求查證的一些事情時，他也只是咕嚕一聲：「請說。」而當對方說完之後，他就又回到他的沉思裡去了。

我們開離倫敦已經有四十哩了，腳下所經過的，是人類所發現的最骯髒的星球。我們到了一處現代科學的貧民窟，地上的青草永遠都是修剪得整整齊齊的。古老的門柱各有一個由沙岩雕刻而成、已被侵蝕的獅子把守著。一位身穿棕色運動夾克的人很有禮貌地為奈德開了門，他的一位同事正拿著一個檢驗器在車底下撥弄著。然後他們很客氣地拍了拍我們做搜身。

「你們要將公事包一起帶進去嗎？」

「是的。」奈德說。

「可以打開讓我們看看嗎？」

「不可以。」

「那麼，就請把公事包放在這個箱子裡，好嗎？我想裡面應該沒有未曝光的底片吧，先生？」

「請便。」我說，「就放在箱子裡。」

我們看著他把那一只公事包放在一個綠色的，看起來像是煤箱的東西裡，然後又把它拿了出來。

「謝謝你們的合作！謝謝！」

那一輛藍色大貨車似乎對我們說「跟我來」。一隻大狼狗在後窗對著我們蹙著眉頭。用電路啟動的大門開了，門後修剪過的草屑堆得像小山一樣高。橄欖樹的枝葉向著日落方向伸展著。此時，一朵蕈狀的雲看來是再正常不過的了。我們進入停車場，一對兀鷹在漫無光彩的天空中盤旋。乾草場被高高的鐵絲圍了起來。不冒煙的磚房在人工的窪谷中若隱若現。一塊告示牌警告這塊區域中的人在某些地帶必須要穿上保護衣。一個骷髏標幟下面寫著：「請務必小心」。那輛貨車在前面以一種出殯行列的步調緩慢開著。我們搖晃地繞著彎走，看到空蕩的網球場和鋁製的高塔。一排排彩色的管子在我們的身旁引領著，我們到了一群綠色的小屋。在這群小屋的中間（小山丘的頂上）豎著那個核子時代以前最後的遺跡。那是一間伯克郡的磚造小屋，大門上鑲著一塊石板，板子上寫著「所長室」。一位身材壯碩的人踏著鋪得非常散亂的小徑來迎接我們。他穿著一件鮮綠色的運動上衣，領帶上有一個金色的網球拍狀夾扣，袖口塞著手帕。

「你們是從總部來的。很好。我是奧瑪拉。你們兩位誰是奈德？我曾吩咐他在實驗室裡等候通知。」

「對的。」奈德說。

奧瑪拉有一頭金灰色的頭髮，說話時聲音模糊成一團，一聽就知道嗓子已經被酒精給破壞得差不多了。他的頸子腫脹，運動員的手指上布滿紅褐色的尼古丁斑點。在我們來訪的途中，奈德雖然很少講話，但還是告訴了我：「奧瑪拉的手上有一長串長頭髮科學家的資料。他的身分一半是職員，一半是安全人員，其實都是狗屁。」

一進了繪圖室，立時使人覺得室內顯現出的整潔，必是拿破崙從戰俘裡挑選出來的一班傭人細心伺候的結果。連壁爐上方的磚塊都被擦得發亮，而磚塊間的突出石膏橫條也被漆成白色，看來清新可人。我們坐在上面有玫瑰花樣的扶手椅上，喝著主人倒給我們的酒。漆黑得發亮的橫樑上掛著的銅器向我們閃耀著光芒。

「我剛從美國回來，」奧瑪拉說著，言語之間好像我們跟他是相交多年的老友似的。他抬了抬眼鏡，接著又說：「你們常去嗎？」

「偶爾。」奈德說。

「不常。」我說。「出任務時才去。」

「事實上，他們向我們借派了一大堆人去那兒。有的在奧克拉荷馬、內華達和猶他州。大部分被派出去的人都很喜歡那兒，也有些人挺想家的。」他喝了口酒，頓了一下，把口中的酒吞下去。「我曾去加州的利弗莫爾拜訪過他們的武器實驗室。那兒真是個好地方，有上等的客房，所有的設備一應俱全。他們要求我們去參與一個討論死亡的研討會。想到這個你就會嚇得半死，但是那邊的人似乎是相信會議對大家都有好處，而且，那酒真是太棒了。我想，如果你曾經把一大堆人推下火坑，你可能就知道死亡是怎麼回事了。」他又喝了一口酒。在這個時辰，這個小山丘真是夠安靜的。「我真是覺得奇怪，為什麼大家都不曾在這個問題上做過一番好好的思考，特別是年輕人——上了年紀的人終究是比較神經質一些，他們可以記得起天真無邪的童年，如果他們還曾經有過那段時期的話。如果你死得快，你的命運也結束得快；死得慢命運結束得也比較和緩。我從未明瞭，但我覺得可以讓人重新想一想身為萬物之靈的意義和價值。不過，我們已經進步到第四代了。減少了不少痛苦。你們玩高爾夫球嗎？」

「不玩。」奈德說。

「我也不玩，」我說。「我曾學過，但學不出什麼名堂來。」

「很棒的高爾夫球場，但是他們要我們租用一堆笨車子，那麼就算死了也不會被看到。」他又喝了一口酒，依舊是慢條斯理的。「溫特爾是個很古怪的人，」他嚥了一下口裡的酒，向我們解釋道。「這些人都很古怪，不過溫特爾尤其古怪。他搞過社會主義，搞過基督教。現在則搞打坐，搞太極。他結婚了，感謝主，他上過文法學校，但講話還算通順。還有三年退休。」

「你告訴他多少了？」奈德問道。

「他們一直認為他們受到懷疑。我已經告訴他沒有這回事，並且要他在事情過去之後把他的笨嘴巴給閉緊了。」

「你想他會嗎？」我問道。

奧瑪拉搖了搖頭。「他們大部分都不知道要用什麼方法才能淡忘這件事，不管我們用多大力氣去踢他們。」

有人敲門了，是溫特爾。一個五十七歲，看來卻像是學生的人。他走了進來，身材雖高，但駝背，一頭灰色的頭髮。他穿著一件無袖的套頭毛衣，身上掛著牛津的背包，腳上套著鹿皮靴。他坐了下來，兩膝合併在一起，手中的雪利酒舉得遠遠的，好像是拿著一個他搞不清內容的化學蒸餾器。

奈德把他的壞脾氣擱到一邊，板起他那專業的臉孔。「我們現在幹的，是跟蹤蘇俄的科學家。」他說，語氣盡可能地平淡。「我們是要監視他們在國防建設上的動態，並沒有什麼非常刺激的。」

「這麼說來，你們是幹情報的了。」溫特爾說。「雖然我先前沒有說出口，但心裡是這麼想的。」

他的話讓我想到他是一個非常寂寞的人。

「管你自個兒的事吧！」奧瑪拉臉上掛著笑容提醒他道。「他們是英國人，而且，他們跟你一樣，有工作要做。」

奈德從一個卷宗裡取出了兩張打了字的紙，交給溫特爾。他把手中的杯子放了下來，伸手接過去。他取紙時手勢看似投降，手指彎曲的方式，就像一個跪地求饒的人所擺出的。

「我們正在試圖把一些已經差不多被人給遺忘的舊資料拿來物盡其用。」奈德說。在其他時間他是絕少會用這種閒談的語氣來講話的。「這是你在一九六三年八月去了阿卡得格羅多克回來之後所做的彙報資料。你記不記得有一位佛克斯霍爾少校其人？這份資料雖然並不是什麼文學名著，但你提到的兩、三位蘇俄科學家的名字，我們實在是很想作進一步的了解，如果他們還健在，而你也還記得起來的話，那就太好了。」

溫特爾戴上了一副看起來格外古怪的鋼邊眼鏡，就好像是要防範有人會拿瓦斯來攻擊他似的。

「就我所記得的，我當時在作彙報時所講的，佛克斯霍爾少校向我保證，我所講的一切都是出於自願，而且都會被當作極機密文件看待。」他正經八百地發出以上的宣布。接著又說：「因此，我對於事隔二十五年之後，居然看到我的名字以及我所講過的話公開登載在一份政府部會的列檔公文中，覺得十二萬分驚訝。」

「這是你老兄能夠留芳百世的最佳時機，所以，我想我還是閉上我的嘴巴，在一旁洗耳恭聽吧！」奧瑪拉向他建議道。

此地，我好像是要調解一個原本感情和睦的家庭裡的兩個好鬥者一般，插了進來。我建議溫特爾不妨看在我倆老遠跑到這兒來請教他的份上，多擔待一點。我問他是否可以對我們描繪一下列在最後一頁上的那幾位蘇俄科學家，還有，最好是講述一下他參加劍橋隊時親身經歷的一些事情，並且，希望他不會介意我們提出一兩個抽絲剝繭的問題。

「關於此點我不想使用『隊』這個字，謝謝你。」溫特爾像一隻骨瘦如柴的兀鷹，抓住了這個字就死不肯放地反駁道。「即使我要用，也不會把它用在英國人身上。『隊』這個字代表了它的成員都懷著同樣的目的。如果你說我們是劍橋的一群人，我承認；但若要說我們是劍橋的一個『隊』，我可不贊同了。有的人是想藉此機會出門遠遊一趟，有的人是想藉此機會大大地自我吹噓一番。我特別是指卡洛教授而言的，他對自己在加速器方面所做的工作誇張得過了頭，結果著實被人家給修理了一頓。」他的腔調中帶著很濃的伯明罕口音，但我們還不致於聽不懂。「這個團體裡，有一小撮人也確實是帶著意識型態上的動機而去的。他們相信科學是沒有國界之分的，而全人類應該為了彼此共同的利益而交換知識。」

「那些蠢貨。」奧瑪拉很幫忙地向我們解釋。

「去那兒的有法國人，美國人也不少，此外還有瑞典人、荷蘭人，甚至也有一兩個德國人。」溫特爾似乎沒有聽到奧瑪拉的話，繼續說道：「去的人，就我看來，每一個人都帶著一些希望，而俄國人更是滿懷著熱望。是我們英國人自己在拆自己的台，一直到現在都還是。」

奧瑪拉嘴裡咕嚕咕嚕地不知在講些什麼，然後又喝了一口酒。但是奈德的笑容，即使看起來有些做作，還是促使溫特爾繼續講了下去。

「那個時候，還是赫魯雪夫掌權的時代。我想你們一定還記得，這邊是甘迺迪，那邊是赫魯雪夫。有些人說，金色的年代正在向我們招手。那個時代的人談赫魯雪夫，就像今天的人談戈巴契夫一樣。雖然這只是我個人的一點淺見，但在那個時候，我們每個人的熱心，比起今天大家所謂的熱誠，可是既真誠又自動自發得多了。」

奧瑪拉打了一個呵欠，神色不安地盯著我看。

「只要我們所知道的，對他們幾乎是知無不言，言無不盡。他們也是如此。」溫特爾說著，聲音中逐漸凝聚起自信。「我們讀我們的報告，他們讀他們的。我肯定卡洛根本沒有發揮什麼作用。他們什麼也不對他講，但是我們這邊有一位班森，是搞自動控制的。他為我們爭了不少光。除了他以外，我們這邊還有我。敝人那場演講還真的是非常成功呢！雖然這句話是由我自己說出口的。老實說，自從那次之後，我再也沒聽到過那麼熱烈的掌聲了。就算他們到現在還在談論那次轟動一時的演講，我也認為是理所當然的事。拒馬倒下來了，倒得非常快，實在是快到簡直真的可以聽到它們撞在演講廳上的聲音。『交流，不要劃定界限』是我們的標語。其實『交流』這兩個字還不足以形容當時的情景，尤其是當你看到最後一天晚會上大家暢飲伏特加酒，或是在場的女孩，或是聽到大家的交談聲，你就會同意我的說法。當然，格別烏的那夥人一定是在現場監視著大家，這些事情我們全知道。我們在離去以前談得甚是慷慨激昂，雖然也有人不作此想。但不是我，我是一個愛國的人。不過，誰都拿我們沒辦法，他們的格別烏不行，我們的人也不行。」他好像是碰到了一個他拿手的話題，話匣子一打開就說個沒完。「我在這兒順便告訴你們，他們的格別烏，就我看來，是大大地被人誤解了。就我從權威方面所得到的消息，他們格別烏可是經常在保護著蘇聯最好的知識分子呢！」

「我的天哪！你可千萬不要說我們沒有。」奧瑪拉說。

「還有，我絕對相信蘇聯當局說，無論在任何時候，他們與西方國家交換科學知識時，他們總是穩賺無賠。」溫特爾邊說著，他的頭一下子倒向我這兒，一下子倒向奈德那兒，活像是鐵路訊號燈一樣，他的手掌心朝上，苦惱似地抵著他的大腿。「他們也有文化，不過不是你們那種將藝術和科學混為一談的文化；而是那種完人的文藝復興式夢想。我自己本身並不是什麼很有文化的人，我沒有時間。但對有興趣研究的人，他們的文化一直是在那兒的。當然，我也了解，有人並不贊同我的講法；不過沒關係，我所說的話中，有的只不過是恭維之辭罷了。」

講到這兒，溫特爾需要擤一擤鼻子了。為了要擤鼻子，溫特爾先把他的手帕攤開放在他的膝上，然後再用手指尖頂著它準備開始擤。奈德抓住了這個大好時機趕緊開了口。

「呃，現在，我想是不是可以來看一看你給佛克斯霍爾少校的那幾個蘇聯科學家名字。」他說著，邊把我手中握著的那一束文件拿了過去。

此刻，我們已經進展到來訪的真正主題上了。房間裡的四個人中，我想也只有溫特爾還沒有察覺到這一點。因為，我看見奧瑪拉那泛黃的眼珠子已經抬了起來，帶著一種既憂鬱又機敏的眼神研究著奈德的臉。

奈德一張一張像發牌似地翻著那把文件。在文件上，他已用綠筆先把這些名字圈了出來。這些人當中，有兩人已經知道是過世的了，另有一人目前被整肅。他在測試溫特爾的記憶力，預先提示他哪一件事情是在什麼時候發生的。塞吉？溫特爾說。老天！對！就是塞吉！但是，他當時有另外一個名字呢？波普夫？波普維奇？對啦！是普洛托波普夫！塞吉·普洛托波普夫。他是燃油工程專家。

奈德耐心地誘導他，已經說出了三個名字了，再來試試第四個。他引導著溫特爾，再度喚起了他的回憶：「呃，再想一秒鐘，想不出來再說不，也還不遲。真的記不得嗎？好，我們再來試一試沙維列夫。」

「又來了？」

短短時間內，我注意到溫特爾像一般的英國人一樣，對俄國人的姓氏並不怎麼靈光，但是對於他們的名字倒是沒有多大的問題。

「沙維列夫。」奈德重覆道。我又再一次地看見奧瑪拉的目光瞪規著他。奈德盯著手中的文件，他的樣子讓人看來也許是有一些些太過於隨便。「對，就是沙維列夫。」他唸著那份文件：「『年輕，有理想，健談，自稱是人道主義者。他專攻粒子物理，是在列寧格勒長大的。』這是根據你對佛克斯霍爾所說的，是在許久許久以前所講的。我漏掉了什麼沒有，比方你不輸給他？沙維列夫？」

溫特爾笑了，笑容中帶著訝異。「那麼，這的確是他的名字囉？我都忘得一乾二淨。對我來說，他仍然是葉可夫，你知道嗎？」

溫特爾搖了搖頭，臉上仍然帶著笑容。

「非常好，葉可夫．沙維列夫。你還記得他父親或祖父的名字嗎？」

「除了對他原始的描述以外，還有沒有什麼可以告訴我們的？」

我們必須等待。溫特爾對時間的觀念和我們的不一樣。並且，看了他一臉不自然的笑容，我們也知道他的幽默感也和我們不同。

「葉可夫是個極其敏感的人。我們不敢在全體會議上問他問題，而得在會議完後，有點匆促地址扯衣袖引他注意，才問：『對不起，先生，能否請教你一點問題？』記住！得是個好問題。他們也說，他是一個非常有素養的人，有他自己的一套方式。我聽說他！很愛炫耀自己所唸的詩，而他的確是有一套。」

溫特爾的聲音漸漸變小了，我怕他是想要杜撰了。有些人沒什麼話可講，但還是想讓你繼續不停地聽他講下去，就經常會這麼做。還好，他只是回到他的記憶裡去搜尋搜尋；或者，他只是想用他的手指敲一敲腦袋，把他那塵封已久的記憶給喚回來。

「葉可夫總是在人群之間游蕩來游蕩去。」他說著，臉上還帶著那種充滿優越感的笑容，令人生厭。「他總是窩在一張椅子邊兒，很熱心地聽人家討論著。他的父親有一些不為人知的事，我不知道是什麼。他們說他父親也是一個科學家，但是後來被槍決了。他們殺人就像殺螞蟻一樣。有一大堆的科學家就是這樣被他們給殺的，不是嗎？我在報紙上讀到的。即或他們沒有被殺害，也會被關在監牢裡了。他們最好的飛機都是像圖波列夫、彼特里亞可夫、科羅廖夫，這些最偉大的航空技術明星在監牢裡設計出來的。雷姆辛是在監牢裡研究出一種熱引擎用的鍋爐。他們最原始的火箭研究計劃也是在監牢裡面完成的，是由科羅廖夫所主持的。」

「老兄，講得好。」奧瑪拉說。他又感到不耐煩了。

「給我這一塊石頭。」溫特爾繼續說道。

我看到他的那隻手，手心向上，再一次放到他的膝蓋上，握著那塊想像中的禮物打開又閉上。

「石頭？」奈德問道。「葉可夫給你的？你說的是搖滾樂吧？不，不是，你說的是一種地質學的樣品吧！」

「當我們這些西方人離開了阿卡丹，」溫特爾又重新開始說了，就好像為我們和為他自己講述一個全新的故事，「我們把所有的東西都掏出來了。說真格的，如果你們曾在最後一天看到我們那一群人的樣子，你就會相信我所講的話了。我們讓那些俄國籍的主人們哭得眼珠都快掉出來了，他們把我們又抱又吻，鮮花塞滿了整輛車，即使是卡洛教授也哭得涕泗縱橫。我們這些西方人把我們所有的物品都卸了下來，包括書本、紙張、鋼筆、手錶、刮鬍刀、牙膏，甚至我們的牙刷等等都給了他們。如果我們帶著唱片的話，我們也會給他們的；此外，不用的內衣褲、領帶、鞋子、襯衫、襪子，除了那些我們還需要用來讓自己回家時像個樣兒的行頭以外，都全數給了他們。我們這麼做，完全是不約而同的，因為我們根本沒有事先討論過，也沒有想過要這麼做。每一個人都是出於自動自發的。當然，有的人給的要比別人多一些，特別是那些美國人，他們比較衝動些。我聽說一個人為了要帶一個想出國想得要死的女孩出去，跟她行了名義上的婚禮。我沒有，我不會做出這種事情，我是一個愛國的人。」

「但是你也把你的一些好東西給了葉可夫。」奈德一邊假裝著在一本日記本子上很費勁地寫著，一邊說著。

「我開始是，是的。我那麼做，就像是在公園裡把我的寶物拿出來餵食小鳥一樣。你選了一隻沒東西吃的小鳥，盡量讓他吃得胖一些。此外，我不得不給年輕的葉可夫，他太熱情了。」

他的手已經僵硬了，手中空無一物，手指尖正努力想要併攏起來。另一隻手舉到眉毛上，掐了一下肉。

「『這個給你，葉可夫。』我說。『搶得慢的人總是會吃虧的。你太害羞了，對自己的健康不好。』那個時候，我有一支刮鬍刀，還有電池、變壓器，都裝在一個質料好的攜帶盒裡。但是他似乎不是那麼願意拿。他把它放在一邊，繼續不斷地講著。然後，我才了解他要給我一樣東西。就是這塊石頭，是用報紙包起來的。當然，包得並不漂亮。『這是我國國土的一部分，我把它送給你，謝謝你的演說。』他說。他要我去愛它好的一面，不管有時從它外表上看來是多麼地不好。他說得一口漂亮的英語，我們當中有一半的人都沒他說得好。說實在的，如果你真想知道，我可以告訴你，我真是有點慚愧。我把這一塊石頭保存了好幾年，一直到我太太有一年做春季大掃除時才把它丟掉。我有時會想找個時間寫信給他，但一直都沒寫。他有一副傲人的樣子，他們當中很多人都有。我們都認為科學能夠統治這個世界，我想現在就是這樣了，雖然我確信它統治的方式不對。」

「他有沒有寫信給你過？」

溫特爾想了這個問題想了好一段時間才說：「這個問題沒有答案，是不是？你永遠都不可能知道會有什麼郵件被卡在半途到不了目的地，或者是被誰卡住的。」

我從公事包裡拿了一疊照片遞給了奈德。奈德在奧瑪拉的注視之下將它遞給了溫特爾。溫特爾一張一張的看了過去，突然之間，他大聲呼叫了出來。

「就是他！葉可夫！這就是給我石頭的那個人。」他把那張照片遞給了奈德，說：「你自己看，看他那對眼睛！你能說他不是一個專會做夢的人嗎？」

這張照片是從一九五四年一月五日的列寧格勒晚報上剪下來的，再經過照片組處理之後恢復面貌的。這張照片上，葉可夫・葉佛瑞莫維奇・沙維列夫是一個才不過十幾歲的天才。

還有其他的名字。溫特爾在奈德的引導下費力地想著。他故意布下一些假的線索來混淆他的思路，一直到他確定沙維列夫在溫特爾心目中的意義與其他的人並沒有什麼兩樣為止。

奧瑪拉手拿著杯子送我們出去到停車的地方。沿途他說：「你們實在是夠聰明的了，居然把王牌都掌握住了。上次我聽見沙維列夫的時候，他還在他們最黑暗的哈薩克主持一個試驗場。他那時夢想能有法子在機密絕對不外洩的情況下，研究他們自己的一套遙測系統。他現在正從事些什麼？想把那個地方給賣掉嗎？」

我很少像現在這樣地喜歡我的工作，但是我們的會面地點以及那一處地方讓我實在不好過，奧瑪拉則讓我加倍地不好過。而我更是不常在抓住一個人的臂膀之後，又縮回我的手。

「我想你應該已經簽過了官方秘密文件了吧？」我盡可能小聲地問他道。

「事實上，我早就簽了那扮鬼文件。」奧瑪拉說道。

「那麼，你知道所有由官方提供給你的消息，以及你對這些消息所產生的任何想法，都永遠是大英帝國的財產。」我又一次曲解了法律；但是，沒關係，我馬上又讓他寬了心。「所以，如果你喜歡這兒的工作，希望有一天能獲得升遷、退休之後還有一份養老金的話，那麼我就建議你從此將今天會面、和我們方才所談論的所有的名字都給忘掉。謝謝你的美酒，再見。」

回程的路上，奈德將藍鳥的身分已經獲得證實的消息，藉著電話以暗語通知了蘇俄司之後，就再度保持沉默。不過，當我們回到了維利多亞街的時候，他又突然決定不放我回去。「你還是留在這邊。」他命令道，並且要我先他一步走進地下室。

一進入狀況室，映入我們眼簾的，是一幅歡樂的場面。在正中間的是華爾特，他的姿勢就好像是一位藝術家，站在一塊和他一般大小的白板面前，用彩色蠟筆在上面寫著沙維列夫一生中的點點滴滴。就算他身上再加披一襲罩衫，頭頂再加戴一頂寬邊帽，也不會比現在看來更為瀟灑了。再看他一眼，我不禁回想起那天早上心中所升起的一股令我毛骨悚然的憂慮。

在他周圍，我是說在他的身後（因為那塊白板是釘在牆上時鐘的正下方），站著布拉克、鮑伯和我們管密碼的職員傑克，以及奈德的女助手艾瑪，和一位名叫佩德的在蘇俄司檔案室擔任要職的女性職員。他們手中拿著香檳，每個人的臉上都露出含意不同的笑容。不過，鮑伯的笑意中，看得出一些愁緒，似乎他心中壓抑著一種說不出的苦楚。

「一個孤獨的決策人物，」正在用朗誦方式演講的華爾特，聽到我們下來之後，停頓了一下，但是並沒有轉過身來，「一位年過半百的成功者，努力抖落中年生命的障礙，心中想著自己已行將入木，而此生仍一無所成，其實，我們之中誰又不是如此呢？」

他退後了一步，然後又突然向前，用粉筆寫下一個日期。然後，他就拿起香檳酒大口大口地喝了起來。我突然覺得他實在是有點恐怖，好像在死人臉上化妝一樣。

「自從他成人之後，他就生活在他們的秘密中心，對外隔絕。」他繼續肆無忌憚地講著。「但是他保持緘默，做著自己的決定，願上帝祝福他。他氣歷史，歷史卻有可能把他給殺了。」他又為了一個日期，和

「奧林匹克」這個字，繼續說道：「他可以說是生逢其時。如果生得早一點，他就會被送去洗腦；如果生得晚一些，他就只能找一個狗屁差事糊口而已。」

他又喝了一口酒，仍然是背對我們。我看了看鮑伯，想要知道到底是怎麼回事，但他仍是若有所思地瞪著地板。我又瞥了一下奈德，他的眼睛望著華爾特，但是他的面部毫無表情。我又看了看華爾特，發現他的急迫呼吸聲中帶著挑釁的意味。

「他是我發明的，的確是的，」華爾特宣布著，似乎對於四周驚慌景象渾然不覺。「我好幾年前就預測到他會這麼做了。」他又寫了「父被處死」這幾個字。「即使在他們徵召他之後，他這隻可憐的羔羊還是盡力地做好。他沒有偷偷摸摸，也不憤世嫉俗。他心中存著疑問，但是就一個科學家來說，他是一個好軍人。直到有一天，他突然覺醒了，而且覺悟到自己的天才居然是浪費在無可救藥的一班人身上，而且還把這個世界帶到了毀滅的邊緣。」汗珠從他的太陽穴上流了下來，他用筆狠狠地在白板上寫著：「在哈薩克的一〇九試驗場羅格夫手下工作。他已經邁入了蘇俄八〇年代的男性更年期革命，但是自己還不知道。他聽過蘇俄一切的謊言，他經歷過史達林時期，經歷過赫魯雪夫短暫的光明時期和布里茲涅夫長期的黑暗期。但他還是不死心，還想在他有生之年讓自己的文章傳諸於世。而新的口號仍在他耳邊響著：從高階層開始改頭換面，開放、改革、勇氣、重建。他甚至還想過要變節。」

雖然他有點兒氣喘了，但他的手還是飛快的寫著「遙測」「精確度」，「他們會在哪兒登陸？」他咬文嚼字，不斷地喘著氣說著。「這麼多的飛彈瞄準了這麼多的目標發射，會有多少枚命中？什麼時候會命中？皮膚的擴張性及溫度是多少？地心引力是做什麼用的？這些都是關鍵性的問題，而藍鳥知道答案。他知道，是因為他是管飛彈發射通訊的人。他能讓美國人聽不到，這就是他的技術。因為他發明了干擾的系統，可以避開美國在土耳其和中國大陸的超級監聽裝置。遠在羅格夫一手遮天，在莫斯科矇騙他的主子以前，他就已經對所有事情的真相瞭若指掌了。根據藍鳥的說法，逢迎拍馬正是羅格夫的專長。他說：『維大力．羅格夫教授是一個專門舔人屁股的馬屁精。』他在筆記本裡也是這麼告訴我們的。他一點兒也沒有言過其實，羅格夫就是這麼一個人，一個逢迎拍馬，見利忘義，一點兒骨氣也沒有的馬屁精，一個為了達成目標，換取獎章，贏得特權而不擇手段的小人。他的這番話可以讓我們想起什麼人？當然不是我們親愛的克萊福。所以藍鳥打破了禁忌，他向卡蒂雅道出了他的痛苦，而卡蒂雅對他說：『不要只是坐在這兒啜泣，要嘛就起而力行。』老天啊！就這麼的，他果真就做了。凡是他能為的，他都寫給了我們。皇冠上的珠珍加倍了又再加倍。原先是要用來規避敵人的設備，這下子反而成為資敵的工具。『遙測』是用明碼，回溯式解碼可幫助我們把它查出來。如假包換的真實情報，在他還沒有粉飾去欺哄莫斯科的那些狗屁官員以前，他都一五一十的告訴了我們。好，幹得好，他這個傻瓜，但，誰又不是呢？誰又比他強了？」他把杯中剩酒一口氣喝完了。我看到他的臉漲成了深紅色，顯出了他的痛苦、羞澀和憤慨。他把手中的酒杯往我手上一堆，同我說道：「生活就是這樣，一團糟。」

我所知道的下一件事，就是他越過我走上了樓梯。我們聽到他開了門，然後反手把門重重地一關，就走到街上去了。

第二天早上，我對克萊福發了火。他對我解釋道：「華爾特是一個負擔。對我們來說，他可能只是稍微異常了點，但是對其他人，他……」說到這兒，他突然停頓了一下，改換了口氣說道：「我已經把他交給了訓練部門，」說到這裡，他又回復了那種漠然的態度。「他惹火了那邊的人。」

他的意思是指大西洋對岸的人。

如此，華爾特，優秀的華爾特，就這麼的失蹤了。而我也猜對了，我們從此就沒有見到那些摩門教徒，克萊福也絕口不提他們了。他們只是蘭利的信差呢？還是他們是到此做成裁決，並且堅持要求執行他們要求的懲罰呢？他們是蘭利派來的呢？還是奈德對著克萊福抱怨藍鳥分發表那件事情的時候，極力反對的那些團體裡面之一呢？或者，他們是奈德所恨之入骨的那種人，那種專門對付犯人的精神科醫生呢？

不管他們是什麼人，他們所製造出來的效果可是讓整個蘇俄司都感受到了。而華爾特的消失，對我們來說，就好像是挨了我們最好的盟友所射的一記冷槍。鮑伯感受到了這一點，並且為此還很不好意思。即使是面貌堅如鐵石的莊尼也表現得侷促不安。

「我要你更接近這次的作業核心。」奈德告訴我。

似乎，大家對華爾特的失蹤都感到悵然若失。

當我和漢娜一道走路時，她對我說：「你看起來又坐立難安了！」

是午飯的時候。她的辦公室距離攝政公園很近。天氣暖和的時候，我們會在那兒一起吃三明治。有時候我們甚至一起逛動物園。還有些時候她把那個癌症研究所關了起來。我們上床去了。

我問到她的先生德瑞克。我們之間很少談到他。我問她德瑞克還有沒有再發脾氣過？他有沒有再打她過？有時，當我們鎮日都泡在一起的時候，我曾經想過是德瑞克促使我們在一起的。但是今天，她並不想談德瑞克。她想要知道我為什麼心情不好。

「他們解雇了一個我非常喜歡的人。」我說。「其實，他們並不是把他給解雇掉，而是把他打入冷宮了。」

樣。

「他做了什麼錯事？」

「沒有什麼。他們只是決定以後不想再見到他。」

「為什麼？」

「因為他們高興。他們為了要滿足一些要求，收回了對他的忍耐。」

她想了一想，說：「你的意思是說他們還是積習未改？」她的語氣中暗示著像我一樣，不，是像我們一樣。

我為什麼老是回去找她，我自己也覺得奇怪。是去探訪犯罪的現場嗎？還是第一千次回頭尋求她的饒恕呢？或者，我之所以會去找她，就像是重遊我們的母校一樣，為的只是要去回憶我們年輕時在那兒發生過什麼樣的事情？

漢娜仍然是一個漂亮的女人，這一點很值得安慰。當然她的頭髮逐漸灰白，身材也逐漸發胖。當她回眸一笑的時候，我看到她那勇敢而又脆弱的笑容，就跟二十年前一樣。我告訴自己她終究是沒有被我毀掉：「她還好得很。」看看她，她不正在笑，而且也毫髮無損嗎？是德瑞克作賤她的，不是你。

但是我從未搞清楚過，而且一點兒也沒清楚過。

當那個獨裁者史達林站在克里姆林宮的城垛上觀望四周的時候，那面使他怒氣難消的大英帝國國旗，正無精打采地飄揚在英國大使館的前院中。在它後面的那一棟奶油色宮殿，就像是一個等待被人切開的結婚蛋糕，那一條河流溫順地淌流著，清晨的大雨打在它油滑的背上。在那兩扇鐵門旁，兩位蘇俄警察正在檢查巴雷的護照。雨打在護照的油墨上。年輕的那一位抄著他的姓名；年長的那一位則看著他的照片，比對著他落魄的身形。巴雷身穿一件棕色雨衣。他濕透了頭髮黏在他的頭皮上，看起來比他正常的身高要稍嫌矮一些。

「說老實話，這是什麼天氣嘛！」那個穿著一身格子花呢摺裙，等在大廳裡的女孩子喊著說。「哈囉，我是費莉茜娣。你就是史考特・布萊爾先生是嗎？經濟參事正等著你呢！」

「我原先認為你們那些管經濟事務的先生小姐們都在另一棟大樓上班呢！」

「噢！你說的是商務人員，他們和經濟人員是兩碼子事。」

巴雷跟在她搖搖擺擺的髮辮後頭上了那一座古老的樓梯。每次他進入英國政府的辦公大廈，總是有種走錯路的感覺，今天的這種感覺更是強烈到了極點。來自漢普斯德當地的文件遞送員吹著走調的口哨。送牛奶的車子在地板上搖搖晃晃地拖行著，發出咕隆咕隆的聲音。時間是早晨八點鐘，而英國的官場此時還沒有正式甦醒過來。那位經濟參事是一位留著一頭銀髮，矮胖身材的蘇格蘭人。他的名字是奎格。

「布萊爾先生！久仰久仰！請坐！你喝茶或是咖啡？不過，它們的味道並沒有什麼差別，但是我們正在想辦法改進，也許要慢慢來，但也快了。」

他拿了巴雷的雨衣，把它給掛在辦公室裡的一個衣服架上。在桌子的上方，一個裝框的照片中，女王騎馬的英姿點綴著整個房間。照片的側邊貼著一張紙條，上面的字句警告來客在這房間裡講話是不安全的。費莉茜娣端了茶和餅乾進來。奎格談話時顯得精力充沛，似乎是等不及要把心中所知道的一股腦兒全告訴別人。他紅潤的臉上反映出刮過鬍子之後的光芒。

「噢，我聽說你閃避全蘇版權協會的那些盜匪，閃避得真是精采透了！他們有沒有談些正經的？你和他們談出些東西沒有？還是他們只是給你些莫斯科的法蘭絨而已？這邊的工作，都是讓人窮忙，連忙些什麼都不知道。你知道，他們很少跟人交易，交易成功的東西更少。對他們來講，所謂獲利的動機，就跟勤勞一樣，是壓根兒都沒有聽說過的事情。他們所談的事永遠都是些扯也扯不完的東家長西家短。我一再地說，這種無可救藥的懶惰和無法達成的幻想放在一塊兒，是永遠做不出個什麼像樣的玩意兒來的。大使最近在他的書信之中一再引用我的話。我們不用核發信用貸款給人家，也沒有人來申請。我問你，以這種建立在懶散、部落意識和隱藏失業率底下的經濟，你讓他們怎麼可能有所斬獲？他們什麼時候方可以從這種桎梏中解脫出來？如果他們真能，又會發生什麼樣的景象呢？要答案，只有上帝才知道。在我看來，這兒的書市就好像是他們整個難處的一個小縮影，你懂我的意思嗎？」

他不停地講，一直到他似乎認為巴雷和那些麥克風都已經聽夠了為止。「呃，我們今天早上談得真是愉快，我可以這麼對你說，你已給了我很多是可供我作參考的。我們若失去了這兒的消息來源，做起生意來就危機重重了。你想不想四處去看一看？」

他點了點頭作命令狀，然後就帶頭走過一個通道，走向一扇裝有窺孔的門前。他們走近時，那扇門自動開了，而當巴雷他們走進去之後，又自動關上。

奎格是你的連絡人，奈德已經對他說過了。他雖然很糟，但他會帶你去見你的領導人。

這個房間給巴雷的第一印象好像是一間黑暗的病房。再看一眼之後，他倒覺得這裏像一間蒸氣浴室，因為不但燈光是從地板的一角透射出來的，而且整個房間裡還有一種松香味。之後不久他就斷定這整個浴室是被懸掛在半空中，因為他覺察出腳底下有些搖晃。

他小心翼翼地坐了下來，漸漸地，眼睛能夠看清了房間裡有一張桌子，桌子後面坐著兩個人。第一個人的後方牆上掛著一張海報，上面畫著一個英國士兵，正在捍衛著倫敦橋。第二個人的上方，畫有一幅在英國鐵路下方的溫德米爾湖在暮色中消褪景象。

「幹得好！巴雷。」坐在英國士兵下方的那位，操著一口像奈德一樣穩重英國口音的人大聲地說話。「我叫派迪，是派屈克的縮寫。這位是賽伊，他是美國人。」

「嗨！巴雷。」賽伊說。

「我們是駐在本地的傳令使者。」派迪向他解釋著他們的身分。「當然我們所能做的其實很少。我們主要的工作是提供交通工具和人手。奈德特別要我們向你致意，克萊福也是一樣。要不是他們在這兒已經是聲名狼藉的話，他們也會來和我們一起幹這種令人焦慮不安的工作。幹我們這一行的隨時都得面對著危險。我看，危險就快要降臨到我們頭上了。」

他講話的時候，那昏暗的燈光投射在他身上。他的肌膚多毛而柔軟，粗粗的眉毛和分開兩邊的眼睛讓人一看就感覺得出他是個玩命的人。賽伊的皮膚則顯得光滑而細嫩，不但看起來是都市人的樣子，而且年紀也比派迪年輕個十來歲。他們兩人的四隻手都擱在一張列寧格勒的街道地圖上。派迪的襯衫袖口有些兒磨損了，賽伊身上穿的則是一件快乾襯衫。

「順便問你是不是要繼續？」派迪說著，好像他所說的是個很好笑的笑話。「如果你要退出，那是你的權利，沒有什麼不好意思的。要退出嗎？你怎麼說？」

「沙巴提尼會宰了我的。」巴雷喃喃地說著。

「為什麼？」

「我是他的客人。他為我付帳，為我安排節目。」說著說著，他就把他的手抬到了前額上擦著，好像這樣能夠把腦子擠一擠，說出他該說的話來。「我該怎麼對他說？我不能對他揮手拜拜，只說我要去列寧格勒，就頭也不回地走了。他會認為我是發瘋了。」

「你就對他說是去列寧格勒，不是去倫敦呀？」派迪抱著和善的態度追問道。

「我還沒有拿到簽證呢！我已經到了莫斯科，我不必去列寧格勒。」

「但就算是多管閒事吧！」

又是一段漫長的遲延時間。

「我需要跟他談談。」巴雷說著，好像這就是他的解釋一樣。

「跟誰談？沙巴提尼？」

「歌德，我必須要去跟他談談。」

巴雷用他慣用的手勢以右手腕背擦了擦他的嘴，又瞧瞧手，好像是要看它有沒有流血一樣。然後喃喃地說道：「我不會欺騙他的。」

「你即使欺騙他，也不會有什麼不對。奈德要的是合夥，不是欺騙。」

「我們也一樣。」賽伊插嘴說。

「我是不會對他施鬼計的。我要嘛就對他直講，要嘛就根本不講。」

「奈德也不希望你對他使詐，」派迪說。「他所需要的一切，我們都會給。」

「我們也是。」賽伊說。

「波多馬克波士頓公司，巴雷，你在美國的新貿易夥伴。」派迪看著擺在他面前的一份報告，重新換了一種口吻說道。「這家出版公司的主持人是一位亨西格先生，是嗎？」

「是的。」巴雷說。

「你見過他嗎?」

巴雷搖了搖頭，畏縮地說：「只在合約上看過他的名字而已。」

「你所知道有關於他的，難道就只有這麼一點點麼?」

「我們在電話上談過幾次。奈德認為，應該讓他們聽到我們兩個在大西洋的越洋電話上講一講話，以做掩護。」

「但是，除此以外，你腦子裡面就再也沒有對他的其他印象了，是嗎?」派迪一直追問。他不怕被人視為迂腐，也要問他個一清二楚。「對你來說，他不是個在某一方面蠻吸引人注意的人?」

「對我來說，他是一個有錢，並且在波士頓有公司的名字。在電話上聽起來，他只是一個聲音而已。這就是他所給我的印象，僅此而已。」

「那麼，你和當地第三者的對話之中，就拿你和沙巴提尼來講吧!他們並沒有把亨西格當作是一個什麼樣的恐怖人物囉?你並沒有告訴他們說亨西格有鬍子，或是裝了一隻義腿，或是在性生活上有什麼樣的怪癖等等。如果人家把他當作是一個有血有肉的人，就一定會想到的某些特徵?」

巴雷想了想這個問題，似乎是抓不著腦兒。

「沒有嗎?」派迪問道。

「沒有。」巴雷說著，然後再次笨笨地搖了搖頭。

「所以，假設有一個情況發生了，」派迪說。「波多馬克波士頓公司的亨西格先生是既年輕，又富精力，有衝勁，現在正陪著他的太太在歐洲度假。現在是度假的季節。他們此刻正在赫爾辛基的馬斯基旅館。有聽過馬斯基旅館嗎?」

「我曾經在那兒喝過酒。」巴雷說，他說這句話的樣子就好像是羞於啟齒。

「亨西格先生也像所有任性衝動的美國人一樣，現在他正帶著太太朝著列寧格勒而去。我想，是衝著你去的？是不是呀？賽伊。」

賽伊開顏而笑，滿懷好意。他的臉很尖，一旦說起話來就露出一臉生動的聰明像。

「亨西格夫婦要雇請導遊來個三日遊，巴雷。他們在芬蘭的邊界申請護照、導遊和巴士，整合巴士有九碼長。他們是直來直往的正派人物。這兒是蘇俄，而他們是第一次來。對在波士頓的人而言，『開放政策』算是挺新鮮的事兒。他已在你的身上投資，當他知道你在莫斯科不停地花錢，於是要你放下一切，盡速趕往列寧格勒，帶著他的錢袋並且向他報告進行事宜的過程。對年輕的大亨來講，這是正常的作業程序。你瞧見問題沒有？在哪些方面，沒有為你設想到？」

巴雷的頭腦開始清醒了，其視野也跟著頭腦清晰了。

「不。滿好的。如果你們能讓它奏效，我就能夠。」

「首先，今天早晨英國時間，亨西格會從馬斯基旅館打電話給你，他聽到你的答錄機。他是從不對答錄機說話的。」賽伊繼續說道：「就在離現在時刻的前一個小時，他拍了電報到沙巴提尼那裏給你，副本給了莫斯科英國大使館的奎格，要求你這禮拜五到列寧格勒的佛諾卑斯卡亞旅館，也就是歐洲旅館和你見面。他的旅行團就是留宿在那家旅館。沙巴提尼接到這個電報之後也許會坐立不安，但由於你是在花亨西格的錢，所以我們預測沙巴提尼除了向市場的力量低頭以外，也別無選擇了。想通了嗎？」

「是的。」巴雷說。

派迪又繼續說道：「如果他有常識的話，他就會幫助你把簽證換了。如果他不高興，維克婁可以隨時找人幫你辦好。依我們的看法，你實在不用覺得對沙巴提尼有太多的虧欠。你不用對沙巴提尼卑躬屈膝或抱歉連聲。你應該痛快點，告訴他說這種快節奏的現代生活裡，生活就是這麼回事。」

「亨西格的家庭是名門望族。」賽伊說。「他是一位很好的公務員，他的太太也是。」

他突然停頓了下來。

巴雷好像是一個仲裁者，一下子看到了一個犯規的人，忙不迭地把手臂伸了出來，指著派迪。

「等一會兒，你們兩位！不管他們兩位有多麼好，如果他們一天到晚都被鎖在一輛遊覽車上在列寧格勒四處遊玩，那又有什麼用呢？」

派迪立即從剛才的錯愕當中恢復過來，說道：「賽伊，你告訴他。」

「巴雷，在他們星期四晚上到達歐洲旅館時，亨西格太太就會取消許多參觀列寧格勒的機會。亨西格先生也不會出遊，因為他心愛的太太正因玉體違和而臥床不起呢！他會和她一起待在旅館裡，絕無問題。」

派迪把那一盞燈和電瓶放到列寧格勒的地圖旁邊。卡蒂雅給的三個地點位置都已被紅筆圈了出來。

巴雷快到傍晚時才打電話給卡蒂雅，大約是在他算計好她會把她的紙夾鎖藏起來的時候。他已經睡過午覺，並且喝了幾杯威士忌提神。但是當他開始講話的時候，他發現自己的聲音太大了，於是就把聲音放低了下來。

「呃，哈囉！妳順利到家了吧？」他說著，說話的聲音連自己都覺得陌生。「火車沒有變成南瓜或是什麼其他的東西吧？」

「謝謝你，那不是問題。」

「好，太好了，我打電話來只是問問，真的。並且謝謝妳陪我度過了這麼一個美好的夜晚。還有，我要暫時跟妳道別了。」

「也謝謝你，昨晚真的是很有收穫的。」

「希望我們還有機會再碰面，妳明白吧！我必須趕著去列寧格勒一趟。有一些出乎我意料的事情發生了，我必須改變原先的計劃。」

一陣冗長的沉默。「那麼你就必須坐下來。」她說。

巴雷覺得奇怪，不知他們兩人當中是誰的神經出了毛病。「為什麼？」

「這是我們的習慣，我們在準備出遠門的時候，先要坐下來。你現在坐著嗎？」

他可以聽得出她愉快的聲音，他也就感受了那份快樂。

「其實，我正躺著，這樣可以嗎？」

「我還沒聽過有人出遠門躺著的。你必須坐在你的行李上或是一張椅子上，稍為嘆一口氣，然後再在你的胸口畫一個十字架。不過，我想躺著也有相同的效力。」

「說的是。」

「你會從列寧格勒回到莫斯科來嗎？」

「這一趟旅程不會。我想我會直接從那兒飛回學校去。」

「學校？」

「英國，這是我自己發明的笨話。」

「那代表著什麼？」

「那代表著負擔、不成熟、愚昧無知，都是英國人才有的通病。」

「你有許多負擔嗎？」

「一整箱。但是我已學會了把這些都給清理乾淨。我昨天對別人說我沒有負擔，結果把大家都嚇了一跳。」

「你為什麼要這麼說？為什麼不說有？也許他們會更吃驚也說不一定。」

「是的，昨晚就是碰到了這個困難，對不對？我沒有機會談我自己。我們談妳，談各年代中的偉大詩人，談戈巴契夫，談出版。但是我們遺漏了一個真正重要的話題——我。我會特別再來一趟，再來煩妳。」

「我知道你是不會讓我覺得厭煩的。」

「有沒有什麼東西我能夠帶給妳的？」

「你說什麼？」

「下次我再來的時候，妳希望我帶些什麼給妳？電動牙刷？紙髮捲？還是珍・奧斯汀的其他本書？」

一陣沉默的等待。

「我希望你旅途愉快，巴雷。」她說。

和沙巴提尼吃的最後一次中餐，彷彿是個沒有屍體的守靈過程。他們有十四個人圍坐在一起，全是男人，是在一家尚未完工的新旅館樓上大廳中唯一的一群客人。侍者擺上食物後，又退到老遠去了。沙巴提尼必須差遣探子去找他們才行。沒有酒，而且，除非沙巴提尼和巴雷挖空心思擠出一些話來，他們之間就一直保持著沉默。餐廳裡放著五〇年代的唱片，音樂中有許多的敲擊聲。

「可是我們已經為你預備了一個盛大的宴會，維克多要把他的薩克斯風借給你，我的一位朋友自製了酒，答應送我們六瓶。還有一些瘋狂畫家和作家會來。所有的材料都已齊備，足足可以讓我們痛快地玩上一整晚。而且你還可在週末休息恢復精力。告訴你那美國的波多馬克渾蛋去下地獄吧！我們不喜歡你把他看得這麼慎重。」

「亞力克，我們的大亨就像你們的官員一樣難纏。如果把他們給得罪了，我們可有苦頭吃了。你們也是一樣。」

沙巴提尼笑容裡既沒熱誠亦無寬恕。「我們甚至認為你會被一個莫斯科小美女給迷得魂不守舍了。難道那一個卡蒂雅都無法把你給留下嗎？」

「誰是卡蒂雅？」巴雷正想著為什麼天花板沒有塌下來，卻聽到自己這麼回答。

餐桌的四周引發了一陣嗡嗡的喧鬧聲。

「這是莫斯科，老兄。」沙巴提尼非常得意地提醒他。「若要人不知，除非己莫為。知識分子的圈圈是很小的。我們雖然都沒錢，但是打當地的公用電話是免費的。你和卡蒂雅．奧拉娃在一處餐館卿卿我我的用餐，隔天早晨就會有至少十五個人知道這件事。」

「那純粹只是公事。」巴雷說。

「那你為什麼不把維克多先生帶在身邊？」

「他太年輕了。」巴雷說。他這一說，引起在座的客人又是一陣笑鬧。

開往列寧格勒的夜車在離午夜還有幾分鐘的時間就要發動了。蘇俄的列車一向如此，好讓那些官僚們能夠把第二天的口糧都給算在旅程費內。一個車廂共有四個床位，巴雷和維克婁睡在位於下面的兩個床位。後來，來了一位金髮的胖女人，她堅持和巴雷對換床位。睡在第四床的那個人一看就知道他很有錢。他不常說話，但英語說得很典雅，帶著一股憂鬱的氣息。他起先穿著一套律師式樣的黑色西裝，繼而換上一件可以給小丑當戲服的寬條紋睡衣。不過他的心情始終沒有開朗起來，好和他穿的睡衣相稱。大家看來都相安無事時，事情又來了。那個女的說，除非同一車廂的三個男的都跑到外頭去，否則她連帽子都不脫。三人拗不過這女的，只好從命。不過，當她從走廊召回這三人後，再拿出她在家中烤好的糕餅招待他們以報答他們的殷勤表現時，大家又都笑了。她看著巴雷倒酒，覺得非常稀奇，所以又逼著大家享用她做的香腸，並且不止一次地為佘契爾夫人的健康舉杯。

「你是打哪兒來的？」大家都一切就緒之後。那位面帶哀愁的人隔著床位中間的走道問巴雷。

「倫敦。」巴雷說。

「是從英國的倫敦，不是從月球，也非從星球來的，而是從英國的倫敦來的。」那位哀愁的人替巴雷證實道。說完話之後，一轉頭便睡了。不過，就在幾個小時之後，當火車行進了車站，他又打開了話匣子。

「你知道我們現在是在哪兒嗎？」他問話的時候，甚至連弄清楚巴雷是否清醒了沒都不願意呢！

「我想我不太清楚。」

「如果安娜・卡列尼娜今晚是和我們在一起，並且和我們談她的事的話，那麼，你就會知道這個地方就是她拋棄那位挑剔再三的佛倫斯基的所在。」

「真的嗎？」巴雷一頭霧水地說。他的威士已已經喝完，但是那位仁兄還有喬治亞白蘭地。

「這裏以前是沼澤，現在也還是。」那位哀愁的人說著。「如果你要研究蘇俄的疾病，那你就得住在蘇俄的沼澤中。」

他所談的就是列寧格勒。

10

那一棟棟豪華宅第頭上的天空，籠罩著一片片像棉花，又像羊毛似的厚雲，讓這些濃粧艷抹的漂亮府邸平添上一層濃厚的陰淒。公園中有人在放著夏日音樂，但夏日的光景卻早已跑到那濃密的雲層後頭去了，只剩下一抹霧氣，在帶有威尼斯風格的水道上游移不去。巴雷走著。他每一次到列寧格勒，都會產生一種感覺，就好像是走在別的城市一樣，現在是布拉格，現在又到了維也納，現在又到了巴黎，也許還有些許攝政公園的味道呢！就他所知，沒有別的都市像列寧格勒一樣，把她的羞恥隱瞞在這麼多張甜美的面具後面，也沒有任何一個城市像她一樣，會以她的笑容來向你發出這麼多惹人厭的問題。是誰在那門庭深鎖的虛假教堂裏做禮拜？他們敬拜的是誰的上帝？有多少具屍體曾經填塞了這些優美的運河？又有多少具屍體凍結成冰，浮在水面，流入大海？在這個世界上，還有什麼地方，像這座城市一樣，用多得讓人數不清的野蠻來粧點出她那美麗的紀念碑？即使是街上的人群，雖然講話講得慢條斯理的，行動亦端莊而保守，彼此交談的時候還是難脫一種掩飾不掉的虛偽。巴雷走馬看花，似乎與一般的遊客並無兩樣，但骨子裡，他卻像所有幹間諜的，在心裡面倒數計時，巴雷覺得自己好像也與他們一樣虛偽了。

他已經和那位從美國來的大亨（也許不是大亨）握過了手，並且還慰問了他正在病中的太太。這位太太其實也並沒有生病，而且，大概也不是他的太太。

他也指派一位並非他部屬的部屬，去為一個其實並不存在的緊急事件進行救援的工作。

他正等著要與一位其實不是作者的作者約會。這位不是作者的作者其實正等著要在一個城市裡殉道，而在這個城市裡，殉道是不值錢的，無論你是站著排隊等它或是搶在別人前頭越過關卡，都不需花你一分錢。

他已經是害怕到麻木的階段了。連續四天，他都是酒醉到深夜。

他終於變成了列寧格勒的一分子。

走著走著，他猛然意識到自己腳下所站的是涅夫斯基普羅斯別克，他知道要找的地方是一個渾名叫西貢的自助餐館，一個供詩人、賣藥的和投機客聚集的地方。這個地方不是讓大學教授的女兒來的。「妳父親是對的，那個政權總是會贏的。」他腦海裡浮現出卡蒂雅敘述葉可夫對她所講的話。

他身上帶了一張街道地圖，那是派迪給他的禮物。地圖上是用德文作注，另外還加上了多種語文的解釋。賽伊則給了他一本《罪與罰》。那是一本爛得透頂的企鵝平裝書，翻譯奇差，差到讓巴雷倒足了胃口。他已經把這兩樣東西都放到一個塑膠手提袋裡。這是維克婁堅持的，它不像其他普通的袋子，而是個醒眼的袋子，它上面有著像怪物一樣的美國香煙廣告，五百碼以外都可以看得清清楚楚。現在，似乎他生命中的唯一任務就是尾隨拉斯科尼可夫①。在他命中註定的旅程中去暗殺那一位老媼，這就是為什麼他現在正尋找一個通往格里鮑耶陀夫運河的中庭。鐵門開啟之後，就看得見它，一株枝葉繁茂的樹木在那兒為人遮蔭。他漫步似地晃了進去，眼睛斜視著他的企鵝小書，然後小心翼翼地看著那扇污穢的窗戶，好像他已料到窗戶裡面那些典當商的血會從那已經泛黃的油漆中滲出來一樣。只有偶爾幾次，他轉眼看了看不遠處那些英國上層社會的一些禁區，以及這些禁區裡面的一些外來的事物，如過往行人，或只經過那兒卻沒做什麼的人們，或是那一扇大門，通往只有當地極少數人才知道的普列漢諾娃街。這極少數人，根據派迪的說法，包括那些年輕時在列寧格勒機械及光學研究所讀書的科學家。但是，巴雷窮目所見的那些人口，卻看不出有回頭的跡象。

他已經開始氣喘了。一種反胃的感覺像是氣袋一樣地灌滿他的胸膛。他到達那扇門前並打開它，走過一個穿堂，爬上了短短的幾級樓梯走到街上去，他看了看左右兩邊，再比較了一下街道左右兩旁景色的差異，而維克妻的那根可惡的麥克風正頂著他的背。之後又折回，慢步走過中庭，回到那株樹下。現在，他又回到了運河旁邊，巴雷坐在一個板凳上，把街道地圖攤了開來。十分鐘，派迪曾經說過，並且遞給他一只運動的馬錶，來取代他那只已經不可靠的傳家之寶。十分鐘過去了，那麼這次會面不成了。

「你迷路了嗎？」一位面孔蒼白的人問他道。這個人很老，老得不夠格作童子軍了。他戴著義大利賽車選手所戴的那種眼鏡，腳下穿著耐吉運動鞋。他的蘇俄英語有一種美國腔。

「我幾乎走迷了路，老兄，謝謝你。」巴雷禮貌地說。「我就是喜歡這樣亂逛。」

「你要賣什麼給我嗎？香煙？酒？還是鋼筆？你要交換毒品、現款或是其他類似的東西？」

「謝謝你，但我很好，什麼都不要。」巴雷回答道。他把自己放鬆了下來。說話也跟著就沒那麼快。

「如果你不要擋住我的陽光，我會更好的。」

「你可要見一見各國的人士嗎？包括女孩子。我可以帶你去見識一下真正的蘇俄，別人可是想看都看不到喲！」

「老兄，跟你講老實話吧！我不相信你這種人會知道真正的蘇俄是什麼樣子。」巴雷說著，又回頭去看著他的地圖，那個人慢吞吞地走開了。

派迪已經告訴過他，在禮拜五即使最偉大的科學家都不免從俗一番。他們會把這一個禮拜的工作給結束掉，喝個爛醉。在未來的三天中，他們都會長醉不醒。他們會拿出自己研究的成果出來彼此炫耀，並且互相交換心得。他們在列寧格勒有的是人會招待他們。招待他們的人會為他們準備很豐盛的大餐，讓他們逍遙自在，到達忘我的地步。如果你的朋友真要見你，這是他能夠脫身的第一個機會。

我的朋友，我那位拉斯科尼可夫朋友。不是他的朋友，是我的。如果我放得開的話。

這一個約會的時間已經過了，還有兩個可去。

巴雷站了起來，揉了揉他的背。他在心裡盤算著，還有時間去繼續他未完成的列寧格勒文學之旅。再度經過涅夫斯基普羅斯別克，他看到那些風霜滿面的顧客們。他在心裡面默禱著，希望他們把他當作是同種人：「我是你們中間的一分子！我分擔了你們的惶惑！接納我！把我給藏起來吧！不要再看我！」他鎮定一下情緒，望向四周，看起來很癡呆，一副傻呼呼的樣子。

他的後方聳立著一座卡山天主教堂，前面則是一家書局，這是像巴雷這樣的好出版商所流連忘返的地方。巴雷向窗口望了進去，然後再往上看到它頭頂上那個殘破的尖塔，有一個令人噁心的圓球體。但是他並沒有待得太久，因為他怕萬一被樓上編輯辦公室裡的什麼人給認了出來。他走進了西利亞波娃街，並且走進了一家在列寧格勒這個地區算是較大的百貨店。店裡擺設的盡是些二次大戰時期的英國時裝和這個時節派不上用場的毛皮帽子。他大大方方地走進入口處，中指上吊著他的手提袋，把他的地圖攤了開來作掩護。

不要在這裡，他想。看在老天的份上，千萬不要在這兒。找一個隱密性良好的地方吧！拜託！歌德。「如果他選擇的是商店，就是算計好了要和你在公開的場合見面，」派迪曾說過口「他一定會伸出雙手。並且對你喊著：『史考特．布萊爾，不會是你吧？』」

第二個十分鐘裡，巴雷的腦子裡空無一吻。他先是瞪著地圖，接著又把頭抬了起來，瞪著天花板。他盯著女孩子看，而在列寧格勒夏季裡的一些女孩子也回敬了他的眼神。但是她們那機警的目光並沒有使他更為放心。他又把頭埋到他的地圖裡去了。汗，像彈珠一樣地滾流過他的肋骨。他幻想身上的那支麥克風會短路。他又再度清了一下他的喉嚨，因為他怕他會說不出話來。但是當他試著要潤濕一下嘴唇的時候，才發現他的舌頭已經軟了。

十分鐘到了，他又再等了十分鐘，因為他認為這是他虧欠人家的，欠卡蒂雅、欠歌德，還有欠他自己。他把地圖折疊了起來，但是折疊的方法不對，好在，他也並非要把它折得多麼好。他把地圖塞到那個華而不實的塑膠提袋。他重新返回人潮當中，結果發現，他已能像別人一樣地走著——不會突然腳步踉蹌，不會筋骨突然劈啪地斷裂，倒栽蔥似地跌在柏油路上。

他沿著涅夫斯基逛了回去，到達了安尼克大橋，找著到斯摩爾尼的第七號無軌電車，要在列寧格勒的眾間諜們會合之前，趕往那兒赴第三次的約會。

兩個身穿牛仔褲的男孩子站在他前面等公車。在他後方，還排有三個包頭巾的婦女。電車來了，男孩子們跳了上去，他也跟在他們後頭上了車。那兩個男孩大聲地說著話。有一位老人站了起來讓其中的一位婦人坐下。巴雷腳下一個不穩，幾乎滑跌。他心裡想著：我們是善良的一群人。如果能夠就這麼樣整天地待在一塊兒，彼此作伴，那該有多好。一個小男孩一臉不太高興的樣子，不知道在問他什麼事情。巴雷靈感一來，突然把袖子捲了起來，把派迪送給他的腕錶展示給他看。那個男孩子研究了它一下，嘴裡發出憤怒的吐氣聲。電車叮噹了一聲，停了下來。

他一定逃避了，當巴雷進入公園時為求安心地這樣想著。太陽從雲層裏探出頭來，不過，他倒畏縮了，但是，誰又能怪他呢？

但是，就在此時，他看到他了。歌德！卡蒂雅口裡的那個偉大的歌德，一個偉大的思想家和情聖。在你走入碎石路的時候，他會坐在你左邊的第三張板凳上。一個虛無主義者是不會輕易相信任何事情。

歌德正讀著報紙。他看起來很清醒，但身高好像僅及他原來的一半。不過，他當然還是穿著他那一套黑色的西裝。在看到眼前的歌德竟是這種樸實平常的樣子之後，巴雷原先消沉的心又開始躍動起來。那一位偉大詩人的陰影消失了。他曾經平滑的臉上現在也刻畫下了歲月的痕跡。在這一位蓄著鬍子、坐在公園板凳上呼吸新鮮空氣的俄國人臉上，是看不到活潑兩個字的。

但歌德渾然未覺，他坐的地點正好是在一堆好戰的蘇俄人聖地之中：馬克斯、恩格斯、列寧等人的塑像彼此怒目相視。這些銅像一言不發地把他們的陰鬱之色逼射在他身上。

就在這個一切似乎是極其平常的當兒，巴雷突然想起了斯摩拉這個字。它的意思是焦油。彼得大帝曾在斯摩爾尼這個地方為俄國第一批海軍儲存了焦油以供備戰之用。

坐在歌德身旁的那些人看起來都和歌德一樣地正常。這天的天氣也許有些陰暗，但是剛露臉的太陽已經行了奇蹟。因此，那些好市民們都不約而同地剝了衣服，男孩子們裸露上身，女孩子們則禿得像一枝枝枯萎被扔掉的花朵。一些臃腫的女人穿著絲質的胸罩趴臥在歌德的前面的草坪上，聽著收音機，咀嚼著三明治。他們的談笑聲此起彼落，不絕於耳。

有一條碎石子路通到那張凳子邊。巴雷一邊走到上面，一邊看著疊起的地圖後面的一些事項。奈德曾經說過，在現場，在這行討厭的行規進行之時，消息來源就是「主角」，由「主角」來決定要會面或是喊停。

巴雷距離他的「主角」有五十碼之遠，但是那條路就像用尺畫線一樣把他倆連在一塊。他走路的速度是太快抑或太慢？一度，他差一點和迎面而來的一對遊客撞個正著，接著他差一點被從後頭趕上來的遊客推到一旁。如果他沒注意到你，你就再等五分鐘，再試第二次，派迪這樣跟他說過了。他的眼睛瞟過他的地圖，看見歌德的頭抬了起來，似乎是已察覺到他就在跟前。他看見歌德的兩腮以及深陷的眼窩。然後，他把報紙摺了起來，好像是在摺露營的人所用的毛毯。他注意到歌德有些笨拙，與他的舉止不太一致。他就像巴雷心中倒數計時著，如瑞士城裡的一個時鐘精準得有些過分：現在，我要抬起蒼白的臉孔。現在，我要用白旗敲打十二下。現在，我要站起來，並且大踏步走開。報紙被摺了起來。歌德把它放入他的口袋，帶著一種老師的姿態看了看他的腕錶。之後，他好像是某人發明的一個機械人，邁入一個步兵隊伍，大步大步地向著河邊走去。

現在，巴雷的步伐隨著歌德移動了。他的獵物正向一列停放著的汽車走去，巴雷的眼睛和腦子一樣地清醒，跟著他亦步亦趨，也到了那一列車子面前，又看他走到尼瓦河邊，河水流得很快。河邊的清風吹來，他的夾克立時鼓脹了起來。一艘遊河的汽船從河面上駛過，但是船上的遊客們鮮少有一絲愉快的表情。又有一艘運煤船駛了過去，從煙囪裡冒出了黑黑的濃煙，映在搖曳的河水上煞是漂亮。歌德斜靠在欄杆望著河水出神，好像是在計算著河水的流速。巴雷朝他走過去，眼睛瞟過他的地圖望著歌德的腿快步地往前走。即使當歌德操著那口非常純正的英語，也就是在皮里德爾基諾的陽台上讓他驚醒的英語，他也沒立時反應過來。

「先生，對不起！我想我們認識。」

但是巴雷起初並沒理會他。因為這個聲音太過於緊張，帶著極大的試探性。巴雷繼續看著地圖上的資料。他一定是一個探子，巴雷對自己說著。要不然，他若不是個賣假藥的，也是一個拉皮條的。

「先生？」歌德重覆地說著，就好像現在變成是他自己不能確定了。

在眼前這個陌生人一再地堅持之下，巴雷終於很不情願地抬起了頭。

「我想，你是史考特．布萊爾先生，是從英國來的了不起的出版家。」

到了此刻，巴雷終於不能不承認眼前這人所說的是對的。他佯裝成懷疑的眼神迅速變成了說不出來的喜悅。於是他伸出了手。

「哦！我該死！」他小聲地說。「感謝上蒼。能在這兒再遇見你真是太好了。我們曾在那一次丟臉的文學聚會上相遇，而咱們倆兒是唯一清醒的人。你好嗎？」

「噢，我好得很。」歌德費力地想凝煉起勇氣，聲音卻聽來非常地勉強。巴雷握住他的手，發現它滿是汗水。「我不知道在列寧格勒還有什麼時刻比現在更好的了，巴雷先生。多麼地可惜！我今天下午有一個約會。你能陪我走一段嗎？我們可以交換些意見嗎？」他的聲調很不自然地低落了下來。「能夠不停地走動，是最安全的。」他解釋道。

他已經抓住巴雷的臂膀，並且拖著他快速沿著提防走。他表現出的急迫，使得巴雷的腦子裡不斷地思考著對策。巴雷看著這個在他身旁走動的身影，看著他那蒼白的雙頰，看著那幾乎把他拖垮了的痛苦、害怕和憂慮。他看見那擔驚受怕的眼神，緊張地瞟著每一張過往行人的臉孔。他唯一的直覺是要保護他，為了歌德自己，也為了卡蒂雅。

「如果我們能走上半個小時，我們就可以看到那一艘叫作歐羅拉的戰艦。革命的發動，就是由它發射空包彈所肇始的。但是下一次革命會從巴哈的幾句簡單的樂句所發起。是時候了，你同意嗎？」

「不但如此，而且還沒有指揮呢！」巴雷帶著笑容說著。

「噢！也許是由你吹奏的那些爵士樂所發起呢！是的，是的，我想起來了，你應當用薩克斯風吹奏李斯特・楊格的曲子來宣布我們的革命。你讀過李巴克夫新寫的小說嗎？被壓抑了二十年，就可以寫成一部經典之作？我想這是個飽受浩劫的時代。」

「但是還沒出英文版的呀！」

語。

「你已讀過我的沒有？」那一隻瘦細的手已經抓住他的臂膀了，而那咄咄逼人的聲音也已經變成低聲細語。

「就我所能理解的那一部分，我是讀了。」

「你認為如何？」

「很勇敢。」

「僅此而已嗎？」

「很有感情。就我所能了解的，好極了。」

「我們在那一天的夜晚互相有了了解。那是奇蹟，你知道我們俄國人說：『一個漁夫總是會看到另一個在遠方的漁夫的。』我們都是漁夫。我們必須以我們的真理去教育成千上萬的人。」

「也許我們有必要這麼做，」巴雷懷著疑惑的口氣說著。他覺得那瘦削的臉孔正看著四周轉來轉去。

「我必須要和你討論一下，歌德，有一兩個問題。」

「你就是為了這個來的，我也是。謝謝你來列寧格勒。你打算什麼時候出版它？必須要快。這兒的作家通常得等個三年五載才會看到他們的作品出版；即使他們不被關在牢裡。但我等不及，蘇俄是沒有時機的，我也沒有。」

一列拖船駛近了，另一條兩人划的輕型小舟也在河中泛起了一陣陣的漣漪。兩位情侶在欄杆上擁抱。在教堂的陰影下，一個女人正搖著嬰兒車。他的另一隻手拿著一本書，一面搖著，一面讀著手上的書僅此而已嗎？」

「我在莫斯科的有聲圖書展沒有現身，卡蒂雅把你的手稿給了我的一個同行。」巴雷謹慎地說著。

「我知道。她必須要冒一坎險。」

「這件事你是知道的，但是還有你不知道的事情。他回到倫敦之後找不到我，所以就把這些東西給了能夠辨別這些東西價值的人，他們都是專家。」

歌德在驚訝中猛然回過了頭，他的身軀立刻被恐懼的陰影所籠罩。「我不喜歡專家！」他說。「這些人是專門囚禁我們的。我對專家的藐視，勝過這世界上所有的一切。」

「你自己就是一個專家，不是嗎？」

「就是因此我才知道！專家全是無可救藥的人。他們會解決事情，無論是哪一個政權雇用他們，他們就服事那個政權。有了他們，這些政權才得以堅立不摧。若是有一天我們受酷刑，那麼折磨我們的一定是那些專家們。如果有一天我們被吊死，那麼吊死我們的也一定是那些專家們。你難道沒有讀過我所寫的東西麼？這個世界若是被毀滅，它不會毀在瘋子的手中，而是毀於那些充滿理性的專家和那些超級無知的官僚手中。你出賣了我！」

「沒有人出賣你！」巴雷生氣地說。「如果你要怪，也只能怪那些手稿到的不是你想要它去的地方。我們的官僚不像你們的官僚。他們讀過它，也欽佩它，但是他們需要知道更多一些你的事。除非他們能夠相信這些信息的來源可靠，否則他們是不會相信這些信息的。」

「但是他們到底要不要出版它？」

「首先他們必須要確定你並不是個騙子。而他們認為最好的方法就是跟你談談。」

歌德邁開步伐疾走，還一邊拖著巴雷。他的眼睛望著前方，汗珠從太陽穴滾流而下。

「我是個附庸風雅的人，歌德。」巴雷上氣不接下氣地對著他轉開去的臉講著：「我對物理所知的僅止於《屠龍記》、女孩以及溫啤酒。太高深的物理，我是一無所知的。卡蒂雅也是一樣。如果你硬要走這條路，請你和專家去走，不要把我們扯進去。這就是我要來跟你說的事。」

他們越過一條通道，走進了另一處草坪。一群學童們自動把隊伍散開讓他們通過。

「你來這兒就是要告訴我你拒絕出版囉？」

「我怎能出版呢？」巴雷反駁著。此時，他又被歌德的絕望給激怒了。「即使我們能夠把這個手稿弄出個樣子來，我問你，卡蒂雅怎麼辦？他是妳的信差，記得嗎？是她把蘇聯的國防秘密轉給另一個國家的。而這件事情的嚴重性，不是在這兒可以用三兩句玩笑話就可以帶過去的。如果他們果真查出是你們兩個人幹的，當第一本書出現在書攤的那一天就會是她的死期。這種事情哪是我這個出版商幹得下手的？你認為我可以回到倫敦，在那兒按一個鈕，就讓你們倆在這裡消失掉？」

歌德在喘氣了，但是他的眼睛也因而停止掃視人群，而盯住巴雷的身上。

「聽我說，」巴雷請求著。「請你暫且等一等。我了解，我的確了解。你有天才，但你的天才被錯用了。你知道這個政權是壞到了極點，而你也渴望著能洗滌你的靈魂。但你不是基督，也不是比雪林。你什麼都不是。如果你要自殺，那是你的事，但你這麼一做，會連她一起給被殺掉的。如果你不在乎誰會被你殺死，那你也應該根本不在乎誰會因你而獲得拯救。」

他們朝著一處可以野餐的地方走了過去。地上留著被鋸下的大樹樹根，被當作桌椅使用。他們並排坐著，巴雷打開了他的地圖。他們彎下身去，假裝在研究它。歌德仍然在想著巴雷的話，並且把他的話和自己的目的相衡量著。

「我只有現在，」他終於低聲地解釋道。「我是個沒有明天的人。在過去，我們急迫地做，努力地幹，為的是將來。但我們現在必須要為現在而做，並且一點差錯也出不得。錯過了今天就錯過了一切。蘇聯的歷史是不會給我們再來一次機會的。在我們跳過了一個地獄之後，她絕不會再給我們機會踏出第二步。一旦失敗，她就絕不會放過我們：另一個史達林，另一個布里茲涅夫，另一次清算，另一次恐怖專制的冰河時代。如果這種趨勢繼續下去的話，我就會是先鋒，但若它停止成開了倒車，那我就會變成另一個革命先烈。」

「卡蒂雅也會。」巴雷說。

歌德無法再穩住他的手指，就乾脆讓它們在地圖上面遊走。他看了一看四周，又繼續說道：「我們現在是在列寧格勒，巴雷，這是革命的搖籃。沒有人能夠不先犧牲就獲得勝利的。你說我們需要在人性上做一個實驗。那麼，當我正準備實踐你所說的話時，你又為什麼如此擔驚害怕呢？」

「你那天會錯了我的意思。我不是你所想像的那種人。我只是會說說而已。你那天碰到我，碰巧我講的話正中了你的心坎。」

歌德以令人驚嚇的控制力張開了他的雙手，雙掌向下，覆蓋在地圖上。「你不必提醒我，對我說：人之所言，並不等於他之所行。」他說。「我們新一派的人談開放，談放棄用武，談和平。所以，讓他們去開放，去放棄用武，去談和平。我們認為他們只不過是虛張聲勢的人。所以你要搞清楚：在此一時刻，他們是不可能讓時鐘逆著轉的。」他站了起來，再也不能忍受桌子對他的限制了。

巴雷站在他身旁，說道：「歌德，看在上帝的份上，放輕鬆點。」

「去他媽個輕鬆！就是輕鬆要人的命！」他又開始在踱步了。「我們像賊一樣地把秘密從一個人的手中傳到另一個人的手上，也並沒有打破秘密的咒詛！看看，我是活在一個多麼大的謊言裡啊！而你居然叫我仍然保守秘密！這個謊言是怎麼苟延殘喘下來的？是憑謊言。我們偉大的夢想又是怎麼會支離破碎成這一片片碎屑的？是因為你們要守密。你們是用什麼方法讓自己人對你們的作戰計劃一無所知的？是靠守密、靠遮掩。如果你必須把我的作品先讓你們的間諜過目，那就這麼做吧！但是同時也把它出版出來，好嗎？這是你答應過我的，而我也就這麼地相信了你。我已經把一本筆記本放到你的手提袋裡去了，裡頭包含著更多的故事。你們那些白癡所要問我的諸多問題，這本筆記本中都有答案。」

他們走著，河上的微風吹走了巴雷臉上的熱氣。看到歌德發熱的軀體，他隱約感受到歌德純真的心靈，這似乎就是他憤怒的源泉。

「我希望你出版它的時候能加個封套，封套上只有字體。」他說著。「不要放圖畫，拜託。不要有煽情的設計。你聽到我說的話嗎？」

「我們連書名都不知道呢！」巴雷反駁道。

「請你用我的本名發表吧！不要規避，不要用假名。用假名就等於是創造另一個秘密。」

「我甚至還不知道你的名字呢！」

「他們會知道的。以後卡蒂雅會告訴你，還有我所新寫的那些內容，他們絕對會知道的。帳不要記錯。每隔六個月，把錢寄給需要用錢的人。這樣，就沒有人會說我這麼做是為了自己的利益。」

「歌德！」巴雷說。

「怎麼啦？你害怕了？」

「來英國吧！他們會把你偷運出國。他們有的是辦法。當你離開這裡之後，你就可以盡情地把你想說的都說出來給全世界知道。我們會租亞伯特大廳給你使用。如果你還嫌不夠，我們還會安排你上電視，上廣播電台，只要你說得出的，我們都做得到。事情完了之後，他們會給你一張護照和金錢，你可以舒舒服服地住在澳洲。」

他們又停了下來。歌德聽到了嗎？他了解了嗎？在他一眨也不眨的眼睛裡仍然看不出半點端倪。他的眼睛瞪著巴雷看，好像他是廣大地平線上距離遙遠的一個小點。

「我要的不是背叛我的國家！巴雷。我是俄國人，而即使我在這兒只有短暫的前途，但我的前途還是在這兒。你會不會為我出版？我極需要知道。」

巴雷在爭取時間。他伸進他的夾克口袋，抽出了那本賽伊給他的封面都已經磨損不堪的小書。「我要給你這個，」他說。「這是一個紀念品，紀念我們的會面。他們要問你的問題就在這本書的內文中。另外，書裡還有一個在芬蘭的地址，你可以寫信給他們；還有一個莫斯科的電話號碼和一些指示，告訴你打電話給他們的時候應當說些什麼。如果你要直接和他們做交易，他們有各式各樣的玩意兒可以給你，讓你和他們的溝通更加容易。」他把書放在歌德張開的手掌上，而它也就一直擱置在那兒。

「你會不會出版我的書？會或不會？」

「他們要知道如何才能聯絡到你。他們必須知道這一點。」

「告訴他們找我的出版商就能找得到我。」

「把卡蒂雅拉出這個漩渦之外，讓那些間諜跟你聯絡，把卡蒂雅置身事外吧！」

歌德的眼光轉到巴雷的西裝上，並且逗留在那兒，就好像他的西裝有那點讓他看不順眼的樣子。他悲傷的笑容好像因為是度假的最後一日而難過。

「你今天穿灰色的衣服哦！巴雷。我的父親是被身穿灰色衣服的人送進了監獄。是灰色的人毀了我輝煌的職業。請你要格外注意，否則他們也會毀了你的。要我等著你出版我的書呢？還是另外找個有人格的人來為我做這件事？」

面對這個問題，巴雷幾乎無法回答。他規避的本能已經失靈了。

「如果我能控制那些素材，並且能夠把它變成一本書，我會出版它的。」他答道。

「我是問你，會或不會？」

只要他要求的不過分，你什麼都可以答應他，派迪已經說過。但是，什麼樣的要求才算不過分？「好，」他答道。「好的。」

歌德把那本書遞還給巴雷，而巴雷在一片迷惘中，又把它收回，放入他的口袋。他們擁抱在一起，巴雷聞到他身上的汗味和變味的煙草味兒，並且再度感覺到他們在皮里德爾基諾道別時那種懾人心魄的力量。歌德剛才出其不意地抱住巴雷，現在也突然掙脫了他。歌德環顧了一下四周，似箭一樣地轉身朝著那個無軌電車的站牌跑了過去。巴雷在目送他離去時，也注意到在那間自助餐館外面的樹蔭下。有一對夫婦也同樣地目送著他離去。

巴雷先是打了一個噴嚏，接著又重重地打了好幾個噴嚏。然後，他的噴嚏又一發不可收拾地打個不停。他走回公園裡，把頭埋在手帕裡，肩膀顫抖著，一邊還繼續打著噴嚏。

「為什麼？史考特！」亨西格一邊搶著把歐洲旅館最大一間臥室的房門關上，一邊叫著。他的口氣，就像是個非常忙碌的人，在等了許久之後，所表現出的不耐煩。「史考特，今天我們發現了誰才是我們真正的朋友。請進來。你為什麼拖了這麼久才回來？給梅西打一個招呼。」

他的年紀約有四十出頭，很有活力且善體人意。他推出一臉和善的表情，讓巴雷一看就覺得溫暖。他一邊的手腕上戴著一串象毛，另一邊手腕上戴著一串金色的手環，腋窩部位的棉布衫上有著半月形的汗漬。維克婁出現在他的身後，很快地就把門闔上了。

雙人床上披著橄欖色的床單，就位在房間的正當中，床上躺臥著亨西格太太。她是一位三十五歲左右的女人，嬌小玲瓏，沒有化妝。散亂的髮卷懶洋洋地垂在她的肩頭上。一位身穿黑色西服、眼戴墨鏡的人侷促不安地徘徊在她的床前。一個醫生出診時用的醫療箱打開著放在床前。亨西格繼續用做作的口氣說話以應付房裡的監聽裝置。

「史考特，來見見美國在列寧格勒的總領事館的彼得．伯恩斯托福大夫。他是一位好大夫。我們都曾受益於他。梅西好得很快。維克婁先生也給了我們很大的幫助。這ＡＮＡ那些旅遊的人、還有診所都是他安排的。你今天進行的如何？」

「好得很。」巴雷脫口而出，有一會兒還差點兒說錯已擬好的對白。

巴雷把那個手提袋往床上一丟，再從他的夾克口袋裡拿出那一本歌德拒絕收受的小說，照樣擲了出去。他的手顫抖地脫掉夾克，再把那一只麥克風裝置從他襯衫上面給拔了下來，扔到袋子和書的地方。手伸到背部腰帶上，維克婁想要助他一臂之力。結果被他拒絕了。他把那一個小錄音機從他的背部抽了出來，也甩到床上去。梅西隱忍不住地罵了一句：「混帳！」趕快把她的雙腿移到床的另一邊。巴雷走到了流理檯，把他的威士忌從酒瓶中倒入他的嗽口杯裡，一隻手抱在胸前，好像是被人射傷了。然後，他就喝酒，一口接著一口，忘卻眼前完美無缺的套招。

亨西格的身材雖然壯碩，但行動卻像貓一樣地輕盈。他抓住那只袋子，把裡面的筆記本拿了出來，又把它遞給了伯恩斯托福。伯恩斯托福把它塞到擠滿藥瓶和儀器的醫藥箱裡，而後居然神秘地消失不見了。亨西格把那本小說也遞給了他，也消失不見了。維克婁拿了那個錄音帶和裝置，然後這兩樣東西也進了箱子。伯恩斯托福很快地把箱子關上，緊接著就給病人開了份菜單：四十八小時之內不許吃固體的食物，亨西格太太，如果你需要的話，那就喝杯茶，吃一片全麥麵包也可以。不管妳有沒有覺得好一點，都要繼續吃抗生素。他還沒說完，亨西格先生就插嘴進來。

「大夫，如果你到波士頓的話，假設你有任何需要，我是說任何需要，這兒是我的名片，你留著……」

漱口杯還拿在手上，巴雷站在盥洗盆前，怒目注視著鏡中的自己，此時那個樂善好施的大夫已帶著那個即將遠行的箱子走到門口了。

巴雷回想他在莫斯科所曾度過的夜晚，回想著他在世界各地所曾度過的夜晚，只有這一晚是最淒涼的一夜。

亨西格已經聽聞有一家合作餐廳剛剛才在列寧格勒開張，所謂「合作」的意思，就是指私人經營的。維克婁查問過，它已經客滿了。但亨西格不是個好惹的人物，在他密集的電話和小費雙重攻勢下，他們終於為他們加放了一張桌子，離舞台只有三步遠，台上那齣吉普賽歌舞劇是巴雷看過最糟、最吵鬧的。

就這樣，他們在那兒坐了下來，慶祝亨西格夫人奇蹟似地痊癒。歌手們的輕歌妙舞透過手提電子擴音器的擴大，聽來益發讓人覺得刺耳，並且持續不斷。

就在他們四周坐著的，是蟄伏於巴雷心中的道德面所素來憎惡、但卻緣慳一面的蘇俄人：包括了那些並不是那麼神秘的資本主義特權分子、因為經營產業而致富的暴發戶以及招搖過市的消費群，還有黨裡的權貴人士和歛財的吸血鬼、身上珠光寶氣且渾身灑了西方香水及蘇俄除臭劑味道的女人們，而侍者都競相穿梭在那些富商巨賈的席位之間。

「巴雷，我要你明瞭一些實情，」亨西格的身子向前傾，靠在桌子上，對著巴雷吼著。「這一個小國家正在改變。我在這兒可以嗅得到希望，嗅得到商業的氣息。我們在波多馬克的人也正希望能如此。我覺得很驕傲。」他雖然聲嘶力竭地講著，但他的聲音早已被那震耳欲聾的樂聲掩蓋住了。看他嘴形又重覆地說了「驕傲」這兩個字，但即使他再用力，也抵擋不住那一百萬分貝的吉普賽音樂。

但是麻煩的地方在於，亨西格和梅西都是修養到家的人物。而這項他們個人的優點，卻使得情況變得更為糟糕。隨著痛苦一直不斷地拖延著，巴雷逐漸進入了充耳不聞的無我境界。就在外界那刺耳的聲音裡，他找到了一處最可靠的空間。從這個空間毫無遮掩的窗戶裡向外凝視，巴雷可以看到蒼白的列寧格勒夜晚。你走到哪裡去了，歌德？他問道。當她不在你的身邊時，是誰取代了她的地位？在你抓住她的頭髮，要她跟你一起去為天下的蒼生自我毀滅時，是誰在為你縫衣補襪、洗碗燒湯的？

他們一定是趁他有點兒不醒人事時，回到了旅館。因為，就在他清醒過來的時候，他發現自己正靠在維克婁的肩膀上，周圍都是一些來自芬蘭的酒鬼，面帶羞慚地在大店裡跌跌撞撞著呢！

「那個餐會真是好極了！」他逢人就講。「樂隊的演出真是精采！謝謝你到列寧格勒來。」

但是就在維克婁拖著他往床邊走去時，巴雷心裡面的那個仍然保持著清醒的部分回頭越過了肩頭，掃視了下方寬闊的樓梯。就在靠近出口的黑暗裡，他看見了卡蒂雅，她坐在那兒，兩腿交叉重疊著。她的手提袋放在大腿上。身上穿著一件黑色夾克。一條白色的絲質領巾圍在他的脖子上，在下顎地方打了一個結。她的臉端視著他，臉上帶著她慣有的緊張笑容，既悲傷又充滿了希望，並且渴望著愛。

但他的目光從渾沌中很快地清醒過來了。他看到她對著一位侍者說了一些漂亮而機靈的話，於是，他才看清她只不過是列寧格勒一名在釣尋歡客的妓女罷了！

第二天，在英國這邊的歡迎聲中，我們的英雄終於要回家了。

奈德不要有任何的排場，不要有任何美國人在場，當然更不要有克萊福在場。但他決心要有些表示，因此，我們就開車到格特維克，並且由於我們事先就已經叫布拉克手上舉著一張「波多馬克」的牌子站在入境關卡內，於是乎就好整以暇地在候客休息室裡等。與我們在一塊兒的還有外事部的人，他們正在那兒為了是誰喝了琴酒而爭吵個不休呢！

我們等著，飛機延誤了時刻。克萊福從格羅斯凡納廣場打了電話來問：「他回來了沒有，帕爾弗萊？」就好像他挺希望巴雷能待在蘇聯似的。

半個小時又過了，克萊福又再度打了電話來。這一次是奈德接的，他通常在講電話時，如果沒有人突然闖了進來，是很少會掛人家電話的。但是今天不同，維克婁溜了進來，像一個合唱團裡的小歌手露出他的牙齒笑著，他不但笑著，而且還同時對著奈德使出警告的眼色。

幾秒鐘之後，巴雷進來了。除了臉色看起來比較蒼白以外，他的樣子看起來就跟他的檔案照片一模一樣。他一進來，還沒等布拉克把門給關上，就脫口而出：「各位傢伙好哇！那個婆婆媽媽的機長，說話不清不楚的，說了半天，到底說些什麼我到現在都還沒搞懂。真想把他給宰了。」

就在巴雷暴跳如雷的時候，維克婁小心地解釋著他不高興的原因。當他們的飛機在飛出列寧格勒時，機上已被一團來自英國的商人所占滿了。巴雷一看這批人，就說他們是那種最沒教養的雅痞。不過，從他們的言談舉止上看來，他們也的確是的。其中有幾個人在上飛機時已經喝得酩酊大醉，而其他的一夥人在上了飛機之後不久也都步上他們的後塵。當飛機升空之後才幾分鐘，那個被巴雷視為煽動分子的機長宣布飛機已經飛越蘇聯的領空。大家一陣叫囂之後，空服員就跑上跑下地沿著走道發放著香檳。之後，他們就一起叫喊著「英國萬歲！」

「每次都來這套！」巴雷板著臉怒叫道。「我要寫信給那個航空公司，我要……」

「你不會做出這種事的，」奈德和善地打斷了他的話。「如果你如此做，你會使我們為你而被捲進了一場無謂的紛爭中。如果你一定要發脾氣，也請你以後再發。」

他一邊說著，一邊超前握住巴雷的手，而巴雷也終於笑了。

「華爾特呢？」他看了看四周，問道。

「他有事不能來。」奈德說，但巴雷似乎已經失去了再追問下去的興趣。當他喝著酒時，就哭了出來，手也劇烈地顫抖著。奈德事後對我說，這是士兵從戰場回來之後的常態。

---

①：Roskolnikov，《罪與罰》書中的主角人物。

11

以後三天，就像是一架撞毀了的飛機殘骸一樣，正進行著事後審慎的檢查，希望能發現出技術上的失誤。不過，說實在的，能夠發掘出來的，實在少之又少。

經過了在機場的一陣發洩之後，巴雷已經逐漸恢復過來。他在車子行進的途中經常自顧自地發笑，並且以他那種習慣性的羞怯看著沿路他所熟悉的路標。他也打了好一陣子的噴嚏。

奈德已經決定讓巴雷先在武士橋的那間房子裡過一夜，再放他回自己的公寓。我們一進了屋子，巴雷就把他所有的行李都扔到客廳，把手環繞在寇德小姐的脖子上，對她宣布他對她的愛是多麼地誠實無偽，並且奉上一頂維克婁或任何人在事後都不記得他在何時購買的山貓皮帽子。

就在這時候，我偷偷地告退而出。克萊福要我到十二樓，去與他面對面地做一個他所謂的「重要會談」。不過，很顯然地，他所想要做的，只不過是想從我這兒套出一些情報而已。史考特．布萊爾緊張嗎？他有沒有失常？他怎麼樣了，帕爾弗萊？莊尼在那兒聽著，並且很少發言。據他說，鮑伯已經被蘭利召回去開會磋商。我只把所見的到的告訴他，沒有刪減情節，當然也不會加油添醋。他們兩人在聽我講巴雷落淚之後，都不免大吃一驚。

「你的意思是說他想再回去？」克萊福說。

就在同一天晚上，奈德單獨與巴雷共進晚餐。不過，這還談不上做彙報。

這是一段失魂落魄的時期，錄音帶中，巴雷的音調比正常高了一個音符。我和他一起喝咖啡的時候，他正談著歌德，但是態度是故作客觀的。

歌德已經老了，已經不復當年的有活力了。

歌德真的是隻驚弓之鳥。

歌德似乎是已經戒掉喝酒的習慣。他隨時隨地都會興奮。「你應該看一看他的手。哈瑞，他把手放在地圖上面的時候，抖得很厲害。」

我聽他這麼一講。心裡就想：你也該看一看你自己的手。你大概不知道你在機場喝香檳的時候，手抖得有多麼厲害。

他在那天晚上只提到卡蒂雅一次，還是故意用一種不經意態度提起的。我想，他大概是決定要讓我們知道他可以不帶情感就如我們可以控制情緒一樣。這倒不是說他滿狡滑的，其實如果我們沒教過他，他也不會做得出。現在我們是他情感依繫所在，他害怕若失去我們，他將落得無處依靠。

他說，卡蒂雅擔心她的孩子遠勝過擔心她自己。他說這話的時候，又是故意裝出一副置身事外的態度。他認為大部分的母親都有相同的表現。不過，另一方面來講，她的孩子象徵了她想要拯救的世界。因此，就某種意義上來講，她所做的，是另一種形式的崇高母愛，你同意嗎，奈德？

奈德點頭了。沒有一件事情是比拿自己的孩子當作試驗品更教人為難的了，巴雷，他說。

但她真是個好女孩，巴雷堅持道，一派施恩者的模樣，就他近來的個人風格來說，似乎態度太堅決了點。但是如果你喜歡你的女人有像聖女貞德一樣的道德勇氣，那麼卡蒂雅就是你所要的女人。她不但有勇氣，還很漂亮，這些是無庸置疑的。如果我們懂得他在說些什麼，就知道他實在有一些欠缺含蓄。

由於不能當著他的面說在過去的一個禮拜中我們都已拿過她的照片來欣賞，所以就只好裝著相信他的話。

十一點時，巴雷一邊抱怨著時差，一邊就打起瞌睡來了。我們站在大廳裡目送著他爬上樓梯去睡覺。

「不管怎麼說，那是個好東西，是不是？」他靠著樓梯的欄杆上，透過他小而圓的錢對著我們露齒而笑。說道：「我是說他交給我的那本新筆記本。你們不都看了嗎？」

「那些研究人員此刻正在挑燈夜戰，不眠不休地趕著讀它呢！」奈德回答道。其實，那些人此刻是正像貓狗搶食物一般地搶著看，只是他很難啟齒罷了。

「專家都是上了癮的人。」巴雷說著，又笑了一笑。

但是他還是在站原地搖晃著，好像是在尋找另一個適當的出口。

「必須有人在那個麥克風上動一動功夫了，奈德。它們架在我的背上，把我的背弄得一塊青一塊紫的。你若預備再送一個笨蛋去。最好能挑背部厚一點的人，順便問一下，鮑伯叔叔在兒？」

「他到處留情去了。」奈德說。「現在，他可有事情好忙了。他希望最近能見你一面。」

「他是不是去找華爾特了？」

「即使我知道，我也不會告訴你的。」奈德說。他一說完，我們都笑了。

就在當晚，我接到了我太太瑪格麗特的一通電話。她說她在巴辛史托克收到一張違規停車的罰單，她認為這張罰單罰得不公平。

「那是我的地方。我已經打停車指示號誌，這時候一個小個子男人開著一輛嶄新的積架車，白色的，一頭油亮的黑髮——」

我很不聰明地笑了。並且告訴她說開著積架車，頭髮烏黑發亮的小伙子也不可能在停車的尺度上有額外的權利。但幽默向來就不是瑪格麗特的專長。

第二天清晨，星期天，克萊福又要求我到場。首先他盤問我前一晚的事情，然後要我對莊尼說明清楚一件事情：巴雷到底算不算是我們局裡正式的一員，而如果是的話，是否因加入我們而拋棄過某些權利——譬如說，萬一與我們發生爭辯的話，他的合法陳情權利。我說的有些模稜兩可，令他們十分看惱。但是基本上，我的答案是「是的」。是的，他已經放棄了這些權利。或者，說得更確實一點，不管他在法律上有沒有如此權利，我們都可以騙他作此想法。

也許我早先並沒有說得很清楚，莊尼是哈佛法律系畢業的高材生，所以蘭利並沒有必要送一堆法律顧問給我們。

下午時分，巴雷一刻也沒安靜下來。於是乎，我們就趁著晴朗的天氣，開車到了處女頭那地方，在泰晤士河畔的拖船路上步行著。就在我們打算回程時，我想可以說巴雷已經做完了報告：對於那些我們分析專家都已經有十足把握的事情，以及他在行動中的遭遇，也都已經被我們以技術上的方法一一查明了。事實上，能夠讓他報告的，實在是所剩無幾了。

巴雷是不是受到我們的憂慮所影響呢？我們盡可能地裝作愉快，但是我不得不懷疑那種會要人命的沉滯氣氛到底會不會影響到他。也許，他自己本身就陷在一片迷惑的漩渦和洩氣的沮喪裡，而我們也就跟著他掉了進去。

在星期天晚上，我們一起在武士橋吃晚餐。巴雷的態度顯得既溫和又安靜，使奈德認為（其實換了我，也會這麼以為）大可以放心送他回漢普斯德了。

他是住在維多利亞街靠東希斯路的一棟公寓裡。我們在那兒所設的監聽崗哨就在這棟公寓的正下方，由一對年輕的夫婦負責。這一戶中原先的住戶已經被我們暫時遷移到別處去。十一點左右，那一對夫婦向我們報告，說巴雷獨自在屋裡來回走動著。他們聽得見他走動的聲音，但是看不見他。因為奈德已撤離監視器。他們說，他一直不斷地對著自己講話。當他拆開郵件的時候，我們清楚地從監視器上聽到一連串的憤慨和咒詛。

奈德對他的這種表現始終無動於衷。他已經讀過巴雷所有的信件，知道其中並沒有什麼好費心去防範的內容。

清晨一點鐘，巴雷打了電話給他在格雷丹的女兒安西雅。

「ｉｇ是什麼東西？」

「是愛斯基摩人住的房子，裡面沒有廁所。莫斯科怎麼樣？」

「如果妳搭『鐵達尼號』橫越大西洋，妳會怎麼樣？」

「大約只能走一半而已。莫斯科怎麼樣？」

「如果妳把袋鼠和羊交配的話，會生出什麼東西？」

「我是在問你莫斯科到底怎麼樣了？」

「好像一件毛背心一樣。妳那位討厭的丈夫近況如何？」

「他現在睡了，但是睡得不好。你帶到里斯本的那個俏佳人怎麼樣了？」

「已經雨過天晴了。」

「我想她是蠻認真的。」

「她是，我不是。」

巴雷接著又打了電話給兩個女人，第一個是他的前妻，他仍然對她保有探望的權利，第二位我們手邊並沒有資料。這兩位女人突然接到他的電話，即使有心，也沒有能力給他任何的慰藉，因為她們此刻都躺在她們的男人懷中呢！

在一點四十分的時候，這一對夫婦報告，巴雷臥房的燈光已經熄了。奈德總算是放心地去睡了，但是我在自己的公寓中，卻了無睡意。我的腦袋中浮滿了對漢娜的記憶，巴雷在武士橋給我的印象亦摻雜其中。我記起了他談及卡蒂雅和她那兩個孩子時的惺惺作態。我把它拿來和我不斷否定對漢娜的愛作比較，我又回到了當年，當我對她的愛已經影響到我前程的那些歲月。漢娜看起來嘴角有些下垂，我每隔五分鐘，就會看到她天真無邪的樣子。她的丈夫如今是否帶著她婆娑起舞？想到這兒，我笑了。我推測，他喜歡擁著她團團轉，我在講這句話的時候，還是應該帶著巴雷那種超脫的口吻才對。說實在的，在我心中，那團秘密的火種已經燃燒到無可救藥的地步。

第二天早晨，巴雷回到他的公司恢復上班，但是他也同意，如果我們有需要他澄清某些疑點的時候，他會在下班回家的途中，去武士橋的那棟房子與我們碰面。這種安排，聽起來好像是太過疏於看住巴雷了，其實不然，因為奈德現在正與十二樓那些人處於嚴重的爭執中，很可能一到了晚上，他要是還不讓步，就得面對那些官僚傾全力的攻擊。

但是就在這時候，巴雷卻失蹤了。

根據監視巴雷的人所捎回來的報告，巴雷約在四點四十三分的時候離開了他在諾福克的辦公室，比我們所預計的要早了一點。他帶著他的薩克斯風一塊兒離去。維克婁當時正在阿伯克洛比暨布萊爾公司後面的房間裡打一份莫斯科之行的報告，對他的離去毫不知情。但是布拉克的手下，有一對穿著牛仔褲的小伙子跟著巴雷向西沿著河濱大道走去。當巴雷改變了心意，他們也跟他一起穿過了蘇荷區，到了一處出版商與代理商常光顧的酒吧。他在那兒待了二十分鐘之後，又帶著他的薩克斯風，神閒氣定地走了出來。他招呼了一輛計程車，這兩個小伙子中有一個當時與他距離接近到可以聽清楚他請那位司機載他去武士橋。這名幹員通知了布拉克，布拉克又打了電話給當時已經等在武士橋的奈德說：「等著，你的客人已經出發了。」我當時在別的地方，正打著別的仗。

就這麼樣，巴雷失蹤了。除了那兩個人都忘記把那輛計程車的號碼記下來以外，誰也不能怪。這兩人一時的疏忽，讓他們全體在事後付出很大的代價。那個時候正是交通尖峰時刻，要從河濱大道到武士橋可能要開上一個世紀之久。一直到七點半，奈德才放棄了等待，並且憂心忡忡地走回他的蘇俄司。

九點鐘，當大家都面面相覷、束手無策時，奈德很不情願地宣布司內進入緊急狀況。當然，就範圍來講，那些美國人並不包括在內。奈德像平常一樣地冷靜。也許，在潛意識中，他為了要處理這突如其來的危機而顯得格外地鎮定，因為布拉克說他在事後就開始打理一些準備工作。他並沒有通知克萊福，但是他後來向我解釋，在目前這種如臨大敵的惡劣氣氛中如果通知克萊福，無異是發了一張會唱歌的電報給蘭利一樣。

奈德先開車到布魯斯貝利，在那兒，本單位那些專司竊聽的同仁在羅素廣場下面擁有一間地下室可以讓他們自由使用。他從車庫裡調了一部車來使用，並且一路開得飛快。當班的監聽人員中，為首的是瑪麗，她年約四十，一天到晚吃個不停。她臉色紅潤，至今尚是小姑獨處。她的嗜好，就我們所知的，除了吃以外，也就只有那些她聽得見卻永遠也摸不著的聲音了。奈德交給她一堆與巴雷有來往的人名單，這些名單都是以前華爾特從竊聽和監視報告中所截取而來的。瑪麗能夠立即就把他們網羅到嗎？

瑪麗當然不可能。「奈德，曲解規定是一回事，而要我做一打不法的竊聽又是另一回事，你難道不知道嗎？」

奈德本該表示那幾通竊聽對象已經是在總部現有的許可範圍之內，但是他並沒有這麼做。他在皮姆利柯街打電話找我。我那時剛忙了一天，正預備開一瓶葡萄酒作我的安慰劑。我所住的地方是一棟狹小擁擠的公寓，我把窗戶開了起來好把油煙味放出去。我還記得，為了要跟他談話，我還特地把那扇窗戶給關了起來。

從理論上講，竊聽的許可狀是由內政大臣所簽發，他若不在，則由他的代理人簽發。但是，也不是說沒有任何技倆可以規避這項限制，因為他也賦予法律顧問一個特權，可以在緊急的時候動用，不過需在二十四小時之內以書面報告。我胡亂地開了授權狀，並且在上面簽了名，又把瓦斯關掉（我那時候還在炒菜），然後就爬進了一部計程車。二十分鐘之後，我就把那一份授權書交在瑪麗的手中了。不到一個小時，與巴雷有連絡的人就全被網羅到了。

當我做完這些之後心裡怎麼想呢？我想巴雷已經自殺了嗎？不，我不這麼想，他熱愛生命，不到最後關頭他絕不會認命。

但是我認為他也有可能不按牌理出牌。因此，我認為在巴雷身上所能做出的最壞打算，也只不過就是當那一位機長宣布他的飛機又回到了蘇聯領空時，他鼓掌叫好而已。

就在同時，布拉克已經說動了警方用緊急廣播呼叫市內的計程車司機們，詢問有無任何一位曾在五點三十分的時候，在舊康普敦街的街角載過一位手拿薩克斯風，身材高瘦的人。當時的目的地是武士橋，但是在車行途中，這位乘客又改變了他的目的地。還有，他拿的是高音的薩克斯風，尺寸只有中音薩克斯風的二分之一左右。約十點時，那個司機出現了。這一輛計程車一開始的時候的確是要往武士橋走的，但是，車子開到特拉法加廣場的時候，巴雷突然改變了心意，要那位計程車司機載他去哈雷街。計程表跳到了三鎊，巴雷給了他一張五鎊鈔票，且告訴他不用找了。

在華爾特的紀錄幫助之下，奈德奇蹟式地腦筋一轉，找著了他所要找的那個人：安德魯・喬治・馬奎第，又名安迪。在我們的紀錄中，他曾是個喇叭手，與巴雷仍保持連絡。三個禮拜以前住進哈雷街的慈善修女救濟院，底下用鉛筆潦草地為了漢普斯德的馬奎第、編號四七A，而華爾特在這張小紙上加註著：馬奎第是灌輸巴雷「人難免一死」觀念的導師。

我仍然記得我當時是如何用雙手握著奈德車子的車把。我們到了救濟院。才知道馬奎第已經注射了鎮靜劑。巴雷曾經和他坐了一個小時，他們交談了幾句話。那位剛剛才來值勤的女舍監給了巴雷一杯沒有加牛奶，也沒有加糖的茶。巴雷曾經拿出他的酒瓶，倒了一點兒威士忌在茶裡頭。他曾經要讓那位修女喝一些他的威士忌，但是被她拒絕了。他問她是否可以為老安迪奏幾首他最喜歡的歌曲。在獲得他的首肯之後，他輕輕地吹了十分鐘。有幾位修女聚集在走廊上聽他演奏，其中有一位認出那一首曲子就是貝錫的「憂鬱與感傷」。他留下了電話號碼以及一張一百鎊的支票，給那位在門口擺了鋼製收銀盤看來像「賭桌上收賭注的人」。那一位女舍監也告訴過他，他若願意，隨時可以再來。

「你們該不會是警察吧？」在我們道別的時候，她面帶不悅地問我道。

「我的天！不是。我們為什麼必須是呢？」

她搖了搖頭，避不作答，但我想我知道她在巴雷身上察覺了些什麼。她感覺出他是在逃避、隱藏自己的行蹤。

我們兼程趕回了蘇俄司，奈德在車上使用了汽車電話，命令布拉克列出所有的俱樂部、音樂演奏廳以及在倫敦地區內所有今晚可能演奏爵士樂的酒吧名稱。他為了這件事，會盡他所能的召集所有他能夠召集到的監視能手。

我另外強調一點微不足道的律師忠告：布拉克或任何一個監視人員都不得限制巴雷的行動，也不得接近他。不管巴雷有無放棄其他的權利，他並沒有放棄保護他自己的權利，他是個有權利的人。

我們坐下來等了許久，瑪麗這一位監聽工作的主管才打了電話過來。這一次，她的音調又甜又嬌，「奈德，我想你最好快一點到這兒。事情有點眉目了！」

我們又趕回了羅素廣場，奈德的車速達到了每小時六十哩。

到了地下室，瑪麗看到我們，立刻帶著微笑迎接我們。她的微笑，要到災難臨頭時才見得到。她的身旁站著一個討人喜歡的女孩，她的名字叫佩西，穿著綠色的工作服。桌上，一台錄音機正在轉動著。

「你他媽的是誰在這個時候打電話來？」錄音機裡傳來了一個宏亮的聲音，我立即認出那是巴雷的強悍姑媽潘朵拉，也就是我曾經招待她吃過午餐的那一位「神聖不可侵犯者」。緊接著傳來的，是錢幣丟進電話筒的聲音，而談話也中斷了一瞬間。接著，就聽到巴雷很有禮貌地說著：「我想我已經受夠了，潘。我現在要跟公司說拜拜了。」

「不要講這種傻話。」潘朵拉姑媽失聲地說。「你又被亂七八糟的女孩子給逮住了。」

「我是說真的，潘。這一次是真的。我必須要告訴妳。」

「你每一次都是說真的。這就是為什麼你那一套騙人的把戲總是沒有人相信的緣故。」

「我今早就會找蓋談。」蓋·所羅門，在我們的資料裡是巴雷的家庭律師，也是巴雷常接觸的人之一。

「那位新來的維克婁全力接管我的工作。他能力又強，又學得快。」

「妳有沒有追查他是從哪裡的電話打來的？」巴雷掛斷的時候，奈德問瑪麗。

「沒有時間查。」瑪麗驕傲地說。

錄音帶上又傳來一個電話鈴聲。又是巴雷。「雷吉嗎？我晚上有演奏，快來！」

瑪麗交了一張卡片給我們，卡片上有她所寫的字：昆龍．雷吉諾德．哥溫，是鼓手，也是神職人員。

「不行！」雷吉說。「我現在要開堅信課。」

「不要去了。」巴雷說。

「不成的，那些傢伙現在跟我在一塊兒。」

「我們需要你，雷吉。老安迪都快要死了。」

「我們不也是都要死了？該死的！一直都是。」

放到這兒，錄音帶完了。布拉克從蘇俄司打了一通電話來，說是有緊急事件要找奈德。他的監視人員報告：巴雷在一個小時以前在蘇荷酒吧現身過，他在那兒喝了五杯威士忌之後，就轉往位於國王十字路的諾亞拱門酒吧。

「諾亞拱門？你說的是諾亞方舟吧！」

「是拱門。它是在鐵路底下的一個拱門形狀的酒吧。諾亞是一個身高八呎的西印度人。巴雷曾加入過他們的樂隊。」

「他一個人嗎？」

「到目前為止，是的。」

「那是個什麼樣的地方？」

「是一個供人飲酒作菜的地方。有六十張桌子，有舞台、磚牆，還有應召女郎，大抵就是這樣了。」按照布拉克的想法，所有漂亮的女孩都是妓女。

「那兒有幾成滿？」奈德說。

「有三分之二的座位都坐滿了，並且來客還在增加當中。」

「他正在演奏什麼？」

「艾靈頓公爵的《情人》。」

「那兒有多少出口？」

「一個出口。」

「找三個人組一隊，叫他們坐在靠近門口的座位上。如果他離開了，就跟著他走，但是不要碰他。通知後勤單位，告訴他們我要班．路格立刻把他的計程車開到諾亞拱門酒店門口，並且在那兒把他的旗子放下來等著。他知道該怎麼做的。」路格是我們這個單位中專司開計程車的幹員。接著他又說：「那間酒吧裡有公用電話沒？」

「有兩具。」

「找人占著這兩具電話，一直到我趕往那兒為止。他看到你了嗎？」

「沒有。」

「不要讓他看到了。馬路對面是什麼？」

「是一家洗衣店。」

「開著嗎？」

「沒有。」

「你就在洗衣店前等我。」他又轉過身去對著仍然在微笑的瑪麗低聲地說道：「在國王十字路的諾亞拱門酒吧有兩具電話，現在把它們切斷。如果經理另有電話，連那個也切了。我不管工程人員的人手有多麼地不足，現在就切斷。如果在外面的街道上有電話箱的話，也把它們切斷。現在就幹。」

我們放著情報局的車子不坐，招了一部計程車。布拉克果然在洗衣店門口等著。班．路格的車子停在路邊。車門口掛著一張五元九角五分的罰單。奈德的眼睛瞥都不瞥他們一下，就領我走過那張監視人員生的位置，推開人潮，直往前面走。

沒有人在跳舞。樂隊的前排正停下來休息，巴雷則正站在一張金色椅子前方的舞台正中央吹奏著，背後有低音大提琴和鼓為他伴奏。他的頭頂上有一道拱門狀的牆，形成了一個共鳴的小室。他仍然穿著出版服，並且好像忘掉把他的夾克給脫掉。五彩的燈光在他的頭頂上旋轉著，偶爾會照射到他流汗的臉孔。他的表情既沉著又冷漠，正一口氣吹出一連串長長的音符，而我知道他吹的曲子是一首安魂曲。他為安迪吹，也為所有縈繞在他心頭裡的人吹。有兩個女孩子不請自來地就坐在樂隊的椅子上，目不轉睛地瞪著他看。在他的前面，有一排啤酒似乎泡在等著他光顧。在他的身旁，站著那位高大的諾亞，他的手交叉仁在胸前，頭低著傾聽他的演奏。一曲終了，巴雷從容不迫地，就好像是在為一位朋友裹傷一樣，把他的薩克斯風擦乾淨，放入箱子。諾亞不讓客人們拍手鼓掌，但到處有劈拍的聲音，也有人叫著「安可」，但是巴雷並沒理會他們。他喝了兩杯啤酒，同大家一鞠躬之後，就優雅地穿過人群，朝向門走去。我們也跟著他走了出去。我們一走到街上，班．路格就把他的計程車開了過來，並且旗子也舉了起來。

「毛氏酒店。」巴雷重重地坐到後座上之後，就對他使喚了起來。他又拿出另一瓶威士忌，把酒瓶打開。「哈囉，哈瑞。隔著老遠戀愛怎麼樣？」

「好，太好了。這是明智之舉。」

「毛氏酒店到底在哪裡？」奈德坐在他的身旁問他道，而我則坐在前座。

「托夫奈爾公園。就在法爾茅斯灣附近。」

「聽起來蠻不錯的？」奈德問。

「頂尖的。」

不過，讓我心生警覺的並不是巴雷惺惺作態的愉悅表情，而是他那種淡淡的語氣、了無生意的眼神和他用來包裝自己的那種英國人禮節。

毛是一位五十開外的金髮女人。她抱著巴雷吻了好久，方始讓我們坐在她的桌子邊。巴雷演奏著藍調音樂，毛要他留下，我想是要他留下過夜，但是巴雷哪裡也坐不住，所以我們就到了坐落於艾斯靈頓的一處音樂比薩店。他在那兒又獨奏了一曲。班・路格進來和我們一起坐著喝了一杯咖啡，也聽了他的演奏。班年輕的時候是一名拳擊手，一直到現在還是三句話不離拳擊比賽。離開了艾斯靈頓，我們過河到艾樂芳的一家修車廠裡聽一個黑人團體演奏靈歌。那時已經是凌晨四點十五分了，但是巴雷仍是了無睡意，他寧願和那一群人拿著一個品脫大小的瓷馬克杯喝加了酒的可可。就在我們好說歹說才把他勸進班的車子裡去的時候，剛才在諾亞酒吧裡的那兩個女孩又不知從哪裡冒了出來，並且不請自來地就坐在車子的後座，一邊一個夾著巴雷。

我和奈德在人行道上等待的時候，班對著兩個女孩說：「你們兩人給我滾出去！」

「你們不要動，我出去。」巴雷對她們說。

「這不是你們的車子，它是那個傢伙的。」班指著奈德說。「趁現在還來得及，還不趕快滾！」

巴雷對準班戴著黑帽的頭部揮手就是一拳。班的手一檔，像掃蜘蛛網一樣地把巴雷揮來的拳頭擋了回去，一邊乘勢把巴雷拖出車外，小心地交給奈德，而奈德則同樣地小心用手臂把巴雷給架住。

班仍然戴著他的黑色鴨舌帽，一下子就鑽列車子裡去，然後一邊一手擁著女孩們走了出來。

「我們何不出來透透空氣？」奈德對巴雷提議的時候，班已經給每個女孩十元紙幣，讓她們消失在夜色之中。

「好主意。」巴雷說。

於是我們就列隊而行，慢慢地越過河。布拉克的監視人員殿後，班．路格的車子亦尾隨我們而行。碼頭上，天色漸明。

「我很抱歉！」巴雷過了一會兒，對奈德說：「沒有讓你為難吧，奈德？」

「沒什麼！」奈德說。

「我只是想玩一點音樂，奈德。」他說完，又轉過頭來，對著我說道：「你是一個懂音樂的人吧，哈瑞？我的室友以前常在電話中演奏給他的女友聽。不過，他只奏鋼琴不奏薩克斯風。但是他說同樣有用。你可以對著妳的太太試試。」

「我們明天就要到美國去。」奈德說。

巴雷聽到這個消息之後，淡然地說道：「對你們來說，這很好呀！這個候去美國正好。我敢保證這時的鄉村景色是最好看的。」

「其實，這對你也不錯呀！」奈德說。「我們認為得帶你一道去。」

「我帶家常服就可以了嗎？」巴雷問道。「還是要我帶一件晚禮服，以需便需要的時候可以派上用場？」

12

我們搭乘一架小飛機於黃昏時分抵達那個小島。這架小飛機屬於一間美國大型的私人公司。沒有人告訴我們這個狹小而樹木繁茂的島嶼屬於誰的。小島的中央地帶陷入海中，兩端翹起，形同圓錐。因此，當我們還停留在空中的時候，它給我們的印象就像是一個倒塌在大西洋裡的貝都因遊牧民族帳篷。我猜測這個島嶼長度有兩哩。我們看到島的一端有一幢新英格蘭式的樓房，另一端有小小的白色碼頭。後來我才知道，原來他們管那幢樓房叫避暑別墅，因為在冬天沒有人會去那兒。它是在十九世紀末、二十世紀初由一個有錢的波士頓人所建造。那個時候，大家都自稱是鄉村人士。我們感覺機翼正在擺動，帶著鹹味的空氣由嘎嘎作響的機艙窗口吹了進來。我們看見海面上波光盪漾，好像是照在紋身人身上的探照燈光，又像看見馬兒們在水面上爭食。我們還在陸地上看到一座面向西方的燈塔。照我估計，我們已經沿著緬因州的海岸飛了五十八分鐘。兩旁的樹木迎著我們而來，天空在眼前消失了，飛機突然沿著一條長滿了草的跑道邊跳邊搖地停了下來。跑道盡頭，藍迪和他的那一批人，還有一輛吉普車正等著我們。藍迪看來非常壯碩，美國人中，能跟他比的沒有幾個。他打著領帶，身穿一件風衣。我覺得我認識他的母親。

「歡迎你們蒞臨本島。你們在此期間，由本人負責招待。」他首先握了握巴雷的手。他們一定已經把巴雷的照片給他看過了。「伯朗先生，這真是我的榮幸。奈德？哈瑞？」

「你真好。」巴雷說。

我們繞到山的一測的時候，看到背海聳立的松樹益發顯得黑。藍迪的那一批手下坐著另一輛車子尾隨在我們後面。

「你們都是從英國來的嗎？佘契爾夫人真是一位好舵手呀！」藍迪說。

「她隨著這條船沉沒的時候快到了。」巴雷說。

藍迪一直在笑，就好像他這一路下來剛剛才學會笑似的。伯朗是巴雷在這一趟旅途中的代號。即使是護照（由奈德攜帶著）上，他的名字也是伯朗先生。

我們經由一個堤道顛顛跛跛地開到警衛室門口。門開了，我們進去之後隨即關上了。我們現在正處於海中的一個岬角上。岬角頂端就聳立著那一幢樓房，隱藏在草叢中的弧光燈將它照射得通明。在樓房兩側隔得很遠處，才有草地和被風吹得光禿禿的灌木叢。一個斷裂得不成樣子的防波堤在海水中不停地晃盪著。藍迪把吉普車停好了，拿著巴雷的行李，就領著我們走過一條豎著路燈，兩旁種有繡球花的路，一直走到一間船尾。在我們到波士頓的途中，巴雷打過瞌睡，也喝醉過，又一直吵著說影片不好看。在小飛機上，他也對著那新英格蘭的風景皺過眉頭，好像它的美麗惹惱了他似的。但是一等到我們落了地，他似乎就又重新回到他自己的世界裡去了。

「伯朗先生，我受命接待你在新郎套房住下。」藍迪說。

「能住在這兒真是再好不過了，老兄。」巴雷禮貌地說著。

「你真的這樣想就好極了，伯朗先生，老兄？」

藍迪叫我們經過一個鋪了石板的大廳，到了船長室裡。室內擺設式樣出自設計師之手。房間角落裡有一張銅床；窗戶邊有一個寫字檯。牆上掛著船上的裝備，令人覺得足可以假亂真。就在一般美國人都拿來當作廚房的小室裡，巴雷發現新大陸似地看到一個冰箱。他拉開了它，往裡頭瞧了瞧，看看能不能夠找得到什麼東西。

「伯朗先生希望在傍晚的時候，他的房間裡有酒可喝，藍迪。如果你的廚櫃裡有酒的話，他會感激不盡的。」

那一棟避暑別墅是一間童年的陳列館。在門廊上，槌球比賽用的蜜色木槌靠著一輛滿是灰塵的山羊拖車，車裡裝滿了從海邊撿拾回來的龍蝦浮標。門廊裡有蜂蠟和皮革的味道。大廳裡掛著幾幅捕鯨船的畫。另外，在這幾幅畫的旁邊，還掛著幾幅頭戴寬邊帽的男女畫像。我們跟著藍迪走上了一道寬闊整潔的樓梯，巴雷尾隨在我們後面。我們每上一級，都可以看到鑲著彩色玻璃的拱形窗戶，像是綴著珠寶通往大海的門戶。我們來到了一條走廊，走廊的兩旁有幾間臥室。最大的一間是給克萊福的。從陽台向下俯視，我們可以看到花園和花園下方的船尾。海那邊的大陸也在我們的視野範圍之內。此時，夜幕已經完全籠罩下來了。

在一間有白椽的餐室，一位蘭利派來的女孩子為我們端上緬因州的龍蝦和白酒。她有意地盡量將目光避開我們。

我們進食的時候，藍迪為我們解釋這間屋子的規矩。「在此，我先要拜託諸位不要和那些工作人員稱兄道弟。只要和他們道聲早安和打個招呼就可以了。如果你有任何事情要和他們說，最好先對我說，讓我來替你們轉達。雖然我們為了諸位的方便和安全設有守衛，但我還是希望各位能夠把你們的活動範圍限制在我們所屬的土地內。拜託。謝謝！」

晚餐和演講都結束了，藍迪帶著奈德到連絡室裡去，而我則陪伴著巴雷回到了那間船尾。一股強勁的風吹打著花園，就在我們經過那裡，走出那些照明燈之外的時候，巴雷似乎朝著花園魯莽地笑著。手持無線電話的那些男子們看著我們通過。

「下盤棋怎麼樣？」我們到達他的門口時，我這麼問他。

我希望能夠更清楚地看到他的臉孔，但是事與願違，而我也摸不清他此刻的情緒到底如何。他輕輕地拍下拍我的手臂，跟我道了晚安。他的房門打開了，然後又關上，但是就在這麼短短的一瞬間，我還是清楚地瞥見了一位步哨的身影，在離我們不到兩碼的黑暗中站崗。

第二天早上，羅素．薛里頓兩手握著我的手，以恭維的語氣小聲地對我說：「你是一位聰明的律師。也是一位傑出的官員。哈瑞，最近還好吧？」

自從他到倫敦出公差以來，他的樣子幾乎沒什麼太大的改變。只不過他眼睛底下的黑眼圈更黑了一些，更哀傷了些，他身上的藍色西裝也比以前大了一、兩號，白色襯衫裡頭還是挺著一個大肚子。六年了，同樣那股葬儀業者味道的刮鬍水，仍瀰漫在這個蘇聯行動的新負責人身上。

他手下的一群年輕人畢恭畢敬地離他遠遠地站著，手上抓著他們的旅行袋，像是站在機場，束手無策的一群旅客。克萊福和鮑伯在他的兩側，他們三人好像是一隊士兵一樣。鮑伯看起來，好像老了十歲。他臉上滿布著風霜的笑容取代了他十足的自信。他淡淡地歡迎著我們，似乎已經有人警告過他，要他離我們遠一點。

大家的心裡，已經都打了個底——這場會議就要揭幕了。

看來，下面幾天之中，我們這些人一定會相處得相當愉快。大家都興致勃勃地等待著討論他們的事情。不過，除此以外，當時的情景，我大概也記不得什麼了。

在此，有一件事讓我很難以啟齒，但是為了巴雷，我不得不講。因為他從未讓那些做主子的人感到難堪。他從未因為發生在他身上的事情而怪罪到他們頭上，不論是當時，或是以後，他都沒有過。他可能會對美國人都不懷什麼好感，但是當他和他們個別談過話之後，馬上就說他們都是好人。這些美國人當中，沒有一個人不能在晚餐的時候和他把酒盡歡的。當然，巴雷也可以察覺得出來，這些人在彼此交談中，也曾經出現過一些對他不懷好意的詞句，但是他也同時對他們的勤勉留有深刻的印象。

要說起勤勉來，那他們可真是勤勉呀！如果單單靠著數字、金錢和真正的努力就可以造就出一個智慧的頭腦，那麼，這個情報局所擁有的智慧可就多得一整個牛車都裝不下了。只不過，人的腦袋畢竟不是牛車。更何況，它所裝的除了智慧以外，還有愚昧。

還有，他們是多麼地渴望著被愛啊！巴雷適時地滿足了他們的這項需要。即使他們把巴雷整得體無完膚，他們還是需要愛，也需要巴雷給他們的愛！一直到今天，他們也還是需要愛，才能完成他們消除、破壞、拆毀外在敵人的目標。

然而，也就是因這種真心本性的流露，才使得我們在接下來的一個禮拜嚐到了潛伏著無可言喻的恐怖。多年以前，我曾經和一位受過鞭笞之刑的人談過話。他是一名英國的傭兵，曾經在非洲幫過我們一些忙，那時他也是想報仇。在他腦海中印象最深的，並不是那鞭撻的痛苦，而是他們事後給他的一杯柳丁汁。他記得他們幫助他回到自己的牢房，他也記得被他們扶著，臉朝下，趴在稻草堆上。但是，這些對他來講，都不是最重要的。他的記憶中，印象最深刻的，還是那一杯新鮮的柳丁汁。一個獄吏把這杯柳丁汁放在他的臉旁，然後就蹲在他的身旁，耐心地等，等他的體力恢復了一些，就餵他喝一些。但是，鞭打他的，也就是這一位餵他的獄吏。

我們也有我們的柳丁汁，而且我們還有我們的獄卒。儘管表面上他們頭戴著耳機，而且臉上也帶著敵意，但是他們的敵意，很快地就在巴雷的熱情之下溶化了。我們到達之後還不到一天，原本我們被禁止接近的那些守衛人員，只要一得空，就踮起了腳尖進進出出巴雷的屋子，偷得一兩瓶威士忌或可樂，再偷偷摸摸地溜回到他們原來的崗位去。他們感覺得出他是那一種人。他們是美國人，所以為他的名聲所迷惑。

有一位老手，名叫艾德加。他以前是一位海軍陸戰隊員。他在棋盤上贏了巴雷不少錢。我在事後才知道，雖然這兒有百般禁忌，但是巴雷還是設法取得了他的名字和地址。因此，在這一切事情都結束之後。他們仍然可以透過通信的方式繼續比賽呢！

不單是那些守衛對他友好，就連薛里頓的那些手下們，甚至連薛里頓自己，也都在審問他時，保持了相當的節制。這種節制使得他們那種近乎歇斯底里性的激烈作風緩和了不少。

不過，就我的觀點來說，他們的這種表現，毋寧可以說是大國家的悲劇。這一個國家，一個齊聚天下精英、國力達到頂峰的國家，由這些人表現出來卻是如此地不堪入目，讓我們這些遠到之客都很難相信眼前所面對的，是真正的美國。

但是，它的確是。所加諸在我們身上的責罰和凌辱也都是實在的。

審問就在撞球室裡進行。為了要招待人在那兒跳舞，木質的地板被漆成了暗紅色，而撞球檯也被排列成環狀的一張張椅子所取代。不過，牆上一塊象牙色的記分板和帶有姓名字母的球桿盒仍然掛在原地。長而低垂的燈泡在室中央形成一個光圈，巴雷就將被強迫坐在中間。

奈德從船尾裡把巴雷帶了來。

「伯朗先生，我很高興和你握手。我剛才才決定在我們保持關係的這一段期間，我的名字就叫海格帝。」薛里頓這麼說著。「我看了你一眼之後，覺得有點像愛爾蘭人。不要問我為什麼。」他領著巴雷大步地走向房間的中央。「最重要的，我先要歡迎你到這兒來。你有別人難得有的優點：你的記憶力好，觀察力強，又有英國人所特有的忍耐力，當然，還有你的薩克斯風。」

在他這種催眠式的拍馬屁之下，巴雷害羞地笑了，並且安然坐在他的貴賓席上。

但是奈德已經坐得筆直，他的手臂交叉放在胸前：而克萊福呢？他雖然也與此事有關，但是他卻有意無意地讓自己置身事外。他坐在薛里頓的那些年輕手下中間，並且把他的椅子推向後方，好讓他們把他給遮住。

薛里頓還是站在巴雷面前，並且面向下對著他講話。不過，他講話的對象卻是別人。「克萊福，你許不許我先用一些鹵莽的問題來轟炸一下伯朗先生？奈德，你好不好先告訴伯朗先生，他現在身在美國的領土上，如果他不喜歡回答任何問題的話，他儘可以不要回答，因為他的沉默會被當作一項有力的證據，證明他有罪。」

「伯朗先生可以照料他自己。」巴雷說著，臉上也始終帶著笑容，好像不太相信眼前的這種情況已經是相當緊張了。

「他能？那太好了，伯朗先生！因為以後幾天之中，我們就是希望你能夠自己照料自己！」

薛里頓走到了餐具櫥，為自己倒了些咖啡，然後帶著他的咖啡走了回去。他的聲音給人一種訴說常識的平靜印象。「伯朗先生，我們現在是在買一幅畢卡索的作品，懂嗎？在這間屋子裡的每一個人都在買同樣的一張畢卡索。藍色的，畫得很好，這我們就不必管它。這個世界上，也只有三個人懂它。但是當你追根究底的時候，真正重要的也只有一個問題。這個問題就是到底這幅畫是畢卡索畫的，還是印度或蘇俄的什麼人在他們的穀倉裡拿一堆顏料湊合而成的？要記住這件事。」他一手拍拍自己軟軟的胸膛，另一手拿起他的咖啡杯，繼續說道：「你要記得，這幅畫是不能再賣第二回的。這不是倫敦，這是華盛頓。對華盛頓來講，情報一定要有用才行。換句話說，情報是拿來用的，不是拿來做蘇格拉底式的超然冥想。」他放低了聲調，以憐憫的語氣說道：「你是賣情報給我們的人，伯朗先生。不論你喜歡不喜歡，在我們能找得到那一位你口中的歌德以前，你個人是我們目前所能夠掌握，最接近情報來源的人。不過，我個人對於能否掌握住歌德，實在非常的懷疑，非常非常的懷疑。」

薛里頓轉了一個身子，到達外圍坐椅的邊上，說道：「你是個關鍵人物，伯朗先生。你就是我們要找的那一個人。你代表了這件事情。但是，在這件事情裡面，你究竟占了多少比例？占了一點？還是比一點還多一點？或是全部？那篇手稿是你寫的嗎？這齣戲是你製作，外加導演的嗎？還是，你真的只是你所說的那一部分而已，只是一個無辜的旁觀者？」

薛里頓嘆了一口氣，好像這一番話從他這麼一位溫柔敏感的人口中講出來是一件挺難的事。「伯朗先生，你最近的女伴都是同一個人，還是一再地更換呢？」

奈德正要開口，巴雷已經先脫口而出了。但是他的聲調顯得並不退縮，甚至他的語氣也沒有敵意。他的態度，就好像他很不願意破壞我們現在正享受的美好氣氛。

「呃，那麼你呢？海格帝夫人准不准你來一下呢？或者我們只限談到我們年輕時候的習性呢？」

薛里頓根本就沒興趣聽。

「伯朗先生，我們是買你的畢卡索，不是我的。華盛頓不喜歡他的資產流連在單身酒吧裡。我們之間的對話必須非常的坦白，非常的誠實。你沒有沉默的自由，也不許說挖苦話。我們以前吃過這樣的虧，所以現在絕不願意再重蹈覆轍。」

我想，他的這一段話是專門針對鮑伯講的。鮑伯又再度把頭垂了下來看著他的雙手。

「伯朗先生可沒有流連在單身酒吧裡。」奈德很不客氣地說道。「況且，這又不是他的資料，而是歌德的。我實在看不出他的私人生活與這件事情有什麼狗屁關係。」

克萊福已經告訴過我，要我盡量少開口。他的眼神現在對著奈德重覆著同樣的暗示。

「噢，奈德，不要這麼說嘛！」薛里頓向他抗議道。「華盛頓近來的路況已經演變成你連搭個他媽的公車，都得要等上半輩子時間，到底是什麼因素讓你每隔五分鐘就跑到蘇聯一趟？伯朗先生？你要在那兒置產嗎？」

巴雷露齒而笑，但已不再是剛才那副輕鬆的樣子。薛里頓把他給嚇住了，但這也的確就是薛里頓所要的效果。

「事實上，老兄，我寧願繼承的是那種角色。我的老爸爸通常認為蘇聯比美國好，而且因出版了他們的書惹了一堆麻煩。他是個費邊主義者，也是個支持新政的人。假使他是貴國的人民，早就上了黑名單。」

「他曾受到誣害、電刑並被冠上不道德的名聲——這是他的紀錄上寫的，真是糟透了！多告訴我們一些他的事，伯朗先生。他留下什麼遺產給你繼承？」

「這關他什麼事？」奈德問道。

他說得對。許久以前，巴雷那位行徑怪異的父親就曾經被拿來當作材料大肆渲染，但後來被十二樓以「罪證不足」而予以駁回。但是很明顯的，情報局並沒有這麼做，或者說是再也不這麼做了。

「就在三〇年代，我想你一定也已經非常的清楚了。」巴雷繼續用他那冷靜的聲調說道，「他開辦了一個蘇聯書籍俱樂部。那個俱樂部並沒有持續多久，但是他既然辦了，就義無反顧。而且，他在第二次世界大戰的時候，只要一有了紙張——那時的物資非常缺乏——就印一些親蘇俄的文宣資料，其中大部分是頌揚史達林的。」

「那麼，戰後，他又做了些什麼？是不是利用週末幫他們建柏林圍牆？」

「他原本懷著希望，然後他又不抱任何希望了。」巴雷在一陣長考之後答道。他的沉默，又讓他占了上風。「俄國人所做的任何事他幾乎都可以原諒，唯獨他們所施行的恐怖統治、集中營和把人給下放勞改無法使他釋懷。他們種種倒行逆施，讓他的心都碎了。」

「如果俄國人少用一些暴力的話，他的心會不會碎？」

「我不認為會如此。我認為他死可瞑目了。」

薛里頓拿著他的手帕擦了他的手掌，並且，像一位超重的苦海孤雛①，他用雙手拿著他的咖啡杯回到了那一張放茶水的桌子。他把那一個熱水瓶蓋打開，向裡面悲觀地看了一眼，然後又為自己倒了一杯。

「橡樹子，」他抱怨道。「他們收集橡樹子，再把它壓碎，製出咖啡來。他們就是用這種方法製造咖啡的。」鮑伯旁邊有一張空椅子。薛里頓屈身坐了下去，並且嘆息道：「伯朗先生，你要不要我替你說出一些身世來？在人類這個大家庭裡的功名簿上，是不會留有空白來論述卑微人物的功過，不是嗎？所以，任何人，只要他稍有一點名氣，都會有一個紀錄存在。這兒就是你的紀錄。令尊是一位共產黨的同路人，但他後來醒悟了。就在他去世之後不到八年的時間，你去過蘇聯不下六次。你把公司所出版的四種書賣給了他們，並且出版了他們的三種書。這三種書裡頭，有兩種並沒有什麼賣頭，但是另外的一本有關針灸的書卻再版了十八次。你雖然已經瀕臨破產的邊緣，但是我們計算你這幾趟的花費，少說也要個一萬二千鎊，並且你每年的收入也只有一千九百鎊。你離過婚，無拘無束，又是英國公立學校畢業。你喝酒就像是隻手灌溉沙漠一樣。你的那些爵士樂界的朋友都是專門喜歡收集一些唱片，把班乃迪克的音樂唱成像莎莉・鄧波兒那種調調的人。從華盛頓這邊來看，你是一個浪蕩子，不過，從這兒看，你又挺好的。但是，我如何去向國會那些次級委員會裡不耐煩的袞袞諸公解釋呢？他們都認定對付歌德資料的方法，就是綁在石頭上沉到海底去，因為它危害到美國軍事的安全。」

「歌德的資料為什麼會危害到美國的安全呢？」巴雷問道。

我想，我們都因著他的冷靜而驚訝。薛里頓當然也不例外。他看著巴雷，裝出了些微憐憫的表情，預備向巴雷解釋他的困境。現在他站直了身子面對著巴雷，一邊擺出一種既警戒又想詢問的神態。

「對不起，伯朗先生，我沒有聽懂你的話。」

「歌德的資料為什麼會讓他們這麼害怕？如果俄國人射不準，美國軍方應該高興得跳腳才對呀？」

「噢，是的，我們是高興，的確高興。我們太高興了。先不管美國的軍事投資是不是建立在假定蘇聯的硬體都準確得像地獄一般的可怕上，也不管這場遊戲所玩的，就在於我們要知道蘇聯飛彈究竟有多麼地準確。如果他們真的準，你就可以乘其不備，偷偷摸摸地偷走他的洲際彈道飛彈，讓他們來個措手不及。但如果他們的射擊不準，那麼你最好不要這麼試，因為他們那時可在一轉瞬之間，就會摧毀你最心愛的二十個城市。也先不要管為了要破除蘇聯先發動攻擊而美國在一夜之間淪亡的夢魘，有多少納稅人的錢都浪費了，有多少政客們的話都說爛了，也先不要管一直到今天，『蘇聯在武力上超越我們』的這個想法，還一直是擁護星戰計劃者強而有力的說辭，也是華府政客茶餘飯後的討論議題。」大出我意料之外，薛里頓突然改變了他的口音，操著一口濃厚的南方山林人口音。「現在是我們攻其不備的最佳時機，伯朗先生。這一個星球太小，容不下兩個超級強權，伯朗先生。當他們互相傾軋的時候，你是站在那一邊？」

說完之後，他就等著。他那腫脹的臉孔恢復原有的深沉，是歷經許多滄桑的深沉。

「但是我相信歌德，」他繼續以一種驚愕的聲音說道。「在紀錄上，從歌德走出他的象牙塔的那一天起，我就一直在收買他。零零星星的買，歌德若是肯被我收買，他就是一個很有用的情報來源。你知道，這件事情對我來說有什麼意義嗎？我告訴你，它告訴我我必須相信伯朗先生，並且伯朗先生必須對我非常的坦白，否則我就死定了。」他把他的五個指頭蓋在他的左胸膛上，繼續說道：「我相信伯朗先生，我相信歌德，我相信那一份資料。不過，我現在還是怕得尿都流不出來。」

我在想，有些人改變想法了。有些人已經改變心意了。但是，還是得出羅素．薛里頓來宣布他已光明在望。奈德瞪著他，一臉難以置信。克萊福則欣賞牆上的球桿盒，但是薛里頓還是不停地噘著嘴，抱怨他的運氣不好。他那些手下們，一個用手支著下顎，眼睛緊盯著他那雙哈佛鞋子的鞋尖。另一位則透過窗戶眺望著大海，好像事實的真相就在那兒一樣。

但是，就是沒有人看巴雷，似乎沒人有這個膽子。他靜靜地坐著，看來很年輕。我們已經把來此會遭遇到的事情對他透露了一些，但沒有告訴他會發生這種事。不過，起碼我們告訴過他，藍鳥的那些資料不但已經使得美國軍事工業派人士如骨鯁喉，而且還讓華府一些極其卑劣的遊說組織發出憤怒的叫囂。

老帕爾弗萊第一次開口說話了。我開口講的時候，心裡有一種感覺，覺得現在是一齣荒唐的戲劇表演，而我是在演戲。那種感覺就好像真實的人生已經從我們的腳底下溜走了似的。

「海格帝先生是在問你，」我說。「你願意不願意無條件地接受美國人的詢問，好讓他們一次就把這個情報來源弄個清清楚楚？你可以說不願意。那是你的權利。我說的對不對，克萊福？」

克萊福雖然不喜歡我對他來這一招，但不情願歸不情願，他還是不得不同意了我的說法。然後，他就又回去瞪視著他的地平線了。

椅子上坐著的每一張臉孔此刻都一起瞪向巴雷，好像是眾花朝陽一般。

「你怎麼說？」我問他。

他停頓了一下，說不出話來。他伸展一下身子，用手背擦了擦他的嘴角，看起來頗有點為難的樣子。他聳了聳肩，朝著奈德看了看，但是奈德並沒有在看他。他又回過頭來看了看我，一副呆呆的樣子。他的心裡到底在想些什麼？他是不是在想，如果他說不，他就會永遠也見不著歌德，永遠也見不著卡蒂雅了？他的心裡有沒有想到這麼遠？一直到今天我都還不知道。他笑了，笑中很明顯地帶著腆靦。

「你想呢，哈瑞？說來讓我聽聽。我想聽一聽我的代言人怎麼說。」

「這種問題還是讓客戶自己說比較好。」我一口就回絕了他，並且對他笑了笑。

「如果不試試，我們怎麼都不可能知道結果的，不是嗎？」

「我想是的。」我說。

於是，就跟以前他經常說的一樣，他爽快地說聲：「好吧！」

「耶魯就是有這些秘密的社團，哈瑞，」鮑伯向我解釋道。「到處都是。就算你聽過『一葉槳與骨』、『卷軸與鑰匙』這些社團，你所聽到的也不過是冰山一角罷了。而這些社團強調的就是團隊精神。現在的哈佛呢？哈佛走的是完全不同的一個方向。他們把錢都花在培植個人的才華上面。所以，當我們這個情報局在招募人才的時候，若招募的對象是要具有團隊精神的基層人員，他們就到耶魯去找；而若招募的對象是作領袖的人才呢，他們就到哈佛去找。我這麼說，並不就意謂所有的哈佛人都不聽指揮；或是所有耶魯人都只會盲目地服從。但是，就一般的傳統來講，的確是如此的。你是耶魯畢業的嗎？昆恩先生？」

「不是，是西點。」昆恩說。

到了傍晚。第一個代表團才剛剛飛到。我們坐在同一個房間裡，同樣的紅色地板，同樣的撞球燈，陪著我們等待巴雷。昆恩坐在頂端，陶德和拉瑞坐在他的兩側。陶德和拉瑞是昆恩的手下。他們都修飾得白白淨淨，並且，就我這個年紀的人來講，他們看起來也未免太過年輕了一點。

「昆恩是從那兒遠道而來的，」薛里頓已經告訴過我了。「昆恩和國防部、和情報單位，甚至和上帝都有來往。」

「但是究竟是誰雇用他的？」奈德曾經問過。

薛里頓碰到了這個問題，似乎真的沒輒了。他笑了笑，像是原諒一位外國人的無心之言。

「呃，我想，我們都是他的雇主吧！」他說。

昆恩有八呎一吋高，寬肩，大耳。他穿的西裝好像是他的護身盔甲。那上面沒有獎章，沒有職稱的標記。他的職稱是印在他尖挺的下顎和幽黑空洞的眼神中。在老百姓面前，他的笑意中帶著憤怒的自卑感。

首先走進來的是奈德，然後才是巴雷。沒有人站起來。薛里頓真是會故作謙卑，把他的座位放在所有美方與會者的中央。他溫和地替進來的兩位做介紹。

昆恩喜歡他們的樸實外表，他已經警告過我們：告訴你們的人不要太過機伶。薛里頓先照著做了。

先開始問話的是拉瑞，他是個外向的人。陶德個性沉默又有些孤僻，而拉瑞則戴了一枚超大型的結婚戒指，打了一條花色鮮艷的領帶，這兩樣東西顯得突兀而可笑。

「伯朗先生，我們必須站在責難挑剔的立場把這件事情徹底地想一想，」他以一種十足的虛偽解釋道。「幹我們這一行的，都知道情報有經過鑑定的，也有還沒經過鑑定的。我們現在想要鑑定一下你的情報。這是我們的工作，而我們也就是靠著這個吃飯的。請你千萬不要認為我講這話就是在懷疑你，伯朗先生。分析的本身是一種科學，我們必須要尊重它的法律。」

「我們先得把它想像成一種組織過的拼湊，」坐在拉瑞身旁的陶德帶著挑戰住口吻脫口而出。「抽煙。」拉瑞笑著向巴雷解釋陶德並不是要巴雷抽根煙；「抽煙」在他們的行話裡，是「詭計」的意思。

「伯朗先生，兩年以前的那天晚上，去皮里德爾基諾是誰的主意？」拉瑞問道。

「大概是我的吧。」

「你確定嗎？」

「我們訂那個計劃的時候，大家都喝醉了，但是我非常清楚，是我提議的。」

「你們喝了很多的酒，是嗎，伯朗先生？」拉瑞說。

昆恩的大手用力地抓著一枝鉛筆，就好像要把它給捏扁了一樣。

「是很多。」

「你喝酒會忘掉事情嗎？」

「有時會。」

「那也就是說，有時不會囉！我們已經聽過了你和歌德兩人都酩酊大醉時所講的長篇大論。在那天以前，你可曾去過皮里德爾基諾嗎？」

「有的。」

「去過多少次？」

「去過兩三次，也許四次吧！」

「你去那兒是拜訪朋友嗎？」

「是的，我是去拜訪朋友的。」巴雷回答的時候，直覺地抬起頭來，對美國人的這種問法表示了他的憤怒。

「蘇聯的朋友？」

「當然。」

拉瑞故意拉長了聲調，好讓「蘇聯的朋友」聽起來形同一種招認一樣。

「能夠把那些朋友的身分和姓名講給我們聽嗎？」

巴雷講出了他那些朋友的身分和姓名。一位作家、一位女詩人和一位文學官員。拉瑞故意拿著筆慢慢地寫著。在他邊寫邊笑的時候，昆恩用他那雙陰沉沉的眼睛對著巴雷已成文字的話皺眉頭。

「伯朗先生，就在你們去的那一天，」拉瑞繼續說道。「就在第一天，你有沒有想到要按幾個舊識家的門鈴，看一看有誰在，並且打一聲招呼？」拉瑞問道。

巴雷並沒有想過他曾否想過。他聳了聳肩，習慣性地用他的手背擦了擦他的嘴角，完全是一副愛說謊的樣子。

「我想，我當時並不想帶巨無霸去打擾他們。我們人太多，他們會吃不消的。我當時沒有想過，真的。」

「真的嗎？」拉瑞說。

三個藉口了，我不高興地數算著。其實，只要一個也就夠了。我瞥了一下奈德，知道他也是作如是想。薛里頓太忙，根本無暇去想。鮑伯正忙著充當薛里頓的手下。陶德在昆恩的耳邊小聲地說話。

「這麼講，去訪問巴斯特納克的墓碑也是你的主意囉，伯朗先生？」拉瑞追問道，就好像任何人要有這個主意的話，都該引以為傲的。

「是墳墓，」巴雷暴躁地指正他。「是的，如果我不告訴他們的話，我不知道他們當中有誰還會知道它在哪兒。」

「而且，我也相信，去巴斯特納克郊外的別墅也是你的提議吧？」拉瑞看了看他的筆記本說。「如果那些『狗養的傢伙』還沒有把它給拆掉的話。」他讓『狗養的』這幾個字聽起來特別的骯髒。

「是的，我也提議去他在郊外的別墅看看。」

「但是你們並沒有真正去他的別墅，我說得對不對？你們甚至沒有搞清楚他的別墅還存在不存在。巴斯特納克的別墅從你們的旅程表裡刪除了。」

「那時天下著雨。」巴雷說。

「但你們還是有車，而且還有司機，即使他的身上有惡臭，對嗎？」

拉瑞又笑了，而且還張開他的嘴巴，用舌頭舔了舔他的上嘴唇。然後，他就閉上了嘴巴，停了一下，思考著。

「因此，你就召集了那一次的聚會，伯朗先生，而且你也清楚地說出了那一次冶遊的目的，」拉瑞恢復了他反覆無常的聲調。「你指定了前往的目的地，領了那一群人上山到那一座墓碑，不，對不起，是墳墓。你們的人都下山之後，列斯丹諾夫就和你一個人談話。他問你是不是美國人，你說『不是，感謝上帝，我是英國人。』」

拉瑞講完了這些話，他自己不但沒有笑，連微笑都沒有。昆恩看起來似乎是正在極力地隱藏腹部的疼痛。

「伯朗先生，也只有你能夠記得起那位詩人的詩；並且在那一群人討論這位詩人的功績時，也只有你能夠代表他們發言。就在這種情況之下，你奇蹟般地脫離你的那一群人，並且在吃中飯的時候，發現你的身旁，居然坐著那位我們稱為歌德的人。『過來會一會我們這一位傑出的作家歌德。』伯朗先生，我們從倫敦獲得了一份關於那位企鵝出版公司馬格達小姐的資料。就我們所知，這份資料是從一個令人不會起疑心的社交場合中獲得的。在馬格達的印象中，是你希望獨自來處理列斯丹諾夫對你所做的訪問。你能否對此作一個解釋？」

巴雷又消失不見了。不是從這個房間消失，而是從我的理解裡消失。他已經把疑惑留給了那些臆想者，並且進入了他自己真實的世界。現在輪到奈德，而不是巴雷本人，因為他無法再坐視情報局這種兜弄圈套的詭計，原先忍耐已久的怒氣一下子就爆發出來。

「她也沒告訴你的線民，說她正準備把她的男朋友給捲到床上去，不是嗎？」

如果巴雷不立即接著說出他自己的答案，奈德的這一個簡單的答案可能就已經達到了它所要達到的效果了。巴雷說：「也許我是故意要把他們給支使開的，」他的語氣雖然轉來冷漠，但是已夠友好的了。「經過了一個禮拜的書展之後，任何正常的人都不會再想跟出版家們混在一起耗時間了。」

拉端的笑容裡隱含一種挖苦似的疑問。「真是見鬼！」他說著，並且把他那漂亮的腦袋搖了搖，接著把求證的工作交給了陶德。

但是，且慢，因為昆恩說話了。他不是對著巴雷說，也不是對著薛里頓說，甚至不是對著克萊福說，不是對著任何人說。但是他說的總是同樣的那一套，他那扭曲的小嘴像是一條被鉤子鉤起來的鰻魚嘴。

「這個人被振動過沒有？」

「我們有一個外交禮節上的問題。」拉瑞一邊解釋，一邊看了看我。

起初，說實在的，我並不了解他的意思。拉瑞必須解釋。

「這是我們過去對這種測謊器的叫法，先生。在我們這一行裡，管測謊器叫振動儀。我想你們那兒是不作興使用這個玩意兒吧！」

「在某些場合會用，」克萊福在我還來不及開口的時候，就在我的身旁搶著回答。「如果你堅持要用，我們一定照辦。那些會用測謊器的人員就快要來了。」

到了這個時候，那位在一旁一言不發、久候多時的陶德，才把整件事情接手過去。陶德說話簡單扼要，初和他談話，你不會覺得他有什麼特出之處。但是我以前曾經碰到過像陶德這種律師：他們懂得利用自己的不討人喜歡來做事，還學會用言語上的笨拙來攻擊別人。

「請你講一下你與尼基．藍道的關係，伯朗先生。」

「我跟他沒有任何關係，」巴雷說。「我們一直到老死都不可能互相往來了。我簽了一份文件，文件上面說我再也不會跟他講話了。不信的話你可以問哈瑞。」

「在做這種安排以前的關係呢？」

「我們在一起喝過酒，如此而已。他很夠意思。」

「但是就社交上來講，他的階層不同於你的，是嗎？他沒有上過哈羅公學，也沒有上過劍橋大學，我說對了嗎？」

「那又有什麼不同？」

「你贊不贊成英國社會的結構，伯朗先生？」

「對我來說，這似乎永遠都是現代社會中最令人惋惜的一部分，老兄。」

「你說他很夠意思。這麼說來，你是喜歡他囉？」

「他的個性中有讓人很生氣的一面，但是我喜歡他，而且仍然喜歡他。」

「你從來沒有跟他作過生意？任何的生意？」

「他替別的出版公司工作。我有我自己的出版公司。我們有什麼生意可作？」

「沒有向他買過任何東西？」

「我為什麼要向他買東西？」

「我想要知道當你獨自一個人的時候，特別是在共產國家的大都市裡，你和藍道在一起談論過什麼事？」

「他一再地吹噓他是多麼多麼地有手腕，甚至無往不利。他喜歡聽音樂，古典音樂。」

「他有沒有跟你談過他的姊姊？他的姊姊至今仍在波蘭嗎？」

「沒有。」

「他有沒有對你表達過他心中的憤恨？你知道，他說他的父親曾被英國當局虐待過。」

「沒有。」

「你上一次與藍道之間的私人談話是在什麼時候？」

巴雷終於讓心中的怒氣形之於外了。「你這麼講，聽起來就好像我們是一對同性戀者似的。」

昆恩的臉孔並沒有因此而變了顏色。也許他早已料到會有這一招。

「我問的是什麼時候，伯朗先生。」陶德說。他的語調暗示著他的耐性已經用得差不多了。

「我想是去年在法蘭克福吧！在海西謝特庭院喝了兩杯酒。」

「是在法蘭克福書展嗎？」

「沒有人會為了找樂子而去法蘭克福的，老兄。」

「自從那次之後就沒有跟藍道說過話了嗎？」

「即使有也記不得了。」

「今年在倫敦的書展也沒有過嗎？」

巴雷似乎是一下子記起來什麼東西似的。「啊！史黛拉，你說對了！」

「抱歉，能否再說一遍？」

「尼基看到了一位過去曾經為我工作過的女孩子，姓名叫史黛拉。他認定他已迷上她了。說實在的，他會迷上任何人。他要我介紹他們認識。」

「而你也做了？」

「我試了。」

「你為他們拉皮條，你是這個意思嗎？」

「就是這個意思，老兄。」

「後來呢？」

「我約她六點鐘在轉角的羅勃克喝一杯，結果尼基來了，她沒來。」

「所以你就單獨一人留下與藍道在一起了？一對一？」

「不錯，是一對一。」

「你們談些什麼？」

「我想是談史黛拉，談天氣，也許還談些別的吧！」

「伯朗先生，過去你在英國有否與蘇俄公民做過接觸？」

「我偶爾會和他們的文化官員做些接觸，不過他並不經常有空見我。在大使館為蘇聯來訪的作家開酒會的時候，我通常也會去。」

「我們知道你喜歡在倫敦康登鎮地區的一處自助餐館裡與人下棋。」

「是又怎樣？」

「這個自助餐館是不是蘇聯流亡人士經常光顧的一個地方，伯朗先生？」

巴雷提高了他的嗓音，但是語調還是保持著平穩。「就算我認識里奧，里奧喜歡在雞蛋裡面挑骨頭。我也認識約瑟夫，約瑟夫是個凡事都要批評的人。不過，我既沒有跟他們上床睡覺，也沒有跟他們交換過秘密。」

「不過，聽你不暇思索地就能把其他人的事蹟說得一清二楚，足見你老兄的記憶力之強，實在是非同小可了。」

面對著這樣無禮的挑釁，巴雷還是沒有發火。不過，這也使得他的回答更加地讓人膽戰心驚。有一度，真的，他似乎是不再願意回答了；他裡面的那一股忍耐力，似乎是在告訴他：「不用再多費唇舌了。」

「對我重要的，我才記，老兄。要不是我的心腸不夠壞到能夠跟你互別苗頭，那是你家的事。」

陶德的臉色變紅了，並且一直發紅。拉瑞笑得更開朗了，一直笑到他的臉好像都要裂了為止。昆恩換了一個步哨般的鬼臉色，克萊福則彷彿什麼也沒聽到。

但是奈德卻是笑得好不高興。甚至沉睡似鱷魚狀的羅素・薛里頓也似乎記起在這麼多讓人失望的事件裡，總算有一件帶著那麼點的朦朧美。

那一天傍晚，我和巴雷及他的兩位守衛到了離那幢樓房很遠的海邊散步。我們撿起扁平的石頭，比賽誰能夠讓石子在水面上跳動得最多下。

「我贏了！我贏了！」他一邊叫著，一邊又伸出手臂奮力地把石子擲了出去。

「那些大人物已嗅出異端邪說。」薛里頓在晚餐的時候對我說。他是在告訴我們現階段「遊戲」的最新動態。巴雷說他頭痛，所以要了一客蛋捲在船屋裡享用。「這些傢伙大部分基於『安全邊緣』的理由而齊聚華府，這也就是說，他們要求增加軍費的支出，還要發展新的系統。只要軍售工業在未來的五十年之內有錢可賺，花多少錢都在所不惜。他們就算不是和那些武器製造商抵足而眠，也會和這些人同桌共飲。藍鳥事件對他們來講，是一個非常壞的消息。」

「而設使這份資料是真的呢？」

薛里頓面露悲哀地又拿了一塊胡桃派，然後說：「真的？俄國人打不了仗？他們什麼預算都遭到削減，而且莫斯科的那些小丑壓根兒不清楚事情真的糟到什麼地步，因為在現場的那些人一天到晚都在欺騙他們，好讓他們有機會獲頒金錶和魚子醬？你認為那就是實情嗎？」他吃了一大口，但是他這一口並沒有改變他面部的輪廓。「你想他們不會作比較嗎？」他又為自己倒了一大杯咖啡。「你知道對我們這些主張民主選舉的尼安德塔人來說，最糟糕的事情是什麼嗎？那就是我們只要看一看蘇聯怎樣，大抵上就知道我們自己是什麼樣子了。蘇聯那一邊若是病入膏肓了，就代表我們這一邊也差不多了。這種情形，那些大人物不喜歡，那些廠商當然就更不用說了。」他搖了搖頭表示不以為然。「聽到那些俄國人沒法拿糞作固體燃料？聽到他們的火箭引擎不但不能噴火，反而會把東西吸進去？聽到他們的早期警報系統所發生的錯誤比我們的還嚴重？他們的重裝備就連他們自己的狗屋都出不去？還有，我們的情報單位所做的評估誇張到什麼樣荒唐的地步？你想，他們會怎麼想？」他把對那些大人物的厭惡之情完完全全地表露了出來。「如果你必須競爭的對象只是你自己，試問，你又如何去推銷你的軍備競賽？藍鳥是一項要命的情報。有多少支領高薪的寶貝專家們會因此而丟掉飯碗，那就全看藍鳥的了。你要真相，這就是真相。」

「那麼你為什麼要死抱著不放？」我反駁他道：「如果這是一項不受歡迎的計劃，那為何還要繼續？」

突然之間，我真的不知道該如何自處了。

老帕爾弗萊是不常打斷人家的話，使每個人轉而帶著驚訝的眼光看著他的。自然，這並不是我有意這麼做，但是奈德、鮑伯，還有克萊福都死瞪著我，就好像我已經失去了我的理智一般：而薛里頓的手下（如果我記性不錯的話，在場的一共有兩個人）也自動地放下了他們的刀叉，自動地在他們的餐巾上擦著手指。

只有薛里頓好像是沒聽到一樣。他已經認定了一點兒乳酪是對他沒有什麼妨礙的。他把手推餐車拉向他這邊，並且憂悶地檢視著車上的食物，但是我們沒有一人能夠想像得出那片乳酪正是他的心結。我當時看得非常清楚，他是在拖延時間，心中盤算著到底要不要回答，並且要如何回答。

「哈瑞，」他很小心地開口了，似乎不是對著我，而是對著一塊丹麥點心講的。「哈瑞，我對上帝發誓。在你面前的人是一個獻身於和平及博愛的人。我這麼做的用意，是要去嚇阻五角大廈的那些愛吵架的人，讓他們不再去告訴美國總統二十隻兔子就等於一隻老虎，或是在港口三哩以外的每一艘漁船都代表著曳行的蘇聯潛艇。我也不希望再聽到什麼在地上挖防空洞以逃避核子戰爭等的狗屁話。我是主張開放政策的人，哈瑞，我對自己又比以往更清楚了一些。我生來就是一個開放政策者，我的父母很久以前就是開放政策者。對我來講，開放政策是一種生活方式。我要我的子女能夠活得好好的。你可以引證我的話，並且，你也會喜歡的。」

「我還不知道你有小孩呢！」奈德說。

「這是打個比方。」薛里頓說。

但是，如果你把薛里頓的外表包裝給撕開，你就可以覺察得出他是要把自己——一個真實的自己向我們表白。奈德感覺得到，我也感覺得到。如果克萊福感覺不出來，那是因為他故意裝作不知道。這是一種真誠，很少在他的話語裡面表露出來，而他一向所說的話也不是故意要隱藏真情，而是因一向只傳達意思而無從表現，但是自從在倫敦經歷了那段激烈競爭之後，一種嶄新而不可抑制的謙恭已融入他的言談舉止中。行年五十的他，在經歷過四分之一個世紀的美蘇冷戰之後、用華爾特的話來講，羅素．薛里頓正要擺脫他中年生活的桎梏。我從來沒有想到過我會喜歡他，但是，就在那一晚我開始喜歡他了。

「布萊迪很精明，」薛里頓打了一個呵欠，警告我們說：「他連草正在生長的聲音都聽得到。」

不管你用什麼方式剖析布萊迪，他就是這麼一個精明得像鬼的人物。

你可以從他那張聰明的臉上看到他的精明，也可以從他那坐得文風不動的坐姿上看得出來。論年歲，他身上的運動夾克遠比他大。他一走進房間，你就知道他以不引人注目為樂。他年輕的助手也穿著一件運動夾克，並且也像他的主人一樣，衣衫襤褸得很有格調。

「看起來你似乎是做了一件好事，巴雷，」布萊迪一邊用他那南方的輕快口音說道，一邊把他的公事包放在桌上。「你這一路來，有人向你道過謝嗎？我是布萊迪，我已經老了，記不清那些奇奇怪怪的名字了。這位是史凱頓。謝謝你。」

又是在撞球室，所不同的是昆恩的桌子和高背椅都被拿走了。換來的是沙發椅，厚厚的椅墊坐起來挺舒服的。外面一場暴風雨正在醞釀當中。藍迪的女僕已經把百葉窗拉下，並且把燈打開。起風了，這棟樓房也開始像架子上搖搖晃晃、叮噹作響的瓶子一樣。布萊迪打開了他的公事包。自從這些人知道這些情報價值的那一天起，他的那只公事包就變成了一塊寶石。布萊迪繫了一條帶有圓點的領帶，有時看起來像大學教授一樣。

「巴雷，我是在什麼地方讀到或是作夢夢到的，你曾經在雷．諾伯的大樂隊裡吹奏過薩克斯風？」

「那是在我還乳臭未乾的時候，布萊迪。」

「雷可以說是你碰到的人中，最好的一個，是嗎？他演奏出來的音樂，至今無人能比，不是嗎？」布萊迪的問題，不是南方人還真問不出來。

「雷是王子。」巴雷哼了一段「切羅基」的音符。

「他有那種政治的想法真是太可惜了，」布萊迪說。「我們都曾經勸過他放棄那種荒謬的想法，但就是勸不醒他。你還跟他一起下棋嗎？」

「是的，的確是。」

「你們倆兒誰贏？」

「我贏吧？我不太清楚。是的，我贏。」

布萊迪笑了，說：「我跟他下的時候，也是我贏。」

史凱頓也笑了。

他們談倫敦，談巴雷住的地方是在漢普斯德的哪一部分：「巴雷，我就是喜歡那個地區。在我的心目中，漢普斯德是代表著文明。」他們也談巴雷曾經參加演奏過的樂團。「噢，天啦！難道他還在搞音樂麼？如果我是他那把年紀，我連不熟的香蕉都不敢買！」他們又談英國的政治。布萊迪不得不打聽到底巴雷心目中對佘契爾夫人的觀念是錯在什麼地方。

巴雷似乎是不得不好好地想它一想。起先，他也說不上個所以然來。也許，他接觸到了奈德斯傳來帶有警示的眼神。

「巴雷，這不是他的錯，她還沒有碰到足以和她抗衡的對手，不是嗎？」

「那女人是個鬼激進分子。」巴雷對著向他秘密示警的英國人這邊怒吼道。

布萊迪沒有笑，只是抬了抬他的眼睫毛，跟我們一起等著。

「她所行的是民選的獨裁政治，」巴雷繼續說道，情緒逐漸高漲。「她保護並結合那些利益團體、大企業，而罔顧一般的私人小企業。」

他似乎是有意在這一個話題上大作文章，但是又突然改變了心意，並且就此打住，因此也讓我們鬆了一口氣。

不過，這只是開頭而已。經過這十分鐘的「暖身」，巴雷一定已經感到十分自在了。直到布萊迪懶洋洋地說到：「你被捲入現在的這件事，巴雷。」並提議巴雷應該用自己的話再重述一遍，「但是要提到你們倆在列寧格勒對談的情況。」

巴雷照著布萊迪的要求做了。雖然我認為我留神傾聽的功力絕對不比布萊迪差，但就我在巴雷的陳述裡所聽到的，並沒聽出有任何事項與紀錄上所記載的相違背，或者是紀錄上所沒有記載的。

頭一個回合，布萊迪似乎也沒有聽出有什麼令他覺得驚訝的事情。我這麼講，是因為就在巴雷講完的時候，布萊迪向他笑道：「好，巴雷，謝謝你！」他的語調中絲毫聽不出任何的懷疑。他纖細的手指撥了一下手邊的文件，說道：「我總是說，幹情報的人最糟糕的一件事就是閒懶。你必須要像一位戰鬥機的飛行員一樣，」他邊說著，邊選擇了一頁，盯著它看，說道：「上一分鐘你還在家裡享受著你的雞腿大餐，下一分鐘你就得一小時飛行八百哩，飛得你魂都出了竅。飛完之後，你還得趕著回家去洗碟子。」他似乎是已經找著了他所要的。「你對它的感覺是不是這樣，巴雷，一點兒也沒靠禱告上帝庇佑，在莫斯科那兒堅持到底？」

「有一些。」

「你在那兒閒著等卡蒂雅？閒著等歌德？和歌德重敘舊情之後，似乎還在那兒閒逛了好一陣子，不是嗎？」

布萊迪把他的眼鏡架在鼻樑上，研讀了那份文件之後交給了史凱頓。我知道那個停頓是故意的，但還是讓我覺得心驚膽跳。我想奈德一定也被嚇住了，因為他看了史凱頓一眼，然後焦急地轉眼看了看巴雷。「根據我們在現場的人員報告，你和歌德約在列寧格勒時間十四點三十三分的時候分手。你看過這張照片了沒有？史凱頓，把它拿給他看看。」

我們全都看過那張照片，唯獨巴雷沒有。照片上顯示他們在斯摩爾尼公園道別的情景，歌德已經轉身要走了，而巴雷的雙手仍然握住轉身過去的歌德。照片左上角的電子時間紀錄顯示著十四點三十三分二十秒。

「你記得你對他所說的最後一句話嗎？」布萊迪問道，說話口氣好像是對這一段往事有著非常甜美的回憶。

「我對他說我會出版他的書。」

「記得他對你所說的最後一句話嗎？」

「他要知道他是不是需要另找一位正人君子去為他做這件事。」

「一次悽慘的告別！」布萊迪以一種輕鬆的口吻作了註解。就在同時，巴雷繼續看著那張照片，而布萊迪和史凱頓看著巴雷。「之後，你又做了什麼呢，巴雷？」

「我回到了歐洲旅館。把他的文件交了出來。」

「你走的路線是哪條？記得嗎？」

「我是順著同一條路回來的。我坐電車進城，然後又走了一點路。」

「你等電車等得很久嗎？」布萊迪問道。在我轉來，他的那一口南方口音，很有一種諷刺的味道。

「我不記得了。」

「有多久？」

「五分鐘吧？也許更久。」

從開頭一直到現在，這是我頭一次聽到巴雷有記不清楚的事情。

「有很多人同你在排隊等車嗎？」

「沒有很多，有一些。我沒注意。」

「電車每十分鐘就來一班。車子開了之後，也只要十分鐘就可以到達歐洲旅館。就算是步伐吧！以你的步伐，十分鐘也就夠了。我們的人在途中也都做過計算。如果你到達的時間比預定的超過十分鐘，就算是不正常。但是根據亨西格夫婦的說法，你一直到十五點五十五分的時候才到達他們旅館的房間。這麼長的時間和我們所計算的有著一大段的差距，巴雷。這段差距就好像是在時間上出現了一個大洞一樣。你可以告訴我們應當怎樣去補滿這個空白時段嗎？我認為你不可能會去狂歡痛飲一番才回旅館。你真的是去喝酒了嗎？你身上所攜帶的是價值不貲的商品啊！我倒以為你會想要儘快地把它給卸下來呢！」

巴雷開始變得步步為營，而布萊迪也已看出來了，因為他那友善的南方式笑容推出了一種新的鼓勵。這種鼓勵的表情好像是在對他說：「你給我老實一點！」

至於奈德，他正坐的筆直，兩腳平放在地上，目光動也不動地直視著巴雷為難的臉上。只有克萊福和史凱頓似乎是已經發誓，不會在他們的臉上擺出任何表情。

「你那時在做什麼，巴雷？」布萊迪再問。

「我在閒逛。」巴雷說，他是不慣於扯謊的人。

「帶著歌德的筆記本？那本他把生命都交託在上面的筆記本？閒逛？你找了這麼一個萬分緊要的下午去閒逛了五十分鐘，巴雷。你去哪兒閒逛去了？」

「我沿著那條河走。那條我們曾經到過的河流。派迪告訴我要從容不迫。他要我不要匆匆忙忙地走回旅館，而要以一種很輕鬆的步調走。」

「是真的。」奈德低聲說道。「這些是我透過莫斯科情報站給他的指示。」

「走五十分鐘？」布萊迪無視於奈德的插入，還是堅持問道。

「我不知道到底走了多久。我走路時沒有看手錶。如果你要輕鬆，你就得真正的輕鬆。」

「當時你的褲管裡藏著一個錄音機和一個電池包，你的手提袋中裝了一本可能是無價之寶的情報筆記。在這種情況之下，你難道不會想到兩點之間最短的距離是一條直線嗎？」

巴雷被激怒了，但是在奈德的眼神督示之下，他硬是忍著心中的怒氣。

「你剛才沒聽到我說過嗎？」他不禮貌地說。「我剛才不是告訴你，派迪要我從容不迫。他們在倫敦為我開的一連串課程裡，就是這麼訓練我的，要從容不迫。如果你身上帶著東西的話，千萬不要趕。你最好能夠故意地走慢一些。」

巴雷的話還沒有說完，勇敢的奈德又說話了：「我們的確是這麼教他的。」

不過，他在講話的時候，眼睛卻是看著巴雷。

布萊迪也看著巴雷。「所以你就從那一個電車車站開始逛起，朝著在斯摩爾尼研究院的共產黨總部逛了過去，更別提其他像科姆蘇莫爾和其他幾座共黨的神廟了，而卻帶著歌德的筆記本在你的袋內？你為什麼這麼做，巴雷？你不必告訴我人在江湖、身不由己的鬼話。我是不吃這一套的，因為你這種作法，等於是自取滅亡。」

「我只是在服從命令而已，你他媽的，布萊迪！我在從容地走，我要告訴你多少次？」

就在他爆發出他的怒火時，巴雷也讓我想起了讓他現在無法脫身的，與其說是他自己的謊言，倒不如說是他那進退維谷的困境。他的懇求當中有太多的誠實，他那無助的眼神中也有著太多的孤獨。而布萊迪又何嘗不知？就是因為他知道，所以他在面對巴雷沮喪的表情時，並沒有擺出一副勝利者的樣子，反而有點兒像是要幫助他似的。

「巴雷，你是知道的，坐在這兒的有許多人都會想要找到一個理由把這一段空白給填補起來。」布萊迪說。「他們會猜想你是坐在某人的辦公室裡或是車子裡，另一個人拿著照相機把歌德的筆記本拍照下來，或是對你下達命令。你有沒有做過這一類的事情？我想，如果你有的話，你應該乘著現在這個機會說出來。就乘現在，不要再拖。」

「我沒什麼好說的。」

「你不說？」

「根本沒有你所說的事情。」

「但是總有一些事情對不對。你記不記得在你閒逛的時候心裡想著什麼事情？」

「歌德。出版他的筆記本。他在迫不得已的時候，會把聖殿都給拆了的。」

「什麼聖殿，你能不能不要談這麼多不著邊際的東西？」

「卡蒂雅，還有孩子。如果他被抓的話，他會把他們也牽連在一起的。我認為沒有人有權利這麼做。我拿這件事情一點辦法也沒有。」

「所以你就一面閒逛，一面在想辦法了？」

也許巴雷真的閒逛過，也許他沒有。他已緊閉口風了。

「如果你先把那本筆記本交給他們，然後再去解決那些道德上的問題，豈不是更好麼？有那樣東西在你的手提袋裡冒著煙，而你居然還能清楚地思考這件事情。我覺得非常的驚訝。我並不要求你一定得用非常合乎邏輯的方式來解釋這件事情，但是就算我們用不合邏輯的方式來推演吧！我覺得你這麼做，你自己都會覺得非常的不舒服。我認為你做了什麼，而你自己也一定是這麼認為的。」

「我買了一頂帽子。」

「什麼樣的帽子？」

「一頂皮帽子，給女人戴的。」

「給誰買的？」

「給寇德小姐買的。」

「是你的女朋友嗎？」

「她是武士橋的那一棟安全房舍的女管家。」奈德還沒等巴雷回答就替他搶著答。

「你在哪兒買的？」

「在那個電車車站和那一棟旅館之間買的。我不知道是什麼地方。是在一處店裡。」

「就只買這樣？」

「就只買帽子。一頂帽子。」

「買帽子花了你多少時間？」

「我要排隊等。」

「你排隊排了多久？」

「我不知道。」

「你還做了些什麼？」

「什麼也沒做。我就買了一頂帽子。」

「你在騙人，巴雷。雖然你扯的謊並不算是什麼大謊，但毫無疑問地你是在扯謊。你還做了些什麼？」

「我打了電話給她。」

「給寇德小姐？」

「給卡蒂雅。」

「從哪裡打的？」

「從一個郵局。」

「哪一個郵局？」

奈德把一隻手放在他的前額上，好像是要擋住陽光一樣。但是暴風雨已經來了，窗外的海和天都變黑了。

「不知道。是一個很大的地方。在一個堅固的陽台底下的電話亭裡打的。」

「你是打到她的辦公室還是打到她家裡找她？」

「辦公室。那時候還是上班時間。我打到她的辦公室找她。」

「為什麼在你隨身攜帶的錄音帶中我們沒聽到這一段？」

「我把它給關起來了。」

「你打這通電話的用意何在？」

「我想弄清楚她是否平安無事。」

「你是如何進行的？」

「我先跟她打了一聲招呼，她也跟我打了招呼。我說我在列寧格勒，我見到了我的連絡人，生意談得很順利。任何人聽了都會以為我在談亨西格，而卡蒂雅會知道我談的是歌德。」

「你這麼講聽起來就有道理多了。」布萊迪帶著一種釋懷的笑容說道。

「我接著又說，那麼，我們就在下一次莫斯科書展再見面了，請妳自己多保重。她說她會的。然後我就跟她道別了。」

「你還對她說了些什麼？」

「我告訴她把我給她的那本珍・奧斯汀的書毀了吧！我說那本書的版本不對。我會再帶幾本新的來給她。」

「你為什麼告訴她這些？」

「在珍・奧斯汀的書裡內文中印有我們要歌德回答的問題。這些問題也重覆印在他不肯從我手中拿去的那一本平裝書裡。我當時給她那本書是希望，如果我找不到歌德的話，她可以把那些問題交給他。那個東西在她身邊，對她是很危險的。既然他也不打算回答這些問題了，我就不希望她再拿著那些問題。」

「你和卡蒂雅在電話裡一共談了多久，巴雷？」

房間裡一點聲音都沒有，只聽到海風吹著百葉窗嘎嘎作響。

「我不知道。」

「你打這通電話花了多少錢？」

「我不知道，我是在櫃檯付錢的。兩塊多盧布吧！我談那個書展談了很多，她也是一樣。我想要聽她講話。」

這一次輪到布萊迪沉默了。

「我有一種感覺，只要我還在講話，生活就是正常的。她很好。」

布萊迪又沉默了一會兒，然後出乎我們大家的意料之外，結束了這一場表演。「所以你們談的不多。」

然後就開始把他所有的物品裝進了他爺爺那一代才會用的公事包裡。

「的確，」巴雷同意道。「只是隨便聊聊而已。」

「就像同事之間的聊法，」布萊迪暗示道，一邊啪的一聲，把他的公事包給關了起來。「謝謝你，巴雷。我佩服你。」

我們換到那一大間客廳裡，布萊迪坐在我們中間，巴雷被支開了。

「把他給擺在一邊，克萊福。」布萊迪帶著很有禮貌的口氣建議道。「他很古怪，他是一個累贅，並且他自己的想法也太多了些。藍鳥造成的風浪已經大到你不能想像的地步。全國各地已嚴陣以待，空軍的將領們正在警戒當中。國防部說有他在，我們所有的軍事儲備都可能付之一炬。五角大廈罵情報單位在推銷贗品。你們唯一的希望就是把此人甩掉，另換一個專業的人員去代替他的工作，我們派一個人給你們。」

「藍鳥是不會和專業人士打交道的。」奈德說道。從他的聲調裡，我已經聽得出他心裡壓抑已久的憤怒已到了爆發的邊緣。

史凱頓開口說話了。這是我第一次聽他講話。他講話極其粗魯，令人為之側目。

「去他的藍鳥！」他說。「藍鳥沒資格發號司令！他根本就是一個賣國賊，一個作姦犯科的人，並且，誰知道他還是他媽的什麼東西？把他捆起來丟到火裡去，告訴他如果他不跟我們合作，我們就把他交給他自己的人，而且把那個女孩子也一起出賣。」

「如果歌德是一個好孩子，他一定會拿到獎金的，我保證。」布萊迪說。「一百萬不成問題。一千萬更好。如果你嚇一嚇他，再給他足夠的甜頭吃，也許這個尼安德塔人會上道的。羅素、克萊福、哈瑞、奈德，再見了。」

他開始朝著門走去，史凱頓在他身旁亦步亦趨。

但是奈德並沒跟他道別。他既沒有提高他的聲量，也沒有敲桌子，但他也沒有把那沸騰的怒火給強行壓抑住。

「布萊迪！」

「你有話想說，奈德？」

「藍鳥是威逼不得的。他們沒有辦法讓他屈服，你也不行。『恐嚇』在我們做計劃的時候也許很好聽，但是萬萬不能拿到實際的作業中使用。如果你不相信我的話，你可以自己去聽一聽他的錄音帶。藍鳥一直想做一個殉道者。一個人如果已經下定決心要殉道，你有什麼方法能威脅他？」

「聽你這麼講，我應該拿他怎麼辦，奈德？」

「巴雷有沒有騙你？」

「沒有故意要什麼花招騙我。」

「他是一個單純的人，這個案子也是個單純的案子。你單純地回想一下，就在你東想西想的時候，藍鳥還是維持他原先的方向不變。並且，他選擇了巴雷做他的賽跑夥伴。巴雷是我們唯一的機會。」

「他愛上了那個女孩子，」布萊迪說。「他是個很複雜的人，他是個累贅。」

「他愛過成百個女孩子了。每遇到一個女孩子，他都會向人家求婚。他就是這麼樣的一個人。不是巴雷想得太多，是你的那些手下想得太多。」

布萊迪談得興起。他感興趣的不是他自己原先的判斷，而是奈德的。

「我什麼案子都處理過，你也是一樣，」奈德繼續說道。「有些案子難得單純，即使是案子結了也不單純。但是這一件案子從起頭就很單純。而且，如果說有人讓它不單純，那就是我們自己了。」

我從來沒有看過他以這麼熱切的態度講過話。薛里頓也沒有過；因為他幹情報工作幹得太久了，都變得麻木了。也許就是因為如此，克萊福才會覺得他應該站出來為大家打打圓場了。「是的，我們從這件案子裡可拿出許多東西來討論的，布萊迪、羅素，我們得好好的討論討論。也許還有一種中庸之道，我寧願相信有。我們為什麼不調查一下？先把這暫時擱開，另找個時間再好好盡情的討論一下呢？」

但是沒有人動。布萊迪聽了克萊福的陳腔濫調，還是站在原地，動都不動一下。我突然發現在他的身軀裡散發著一種說不出的仁慈，就好像是一個藏身在面具之後的真人一樣。

「人家雇用我們，不是要我們去發揮博愛精神的，奈德。他們把我們這些個鬼放到這個世界上，絕對不是為了這個目的。我們在加入情報單位這一行的時候，就已經知道了這一點。」他笑著說。「我想如果我們這一行還要做到正直的話，你就會以副局長克萊福的身分來主持這個節目了。」

克萊福聽到這句話，臉上雖顯得不悅，但還是勉強陪笑著隨布萊迪走到他的吉普車。

有一陣子我想這個房間裡只剩下我、奈德和薛里頓。過了一會兒，我看到我們的主人藍迪擋在門口，臉上一副驚訝不能相信的表情。「是布萊迪嗎？」他問得上氣不接下氣。「那個做事賣力的布萊迪？」

「那是葛利泰．嘉寶，」薛里頓說。「拜託！藍迪，請你走開。」

在薛里頓的手下把巴雷帶回來的時候，我應該再為他多奏一些那種使人心情穩定的音樂，並且陪他在海邊散步；然後再開一開他的玩笑，為他畫一張列寧格勒的地圖，很用心地記載下來他為寇德小姐買下山貂皮帽子的那一個商店位置和他是用什麼錢幣付帳；以及，如果有收據的話，收據到哪裡去了？還有，巴雷到底有沒有向蓋特維的海關申報那一頂帽子，還有他打那一通電話的郵局地點。

我應該向你描述一下我和奈德一整個晚上都看著巴雷，想要找出一個可以讓他從沉默中走出來的方法，但卻始終不得其門而入。

巴雷從同意接受審訊開始，就變得落落寡歡。他已經變成一個孤身的清教徒，他要前往何處？從哪裡出發？為了誰呢？

然後，第二天早晨，在那兒的人皆謂它是一個真正的精采日子。我想它一定是星期四。那一天，從羅根來的新飛機帶來了我們的莫夫和史丹利。飛機準時到達，他們也正好趕上他們所喜歡的早餐。早餐中我們吃薄餅、培根和純楓糖漿。

藍迪的廚房早就對他們的口味摸得一清二楚了。

這兩人既粗魯，又帶著泥巴味，一臉的橫肉，配上一雙大手掌。他們到達的時候。看起來真像一對雜耍表演人員，戴著黑色的軟呢帽，抓著一個推銷人員用的手提箱。無論是吃飯的時候，或是吃完早餐之後坐在撞球室新漆的紅色地板上，這兩個人的手提箱也片刻不離其身。

他們的職業讓他們的表情都僵硬了，但他們是幹我們這一行的最喜歡的那一種典型——他們直爽、忠誠、服從命令，像個單純的步兵有工作要做且要養家活口，對國家別無二心。

莫夫的頭髮剪得像老鼠毛一樣的短。史丹利的兩腿呈外八字，上衣的領子上戴著一個忠誠的標幟。

「你可能是耶穌基督，伯朗先生，你也可能是一位一個月賺一千五百元的打字員。」就在我們圍站在巴雷的船屋裡合起來哄他的時候，薛里頓就這麼對他說。他又說：「不管它是巫毒、是煉丹術、是碟仙、是什麼亂七八糟的邪術，如果你不能通過它的考驗，那你就死定了。」

接著說話的是克萊福。克萊福可以為任何事情找理由。「如果他夠光明正大、心胸坦蕩。那他有什麼好擔心的？」他說。「那是他們官方秘密文件的看法。」

「奈德怎麼說？」巴雷問道。

奈德的眼神和回答裡都帶著我所不能忘懷的挫折感。布萊迪對巴雷的審訊已經動搖了他的信心，也動搖了他手下人的信心。

「那是你的選擇機會，」他無奈地說著，就好像他是對自己說的一樣。「如果你問我的話，我會說這是個非常糟的選擇機會。」

巴雷像以前一樣轉向了我。他的眼神就像我當時問他願不願意接受美國人的審問時一樣。

「哈瑞，我該怎麼辦？」

他為什麼總是要我給他意見？那是不公平的。我希望我看起來和奈德一樣地不舒服。不過，雖然我的確是如此，還是得強打起精神故作輕鬆地聳了聳肩膀，說道：「你要不然就幽他們一默，再不然就跟他們走，否則你就告訴他們去死吧！到底要怎樣做，完全看你自己的。」我給他的回答和我第一次回答他時如出一轍。

我就是憑這點才當上律師的。

巴雷又沉默了。他先是游移不定，繼而萌生退意。他轉眼望著窗外，和我們的距離愈來愈遠。「希望他們不致於抓著我逼供。」他說。

他站起來，輕輕甩了一下他的手腕，鬆鬆他的肩膀。而我們這些在一旁圍繞著他的人都彼此相視，偷偷地互相點頭致意，因為我們的主人終於應允了。

莫夫和史丹利在執行任務之時都有劊子手一般靈敏的身手。不管那張椅子是他們自己拿的，還是這個島上的主人為他們所預備的，那張左扶手像扇子一樣的直背木椅彷彿是一張寶座似的。莫夫靈巧地把它接上那個電插座，而史丹利則像是祖父教訓孫子一樣地對巴雷講話。

「伯朗先生，在這種情況下，你不該對我們產生敵意。我們希望你不致因與我們這些審問人之間的關係而感到為難。我們作審問的工作，就像是一個機器一樣，絕對是大公無私而不存任何偏見的。請你把夾克脫掉，不必把袖子捲上去或是把你的襯衫鈕扣解開，先生，謝謝你。非常容易，是不是。現在請放鬆。」

就在這時候，莫夫拿了一個大夫量血壓用的袖套圍在巴雷的左臂上扣緊，一直到巴雷的手肘動脈顯現出來。之後，他讓空氣充到這個袖套裡，一直到錶上的指針指著五十毫克為止。這時候史丹利以拳賽助手的專注，環繞著巴雷的胸膛裝了一個一英吋直徑的橡皮管子。他很小心地避開了巴雷的乳頭，以免擦傷它們。然後史丹利橫過巴雷的腹部裝了第二根管子，兩個指套套在巴雷的左手中間兩隻手指上。這個指套裡面有一個電極，專門用來測試巴雷的汗腺，以及通了電的皮膚反應和皮膚的溫度變化。這種皮膚上的溫度變化，就不是受測者（假設他還有良心的話）所能控制的了。這些程序，史丹利在事前都已經對我一一說明過了。我對這件事情要求要知道的非常詳細，就好像一個人在他的親人動手術以前，希望對手術的過程要知道的那麼詳細。哈瑞，有些測謊器的操控人員喜歡在受測者的大腦上加裝一條帶子，就好像是為他做大腦攝影術一樣，但史丹利不會這麼做。有些測謊人員喜歡對受測者大吼大叫，但史丹利不會。史丹利知道許多的受測人，即使本身無罪，也會在測試者咄咄逼人的言辭及態度下變得心虛而有不當的反應。

「伯朗先生，我們要求你千萬則亂動，不管快或慢，都不可以。」莫夫說。「只要你一動，我們就很有可能在波形上受到很大的干擾。這麼一來，我們就需要重新再做一次測試，重新再問一次相同的問題。謝謝你。首先，我們想要先建立一個標準。所謂標準，指的就是音量的大小。也可以說是物理反應的強弱。你可以把它想像是一個地震儀，你是地球，震動由你發出。謝謝你。你的回答只能是「是的」或「不是」。請你務必誠實地回答。我們每問完八個問題，就會停一下，這時候我們會將你的袖套放鬆，避免讓你覺得不舒服。袖套放鬆的時候，我們可以隨便聊聊，但是不要開玩笑，也不要有任何過分的言辭。你的名字是不是伯朗？」

「不是。」

「你除了這個名字以外，是不是還有別的名字？」

「是的。」

「你是在英國出生的嗎？伯朗先生？」

「是的。」

「你是乘飛機到此地的嗎，伯朗先生？」

「是的。」

「你是坐船到此的嗎，伯朗先生？」

「不是。」

「你到目前為止都誠實地回答我的問題了嗎，伯朗先生？」

「是的。」

「以下的所有問題你都預備誠實作答嗎，伯朗先生？」

「是的。」

「謝謝你。」莫夫臉上帶著微笑。而史丹利把袖套中的空氣放掉。「以上的這些問題我們叫作非相關性的問題。你結婚了嗎？」

「目前沒有。」

「有小孩嗎？」

「有兩個。」

「是男孩？還是女孩？」

「一男一女。」

「很好。好了嗎？」他又開始向袖套裡打氣。「現在我們要問相關的問題了。請你放輕鬆。這樣很好。非常好。」

在那只打開的手提箱裡的分光譜上，四支針筆分別在繪圖紙上畫出四條淡紫色的線條，儀錶中的四支黑色的指針也不斷地點著頭。莫夫預備了一堆問題，坐在巴雷身邊的一張小桌子旁。即使連羅素．薛里頓也對這些由蘭利裡的審訊小組所挑選出來的問題一無所知。它們彷彿匯聚成一股神秘的力量，放在那個箱子裡，這個世界上沒有任何人能以任何的賄賂得以一窺究竟。

莫夫用他毫無抑揚頓挫的語調說著。我相信莫夫會對他自己那種毫不徇私偏袒的聲音感到分外的驕傲。詢問就要開始進行了，莫夫是主控者。

「我故意從事一項陰謀，提供不實的消息給英國和美國的情報單位。是的，我是這麼從事的。不是，我沒有這麼做。」

「不是。」

「我的動機是要促進國與國之間的和平。是或不是？」

「不是。」

「我是和蘇聯的情報單位共同串通欺詐。」

「不是。」

「我對於代表世界共產黨的任務感到驕傲。」

「不是。」

「我與尼基·藍道勾結。」

「不是。」

「尼基·藍道是我的情人。」

「不是。」

「他過去是我的情人。」

「不是。」

「我是同性戀者。」

「不是。」

又是一個短暫的休息。史丹利再一次將袖套放了氣。「感覺如何，伯朗先生？沒有太大的痛苦吧？」

「差得遠呢！老兄，對我來說一點也沒有關係。」

但是我注意到我們在休息的時候並沒有看他。我們若不是在看地板，就是在看我們的手，要不然就是看窗外那棵在風中搖擺的樹。現在輪到史丹利問了。他的語調聽起來令人覺得舒坦多了，但是還是一樣沒有抑揚頓挫。

「我和卡蒂雅．奧拉娃那個女人以及他的愛人勾結。」

「不是。」

「我所稱作歌德的那個人是蘇聯情報機構的一員。」

「不是。」

「他給我的那些資料是由蘇聯情報機構所提供的。」

「不是。」

「我是被人家所設下的仙人跳所陷害了。」

「不是。」

「我是被敲詐了。」

「不是。」

「我是身不由己。」

「是的。」

「是蘇聯人使我身不由己嗎？」

「不是。」

「如果我不跟蘇聯人合作，他們會讓我破產。」

「不是。」

又一次暫停。第三回合了，又輪到了莫夫。

「我說我從列寧格勒打電話給卡蒂雅・奧拉娃，其實我並沒有打。」

「不是。」

「我是卡蒂雅・奧拉娃的情人。」

「不是。」

「有的時候我是卡蒂雅・奧拉娃的情人。」

「不是。」

「有人拿我和卡蒂雅・奧拉娃的關係來勒索我。」

「不是。」

「我在這次詢問中，到目前為止所說的都是實話。」

「是的。」

「我是美國的敵人。」

「不是。」

「我的目的是要暗中破壞美國的軍備。」

「你介不介意由我來控制那玩意兒，老兄？」

「停！」莫夫說，於是在手提箱旁邊的史丹利就依命停了下來，同時莫夫拿了一支鉛筆在繪圖紙上作了記號。「不要破壞我們已經建立起的規律，伯朗先生，以前有人為了想甩掉一個不好的問題，就用了這一招。」

第四回合了，又輪到史丹利。問題一個接著一個地從他口中道出。看情勢，我們已經非常清楚，他們不到黃河是不會死心的。巴雷的「不是」的口氣裡有一種死氣沉沉的韻律，也有一種近乎譏諷的消極。他仍然維持著他們為他安排的坐姿。我從來也沒有見過他一動也不動地坐得這麼久過。

他們又休息了，但巴雷並沒有鬆懈下來。他的一動也不動變得令人不能忍受。他的下顎抬了起來，雙眼緊閉，面上明顯地帶著笑容。只有上帝知道他的心裡在想些什麼。有的時候，他還沒有等問題問完，就脫口說出「不是」。但有時他又拖延許久一字不吭，結果那兩個人，一個從他的指針，另一個從他的文件上，不約而同地往上看。在我看來，這兩個施刑的人似乎都有著同樣的焦慮，他們擔心他們也許把眼前的這個人逼得太過分了。一直到巴雷口中終於還是說出了，一個既不算大聲，也不算小聲的「不是」兩字，他們心裡的那塊石頭才算放了下來。

他這樣的堅忍到底是打哪兒來的？對凡事都說不是。他為什麼坐在那裡，像一個年紀老邁的人預備接受歲月給他的羞辱，忍氣吞聲地說著「不是」？這種忍氣吞聲到底是什麼意思？不是，不是，是的，不是，一直到午餐的時分他們才把他鬆綁帶離那一台機器。

不過，我想在我腦袋裡的另一部分，我知道答案，只是我無法將它形諸於筆墨罷了：他的本體已經不知去向了。

間諜的工作，就是等待。

我們等了三天，你可以從我灰白的頭髮中計算出我當時等了多少小時。我們那時已經照著資歷的高低分開。薛里頓和鮑伯一起；克萊福和蘭利的人一起；奈德和他的手下繼續留在島上，我則繼續與他們一起留下來待命，儘管我所等待的還是一個謎團。我從那時起就開始討厭那個小島，而且，我想奈德和巴雷也同我一樣。巴雷又變得心不在焉，並且也暫時失去了幽默感。某些事已碰觸到他的自尊。

所以，我們就只有等了。我們心煩意亂地在下著棋，但很少有把一整盤棋下完的。我們也聽聽藍迪講他自己的遊艇、聽電話、聽鳥叫和聽海濤的拍岸聲。

處在這種狀況中，我們大家個個心浮氣躁。而我們對這一個孤島和它煙霧瀰漫的天空、暴風雨，以及對一片一片的田園美景所產生的好奇感，益發使得我們更加地心浮氣躁。島上起了大霧，濃霧籠罩住我們，使我們起了一陣莫名的恐懼，擔心自己永遠都離不開這個小島。霧散了，但我們仍然待在那兒。我們之間的親密程度應該會把距離拉得更近才對，但這兩個男人都返到他們自己的王國裡去了，奈德退到他的房間，巴雷則走到室外去了。雨像葡萄彈一樣的打在這個小島上，我只能透過窗戶看著巴雷穿著他厚厚的雨衣，邁著沉重的步伐走到懸崖峭壁的邊緣。那一副舉步維艱的樣子，就好像是和他的鞋子摔角一樣。有一次，我還看見他在海灘和那位名叫艾德加的守衛人員打著板球玩。天晴的片刻時光，他會拿出一頂從船尾裡的一個五斗櫃挖掘出來的航海帽來炫耀著。他戴上它的時候，臉上故意擺出一副猙獰的面孔，以一種不可一世的眼神睥睨著他腳下的土地。有一天，艾德加帶著一條他不知道從什麼地方撿來的老黃狗出來榴撻，他們讓那條狗在他們中間跑過來又跑過去。還有一天，在外海有一個賽船會，一大群白色的遊艇排列成環形，好像一排牙齒一樣。巴雷站在那兒一動也不動地望著它們，似乎是被這狂歡的盛會給強烈地吸引住了。而艾德加則站在一旁看著巴雷。

我想，他又在想著他的「漢娜」了。他在等待著，等待著生命給他一個能讓他做選擇的時刻。一直到很久以後，我才了解到並不是所有的人都用這種方式來做決定的。

我對這個島的最後一個印象是有如夢幻般的失真。我曾在電話裡頭，和克萊福說過兩次話，這兩次的對談事實上足以使他暫時耳鳴目眩。有一次他想知道「你的朋友們是如何支撐得住？」我回答他說：從奈德那兒我知道他已經問過同樣的問題了。另一次他對我說他需要知道我到底替巴雷做了什麼補償的計劃，包括支付津貼給他的公司等等，以及這筆錢是從我們的預算支出，還是從另外一筆額外的預算中支出。在我這兒有一些紀錄，能夠使他開竅。

這一天臨近中午時，《紐約時報》和《華盛頓郵報》剛剛才到，放在日光浴室的桌子上。我正低頭讀報的時候，聽到藍迪大聲喊著警衛找奈德去接電話。就在我轉身時，看見奈德自己從花園的那一邊走了進來，越過大廳，走向通話室。我瞥了他一眼，瞬即又將目光移向了上方。在一樓的樓梯平台上，我看見巴雷。巴雷站在那兒，側面對著我，一動也不動。他站的那個地方有幾個老舊的書架。那天早上，他終於說服了藍迪把這個鎖上了的書架打了開來，好讓他流覽一番。那個平台邊就是那一扇半圓形的窗戶，也就是那一扇往下俯視可以看到繡花球，再往遠處眺望就可以看到海的窗戶。

他佇立在那兒，一隻手上拿著一本書，眼睛卻瞪著大西洋。他的雙腳分開，另一手高舉，就像平常一樣，高舉到他的頭部附近，好像是要擋住什麼人揮過來的一拳似的。他一定已經聽到四周所發生的一切——藍迪的喊聲，接著奈德匆匆穿過大廳的腳步聲，以及通話室的門砰然一聲關上的聲音。樓梯平台的地板被震了一下，接著就是重重的腳步聲踏進那個樓梯間，好像教堂的鐘聲一樣地讓人覺得刺耳。不久，奈德從通話室中急速走了出來，走了幾步就突然停住了。

「哈瑞！巴雷在哪裡？」

「在這兒。」巴雷斜倚著樓梯欄杆支柱乎靜地說道。

「你已經過關了！」奈德喜悅得像個孩子似地叫道。「他們要我向你道歉。我和鮑伯、克萊福，還有海格帝都通過話。歌德是他們這幾年以來所辦過最重要的案子。正式的案子。他們百分之一百的喜歡他。他們不會再三心二意了。你已經把他們所有的儀器都給打敗了。」奈德那時已經對巴雷心不在焉的樣子司空見慣了，因此，就算是巴雷聽了他的話，居然面部一無表情，他也不再覺得奇怪了。他的眼神仍然瞪視著大西洋。他是不是看見了一艘小船進了水呢？說實在的，這種情形，只要你在緬因州的海灘待久了，你隨時都看得兒的，一片帆，一段船身，現在又是一個落入海中的人露出水面的頭和手，但旋即又沉了下去，就再也不見他浮出水面了。你繼續在那兒守望，如果你守望的時間夠久，你就可以看到一堆飢餓的鳥群在那兒盤旋，找尋著獵物。

但是奈德除了一份興奮以外，還有一份感傷。這在他是很少見的，即職業化的他竟卸除警戒心，流露內在那個未加粉飾的本性。

「你要再回莫斯科去，巴雷！這下子讓你稱心如意了，對不對？再去探個究竟？」

巴雷終於還是覺察到他傷了奈德的心。巴雷半轉過身子，好讓奈德能夠看到他的笑容。「是的，老兄，我當然稱心如意囉！」

就在他們正講得高興的同時，輪到我去通話室報到了。藍迪招呼我進去。

「是你嗎，帕爾弗萊？」

是我。

「這件案子現在由蘭利接管，」克萊福在電話裡對我說。他的語氣，就好像這也是一個什麼天大的消息一樣。「他們把它定作『全部配備』的等級，帕爾弗萊。這在他們來講，是最高的等級了。」他若無其事的加上了最後這一句。

「噢，好。恭喜你了。」我邊帶著不能相信的語調說著，邊把話筒拿開點。克萊福那拉長了的聲調繼續從話筒中傾洩而來，像是一個無人能關住的水龍頭一樣。「我想請你立即起草一份協議的文件，帕爾弗萊，準備一份全套的協議書，協議書的內容涵蓋一般性的偶發事件。我們已經讓他們完全聽命於我們了！所以我希望你能在立意上強硬點。既要強硬又要公平。現在跟我們打交道的人都是非常現實的，帕爾弗萊，都是些頑固分子。」

他的話還沒講完呢！巴雷的津貼及安家費改由蘭利支付，當作他們整個行動管制的保證金。蘭利對於處理消息來源有同等權力，而在意見不一致時享有決定投票權。

「他們正在預備一份完整的『購物清單』，帕爾弗萊，真是一個大滿貫。他們要把這份清單呈給美國的國務院、國防部和科學機構。他們會討論最關鍵性的問題，好讓藍鳥回答。他們知道他們要冒的是什麼樣的險，但他們堅持要去做。不入虎穴焉得虎子的道理他們很清楚。他們有這個膽子。」

又是那種公式化的急速語氣，克萊福終於有生意可做了。「在偉大的攻守均勢上，帕爾弗萊，真空裡是什麼都沒有的。」他傲慢地向我解釋。我非常清楚，他現在對我所說的話，是引自一個小時以前人家才對他說過的話。「問題在於微細處的調整，每一個問題的重要性，都絲毫不亞於任何一個答案。他們完全了解。他們看得很清楚。他們除了準備這一份徹底的問卷問他之外，只能對這些資料評以最高的評價。他們已經好幾年沒有做這種事了。這件事已打破了他們有史以來的慣例：最起碼，在最近幾年，這是史無前例的創舉。」

「奈德知道這件事嗎？」我好不容易插嘴進去，問他道。

「他不可能知道。我們當中沒有人能夠知道。我們現在所談的，是最高等級的戰略機密。」

「我的意思是說，他知道你已把他的人當做禮物送給他們了嗎？」

「我要你立刻到蘭利來，和他們在此地的法律人員一同擬出協議書的內容。藍迪會為你安排護照的，帕爾弗萊。」

「他知道嗎？」我再一次問道。

克萊福這一會兒在電話的那一端悶聲不響了。這當兒，任何人都猜得出他心裡在想些什麼。

「奈德回到倫敦時自然會知道最新的消息，謝謝你。他很快就會知道的。在那之前我希望你什麼也別說。他們會尊重蘇俄司所扮演的角色。薛里頓很珍惜我們之間的關係。在其他方面，這重關係會更加擴大，也許還會成為永久性的關係，奈德會對這一點心存感激的。」

任何地方都不會比倫敦更要為這則消息而歡欣鼓舞了。**與未來結合**，幾星期後《書訊》在其為莫斯科書展之預告宣傳中如此宣布。盛傳已久的位於河濱大道諾福克街的「阿伯克洛比暨布萊爾公司」，與麻州波士頓波多馬克公司之結合已成真！企業家傑克·亨西格終於和「阿布」公司的巴雷·史考特·布萊爾協議，另組新公司「波多馬克暨布萊爾」公司，預備積極開發從事東歐市場的生意。「這是明日的櫥窗。」信心十足的亨西格如是說。

莫斯科書展，他們來了！

在新聞快報上的照片中，巴雷和傑克·亨西格在一盆鮮花兩端彼此握著手。這幀照片是由本單位的攝影人員在武士橋的那一棟安全房舍裡照的。鮮花是由寇德小姐所預備的。

我從島上回來的第二天就和漢娜見了一面。她看起來高挺而容光煥發。每當我有一陣子不見她的時候，她就會有這種神采。那一天是星期四，所以她就把十四歲的兒子蓋爾帶到哈雷街後面的一家冒牌顧問診所去。我從來對蓋爾就沒有多大的好感，也許是因為我知道在我把她送回給德瑞克不久之後，他媽媽就懷了他的緣故吧！我們就坐在經常去的那一家自助餐店喝著有腐臭味兒的茶，一邊等他從顧問診所裡出來。她抽著煙，而我很討厭她抽煙。但我要她，她也知道。

「你去美國的什麼地方？」她問道，就好像這件事對她來說是很重要的一樣。

「我不知道。是一座島。遍地都是海鳥，天氣糟糕透了。」

「我敢打賭那些鳥兒不是真正的海鳥。」

「牠們是。那兒到處都是。」

我在她那緊張的眼神裡看得出她也要我。

「無論如何，我得帶蓋爾回家了。」就在我們已經充分了解對方的心思之後，她對我說。

「讓他坐計程車回去。」我建議她道。

這下子，我們的意見又背道而馳了，這一次相聚也就因而不歡而散。

①：出自狄更斯小說中的主角Oliver Twist，指受虐的可憐孤兒。

13

星期日早晨十點，卡蒂雅將在廣大的梅日杜納羅那亞旅館的門庭與巴雷見面。這家旅館也就是亨西格一直堅持要住的地方。熟悉這兒的西方人都管它叫「梅日」。維克妻和亨西格都坐在這家旅館內大得反常的大廳裡，目的就是想要看看他們快樂的重聚和出發去玩。

天氣很好，到處瀰漫著秋天的氣息。巴雷很早就專心地在等她。他在前門口一輛輛載著第三世界領袖魚貫進出的座車之間徘徊著。好不容易，她那紅色的拉達車終於出現了，那樣子就像葬禮中突然冒出的一個玩笑一樣。小安娜的手伸出了後車窗，看上去就像手帕般的雪白。塞吉則像一位蘇俄官員一樣，直挺挺地坐在她的身邊，手裡緊緊地抓著他的魚網。

對巴雷來說，先注意這一對孩子是很重要的。他老早就想過了，並且也事先告訴自己一定要先這麼做，因為不可再忽略瑣事，也不可再將凡事委之於機緣了。他先對這兩個小傢伙猛力地揮了揮手，再往後車窗裡向安娜扮了個鬼臉，才往前座車窗裡望了進去。馬特維叔叔端坐在駕駛座旁邊的那個位置上，刮了鬍子的臉龐散發著像板栗一樣的光采。他戴了一頂呢格子帽，帽沿下，水手般的眼睛閃閃發亮。不管現在是晴是雨，馬特維為了要迎接這位英國人，把他最體面的衣服都穿在身上了：一套斜紋布西裝，最好的鞋子，外加上領結，還有一個形狀交叉的琺琅製革命旗幟別在他的衣領上。馬特維降下了車窗，巴雷將手伸了進去，和他熱切地握了握手，並且對他喊了幾聲「哈囉！哈囉！」到了此時，他才敢把目光移到卡蒂雅的臉上。一時之間，巴雷似乎是忘了臺辭，或是專題報導，或是她有多麼地美麗，而有好一會兒講不出話來。還好，他終於還是堆出了笑容。

但是，卡蒂雅的表情和舉止沒有任何的拘謹或不自然。她跳出了車子。身上穿著的衣服雖然剪裁得很不合適，但穿在她的身上卻顯得非常的出色。她繞過了車子走到他面前，散發出快樂和信任地叫道：「巴雷！」還沒有到他的跟前，她已經張開了雙臂，預備接受一次熱烈的擁抱。但是她畢竟是一位蘇俄好女孩，所以又端莊地退縮了一步，不過還是握住他的手，審視著他的臉、他的頭髮、他那套老舊的外出裝束，一方面談著話，讓自己高漲的情緒緩和下來。

「能看見你真是太好，太好了，巴雷！」她大聲地說著。「歡迎你到書展來，歡迎你再度光臨莫斯科。馬特維沒法相信你會從倫敦打電話來！他說：『英國人會永遠是我們的朋友，他們教彼得如何航海。如果他不懂得航海的話，我們就不會有今天的海軍了。』你知道，他所說的是彼得大帝。馬特維只為列寧格勒而活。你羨慕不羨慕佛洛狄亞有這麼漂亮的車子，我感覺非常的高興，他終於有一樣可以讓他去愛的東西了。」

她放開了他，而他現在看起來就像是一個快樂的白癡一樣。巴雷發出了一聲：「我的天哪！我差點忘了！」他指的是那幾個手提袋，它們已放在入口處旁的牆邊上，就在他重新拿著它們出現的時候，馬特維試圖從車子裡面爬出來，讓出前座的空間給他坐，但巴雷卻不坐。

「不，不，不！我跟這一對雙胞胎坐在一起絕對沒有問題！你的氣色看起來很好，馬特維。」說完之後，他就鑽進了車內，把他那修長的身子靠到後座去，就好像他是在停一輛運貨大卡車一樣。他把他的行李放在身旁，那兩個雙胞胎帶著敬畏的眼神對他笑著，他們的笑容裡好像是在說：這一個高大的外國人有那麼多香煙和零碎的東西。他買給我們英國巧克力、瑞士蠟筆、畫圖本，以及波特的英文童話書，又買給馬特維叔叔一支新的煙斗。卡蒂雅說這支煙斗，再加上一袋英國煙絲，會讓他高興到無法想像的地步。

巴雷為卡蒂雅買的東西，多到她此生一輩子也享用不盡的地步。唇膏、睡衣、香水以及一條法國的絲質圍巾，那圍巾實在太漂亮了，漂亮到她捨不得戴它。

卡蒂雅把車子開出了梅日的門庭，顛顛跛跛地駛進了一條千瘡百孔的公路。一路上她談著第二天就要開幕的書展，並且糊裡糊塗地駛進了那些淹滿水的坑洞。

他們大約是朝東的方向行進。溫和的九月金色太陽就在他們的頭上，即使這是莫斯科的郊外，也因著它變得格外的美麗。他們駛進了莫斯科郊外一片荒涼的平原。平原中隨處皆可見到沒有主人的田野、荒廢的教堂及用竹籬笆圍起來的勞改營。群集在一塊兒的老舊樓房像古老的海邊小屋一般的坐落在道路兩旁，它們的山形牆和分隔的花園讓巴雷總是想起了童年時代英國鄉間的火車站。馬特維坐在車子前座，已經開始用他剛剛才獲贈的煙斗來薰害同車的其他乘客。他不但抽煙，還細數他吞雲吐霧的樂趣。還好，卡蒂雅忙著指點窗外的景色給巴雷看都來不及，哪還有閒情逸致去聽他胡扯。

「翻過了這一座山，就可以看到××金屬鑄造廠，巴雷。在你左手邊的那一個破爛的水泥建築物是一個集體農場。」

「太好了！」巴雷說。「太美妙了！今天真是太棒了！」

安娜已經把他的蠟筆都倒了出來，攤在他的膝上。發現如果用口水把蠟筆的筆尖舔一舔，再畫在紙上，就會留下像漆一樣的痕跡。塞吉催著她趕快把它們裝回到盒子裡去。巴雷為了要使這兩個小孩維持和平，就在他的圖畫本子上畫了一隻動物，讓她去著色；但是，莫斯科的道路表面顛跛不平，好像就是有意要跟他們這兩位拿畫筆的人過不去做的。

「不是綠色的，你這個傻孩子！」他告訴了她。「有誰看見過綠色的牛？卡蒂雅，妳的女兒以為牛是綠色的。」

「噢，安娜完全是脫離了現實！」卡蒂雅大聲笑著說，並且轉過頭去看安娜。安娜則對著巴雷吃吃她笑著。

車子裡，馬特維不停地自言自語聲、安娜開懷的笑聲和塞吉無奈的感嘆聲交織成一片。伴隨著他們的，是引擎痛苦地發出隆隆聲。車子裡，除了自己的聲音以外，誰也聽不清別人的話了。突然，他們轉離了道路，越過一片綠油油的草地，直上一個連路都找不到的山坡。卡蒂雅和孩子們都放聲大笑，馬特維則一手抓緊了他的帽子，另一手抓緊了他的煙斗。

「你明白嗎？」卡蒂雅硬是在喧鬧中扯起嗓門對巴雷大聲吼道，好像她和情人在一個問題上經過了很久的爭論之後，終於證明了他的觀點是對的一樣。「在蘇俄，你高興去那兒就去那兒，只要你不侵犯到那些百萬富翁和政府官員的土地。」

他們在山頂上一邊旁若無人地笑著，一邊開著，結果車子開進了草地上的一個低窪處，但他們瞬即又從那裡爬了出來，像是狂風巨浪中勇敢地與風浪對抗的一片帆船。終於，他們開上了一條小路。這條小路是屬於一戶農家的。它一直延伸到一條小溪旁。這條小溪流進了一片樺樹林，而這條小路也就跟著它一直延伸進去。卡蒂雅把車子停住，拉起了手煞車。他們獨個兒在天堂裡。伴著他們的，也只有那一條通往水壩的小溪和河邊可供野餐的青草地。草地上的空間寬廣，足夠讓他們玩「拉普達」球。於是他們從後車廂中拿出球和棍子，大家站成了圓形，一個人滾球，另外一個人撿球。

很快地，大家就都看得出來，安娜其實並不想玩「拉普達」球。她要的是趕快把它結束了，好坐下來，邊吃著午餐，邊纏著巴雷。但是「軍人」塞吉是個老實人，而「水手」馬特維是個熱心人。卡蒂雅一邊把野餐布攤開在地上，一邊對他講述著「拉普達」球對西方文化發展過程的一些不為人所知的重要性。

「馬特維對我振振有辭地說，它一定是美國棒球和你們英國板球的前身。他相信這是由蘇俄的移民引進英國的。我非常清楚他也一定相信它是彼得大帝所發明的。」

「如果這是事實，這也就是這個帝國的致命傷了！」巴雷神色凝重地說。

躺在草地上的馬特維仍然一邊吐著煙圈，一邊口中不停地說著。他那藍色的眼睛徜徉在列寧格勒過去的光榮歷史裡，流露出一種慷慨激昂的英雄氣概。但是坐在他身旁的卡蒂雅，也只把這位叔叔當作一個關不掉的收音機而已。她專挑他話裡的毛病，其他的則一概充耳不聞。她走過草地，爬上了車子，關上車門，旋即又走了出來，手上已拎著一個油布袋，油布袋裡裝著午餐。三明治是用報紙包起來的，她準備了肉片、冷雞了和肉派作午餐，還有用鹽醃的黃瓜、煎得很老的蛋和幾瓶啤酒。巴雷則帶了幾瓶威士忌，馬特維熱情地舉杯向已故的幾位君王敬著酒，其中也許還包括他自己吧！

塞吉站在河邊，用他手中的網撈著水。卡蒂雅向大家解釋說，塞吉的夢想是從水中抓起一條魚，並且煮給大家吃。安娜正在畫圖，她故意斜放她的作品好讓大家欣賞。她希望能給巴雷一幅他的自畫像，掛在他倫敦的房間內。

「她在問你結婚了嗎？」卡蒂雅拗不過女兒一再的要求，向巴雷問道。

「沒有，目前沒有，但我一直都是有求必應的。」

安娜又問了另一個問題，但是卡蒂雅聽了她的問題之後臉馬上就紅了起來，斥責了女兒一頓。馬特維做完忠貞職務之後，就躺了下來，把帽子蓋在他的眼睛上，說著一些只有老天才聽得懂的話。不過，不管他說些什麼，他總是在那兒自得其樂的。

「不久他就會開始述說列寧格勒被兵圍困的歷史了。」卡蒂雅臉上帶著濃濃的笑意說著。

她停頓了一下，看了看巴雷。她的意思是在說：「現在，我們可以談事情了。」

運貨車正要離開，它也該離開了。巴雷越過她的肩頭看著它有好一會兒了。他對這輛車子一直沒什麼好感，總希望它不但能夠友好一點，而且更能識相一些，早點離開他們，讓他們不再受到干擾。它的兩側窗戶都布滿了黑黑的塵埃。感謝上蒼，它終於拖著吵雜的步伐上了路，也拖著吵雜的步伐離開了他們的視線和他們的心頭。

「噢，他非常好，」卡蒂雅說著。「他寫了一封長信給我，告訴我一切順利。他病了，但我相信他現在一定已完全康復。他說有許多的事要和你討論。在莫斯科書展舉辦期間，會專程去拜訪你。他想要很快地見到一些準備妥當的手稿，就算是只有一頁也好。我認為這麼做可能有危險，但他顯然已經等得非常不耐煩。他要你提供有關書名、翻譯，甚至插圖的建議。我想他已經差不多可以說是一位典型的獨裁作者了。他會在很短的時間內就把所有的事情都搞定，並且找一間公寓，好讓你們倆兒在那兒會面。他希望能夠自己做一切的安排，你能想像有這種事嗎？我想你一定對他影響很大。」

她伸手在袋子裡找著。一輛紅色的車子停在那片樺樹林的另一頭。但精神奕奕的她似乎什麼也沒有看見，只顧自說自的：「我個人以為他的作品不久之後就會被人認為是多餘的。限武談判進展得如此快速，而且跨國合作的氣氛又如此的濃烈，那些悲慘的事件很快地就會成為歷史，被人遺忘了。自然，美國人還是會不斷地懷疑我們。但是只要我們能夠合作，我們就會把軍隊完全裁撤掉，而兩國也就可以聯手起來預防未來世界上所發生的各種問題。」她一口氣說完，不給別人任何說話的餘地。

「如果我們把所有的武力都裁撤掉，又如何防範未來世界上可能發生的任何問題？」巴雷反駁道。結果，他的魯莽卻換得了對方的一個白眼。

「巴雷，我想，你的思想既西化又消極，」她一邊從她的袋子裡拿出了一個信封，一邊反駁道。「告訴葉可夫說我們需要在人性上做試驗的是你，不是我。」

巴雷注意到了那個信封上沒有郵票，也沒有郵戳。只有用西里爾文寫的「卡蒂雅」三個字。字的筆跡很像是歌德的，但誰又能確定呢？他突然覺得有一種緊張的感覺透過了頭部和肩膀，像是一種毒藥，又像是一種即將發作的過敏現象。

「他已經痊癒了嗎？」他問道。

「你們在列寧格勒相會的時候，他很緊張嗎？」

「我們兩個人都很緊張。是天氣的關係。」巴雷回答道，但他仍然在等著她的答案。他感到微醉了，一定是他剛才吃了什麼東西才讓他有這種感覺。

「是因為他病了。就在你們兩人見過面之後，他因為嚴重的體力不支而病倒了。他的病來得非常突然，而且又非常的嚴重，甚至連他的同事都不知道他不見了的時候是到什麼地方去了。他們為他擔心死了。他信得過的一位朋友告訴我說他們擔心他可能已經死了。」

「我還不知道他還有信得過的朋友。」

「他曾經指定一位朋友做你們之間的聯絡代表，他自然也有其他的朋友可以為他做其他的事情。」她抽出了那一封信，但並沒有給他。

「這和你以前所告訴我的不太一樣。」他一面與自己所生出的層出不窮的懷疑搏鬥，一面很無奈地說道。

聽了他的話，她絲毫不為所動。「一個人交朋友時，最忌諱的就是交淺言深。每個人都需要保護自己，這是正常的啊！」

「說得也是。」他同意她的說法。

安娜已經畫完了自畫像，並且迫不及待地等著別人的稱讚。畫裡，她把所採到的花都給描畫在屋頂上。

「好極了！」巴雷叫道。「妳告訴她我會把它掛在我的壁爐上面。只有那一個地方才配掛她這幅畫。在那個地方，左邊有安西雅的一張滑雪照，右邊有海爾駕駛帆船的照片。安娜的這張自畫像可以掛在中間。」

「她問海爾有多大了？」卡蒂雅說道。

他真得想一想了。他先得回想海爾是哪一年生的，然後現在又是哪一年了，然後再費力地一面把侵入耳朵的歌聲揮掉，一面再把後者拿來減掉前者。

「啊！現在嘛……海爾是二十四歲了。但是我擔心他結婚結得很草率。」

安娜失望了。當卡蒂雅恢復與巴雷的交談後，她以責備的眼神看著他們。

「我一聽到他失蹤了，馬上就透過我一般使用的管道，試著和他連絡，但是都沒有成功。我那時的心情真是低落到了極點。」她終於還是把那封信拿給了他，她的眼睛亮出快樂和解脫了的光芒。就在他從她手中把信接過去的當兒，他有意無意地把手掌合起來，蓋住了她的手，而她也讓他這麼做了。「然後，過了八天，也就是前一個禮拜，也就是你從倫敦打電話來的兩天後，是禮拜六，伊格打了電話到我家來，說：「我有一些藥要給妳。我們一塊喝杯咖啡，順便把藥給妳。』『藥』是我們之間的暗號，它指的是信。他的意思是要把葉可夫的信拿給我。我既驚又喜，上一次收到他的信已經是幾年前的事了。你看，就是這封信！」

「伊格是什麼人？」巴雷說道。他故意把聲音放大，好壓住他自己腦袋裡的喧囂。

這封信有五頁，是用一般有錢人都買不到的上好白紙寫的。他的字跡工整。巴雷沒有想到歌德還會寫這種傳統樣式的文件。卡蒂雅收回了他的手，但是態度很溫和。

「伊格是葉可夫在列寧格勒的一個朋友。他們在一起讀書的。」

她對他所提出的問題覺得有點惱，也對他看到信時的老練反應而感到不耐煩，雖然他也只能憑著信的外表來判斷它。「他是政府一個部門的什麼科學家。伊格是如何受雇的有什麼重要？你要不要我把它翻譯給你聽？」

「他另外一個名字叫什麼？」

她告訴了他。他雖然心起疑心，但聽到她帶刺的回話，心中反而有些高興，心想，我們應該有好幾年，而不是只有幾個小時的時間在一起。我們還是小孩子的時候，就早該拉過彼此的頭髮了，應該乘著現在還來得及，把我們從來沒有做過的事情都做了。他幫她拿著那一封信，卡蒂雅在他身後不經意地跪了下來，一隻手扶在他的肩膀上以平衡身體，另一隻手伸到前面指著信上的文字為他翻譯著。他感覺得出她的胸部抵著自己的背部起伏著。當他經過分析而第一次生起疑心的時候，巴雷已可以感覺得出自己能平穩地掌舵。

「這兒是他的地址，只是一個信箱號碼而已。不過這很正常。」她說著，用手指著右上角。「他那時是在一所特別的醫院裡，也許這所醫院還是在一個很特殊的城市裡。他是在病床上寫這封信的。你可以看到他清醒的時候，字寫得有多麼的好看。他把信給了一位當時正準備來莫斯科的朋友。那位朋友把它交給了伊格，這種作法很正常。我親愛的卡蒂雅——這不是他慣用的起頭方式，他有另一種親暱的表示方法；不過，別管它。我現在被一種肝炎給打倒了。但是對我來說，生病是一種表徵，不過幸好我還活著。這是他一貫的講法，先給你上一堂道德教育。」她又指著信裡的一處地方說：「這個字的意思是說他的肝炎更加深了。」

「更惡化了。」巴雷小聲地說。

她的手在他肩膀上捏了一把。「用的字對或不對有什麼關係？你要我拿一本字典來麼？我的體溫很高，腦子裡有許多的幻想——」

「幻覺。」巴雷說道。

「那個字是gallutsinatsiya——」她開始生氣了。

「好吧！我們就用這個字好了。」

「但我現在已經康復了，並且，再過兩天，就要到一個靠海邊的療養院的休養一個星期。他並沒有說是哪一個海，他為什麼該說？除了不能喝伏特加酒以外，我什麼都能做，但是那只是一個官僚式的限制。我這個俊秀的科學家很快就會不把它給放在眼裡的。這種語調不又重回到他的老樣子了！治好肝炎之後，他馬上又想起了伏特加酒。」

「正是那樣。」巴雷一邊同意地說道，一邊笑著，以討好她——也許可以說是自己已經放心。

信上一行一行的字為的筆直，就好像是在畫有格子的紙上寫的。沒有任何一處是經過塗塗改改的。

「如果所有蘇俄人民都能有像這樣的醫院，我們的國家馬上就可以變得多麼的強壯呀！他永遠都是一個理想主義者，甚至在生病的時候也不改其本色。護士們都美麗大方，大夫們年輕英俊。這個地方與其說是一個醫院，不如說是一個充滿著愛的家庭。他說這話是要讓我嫉妒。但是你可知道，他會談到別人快樂，更是少有的事。葉可夫是一個悲劇人物，甚至還可以說是一個無神論者。我想他們一定也已經把他那惡劣的情緒他一併給醫好了。昨天，我第一次做運動，但我很快地就覺得像一個小孩子一樣的疲累不堪。後來，我躺在陽台上，晒了好一陣子太陽之後，才像天使一樣地睡著了。我的心裡一無愧疚，唯獨有一件事一直困擾著我，那就是我實在對妳不起，一直在利用妳。以下他所寫的都是情話，我想我不用翻了。」

「他是不是常常做這種事情？」

她笑了：「我告訴你。他能夠寫信給我，我就覺得很稀罕了。你知道，他上次在信上談到我們的愛情，是在幾個月以前，甚至是幾年以前的事了。現在我們之間的戀情，已經完全是柏拉圖式的。我想他的病多多少少已經讓他變得有一點兒多愁善感，所以我們理當原諒他。」她把手上的信翻了一頁過去，但是巴雷感到像冬天一樣的寒冷。他的心裡暗自驚訝她居然對此一無表示。「現在說到巴雷先生了——你。他非常的謹慎，並沒有直道出你的名字。至少，他雖然病了，但謹慎仍然一如往常。請你告訴我們的好朋友：設使我能逐漸康復的話，我會在他來訪的那段期間盡量抽空去見他。他要帶著他的資料，我也會帶著我的去。那一個禮拜中，我在沙拉托夫有一場演講，伊格說那是個軍事院校，每逢九月，葉可夫都會在那兒發表一次演講。一個人在生病的時候，體會到的事情可真是多呀！——我會儘快從那兒趕往莫斯科的。如果你能夠先我見到他，請你告訴他以下事項。告訴他將所有的問題一次全部帶來，因為我已決意於此次會面之後不再回答那些討厭人物的任何問題了。告訴他這是最後一次，下不為例了。」

巴雷安靜地聽著歌德進一步的指示。他的指示就像他在列寧格勒所講的一樣有力。就在他凝神傾聽的時候，心裡那股不相信的疑雲已籠罩了過來，在他內心深處匯聚成一種莫名其妙的恐懼，而他的反胃毛病又來了。

請他帶一頁翻譯的樣張來，但我要的是印刷好了的。印刷品更具有啟示性，她代表歌德說著。

我希望能有斯德哥爾摩的基里安教授的一篇介紹文字，請他儘快與他連絡，她讀著。如果他的情報人員有什麼進一步的指示，請你務必告訴我。

出版日期。歌德曾經聽說秋天的市場最好，但這不就是要讓他等上一年了呢？他是為他的愛人而問。

再來是書名。《世界上最大的謊言》如何？請你讓我看一下廣告草稿，並且請你送一份副本給史丹福大學的丹格瑪教授和麻省理工學院的赫門教授。

巴雷很辛苦地將這些都記在一本筆記上。

「這封信的內容還寫些什麼？」他問道。

她已把信收回信封裡去。「我告訴過你，它裡面所講的都是情話。他目前自己一個人過得很安然，所以想恢復到完整的關係。」

「和妳？」

她頓了一下，眼珠裡頭在打量著他。「巴雷，我想你有點兒幼稚。」

「成為情侶？」巴雷仍然不放鬆地問道。「從此快快樂樂地生活在一起。對嗎？」

「過去，他怕的是責任。現在他不怕了。他信上寫的就是這個。不過現在做這個要求已經不可能了。過去的已經是過去的了，就像覆水難收一樣。」

「那麼，他為什麼要寫這封信呢？」巴雷仍然不死心地問道。

「我不知道。」

「妳相信他的話嗎？」

看到他眼中所顯現的神情既非嫉妒，亦非敵意，而是對她的安全寄予一種迫切的關心時，卡蒂雅的怒火很快地就冒上來了。

「如果他只是生病的話，有什麼必要對妳講那麼多的情話？他平常是不會拿人的情感開玩笑的，不是嗎？他以他自己能說實話為榮，不是嗎？」

他那幾乎可以把人給看透的眼神仍然不放過她，也不放過那封信。

「他很寂寞，」話語中可以讓人覺察出她是在護著他。「他很想我，所以信裡的話有點兒言過其實。那很正常啊！巴雷，我想，你也有點兒太那個了吧——」

她或許是找不著適當的字眼好用，要不然就是經過考慮，決定不用它了，所以，巴雷就乾脆替她講了出來。「嫉妒！」他說。

而且，還說中了他知道她正在等待著的東西。他笑了。推出了一個對朋友公正無私的笑容，笑容中帶著善意，也帶著誠摯。他把她的手握得緊緊的，並且蓋在腿上。「我看他真的是好極了！」他說。「我真是為他高興，為他的康復而高興。」

這幾句話可以說是字字出自肺腑。他的眼光又瞟到停在那個小樹林另一邊的紅色車子上時，幾乎可以聽得出來自己心中所發出的每一分真摯的音符。

接著，就在大家一片歡笑聲中，巴雷扮起了一個假父親的角色。這是他多年浪蕩生涯中經常渴望做的一件工作。塞吉要考考他的釣魚技巧，安娜要知道他為什麼沒有把游泳衣帶來。馬特維跑去睡覺了，睡夢中他仍然沉醉在剛才喝的美酒和回憶當中。卡蒂雅穿著短褲站在水中，她從來沒有看起來像今天這麼美過。不但美麗，而且飄逸。即使當她撿石頭築水壩的時候，她還是巴雷所曾經見過的女子中最美的一位。

不過，那天下午，沒有人比巴雷工作得更賣力，因為，應該用什麼方式才能把水阻擋在河濱裡，沒有人像他有這麼明確的觀念。他把褲管捲了上來，站在水流分叉的地方，不停地拿著樹枝、搬運石頭，一直到筋疲力盡為止。而安娜呢？她跨坐在他的肩頭，指揮著工程的進行。他用做生意的方法來取悅塞吉，同時用羅曼蒂克式的詞藻來討好卡蒂雅。一輛白色的車駛了過來，擋住了那一輛紅色的車子。一對夫婦坐在車子裡面，把車門開了，吃著他們帶來的野餐。在巴雷的提議之下，孩子們跑到一個小丘上向他們揮著手，但是這一對夫婦並沒理會他們。

夜幕低垂了。有人將秋天落下的樺樹葉收集起來，用火燒了。煙味瀰漫在空中。莫斯科而又是一片萬家燈火的景象。他們登上了車子。一對野雁飛過他們頭頂上，而他們是世上最後的兩隻野雁。

在回程的途中，安娜睡在巴雷的膝上，而馬特維再度嘮叨個不休，塞吉對《松鼠納金》的書頁皺眉頭，好像那是黨宣言一般。

「妳要到什麼時候才會再與他通話？」巴雷問道。

「那得事先安排。」她莫測高深地說著。

「是由伊格來安排嗎？」

「伊格什麼也不安排。他只是個信差而已。」

「新的信差。」他改正她的說法。

「伊格雖是新的信差，但卻是我的舊識。怎麼，有什麼不對嗎？」

她瞧了他一眼，想要知道他的意圖何在。「你不可以去那家醫院，巴雷，那個地方對你不安全。」

「但那兒也不是妳度假的地方呀！」他答道。

他想，她應該明白他的意思。她明白，但不知道她自己明白。她感覺出某種不祥之光，而且內心多少有點確認了。但是，她多半卻不願意承認有什麼不對勁。

那個英國人和美國人共用的狀況室，已經不是以往那個在維多利亞街見不得人的地下室了。如今，它已經搖身一變，搬遷到葛若斯芬諾廣場外，一座剛建好的摩天大樓樓頂的閣樓裡，對外自稱是國際調停組織團的工作所在地。辦公室外有美國海軍陸戰隊所派駐的彪形大漢把守著，室內充斥著讓人毛骨悚然的肅穆氣氛。一大群衣著整潔的年輕男女工作人員穿梭其間，一直不停地在安全電話中和蘭利通話、傳遞著文件、在安靜無聲的鍵盤上打著字，或是注視著牆上那個蘇俄司裡原先擺放時鐘的位置上那一排電視監視器，不耐煩地等待著。

那一個平台有兩層高。奈德和薛里頓肩併肩地坐在封閉的控制室上面，而他們下方，一群手下各自做著他們自己的分內工作。布拉克和艾瑪在一邊，鮑伯、莊尼和他們的一夥人則在另一邊和中間的走道上，但他們現在正朝著同一個方向移動。他們的臉上也都有著同樣服從而果斷的表情，一同看著那一排電視螢光幕閃動著的畫面。當經過自動解碼的信號進來時，螢光幕就會出現像是股票交易所在報價時那種不停地滾動和閃爍著的畫面。

正當螢光幕突然一片空白，接著又閃動起「二十一點」的時候，薛里頓說道：「卡車在碼頭上很安全。」

卡車的本身就是一個滲透的奇蹟。

這是我們自己的卡車！在莫斯科！我們！用英語來說，這叫貨車，但是為了要尊重美國人的自主權，我們就說它是卡車。在我們取得並部署它的背後，費了很多的工夫和行動。這是一輛卡馬士車，顏色暗灰，體積相當的龐大，有一排字母「SOVTRANSAVTO」塗寫在髒污的車身上。這輛卡車是連同它的司機一同被徵募的。徵募這輛車的是情報局派駐慕尼黑的龐大工作站。這輛卡車經常從西德運送奢侈品給莫斯科少數幾個權貴人士，他們有管道可將這些貨品供應給一個特殊配給站。下自西方的昂貴鞋子，上至西方轎車的零件，都曾經裝在這輛卡車的肚子裡運送到莫斯科過。就是在這麼一次行動中，它被徵募了。駕駛人是一位蘇聯人所稱的「長程砲手」。他們蠻可憐的，雖受雇於國家，但常衣不蔽體，食不飽腹。他們到了西方，如果遭遇到了什麼不幸，既無醫藥，也無意外的保險可資救濟。即使是在嚴冬，他們也只能群聚在貨倉裡打著哆嗦，然後草草吃過一頓晚餐之後，就在毫無舒適可言的車廂裡輪流睡上一覺。不過，他們還是可以靠著在西方國家裡碰到的機會，在蘇聯境內大大地撈上一筆屬於自己的財富。

現在，就是為了這麼一筆極為優渥的報酬，這一位特別的「長程砲手」已經同意將他的卡車「借」給一位在莫斯科的「西方商人」。這一位屬於賽伊手下的商人，又把車借給了賽伊。賽伊則把它塞滿了各式各樣的精巧手提式監視和監聽系統。在這輛卡車辦完事後，經由中間人送回到它合法的駕駛人手中以前，這些設備會先撤除一空。

這件事可以說是空前的。現在，在莫斯科，我們有了自己的機動安全室。

奈德首先發現了這個主意有設想得不周全的地方。因為那些「長程砲手」都是成雙成對的一起工作。這一點他比誰都清楚。格別烏為了要方便控制起見，把彼此水火不相容的兩個人故意湊成一對，讓這兩個人經常彼此互相向上級報告對方的行蹤。但是就在奈德詢問是否可以讓他閱讀行動檔案的時候，他反而遭到他自己所珍視的安全法規擋駕。

但是蘭利這個最新的指揮總部到底還是說話了，而奈德又再一次嚐到對這個組織無法左右的滋味。從現在開始在莫斯科錄下的談話錄音，都要被摻入任意亂碼，然後再以一千倍於平常所聽到的錄音帶速度，以數位的脈波傳送過來。不過，蘭利的那些魔術師們保證，當這些脈波被接收站接收，自行恢復原來的聲音之後，你是絕對不可能想到它在傳送的過程中，經過這麼繁複的手續。

「等待」這兩個字是用特別高亢的聲調講出來的。間諜的工作，就是要等待。不過，「聲音」這兩個字替代它了。間諜的工作，就是要聽。

奈德和薛里頓戴上了他們的耳機。克萊福和我在他們背後的空椅子上坐了下來，同時戴上了我們的耳機。

卡蒂雅若有所思地坐在她的床上。她看著電話，希望它不要再響了。

在我們都不報自己姓名的時候，你為什麼要報出你的姓名來？她在心裡問著他。

你為什麼要報出我的名字？

是卡蒂雅嗎？妳好嗎？我是伊格。我只是告訴妳我還沒有從他那兒收到任何的消息。

那麼，既然沒有事情，你又為什麼要打電話給我？

老時間，老地點，好嗎？沒問題。就像以往一樣。

在我告訴你我會在約定的時間到醫院去以後，你為什麼一再重覆沒有必要重覆的事情呢？

到那個時候，他就會知道他自己的情況如何，他會知道他能搭哪一班飛機，以及大大小小的一切事項。然後，你就可以不必再憂慮，好不好？妳那位出版商如何？他現身的時候是否一切無恙？

「伊格，我不知道你所講的出版商是哪一位。」

就在他還沒來得及再問更多的時候，她掛斷電話了。

我實在是沒心肝，她告訴自己。一個人生病的時候，他的朋友聚在一起是很平常的事。在這個時候，如果他們從平常對你不太講話的相識之交，晉升到自命為老友，對你關切有加，那也只是表示他們對你的一種誠意而已，這其中是不會有什麼壞心眼的，即使六個月以前葉可夫才說過伊格是無可救藥的——「伊格做事的方式，我實在是不屑一顧。」有一次，他在街上遇到了伊格，他就對她這麼講。「伊格實在太喜歡問問題了。」

但是，現在伊格扮演著葉可夫最親近的朋友，並且奮不顧身地為他承擔起最危險的工作。他所做的，是無代價的。「**如果妳有信要交給葉可夫，妳只要給我就可以了。我已經建立起一條和他住的那個療養院溝通的良好管道。我認識一個人，他幾乎每一個禮拜都會去那兒一次。**」在他們上一次見面的時候，他已經這麼告訴了她。

「療養院？」她驚訝得大聲叫了出來。「那麼，他現在人在何處？那個療養院又在何方？」

此語一出，伊格的表情就好像他還沒有想好要如何回答這個問題一樣，因為他皺著眉頭，看起來很不舒服地辯白說：這是國家機密！屬於我們的而且是國家的機密！而我們竟藐視了這個國家機密！

我對他不公平，她心中想著。我現在變得疑神疑鬼的。我懷疑伊格，甚至也懷疑巴雷。

巴雷，她又皺眉頭了。他沒有資格批評葉可夫所表露的愛意。他以為他是什麼人，這個糾纏不休又愛冷嘲熱諷的西方人？才這麼一點點時間，他就認為可以在馬特維和我的孩子面前扮演上帝了嗎？

我再也不會相信一個沒有受過嚴格教養的人了，她嚴厲地警戒著自己。

我可以愛一個宗教狂，我也可以愛一個異教徒，但我就是不能愛一個英國人。

她把那一台小收音機打了開來，並且轉到短波的波段。此時，她已經戴上了耳機以免吵到那對雙胞胎。

但是，當她收聽到一些來自各國不同的宣傳廣播時——這兒是美國之音，這兒是德國之聲，這兒是自由之聲，以色列之聲，還有上帝才知道的什麼之聲，每一個聲音都是這麼的親切，這麼的超然，這麼的讓她神往——一陣怒火攻心且夾雜著惶恐淹沒了她。我是俄國人！她幾乎要回敬他們了。即使現在我活在悲劇的陰影下，我還是會夢想一個世界，一個比你們世界還好的世界！

但是，這是個什麼樣的悲劇呢？

電話響了。她抓住了話筒。但卻是拿沙揚打來的。他這幾天好像是變了一個人似的。他打電話來是要和她查對一下明天的計劃。

「噢！我想私底下問妳一下，妳是否真希望明天到『十月』的攤位去，如果妳要去的話，我們就得起個早。如果妳必須要送妳的孩子去學校或是什麼的，我可以通知葉里沙夫葉塔．亞別克塞葉夫娜先去代替妳。這麼做並不麻煩，只是妳必須及早告訴我。」

「你太好心了！拿沙揚。但是上個禮拜，我幾乎一整個禮拜都在忙著書展的事，所以我自然就希望能去參加明早的開幕典禮。馬特維會送孩子們去學校的。」

我們之間的對白就像是舞台上的演員們對話一樣。到底我們的心裡是想誰在偷聽我們的談話，所以我們需要用這麼拐彎抹角的方式說話？如果我對一個英國人說話的時候都能像是對我的愛人一樣，為什麼我不能用一種正常的方式對一位亞美尼亞人，又同時是我的同事講話呢？

他打電話來了，她立刻就知道自己等了這麼許久，等的就是他的電話，因為笑容已經在她的臉上了。他不像伊格，他沒有提到他的名字或是她的。

「和我一起私奔吧！」他說。

「今晚？」

「馬都上了鞍，三天的食物也都準備好了。」

「但你是否清醒到可以私奔的地步呢？」

「妳一定很驚訝，我可是清醒得很呢！」停了一下。「這並不是為了要考驗什麼，但實在是無事可做。我一定是老了。」

他的聲音聽起來的確很清醒，而且很親近。

「但是，那個書展又怎麼辦呢？你是不是預備棄它於不顧，就像上次有聲圖書展一樣？」

「去他的什麼鬼書展。我們如果要私奔，就得乘書展之前，否則我們永遠也別想私奔。一旦等到書展結束，我們就會累得走不動了。近來如何？」

「噢，我對你實在是火極了。我的家人都被你給慣壞了。現在他們問的，只是你什麼時候會再來，帶著煙草和蠟筆來。」

停頓了一下。他開玩笑的時候，通常是不會這麼周到的。

「這就是我慣常做的。我把人給慣壞了，然後就在他們落入了魔法之後，我就不再對他們有任何知覺了。」

「什麼！」她叫道，叫聲中含著深深的驚訝。「巴雷！你在說什麼？」

「我只是重覆我的一位前妻的智慧之言，只此而已。她說我只有衝動而無感情，而我也不該穿著粗呢大衣在倫敦市上行走。若有人把這些話告訴妳，妳這一輩子都會相信她所講的是實話。我從那時候開始就沒再穿過粗呢大衣。」

「巴雷！那個女的——巴雷，她說的話真是既殘忍又不負責任。我不該亂批評她，但她全錯了。我很清楚她一定是很生氣才會這麼講，但她錯了。」

「她是錯了，是不是？那麼，我該有什麼樣的知覺？請告訴我。」

她突然大聲笑了出來。到了此時，她才了解到她一點兒也沒有防備地就掉進他所設的陷阱裡去了。

「巴雷，你實在是一個非常、非常壞的人。我要跟你畫清界限了。」

「只因為我什麼也知覺不出來？」

「有一樣。你會知覺到如何保護別人。我們那天都注意到了，並且很感激你！」

「還有呢？」

「還有，你有幽默感，我可以這麼說。你很頹廢，很自然，因為你是個西方人。這都是很正常的。但是因為你有幽默感，所以才受人尊敬。」

「妳那兒有沒有什麼剩飯剩菜的？」

「你是說你覺得餓了？」

「我要過來吃。」

「現在？」

「現在。」

「那是完全不可能的！我們都已經上床了，而且現在也已經快午夜了。」

「明天呢？」

「巴雷，這太荒謬了吧！我們的書展就要開始了，我們兩個人都有十來份的請帖呢！」

「什麼時候？」

一陣美好的沉默凝固了時空。

「你可以在大約七點半的時候來。」

「我可能會提早到。」

之後許久，他們兩人都沒有講話。但此時無聲勝有聲。他們變成了同枕共眠的兩個人，耳靠著耳。當他掛斷的時候，縈繞在她耳旁的不是他的笑話和他的自我嘲諷，而是他似乎無法從聲音中除去的誠摯態度——她幾乎要說是莊嚴了。

他正唱著歌。

腦袋裡外都在唱歌。他的內心，甚至他的全身，都在唱著歌。

現在是書展的前夕。他正在那陰森森的梅日旅館灰色臥房裡唱歌。哼唱著「天佑此房間」，唱歌的姿態是像傑克森那種一看就認得出來的姿態，手舞足蹈地繞著房間打轉。他瞥見了他的身影映在那個碩大的電視螢幕上，那是這個房間裡一件值得誇讚的東西。

清醒。

非常的清醒。

巴雷．布萊爾。

獨個兒一個人。

他什麼酒也沒喝。在他接受詢問任務的安全卡車內，雖然汗如雨下，像一匹賽馬一樣，但他還是什麼酒也沒喝。當他向派迪與賽伊描述今天的情況時，臉上洋溢著甜美、無憂的表情。

即使和維克妻一起到羅西亞酒店出席那場法國出版商的盛會，雖然是滿懷自信的去，他還是什麼酒都沒喝。

就算是陪著亭西格去國際酒店赴那個瑞典出版商的邀宴，他在神采更加煥發之餘，雖然為了不讓沙巴提尼因為他不喝酒而驚訝過度，因此就拿了一杯在手中，但最後他還是一口都沒喝，就把它給放在一個花瓶後面。所以，他仍然是什麼酒都沒喝。

然後，又是和亭西格到烏克蘭參加那個雙日出版公司酒會。在這裡，他像北極星一樣的光芒四射；但還只是抓了一杯礦泉水，外加一片檸檬，讓它漂浮在上面，像是金湯尼酒。

因此，他還是什麼酒也沒喝。這並非是出自什麼高尚胸懷，也不是改過向善。

他並沒有簽下宣誓書，也沒有改頭換面重新做人。他不喝酒，完全是因為他不希望任何東西糟蹋了他心中所凝聚的喜悅感，以及那種少有的、對於本身所面對的危險的清楚感受：以及，對他來說是同樣重要的，知道無論發生了什麼，自己都已經胸有成竹；而且，縱使沒有任何事故發生，他也能夠坦然面對。因為，如今在他心中的這種萬全把握，已經給了他莫大的勇氣。

我已經成了大夥中的一員，知道如果船在半夜著火了的話，什麼事應該先做，什麼事應該後做，或是什麼也不去做；他心裡想著。他心裡非常的清楚，一旦有變，他當視何者為重，何者為輕，以及撇下何事——或踐踏而過，或任其自生自滅。

他把內心做了一次大掃除。掃除的對象包括那些瑣碎的事，也包括了意義重大的課題。巴雷之所以會這麼做，是因為由最近的反省當中，他體認到那些重大的課題正逐漸壓過那些瑣碎之事。

他把自己看得非常透徹，甚至連自己都深感駕訝。他省視了一遍之後，還又再省視了一番，然後轉一轉身，再哼了兩首曲子。他回神到剛才所想的地方，清楚地知道他沒有忽略過任何細節。

沒有忽略他的語調中一顯即逝的不定感，也沒有忽略那掠過她幽黑的眼窩裡懷疑的陰影。

沒有忽略歌德以他極為工整的筆跡取代了他往昔那種潦草的寫法。

沒有忽略歌德那用盡心機對蘇俄官僚和伏特加酒的嘲諷。

沒有忽略歌德打從心底對自己待她的方式，發出了悲哀的懺悔。二十年來，他隨興所至，無所不用其極地對待她，包括把她當作自己用完即扔的送信人。

也沒有忽略歌德對她的隨便許諾，只要她現在還留在這場遊戲當中，他將會對她有所報答，而實際上歌德已經對將來不存任何希望。他所迫切追求的，只是現在，正如他說過的：「只有現在！」

但是，從這些充其量也只不過是理論的理論中，巴雷的心思一下子就毫不費力地轉到了他知覺的深處：就歌德的觀念及他所成就的來說，歌德是對的。並且，在他這一生中大部分的時間裡，歌德是站在一個腐敗，一個讓他生不逢時的方程式這一邊；而巴雷呢？卻身不由己地站在這個方程式的另一邊。

如果巴雷有權利做選擇的話，他寧願選擇歌德的路來走，也不願選擇奈德或其他任何人的。而此刻他已選擇做一個在兩種極端都迫切需要他的中間地帶公民。

從皮里德爾基諾遇到歌德開始，似乎所有的事情都在印證這一點。舊有的主義已經死了，共產主義和資本主義之間的競爭在啜泣中結束。那種高調已遁逃至那些老狐狸的地下秘室裡，而那些人在曲終人散後仍兀自舞蹈著。

至於他對自己國家的忠誠，巴雷對這個問題的看法，只在於哪一個英國才是他所要服事的。他對這個至高無上帝國最後的夢想已經幻滅。那種狹窄的民族主義已經讓他望而生厭。他寧可被它踐踏，也不願與它一起邁步向前。至目前為止，他所知道的一個英國——一個更美好的英國，是存在他內心中的那一個。

他躺在床上，等著恐懼來擒服他，但是它沒有來。反倒是，他發現自己在下著一種鬥智的棋。這是因為下棋是一種和機率有關係的遊戲，而現在的他，似乎最好在安靜中盤算自己所擁有的機率，而不是在屋頂行將坍塌之際才去嘗試與分類整理有多少機率。

因為如果沒有發生大決戰的話，就什麼損失也不會有。但是如果真的發生了，那該搶救的可就多了。所以，巴雷就開始思考了。也因為要思考，巴雷就開始以冷靜的心來作準備。奈德如果至今還在操控著全局，也會要他這麼做的。

他一直思考到了清晨，才打了一個盹兒。醒來之後，他又繼續地思考。就在他高高興興地步行下去吃早餐想找些展覽的樂趣時，他已經滿腦子在想些傻子們所形容為「無法想」的事情了。

14

「唉！得了吧！奈德。」克萊福裝腔作勢地說，臉上露出驚訝的表情，對眼前那套神奇的無線電傳送系統讚嘆不已。「藍鳥以前也病過，有好幾次了。」

「我知道，」心煩意亂的奈德說道。「我知道。」接著他又說：「也許我掛心的不是他病了沒有，而是他寫了些什麼沒有。」

薛里頓手支著下顎，一邊聽著奈德講話，一邊聽著錄音帶。奈德和薛里頓之間已經發展出一種親密的關係。在行動作業中，這種發展是必然的。他們現在正在處理權力交接問題，就好像在許久以前也曾經有過這種情形。

「但是，親愛的，每一個人在生病的時候，都會這麼做的，」他大聲說道，但對於人性的了解顯然有錯誤的判斷。「我們會寫信給全世界的！」

我從來沒想過克萊福會生病，或者他還有可以寫信的朋友。

「我不喜歡他把話家常的信件交給神秘的中間人。我也不喜歡他說要把更多的資料帶去給巴雷。」奈德說。「我們知道他平常是不會寫信給他的。也知道他非常的機警，絕對不會輕易地犯任何一個錯誤的。但突然間他病了，而且在病中一口氣就寫了一封五頁的情書，託伊格帶給她。伊格是什麼人？伊格是在何時把信交給他的？如何交給他的？」

「他應該把那封信給照下相來的，」克萊福說著，話中有些責怪巴雷的意味，「要不然就是把那封信拿走，不管是哪一樣，他總該做一樣吧！」

奈德太過沉浸於自己的思維之中，否則他一定會對這個建議嗤之以鼻的。

「他怎麼能呢？她只知道他是個出版商呀！」

「除非藍鳥另外告訴了她。」克萊福說。

「他不會的，」奈德反駁道，接著又回到了他的思維狀態。「有一輛車子，」他說。「一輛紅色的車，接著又來了一輛白色的車。你看過那一份監視報告。那輛紅色的車子先來，然後那輛白色的車子來接替。」

「那純粹只是推測而已。想想看，一個風和日麗的星期天早晨，全莫斯科的人都會到郊外去玩的。」克萊福好像對敵情已經瞭若指掌。

他等著奈德有所反應，但是他的希望落了空。所以他又繞回到那封信的問題上。「卡蒂雅對那封信一點懷疑也沒有，」他舉出反對的理由，「卡蒂雅並沒有大聲哭號。她高興得不得了。如果她都沒嗅出什麼異樣，而且史考特．布萊爾也沒有，那我們又有什麼必要坐在倫敦替他們操心呢？」

「他要一份『購物清單』，」奈德說著，好像他仍是在傾聽著遠方的音樂一樣。「也就是說一份最後又徹底的問題表。他為什麼要這麼做？」

薛里頓終於忍不住了。他用那隻大手掌向奈德揮了一揮。「奈德，奈德，奈德，奈德。到此為止，好嗎？現在又是一天開始了，所以我們都有點兒神經質了。去睡一睡吧！」

他站起身來。克萊福和我也跟著站了起來。但是奈德頑固地一動也不動。他的手在他面前的桌子上敲著。

薛里頓低頭對他說話。語氣裡不但帶著情感，也帶著力量。「奈德，聽我的，奈德，好嗎？」

「我沒有聾。」

「你沒有聾，但你累了。奈德，如果我們對這項行動再抽絲剝繭、大挑毛病的話，就會永遠喪失良機。我們是和你的人一起去的，就是你帶來要說服我們的那一個人。我們是花了多麼大的力氣才有如今的成績。我們有那個情報來源，我們有預算，我們有可發揮強大影響力的支持者。我們只需再花些許力氣就可以把至今所不了解的地方補上了。這些成績，就算再聰明的機器，再足智多謀的幕僚人員也永遠別想做到。如果我們能再接再厲，毫不退縮，而且巴雷和藍鳥也能，我們就可以達成別人作夢也不敢想的功業。如果我們不退縮。」

但是，薛里頓畢竟是太過於自信了。他肥胖的臉上顯得莫測高深，無意中洩露出一種近乎絕望的要求。

「奈德？」

「我聽到了，羅素。又大聲又清楚。」

「奈德，這不再是一個手工家庭作業了，請你想清楚一點啊！老天。我們既然玩大的，現在我們就得往大處想。再大也大不過這個。就算你有再大的發現，也不能據以懷疑我們的判斷不對啊！事情正照著常規進行。奈德，我真的認為你應該去睡一覺了。」

「我可不認為我累了。」奈德說。

「我認為你是累了。我想大家都會說你是累了。我想他們甚至會說奈德以前對藍鳥都是非常樂觀的，但現在那些美國的壞蛋一來，把他的手下都帶走之後，他就完全變了樣。然後，突然之間，藍鳥就變成一個非常可疑的情報來源。我想大家都會說你累得像鬼一樣。」

我瞥了克萊福一眼。

克萊福也同樣在低頭看著奈德，但是他的眼光是如此的森冷，森冷得讓人覺得血液都為之凝結。那對眼光似乎在說：該勞動你的大駕了！你該秤秤自己的斤兩！

亨西格和維克婁那一天都緊盯著巴雷不放，而且經常發回有關他的報告。亨西格用他所想得出的方法發報告給賽伊，維克婁靠一名非正規人員與派迪連繫。雖然是各自用不同的代碼發給各自的頂頭上司，但兩人都證實了巴雷精神奕奕，且態度從容。兩人也都在報告中描述了他如何在早餐時，朝著兩位對橫越西伯利亞鐵路計劃甚感興趣的芬蘭出版商蓋得天花亂墜。

「他們甚至從他的手上接東西去吃。」維克婁說，並且還提供了一幀他們吃早餐的漫畫。但是，在梅日什麼事情都有可能發生的。

這兩人也都記錄了巴雷興致勃勃地決定在他們到達常設展覽會場地時，擔任他們的旅遊嚮導，以及他如何強迫所搭的計程車在大街的終點放他們下車，只為了要讓這兩位首度從資本主義世界遠道來訪的朝聖者能夠下車步行，好好看看而已。

就這樣，這兩位職業間諜歡歡喜喜地把夾克披在肩頭，漫步於秋陽下。巴雷夾在他們中間，用他獨特的方式擔任導遊。他們讚頌著艾索多時代晚期的偉大建築物和革命時期的洛可可式花園。他特別喜愛那個巨大的人工湖以及裡頭的那個噴水金魚。金魚噴水在十五個裸露的少女身上，每一個少女代表著一個社會主義共和國，他堅持要他們一定要到那個有白色柱子的情人亭和喜樂堂中間逛逛。他指著這兩處堂皇的正門給他們看，告訴他們這既不是獻給維納斯，也非獻給酒神巴克斯，而是獻給蘇俄的經濟——包括煤、鋼，甚至原子能的，老天！

「他雖然機智，但並不高傲。」亨西格的報告上這樣寫著。他在列寧格勒被巴雷搞得樂死了：「他實在是有意思極了！」

離開那幾座殿堂之後，巴雷又帶領著他們在凱旋街上遊覽。這是舊日的御用騎馬道路，也許有一英哩長，不過大概也只有天知道有多寬，後來則用來紀念其人民對全人類的偉大貢獻。他對著身邊的兩位同伴說：沒有一個受人民愛戴的政權有這麼暴虐的形象！也沒有任何一個革命如此完整地又把一切所曾普徹底毀滅的人、事和物捧上了天。說到這兒，他不得不對著那個他所憎惡、輕視的擴音器發出他的怒吼。這個擴音器從早到晚盡是把一些自我恭維的話，像洪水一樣地傾洩到下方的人潮裡。

最後，他們抵達了（其實他們也不得不抵達）那兩個展書用的臨時帳篷。

「在我的右手邊，代表了和平、進步和善意的出版商。」巴雷自顧自地扮演著一個獎盃爭奪賽的裁判。「在我的左手邊則是代表了法西斯帝國謊言、色情書刊、毒害真理的出版商。好戲上場了！走吧！」

他們出示了通行證之後，就進去了。

新開幕的展覽會中各參展的攤位有些兒錯綜複雜。波多馬克暨布萊爾的展覽攤雖小，但在整個展覽會場上可說是非常出色的一個。蘭利為他們製造了一個標幟，夾在阿斯特洛新聞雜誌杜和波北克傳播公司兩家參展攤位粗製濫造的標幟之間，顯得格外的耀眼。這個攤位的內部設計是由蘭利的建築師一手包辦的，雖是不怎麼細緻，但格調還稱高雅。路過的人都會情不自禁地多看上兩眼。展示的書，依照慣例，都是些尚未出版而做成出版樣子的假書。這些假書都是經過精心設計的，這也是情報人員一向所慣用的仿冒技倆。會場中唯一香醇可口的咖啡非本攤位莫屬，正在後方的一個小角落裡的精巧咖啡機裡煮著呢！身為蘭利一員的羅・瑪莉親自端咖啡給客人。對於合意的客人，他們甚至還提供一杯被列於禁止飲用的威士忌來幫助他們度過這禁酒的一天。那酒真是在禁止之列的，是被大會禁止的。禁止的理由是：即使要文化重建，也只有清醒的人才配做得。

羅・瑪莉有一副像女學生一樣的清純笑容，穿著一件蘇格蘭呢做的裙子。煮咖啡的手藝，即使拿麥迪遜街的師傅來跟她比，也差不到哪裡去。沒有人會把她和蘭利聯想到一塊兒。

即使講話斯文的維克妻，在這幾天中也被塑造成一個眼明手快的年輕出版商。

至於老實的亨西格呢？他現在扮演的是美國出版界典型的海盜。他對於以前的種種所為是從不諱言的：賣輸油管給中東，賣人權給阿富汗，賣紅豆給泰國那些種鴉片的山區部落，這些東西亨西格全賣過，只要是為了蘭利的需要，他是無所不賣的。但是出版才是他真正心之所繫的行業，而如今的他就在這裡證明了這一點。

而巴雷似乎也對這個計劃變得如癡如狂。他把自己完全投入其中，好像是經過了許久的失落之後，如今又找回了他真實的自己。他和別人握著手，接受競爭對手和同事們的道賀，一直到了十一點鐘左右，才承認自己已經累了，並且建議維克妻和他一道參觀一下會場，並且慰勞一下大家。

他們就這樣出發了，巴雷在他的臂彎裡塞了一大堆的白色信封。他沿著參觀者和參展者眾多的走道走過去；一邊喊著，一邊到處向人道賀。碰到了他認為有需要的時候，就會把手中的白色信封塞給人家。

「哈！那不是巴雷・布萊爾嗎？」一個他熟悉的聲音從一個展示各種語言聖經的攤位中傳了出來。「你還記得我嗎？在你還是無名小卒的時候，我是左邊算起來第三個穿貂皮吊帶的那一個人。」

「史百基！他們又讓你進來了。」巴雷高興地說著。並且塞了一個信封給他。

「我並不擔心這個，我擔心的是他們會不會不讓我出去。這位年輕人是你的什麼人？」

巴雷為他介紹了一副青年才俊模樣的維克妻。史百基．摩根用他那被尼古丁薰黃了的手，裝模作樣地像個神父般地為他祈福。

他們又向前推進，到只隔數碼之遙的丹．齊柏林的攤位去看看。丹見到了他們並沒有講話。他靠在櫃怡上，像掘墓人一樣地喃喃自語。

「我的意思是，講些事情給我聽，好嗎，巴雷？我們在此是開路先鋒呢？還是該死的米特福姐妹？有些前幾年不准賣的書，今年都已經出版了，有些前幾年還被禁止寫作的人，今年又都從監牢裡給放了出來，相當不少呢？我今早就到自己的攤位上，看到了幾個狗娘養的從書架上把一些書全都給抽了出來。我問他們：『我能不能問你們幾個私人問題？你他媽的拿我的書幹嘛？』『這是命令。』他說。他沒收了六本書。安姆布利塞德的《歌曲和字的黑色良知》。那是命令，他們是奉命行事！我的意思是說我們到底是什麼身分，巴雷？他們又具什麼身分？他們說要重建，我請問你，如果事先不搞一個架構出來，他們要如何個重建法？你在一個死人身上能夠重建些什麼名堂出來？」

他們到了陸普書店所設的展示攤時，被引進了他們的咖啡室。在咖啡室裡，我們這一位新封爵的會長，也就是彼得．歐利方爵士，為了要招待俄國人，還特地保留了一張桌子。一張用兩種語言手寫的布告上面，證實了他的勝利。英蘇兩國的旗幟警告那些懷疑者不要接近。歐利方爵士身邊是翻譯人員和大官，正在詳述他向蘇聯大量購書之後所帶來的好處。

「這是伯爵呀！」巴雷故作吃驚地說著，遞給他一個信封。「你頭上的冠冕在哪兒？」

那個偉大的人幾乎連眼皮眨都沒眨一下，仍繼續談他的事情。

以色列的攤位旁，有武裝的警衛在駐守著。排隊的人井然有序，而且一點聲音都沒有。穿著牛仔褲、球鞋的傢伙全都吊兒郎當地靠在牆上。利夫・阿不拉摩維茲是一位滿頭白髮，高得嚇人的人。他以前是愛爾蘭警衛隊裡的一員。

「列夫。以色列人還好嗎？」

「或許我們正要贏了，也許最初就是個快樂的結局。」列夫一邊說著，一邊把巴雷的信封塞到口袋裡。

離開了以色列攤，巴雷在前面慢慢地帶頭跑著。他們穿梭在人群中，最後跑到了和平、進步和善意的帳篷，在這裡可能不再有人懷疑會有巨大的歷史變動發生，或是有誰還會興風作浪。

每一面旗幟上以及牆上的每一個空虛都吶喊出新的口號。在每一個共和國的攤位上都擺有那位先知不再新穎的思想作品，還有他那有胎記的頭轉到一側、下顎揚起的照片，並列在他的主子——列寧（黑白照片）旁邊一起發揚光大。到了全蘇版權協會的攤位，巴雷和維克婁各和幾個人握了握手，巴雷收了他們散發的一堆信封，雖然盛裝在亮晶晶的封套內，分別翻成了英、法、西、德等語言，但是他們對這位領袖的演說辭還是興趣缺缺。

「我們還得忍受多少這種狗屁謊言，巴雷？」一位經過他旁邊而臉色蒼白的莫斯科出版商一臉不高興地對他說道。「他們要到什麼時候才會停止壓迫我們，好讓我們能夠喘口氣？如果說我們的過去是謊言，那麼，誰又能說我們的未來不是謊言呢？」

他們繼續沿著各攤位走下去，巴雷在前面四處打躬作揖，維克婁則在後頭跟著。

「約瑟夫，真高興能見到你！這兒有一個信封，是給你的，可別把它一口就吞了啊！」

「巴雷！老友！他們有沒有給你我留的話啊？也許我沒留吧！」

「尤里，見到你真是太好了，哪！給你一個信封。」

「今晚來，有酒招待，巴雷！沙沙來了，羅莎也來了。魯迪明晚要開演奏會，所以他要保持清醒。你聽到了那些被他們放出來的作家沒有？聽著，都是波特金村的那些人。他們把這些人給放了出來，讓他們飽食幾頓，開開眼界，然後再把他們關回去，等到明年再放出來。來這邊，我要賣幾本書給你，好氣氣沙巴提尼。」

起先，維克婁並不知道他們已經到達了他們的目的地。他看到一根旗桿上面掛著一些褪了色的國旗。在一塊紅色的旗布上有用金線繡了一些字。他聽到巴雷大聲地在喊：「卡蒂雅，妳在哪裡？」但是他看不出來那個攤位是何人所有，也許該登場的還未登場吧！他看到平常他所讀不下去的、有關烏克蘭農業發展和喬治亞舞蹈的書籍，似乎飽經了幾屆展覽的過度使用而躺在架上奄奄一息。他又看到平日常見的半打寬屁股女孩們站在四周，好像是在等火車一樣。之後，他又看到一個滿面胳腮鬍的男人，手裡拿著香煙像一根小魔棒，且皺起眉頭審視著巴雷的名牌。

拿沙揚，維克婁也仿照他的模樣讀了他的名牌。葛利哥里·提格蘭諾維奇，資深編輯，十月出版公司。

「我想，你是在找卡蒂雅·奧拉娃。」拿沙揚用英語對巴雷說著。他手中的香煙舉得更高了，似乎是要更清楚地端詳面前這一位訪客。

「是的！」巴雷熱誠地回應著他，旁邊一對女孩子聽了他這麼講，都笑了。

拿沙揚咧開嘴巴，臉上布起了一種讓人驚悸的笑容。揮舞著手中的香煙，他走到了一旁。維克婁認出了卡蒂雅的背影。她正在跟兩個身材非常矮小的亞洲人說話。依維克婁的看法，這兩個亞洲人是緬甸來的。大概是由於直覺的驅使吧！她回過身來，先看到了巴雷，再看到了維克婁，然後又回過來看著巴雷，臉上泛起愉悅的微笑。

「卡蒂雅，太好了！」巴雷害羞地說。「小孩都好嗎？他們還好嗎？」

「噢，謝謝你，他們都非常好！」

在拿沙揚和他的女伴們，還有維克婁的圍觀之下，巴雷遞給她一份波多馬克暨布萊爾公司所舉辦的開放運動酒會請帖。

「噢，順便提一下，今晚的幾場應酬，我可能沒法去。」巴雷在回程的途中，對維克婁說。「你、亨西格和羅．瑪莉必須自己想辦法了。我今晚會和一位非常漂亮的女子一起吃飯。」

「那個女子我們認識嗎？」維克婁故意問道。他們兩人都笑了。這一天是個晴朗的好天氣。她還好，巴雷滿足地想著。就算有什麼事情要發生，至少也還沒有發生在她的身上。

我們當中有誰知道或猜得到巴雷對卡蒂雅的感情有多深？在我們如此小心謹慎的監督和控制下進行的行動，一旦碰到了愛情問題，還是讓大家感到相當的棘手。

維克婁這個人，雖然本身的生活極盡散漫之能事，但要求起巴雷來，還是挺嚴苛的。也許是因為他還不到那個年紀的緣故吧！他還不能接受年齡比他大的人對感情的想法。對維克婁來說，巴雷只是到處留情而已。不過，說實在的，巴雷也的確如此。男人到了巴雷這種年紀，是不會再有心情認真去談戀愛的。

亨西格的年齡與巴雷大致相仿。他把性視為個人隱私生活中不足為外人道的小插曲而已，並且以為像巴雷這樣的一個古板的人，在執行任務之餘，順便放蕩一下也是無可厚非的。雖然他和維克婁所持的理由不盡相同，但他還是和維克婁一樣，認為巴雷會對卡蒂雅產生出感情，並沒有什麼值得大驚小怪的理由，因此對這兩位當事人來講，外人再好的建議也都是多餘的。

那麼，在倫敦呢？他們對此事並沒有明確的意見。在島上，布萊迪已經說了一籮筐的話，但是布萊迪所持的反調和正面的建議都被原封不動地打了回票。

還有奈德呢？奈德有像他一般軍人作風的太太，而且還未覺悟呢！奈德會喜歡帶著憐憫的笑容說道：你是在開我玩笑吧！在這個腐敗的國家裡面，我是不會輕易為女色所傾倒的，除非她肯站在我這一邊去對抗全世界。

而鮑伯、薛里頓，還有莊尼，雖然方式不同，但似乎都認為巴雷的私生活和他的胃口，大體來說，已經是錯綜複雜到連他本人都不見得有能力去處理的地步，所以他們最好還是退出這個方程式的討論為妙。

那麼，帕爾弗萊呢？老帕爾弗萊又是怎麼想的呢？——趕緊找個空閒的時間去一下葛若斯芬諾廣場，而如果他不能辦到的話就打電話問奈德：「那傢伙如何了？」

帕爾弗萊正在想的是漢娜，那個他曾經愛過，並且仍然愛著，用那種懦夫才會有的愛愛著的漢娜，那個一度有著像卡蒂雅一樣溫暖、一樣深沉笑容的漢娜。「你是一個好人，帕爾弗萊，」在那些日子，那些她努力想要了解我的日子裡，她會用極大的控制力說出這樣的話：「你會找出一種方法來。也許不是現在，但終究有一天，你會的。」噢！帕爾弗萊終究還是找出了一種方法！他拿法律作託辭——這有多方便！它規定：凡律師犯姦淫罪者，終身不得再從事有關淫亂罪的訴訟工作。他又拿孩子當擋箭牌，不單是他的孩子，還有她的——有這麼多的人都牽涉在裡面，親愛的。他又假託婚姻，他真該死！——沒有我們，他們該怎麼辦？德瑞克甚至連煎一個蛋都不會。他又假託他與合夥人的關係，然而就在他與合夥人拆夥之後，他就只有把頭埋在一個神秘沙漠的沙堆裡。那兒，漢娜再也看不到他。更可恥的是，他居然還有膽子再假借職務作託辭

——這個單位永遠不會原諒我用這麼卑劣的方式離婚的——親愛的。別人可以，他們的法律顧問不行，門都沒有。

我也想到那個島。就在那天傍晚，巴雷和我站在海邊的沙灘上，望著對岸的濃霧越過大西洋向我們這邊襲來。

「他們永遠也不會把她給弄出來的，對嗎？」巴雷說。「即使是出了什麼差錯的話。」

我沒有回答，而且我想，他也不期望我會回答，但他是對的。她是一個徹頭徹尾的俄國人，而且她所犯的是一項徹頭徹尾的俄國罪行。她所犯的罪，並不是屬於那種可以用來作交換的等級。

「無論如何，她不會離開他的子女。」他用自己的話來肯定自己的疑慮。

我們望著海好一陣子。他的眼睛裡看到的是卡蒂雅，而我則看到漢娜。漢娜也永遠不會離開她的子女，但所不同的是她會帶著他們一道走，然後嫁給一個老實人，脫離那個在法院忙碌成性的事業迷。

「雷蒙・錢德勒！」馬特維叔叔坐在他的椅子上，聽到鄰居家的電視開得太大聲，不耐地叫道。

「真可怕！」巴雷說道。

「阿嘉莎・克莉絲蒂！」

「啊！現在變成阿嘉莎・克莉絲蒂了。」

「達許・漢密特、桃樂絲・賽兒絲、約瑟芬・鐵伊。」

巴雷坐在卡蒂雅安置他坐的那張沙發椅子上。那個起居室真是有夠小的了，小到他的雙臂一張開，就足以摸到兩邊的牆。室內擺著一個有玻璃門的小櫥子，裡面擺放著全家人的珍寶。卡蒂雅已經帶他瀏覽過這些奇珍異寶了。一位朋友為了慶祝她結婚而製作的馬克杯，杯上的圓形浮雕刻的是新郎和新娘。另外，已經不再完整的列寧格勒咖啡套組，曾經屬於那個架子最上層木框裡的女主人。還有，一對托爾斯泰時期夫婦的黑白照片，照片中男的留著鬍鬚，穿著硬領白禮服，女的戴著無邊帽，手上套著毛皮馬套。

「馬特維非常喜歡讀英國的偵探小說。」卡蒂雅從廚房高聲地說道。她手邊的事已經剩下最後一件了。

「我也是。」巴雷虛情假意地說。

「他現在正告訴你在沙皇的時代，這種書是不准讀的。他們不可能忍受人民干擾他們的警察系統。你有沒有伏特加酒?不要再給馬特維喝了，拜託。你要吃一點東西才行。我們對酒的喜愛不像你們西方人那麼著迷。我們沒有吃東西是不准喝酒的。」

藉口要看她的書，巴雷走進了那個狹小的通道。從那裡。他可以看到她。架子上的書都是傑克・倫敦、海明威。還有喬伊斯、德萊塞和約翰・福勒等人的作品。除此之外，海涅、雷馬克和里爾克等作家的書也不少。雙胞胎在浴室裡喋喋不休地不知在講些什麼。他透過打開的廚房門口看著她。她的一舉一動都有些慢半拍的樣子。他想，她又變成一個道地的俄國人了。事情成了，她會高興。事情不成，她會認命。起居室中，馬特維還在高談闊論著。

「他這會兒又在說些什麼?」巴雷問道。

「他在談圍城的事。」

「我愛妳。」

「列寧格勒人拒絕接受被打敗的事實。」這時她正做著豬肝糕。她的手停了一會兒，然後繼續工作。

「即使墨池中的墨水都凍結了，蕭斯塔科維奇還是不斷地在作曲。小說家繼續不斷地寫著小說，如果你知道那個地窖裡還有一個作家在那兒埋頭寫作，你就每個禮拜都可以聽到他們又完成了一章新的小說了。」

「我愛妳！」他重覆說著。「我所有的失敗都在於太晚才遇到妳。」

她很快地深吸了一口氣，然後他們兩個人都沉默了。短暫的一陣子，他們誰也聽不到起居間內馬特維的自說自話和浴室裡的潑水聲。

「他又說了些什麼？」

「巴雷——」她抗議著。

「拜託！告訴我他在說些什麼。」

「德國人在城南四公里外，用機關槍向城郊掃射，並且用大炮向城中心濫射。」她把墊子以及刀叉交給他，跟著他走到起居室。「每一個工人給二百五十克的麵包，其他的人給一百二十克。你真的對馬特維這麼著迷，還是你只不過裝著有禮貌的樣子，像你平常一樣？」

「這是一種成熟、無私、絕對、使人興奮的愛。我從來沒聽過有任何事情可以與之相比的。我以為你應該是第一個知道的人。」

馬特維以一種真實的仰慕對巴雷笑著。那新的英國製煙斗在他上身的口袋裡閃閃發光。卡蒂雅看到巴雷瞪著它看，開始笑了出來，並且搖著她的手。她的意思不是反對，而是滿足。雙胞胎穿著他們的睡衣跑了進來，搖晃著巴雷的手。卡蒂雅把他們安頓在桌子前面，並且讓馬特維坐在首座。巴雷坐在她的旁邊，她為每一個人盛了大白菜湯。塞吉以驚人的力道把一個酒瓶的軟木塞給拔了開來。但卡蒂雅喝酒也只能喝上半杯，而馬特維也只准喝伏特加酒。安娜去拿了一幅她去提米爾亞塞夫學院訪問之後所畫的圖畫，畫裡有匹馬，有一個真正的麥場，有能夠抵擋風雪的植物。馬特維說著對街加工場裡那個老人的故事，而巴雷再一次堅持要一個字不漏地把這個故事聽完。

「馬特維認識一個老人。他是我父親的一位朋友，」卡蒂雅說著。「他有一個加工場。當他餓得一點力氣都沒有的時候，會把自己捆在那堆機器上，這樣他就不會倒下來。馬特維和我父親找著他時，他就是這樣子死的——捆在機器上死的。凍死的。馬特維也希望你知道他個人在他的大衣上戴著一個發亮的識別證。」說到此處，馬特維驕傲地指著他大衣上的那一點——「所以，當晚上他們到尼瓦河去打水的時候，就不會和他的朋友相撞了。所以，我們講列寧格勒就請到此處為止。」她語氣堅定地講著。「你已經是夠慷慨的了，巴雷，像平常一樣慷慨。但我希望你能夠誠懇一些。」

「我這一輩子還沒有這麼誠懇過呢！」

就在巴雷為馬特維的健康而乾杯的時候，沙發旁的電話鈴響了。卡蒂雅跳了起來，但塞吉先她而至。他把聽筒放到耳邊聽著，然後就又把它掛回架上，搖了搖頭。

「這麼多接錯線的電話。」卡蒂雅說著，把預備吃豬肝糕用的圓盤子發給了大家。

那裡有她唯一的房間，房間只有她的一張床。

孩子們都上了他們的床，巴雷可以聽得到他們在熟睡中鼻塞的聲音。起居室裡，馬特維躺在他的行軍床上。夢裡的他，早已經回到列寧格勒去了。卡蒂雅坐得筆直，巴雷就坐在她的身旁，手握著她的手，眼睛看著玻璃上映著的她的臉。

「我也愛馬特維！」他說。

她點了點頭，發出了會心的一笑。他的手指關節頂著她的臉頰，這才發現她在哭泣。

「只是，愛他的方式和愛妳的方式不同，」他解釋道。「我愛小孩、狗、貓和音樂家。整個方舟都是我的責任。但我愛妳愛得這麼深，甚至到了說出來都覺得可恥的地步。如果我們能找到一種方法讓我不再開口，我會很感激的。我看著妳，而我對自己的聲音厭惡到了極點。妳要不要我寫給妳看？」

說著，他就用雙手把她的臉轉了過來對著他，並且吻她。然後，他引領著她坐到床頭，把她的頭放在枕頭上，又吻了她。他先吻了她的唇，再吻了她帶著淚水緊閉著的睫毛。她的雙臂環繞在他的背後，把他拉向她，靠緊在她身上。但她又突然把他給推開，跳了起來，去看了看沉睡中的雙胞胎。放心了之後，又回來，把她的臥房門上了栓。

「如果孩子們醒來，你必須要穿起衣服，我們也都要非常的正經才行。」她警告了他，又吻了他。

「我能不能告訴他們我愛妳？」

「如果你這麼做，我是不會替你翻譯的。」

「我告訴妳行不行？」

「如果你非常小聲的說。」

「妳翻不翻？」

她不再哭了，但也不再笑了。她那又黑又有條理的眼睛探索著他，就像他自己的一樣。她擁抱著他，毫無保留地擁抱著他，不需作任何的承諾。

我從來沒見過奈德會有這麼壞的心情。他已經變成主宰自己行動的約拿。他愈忍，也就使他自己的預感愈難忍受。在狀況室裡，他坐在自己的桌子前面，就好像是在主持軍法審判一樣。而薛里頓則懶洋洋地靠在他旁邊，好似一隻通人性的泰迪熊。當我不假思索地暗中沿著馬路走到康諾特時——偶爾，我也會帶著漢娜來此——為了要打發等待的時間，我請他到葛利爾吃一頓晚餐，我仍然摸不清隱藏在他堅忍的面具背後，有著什麼樣的心結。

我為什麼這麼做，老實講，是因為他的悲觀正嚴重地影響到我的心情。我好像是坐在一個蹺蹺板中間。克萊福和薛里頓在一端蹺起來，奈德則是在另一端的配重塊。並且，由於我不是一個做決策的要角，因此在看到一個人如此殘酷地陷於自我放逐之中，就愈發感到難過。

「你見到鬼了！奈德。」我的口氣裡不帶一丁點薛里頓的自信和武斷。「你想得太多了，多過任何人所可能想到的。好，就算如今這已經不再是你的案子了，但這並不代表著這就是沉船一艘，無可救藥了啊！而你的功勞就在於能知所進退。」

「一份最後又徹底的問題表！」奈德又說了這句話，就好像它是一個被一位催眠師給強行刻劃在他腦海中的一樣。「為什麼長最後？為什麼是徹底的？你能否回答我？當巴雷在列寧格勒見到他的時候，他連我們為他所預備的初步問卷都不肯接受。他把它往巴雷的臉上扔。而現在，他卻要求我們把整套的『購物清單』一次給他。他要的是最後的清單。一次大滿貫。要在週末前全弄好給他，這以後，藍鳥就再也不回答那些討厭人物所提出的任何問題了。『這是你最後的機會』他這麼說到底是為什麼？」

「我們要花一點時間從不同的角度來看一看這件事情，好嗎？」侍者為我們端來了一瓶其貴無比的紅葡萄酒時，我對他小聲而又迫切地說道。「好，就算藍鳥已經被俄國人給策反了。就算他不是什麼好東西，他現在落入俄國人的手裡了，那麼，他們有什麼必要要把這個案子給結了？他們為什麼不倒過來玩弄我們一番？你站在他們的立場想想，換了你，你會輕易就這樣算了嗎？你是不是會給我們一份最後通牒，製造一個最後期限？」

他的回答抹煞了我生平請同事吃過最好也最貴的這一頓餐點。

「我也許會這麼做，」他說。「如果我是俄國人。」

「為什麼？」

他以沉重的心情冷靜地道出原因，讓人覺得格外心寒。

「因為他也許不再中看，不再能擺得上檯面。他也許什麼話都不能再說了，或正拿著他的刀、叉在飽餐一頓，或正灑點鹽巴在他的松雞上。他也許已經不打自招，說出他在莫斯科有位極其美麗但卻胸無城府的情婦。他也許……」

我們走回葛若斯芬諾廣場。巴雷在午夜時分離開了卡蒂雅的公寓，回到了梅日旅館。亨西格在大廳裡假裝在讀一份手稿，熬夜等他歸來。

巴雷正在興頭上，但也沒什麼新的事情可以報告的，他告訴亨西格只不過是和卡蒂雅的全家聚一聚。還是和以前一樣，他們都過得很快樂。他又加上了一句：去醫院的計劃仍然沒有改變。

第二天一整天的工作內容是一片空白。間諜的工作就是等待。間諜的工作就是當你看著奈德沉落到谷底的時候，你擔心自己是否也病了。間諜的工作就是在四點到六點之間，把假裝去補習德文的漢娜帶到你在皮姆利柯街的公寓裡去。間諜的工作就是假裝談戀愛，而一定準時把她送回家，讓她為親愛的德瑞克做晚餐。

15

他們開著佛洛狄亞的車子。他是為今晚的事而借這部車的。依約，他要在九點的時候在飛機場的地下鐵車站等她。九點正的時候，這輛車子終於欲行又止地停在他的身旁。

「你是不應該故作堅持的。」她說。

高塔上的滑車還在他們的頭頂上晃盪著，但是街上已經瀰漫了宵禁的氣氛。夜晚潮濕的空氣中充滿了秋天的氣味。一輪殘月掛在霧色朦朧的天空中，正好就在他們的頭上。偶爾，他們的手互相磨搓著。偶爾，他們的手也緊緊地握住一塊。巴雷注視著後照鏡，鏡子被撞過，一角已破損，但他還是可以從鏡子裡看到後面有車子在跟蹤他們，但不超車。卡蒂雅向左轉，但仍然沒有任何車子超越他們。

她沒有講話，所以他也沒有。他在想，他們到底是如何學到這些的，學到在什麼地方可以放心地講話，什麼地方又不可以。從學校嗎？從比他們年長的女孩子那兒嗎？還是當你一到了青春期，你的家庭醫生就自然會對你一再關照？「現在你該學到車子和牆壁像人一樣，都有耳朵在聽的……」

他們正在一條滿布坑洞的交流道上搖搖晃晃地開進了一處半完成的停車場。

「你得把自己想成是一個大夫，」他們的目光在車子裡交會的時候，她對他做出了如此的警告。「你必須表現出非常嚴厲的樣子。」

「我是大夫。」巴雷說。他們兩人都不是在開玩笑。

他們藉著微弱的月光踏著水坑繞來繞去，終於走進一個石綿製的雨棚。雨棚底下，有一條通道直通兩扇門。門後有一個空的會客桌。在這兒，他第一次嗅到醫院的味道：消毒水、地板臘和外科用酒精味兒。她與他併肩快步越過一個水泥斑剝的大廳走道，一直走到一條鋪著油布的走廊，並且通過一處大理石的值台，櫃台後面的女職員們個個拉長了臉。壁上的時鐘指著十時二十五分。巴雷對了一下自己的手錶，時鐘所指的比錶上的時間整整慢了十分鐘。他們又經過了另一個走廊，幾個人排排坐在椅子上。

候診室是一個陰森森的地下墓穴，油巨大的柱子所支撐著。在它的一端，有一個突出地面的講台。在另一端，兩扇門在那兒搖擺著，門後就是洗手間。有人在那兒裝上了一盞臨時性的電燈，照著進出的路。藉著它昏暗的光線，巴雷把一個木製櫃台後面的空大衣架給移了開去，再把擔架推車擺好，然後再把一具古老的電話給固定在靠他們最近的一個柱子上。一張長椅靠著牆，卡蒂雅坐了上去，巴雷也在他的身旁坐下。

「他總是盡可能的準時。有時候他會因為電話線路沒有接好而延遲一點時間。」她說。

「我可以跟他說話嗎？」

「他會生氣的。」

「為什麼？」

「如果他們在長途電話上聽到有人說英語，立刻就會加以注意的。這是很正常的。」

一個頭上綁著繃帶的男人，看上去像是剛從前線返到後方的瞎眼士兵，從一道搖擺著的門摸索進了女生廁所去，和兩名正好從裡面出來的女士們撞個正著。她們抓住了他，並且引他走向男生廁所。卡蒂雅打開了手提袋，拿出了一本筆記和一隻筆。

她已經說過他會在十點四十分時打電話過來的。十點四十分的時候他會試著做第一次的連絡。她也已經說過他不會講太久的。即使電話是安全的，講得太久也是不智之舉。

她站起身來，低著頭，像個常客一樣，鑽進衣帽間的值台底下走到放置那具電話的地方。

歌德會不會告訴她他愛她？巴雷心裡想著——「我實在太愛妳了，受到拿妳的生命來為我冒險。」他會不會把他在信上對她所說的那一些情話再拿出來對她重講一遍？或者，他會不會告訴她，為了要滌清他那煩燥不安的靈魂，以她作為犧牲是可以被接受的？

她就站在邊道上，目光敏銳地瞪著那兩扇門。她有沒有看到什麼東西？她有沒有聽到些什麼？或者她的心已經老早就飛到那個葉可夫的身邊去了？

巴雷心裡想：她等他的時候，就是這般站著的，好像是一個準備整天守候的人。

電話沙啞地響了起來，就好像是有灰塵卡在它的喉嚨裡一樣。第六感已經催促她伸手去接，所以它連第二聲都沒有機會響，就已經被她接在手中了。巴雷雖與她近在咫尺，但是在周圍的雜音干擾之下，即使是全力豎起耳朵，也無法聽到任何的談話內容。她已經轉過頭去，背著他。想必是和對方談話的時候，要保有自己的隱私。不但如此，她也把另一手摀著另一邊耳朵，好讓自己能夠更清楚地聽到聽筒裡愛人的聲音。巴雷只聽到她一而再唯唯地說「是」、「是」。

不要再糾纏她了！他心中憤憤地想著。我已經告訴過你，這個週末我還要再警告你一遍。不要再糾纏她了，不要再把她捲進這個紛爭裡。你要幹，就直接跟我接洽好了。

那本筆記就攤開放在那個靠著柱子、搖搖晃晃的架子上。但是她既沒有碰架子，也沒有碰那本筆記。是的。是的。是的。我在那個島上的時候，就是和她現在一樣，只會說是，是，是。他看到她的肩膀抬了起來，並且她的背脊也拉長了，好像是在做一個深呼吸，又像是自己獨個兒在享受一件高興的事情一樣。她把肘部抬起，更緊迫地把電話筒壓在自己的耳朵上。但是，為什麼不說一個不字呢？不，我不願意為你而犧牲！

她的另一手已經摸到了那個柱子。可以看到她的手指頭分開了，指尖用力戮進了深色的灰泥裡去。她的手背變白，變硬，但是沒動。突然之間，她的手令他坐立難安了。卡蒂雅好似找著了一個可以向上爬升的支撐點，死命地抓住它，為此時岌岌可危的生命做最後的掙扎。從她的臉上，可以看到底下的萬丈深淵，而此時她手中所抓的，就是在愛人和這道深淵之間唯一可以讓她掌握的東西。

她轉過身子來了。那個聽筒仍然緊靠在她的耳朵上。她是什麼人？她已經變成什麼樣了？這是遇見她以來，第一次看到她面無表情。那個蓋住她太陽穴的聽筒就好像是一把抵住她的手槍。

他的目光看起來像是一個人質一樣。

然後，她的身體就順著柱子直滑落下來，好像已經不能再支撐自己一樣。起先，還只是屈膝；緊接著，她連腰也彎了。巴雷伸出了一隻手臂環住了她的腰，另一隻手則從她手中搶過了電話筒，把它按在自己的耳朵上，叫道：「歌德！」但是所聽到的只是一陣陣嗡嗡的聲音，所以就只好把它給掛了。

這件事情很怪，但是巴雷一時忽略了它，直到現在才警覺起來，他極力保持鎮定，開始離開，但就在他們剛剛挪動腳步的時候，她突然緊緊地抓住了他，握緊的拳頭猛地一下揮了出來，打在他的頰骨上。力道之猛，讓他一度兩眼金星直冒，什麼也看不見。他死命地把她的手直接在她的腰上，並且拉著她，低伏著走過櫃台，走出了醫院，最後走到了停車場。他在心裡對自己解釋說：「他是一個病人，一個心煩意亂的病人，需要醫生照顧的病人。」

他一手抱著她，另一手把她的手提袋放到車頂上，找著了鑰匙，打開了車門，然後把她給放了進去。然後他跑到車子的另一邊。坐到駕駛座上。

「我要回家。」她說。

「我不知道要怎麼走。」

「帶我回家。」她重覆地說。

「我不知道怎麼走，卡蒂雅，妳必須要告訴我何時左轉，何時右轉，聽到沒有？」他抓住了她的肩膀。「坐直起來，看看車子外面。這個鬼東西的排檔在什麼地方？」

巴雷摸索著排檔，她抓住了那根桿子，奮力往後一拉，齒輪在她這麼一扯之下，尖叫了出來。

「車燈呢？」他說。

他已經找著了它們，但是叫她打開，希望她在他的怒氣之下，能夠對他有所反應。他急速地開出了那個停車場，甚至差一點兒就撞上迎面而來的一輛救護車。泥水濺上了擋風板，但是車上並沒有安裝雨刷，因為今天並沒有下雨。他把車子停了下來，跳出車子，用手帕把擋風玻璃上的泥濘擦一擦，然後又坐回車子上。

「向左轉。」她命令道。「快一點，拜託。」

「我們剛才來的時候走的是另外一條路。」

「那是一條單行道。」

他的聲音裡一點兒生氣也沒有。他慢慢地開著，不理會她要他開快的要求。從後照鏡裡看到一輛車，它沒有靠近過來，也沒有離得更遠。那應該是維克婁，他想。不然的話就是派迪，或賽伊，或是亨西格，或是沙巴提尼，或是全副武裝的警衛。在路旁的鹵素燈光照映下，他的臉忽明忽暗，但仍然是了無生氣。他的目光似乎看到了自己在腦袋裡所想像中的那個可怕物體，那緊握著的拳頭此刻含在嘴裡，手指頭的關節嵌入他的牙齒之間。

「我是不是應該在這兒轉？」他沒好氣地問她。再一次，他對她大聲吼道：「告訴我是在哪裡轉彎，好嗎？」

她先是以俄語說，然後才用英語說：「現在向右轉。開快一點兒。」

對他來說，沒有一條街道是熟悉的。每一條街道都和下一條一樣，也和上一條一樣。

「現在轉！」

「右轉還是左轉？」

「左轉！」

她使盡了全力喊著，然後又喊了一遍。喊著喊著，她的淚水也流了出來，並且瞬間就轉變成令人窒息的哭泣，哭泣中含著絕望。漸漸地，變成了啜泣。就在他把車子開到門口時，她也停止啜泣了。車輪仍然在滾動著，她就奪門而出。他跟了上去，但是她走得實在是太快了，似乎有些兒連走帶爬地搶到了人行道上，並且迫不急待地打開手中的手提袋，搜尋著大門的鑰匙。一個穿皮夾克的男子懶洋洋地靠在門道上，很明顯地就擋在她進門的路上。但就在巴雷趕上了她的那一剎那，那名男子跳了開去，讓他們通過。她連電梯都不等，也許根本已經忘了還有這麼一個電梯。她直奔上樓，巴雷在後面跟著跑著。他們越過了一對擁抱著的情侶。在樓梯的第一層，一個老人醉倒在角落裡。他們繼續不斷地往上爬，巴雷開始害怕她已經忘記了到底是住在那一層了。突然之間，她把門鎖打開了，於是乎他們就又回到她的家了。卡蒂雅先進了雙胞胎的房間，雙膝跪在他們的床上，頭向前傾著，像一個筋疲力盡的游泳選手一樣不住地喘息，兩隻手臂各抱著一個沉睡中的孩子。

又一次，在她的臥房。他引著她回到臥房裡，因為即使在這麼小的空間中，她也不再記得該怎麼走了。卡蒂雅不很確定地坐到床上，似乎是不知道它有多高。他坐在她的身旁，看著那一點表情也沒有的臉孔，看著她的眼睛。她的眼睛先是半開著，接著又開了起來。他連碰都不敢碰她一下，因為此刻她的身體僵直，心靈受到過度的驚嚇，而且好像是無視於他的存在。她緊握著手腕，就好像它斷了一樣。突然她深深地嘆了一口氣。他叫著她的名字，但一點兒反應也沒有。他向四周看了看，找尋著。一面牆上釘著一個小型的工作台，是梳妝檯和寫字檯兼用。在一大堆陳舊的信封裡，躺著一塊圓形的寫字板，是像歌德那種人才會用的。牆上掛著一幅裝了框的雷諾瓦書的複製品。他把它從鉤子上取了下來，放在自己的大腿上。這一位受過訓練的間諜從筆記本上撕了一頁下來，放在那幅圖畫的玻璃上，又從他的口袋中拿了一隻筆，在紙上寫道：

告訴我。

他把那一張紙放在她的眼前，她看了一看紙上的字，臉上現出漠不關心的表情，抓住另一隻手腕的那一隻手並沒有放下。她有氣無力地聳了一下肩，然後把肩頭靠在他的肩頭上，但是對自己的動作並沒有什麼知覺。她的外衫敞開著，那又濃又黑的頭髮因為跑步而散亂不堪。他又寫了一次「告訴我」，然後就抓住她的肩頭，目光中帶著一種急切的愛意向她懇求著。然後用食指指著舔一張紙，以及紙上的「告訴我」。之後，她發出了長長的一聲令人為之窒息的嘆息，把頭垂了下來，一直垂到他看不到她那藏在像瀑布般頭髮後面的臉孔。

他們已經把葉可夫抓了。她寫道。

他拿回了他的筆。

是誰告訴妳的？

葉可夫。她回答道。

他說什麼？

他會在星期五到莫斯科來。他會在星期五夜裡十一點鐘在伊格的公寓中會見你。他會帶更多的資料給你，也會回答你的問題。請你把想問的問題確實地寫下來。這是最後一次了。你必須要告訴他何時才能出版以及他所需要知道的細節。且要多帶一些威士忌來。他愛我。

他把筆抓了回來。

那是葉可夫在講話嗎？

她點了點頭。

那麼，妳為什麼說他被他們給抓了呢？

他用了不對的名字。

什麼名字？

丹尼爾。這是我們約定好的。如果他還安全，他就用皮雅特。如果他被抓了，就用丹尼爾這個名字。

那支筆在他們之間急速地傳來傳去。現在巴雷拿著它一個問題接著一個問題的寫著。他寫著：他會不會弄錯了？

她搖了搖頭。

他已經病了，可能忘了你們之間的密語。他寫著。

她又搖了搖頭。

他以前從來沒有弄錯嗎？他寫道。

她搖頭，拿回了那支筆，用生氣的手寫道：他叫我作瑪伊雅。他說：是瑪伊雅嗎？瑪伊雅是在危險之時用來稱呼我的。如果我還安全，我的名字就叫阿里娜。

請你把他說的話寫出來。

我是丹尼爾。妳是瑪伊雅嗎？我的演講是我這一生事業中最成功的一次。那是個謊言。

為什麼？

他總是說，在蘇俄唯一要成功的方法就是不要贏。這是我們之間的一個笑話。他故意說一句和我們的笑話相違背的話，用意就是告訴我，我們是死定了。

巴雷走到窗前，並筆直地往下看著底下寬闊的街道。他內心中的黑暗世界此刻已經一片沉寂。沒有任何東西在移動，也沒有東西在呼吸。但他是有備而來，已賭上了這條命，這條他從來都不曾愛惜過的命。她是歌德的女人，因此必定會和他共存亡。但不是現在，因為此刻歌德正以他最後所留下來的一點勇氣來保護她。不過，她終歸是死定了，因為他們隨時都可以取下她的性命。

他在窗前停留了大約一個小時之後才回到床前。她側著身子躺著，眼睛睜開，膝蓋彎曲。他伸出手來，把她拉進了懷裡，撫慰著她。他感覺到那冰冷的身體在他的臂彎裡抽搐著。原來，她在無聲地啜泣、無聲地嘆息，就好像害怕啜泣聲會傳到牆壁上的監聽器裡。

他又開始寫字了。用粗黑的字體寫著：看著我。

狀況室的螢幕每隔幾秒鐘就滾動一次。巴雷已經離開了梅日旅館。待續。他們已經到了地下鐵車站。待續。他們已經出了醫院，卡蒂雅靠在巴雷的臂彎裡。待續。人會說謊，但電腦是絕對正確的。待續。

「為什麼是他開車呢？」奈德讀到了這兒，很敏銳地問出這個問題。

薛里頓看得太專注了，沒有回答。但是鮑伯就站在他旁邊，而他就接下這個問題。

「男人喜歡為女人開車啊！奈德。我們這些人都還年輕呢！不是嗎？」

「謝謝你！」奈德禮貌地說。

克萊福微笑著表示贊同。

中斷。就在安娜斯塔西亞報告下一個狀況之前，螢幕上暫為一片空白。安娜斯塔西亞是一位年約六十的拉脫維亞人，她已替蘇俄司工作了有二十年。只有她奉准可以在那裡監視。

這個報告來了：

她經過兩次，第一次是到廁所去，第二次是回到候診室裡。

在她第一次經過的時候，巴雷和卡蒂雅坐在一張長椅子上等著。

在她第二次經過的時候，巴雷和卡蒂雅站在電話旁邊，看起來像是在擁抱的樣子。巴雷的一隻手摸著她的臉，卡蒂雅的一隻手舉了起來，另一隻手垂在她的身旁。

藍鳥的電話此時打進來了沒有？

安娜斯塔西亞不知道。雖然她已經站在廁所馬桶邊豎直耳朵地偷聽，但仍然沒有聽到那具電話響過。所以，如果不是那個電話沒有來，就是當她第二次經過的時候，他們已經講完了電話。

「他為什麼必須擁抱著她？」奈德說。

「也許她的眼睛裡飛進一隻蒼蠅。」薛里頓口氣酸酸地說，仍然望著螢幕。

「他開車，」奈德堅持著說。「在那個地方是不許他開車的，但他開了。他曾讓她一路開到鄉下，再開回來。這一次也是她開車帶他去醫院，然後，突然之間，變成他開車了。為什麼？」

薛里頓把他的鉛筆放了下來，用食指扯鬆一下衣領。「所以，你要賭的是什麼，奈德？藍鳥到底是打了那一通電話，還是沒打？算了吧！」

奈德雖然碰到對方的這種口氣戲謔，但仍然能夠不意氣用事地把這個問題好好做了一番思考。「也許他打過了。不然他們會繼續地等下去的。」

「也許她聽到了什麼她不喜歡聽的事情，什麼壞消息之類的。」薛里頓作了這個假設。

螢幕又消失了，留給室內一片蒼白的影像。

薛里頓有一個專用的房間，是用紅木做成的。我們溜了進去，替自己泡了咖啡，站著等待。

「他待在她的公寓裡這麼久在做什麼？」奈德把我拉到一旁問道。「他所要做的只是從她口中得知他和歌德相會的時間和地點。這件事情他在兩個鐘頭以前就應該辦好了的。」

「也許他們在一起共度良宵呢！」我說。

「如果我能這麼想，我就好過多了。」

「也許他在買另外一頂帽子。」莊尼聽到我們的對話，不悅地說。

薛里頓說聲：「才怪！」鈴聲頓響，接著我們就回到了狀況室。

在紅燈光透照之下，一張莫斯科的地圖上，卡蒂雅的住處被紅筆圈出。在它東方三百呎處，也就是兩條被畫成綠色的街道交叉之處的東南角，那一個搭車地點就在那兒。巴雷現在必須朝南向的人行道，盡量靠路邊走。就在他到達那個搭車地點時，必須要假裝慢下來，好像是在找車子一樣。此時，那一部安全計程車就會開到他的身邊來。巴雷已經獲得指示，要把所住的旅館名字大聲地告訴那位司機，並且作手勢和他講價。

那一部安全計程車兜了兩個圈子之後，就會找一個地方轉彎，進入一處建築用地。那部安全卡車就停在那兒，它的燈光熄著，司機在車上打盹。如果卡車的側翼天線伸出來了，這部安全計程車就會向右轉一個圓圈，然後再繞回到那部卡車旁。

如果不是的話，中止行動。

派迪的報告在倫敦時間凌晨一點鐘的時候出現在螢光幕上。不到一小時的時間，帶子就出來了，是從美國大使館的屋頂上收到的。那一份報告已經盡可能地被瓜分得四分五裂。對我來說，它還是一個確實的現場報告之典範。

當然，原作者得為人所知，因為太陽底下，沒有一位作者是全能的。派迪並不是一位善於察顏觀色的人，但他有其他的優點。他以前是一位廓爾喀族的特勤人員，後來才轉為情報人員的。他有語言的天賦，善韜略，又有像奈德一樣臨危不亂的氣質。

為了扮演好在莫斯科的角色，他還煞有其事地裝出英國人那副糊里糊塗的外表，讓那些不明就裡的人在談到他的時候，還不時地拿他來開玩笑，譬如他在夏天莫斯科的樹林子裡旅行的時候，他那一身的短衣短褲的裝束；在冬天裡他的越野滑雪等等——他是如何把那些古老的滑雪橇、竹桿以及隨身口糧都裝到富豪汽車上之後，最後才連人帶著厚厚的帽子一起鑽進車子裡。那頂帽子厚到給北極遠征軍作為禦寒之用都綽綽有餘。不過，俗話說，大智若愚。不管事後別人如何只看外表的怪異行徑就率然對他加以論斷，派迪還是一個聰明人。

派迪控制他的手下，不論是學語言的冒牌學生、旅行社的職員、小商人，派迪都是第一流的好手。他對他們的照顧真可說是無微不至。每一個經過他照顧的人都對他欽佩得五體投地。如果說，這種好交遊的個性無可避免地讓他易上別人的當，那就不是他的錯了。

這種個性也影響到派迪的報告。他先被巴雷報告的精確給震驚了，錄音帶也證實他這一點。巴雷的語氣比往常的任何一卷錄音帶裡都要顯得有自信得多。

派迪為巴雷的決心及對任務的熱忱所感動。他比較了一下在卡車裡面坐在他面前的巴雷，以及在列寧格勒之行以前聽他簡報的巴雷，深深地覺得現在的巴雷與那個時候的巴雷，真是不可同日而語了。他是對的，巴雷已非昔日的巴雷。他的視野擴大了，人也變了。

巴雷給派迪的報告，在派迪能力所及的查證範圍裡，與事實無一不合。從卡蒂雅驅車至地下鐵車站接他，到坐在椅子上等待，到那個被壓制住的電話鈴聲。電話響的時候，卡蒂雅正站在電話旁邊，巴雷說。如果巴雷自己都很難聽得清楚電話裡在講些什麼，那麼，安娜斯塔西亞也不可能聽到，這就不足為奇了。派迪想：卡蒂雅在拿起電話筒的時候，動作一定比閃電還快。

卡蒂雅和藍鳥之間的對話很短，最多不過兩分鐘而已，巴雷說。這種說法也讓我們找不出一絲一毫的破綻。我們一向都知道歌德是最怕在電話裡長篇大論的。

有了這麼多事實可資佐證，而巴雷又都舉證歷歷，也許任何人在事後都會堅持派迪應該直驅大使館，並且立即將他——還是活蹦亂跳、嘻笑自如的巴雷送回倫敦。當然，克萊福是會這麼堅持的，而且，他還不是唯一的一個。

就因為如此，那三個謎題對奈德來講，才一直有如芒刺在背、骨鯁在喉般地令他痛苦——巴雷和卡蒂雅的擁抱、巴雷從醫院開車到卡蒂雅家以及兩人在他的公寓中耗去的兩個小時。聽巴雷自己回答這些問題，我們必須以派迪對他的看法來看他。他屈身在卡車裡面小桌子的燈光下，臉熱得發紅，四周有排氣管發出的嗡嗡聲。兩個人都戴著耳機，在他們中間有一個閉路麥克風。巴雷一面對著那個麥克風，一面對著他的情報站主管低聲地講述他的故事。就氣氛的戲劇性來講，就連派迪在西北前線那些個出生入死的夜晚，也不是個個都能跟今晚相提並論的。

賽伊坐在陰影中戴著第三付耳機。那是賽伊的卡車，但是他受命交給派迪作主。

「然後她就想走了，腳步搖搖晃晃地。」巴雷說，口氣中的直率讓派迪笑了出來。「她等那一通電話已經等了一個禮拜，而這通電話一下子就這麼地講完了，她的情緒就崩潰了。也許我在場並沒有幫助她什麼。但如果沒有我在場，我想她會等回家以後才宣洩的。」

「也許會如此。」派迪點頭同意他的說法。

「對她來說，這種壓力太大了。聽到他的聽音，聽到他說不數日即將進城。除此以外，她還憂心她自己的孩子，當然也擔心他的安全和自己的安全──這種種對她來說，實在是重得讓她無法再承受下去了。」

派迪完全了解。他是過來人，知道女人一旦感情用事，會是什麼樣子，更對女人賴以吵鬧不休的藉口有過非常透徹的認識。

從這以下，一切事情似乎就是這樣順理成章地往下發展了。他的欺瞞謊言編織得天衣無縫。巴雷說，他已經盡其所能地去安慰她，但她的體力太差，所以巴雷就只好用手環抱著她，並且把她拖回車上，開車送她回家。

在車上她又哭了好久，但是在他們抵達她的公寓時，她已經恢復了。巴雷替她沖了一杯茶，拍了拍她的手，一直到他確信她能夠照顧自己時，方始離開。

「做得好！」派迪說。當他在說這句話時，語氣像是一個十九世紀的印度陸軍軍官在一次偷襲之後向他的手下致賀，那是因為巴雷所陳述的事情經過太讓他感動，而且也因他的嘴太靠近麥克風了。

接著下來，就是巴雷最後的問題了。就在他提出這個問題的時候，賽伊進來了。當然，事情過後，我們毫無疑問地可以確定他會這麼問的動機，那就是擺明了他要偷竊。但是賽伊當時並沒有聽出他話中隱藏的動機，派迪也沒有。而在倫敦，除了已經軟弱得坐立不安的奈德以外，誰也沒有察覺出來。在狀況室裡，奈德已經被貶謫到像一個局外人了。

「噢，是啊！那麼，那一份『購物清單』怎麼樣了？」巴雷一面作出準備離開狀：一面問道。此話一出，立即引起了他們在政策上的一些小疑慮，但巴雷接著又重覆說道：「你們什麼時候才預備把那一份清單交在我的手中？」

「問這個要做什麼？」

「我不知道。我難道不應該事先預作準備嗎？」

「沒有什麼事情需要作準備的。」賽伊說。「那些問題都會寫在紙上，都是些是非題，而且，有一點還非常的重要，那就是你必須對它的內容一無所知。」

「那麼，你們要到什麼時候才能夠給我？」

「要到最後關頭才給。」賽伊說。

賽伊自己對巴雷心態的評論真可說是一針見血。他早就說過：「跟英國人一起共事，你永遠不可能猜得透他們的心裡頭在想些什麼。」

最起碼，在那一個晚上，賽伊的話倒沒說錯。

布拉克把他們在卡車上談話的錄音帶重覆播放了三遍或十三遍之後，奈德仍然堅持說：「一點兒壞的消息也沒有。」

我們回到自己的蘇俄司，到那兒避難。像是又回到了從前的日子。曙光初現的時候，我們仍然沒有半絲睡意。

「一點兒壞的消息也沒有。」奈德又重覆說道。「都是好的消息。『我很好。我很安全。我發表了一場空前精采的演講。我要去搭飛機了。禮拜五見。我愛妳。』就這麼的，她就哭了。」

「噢，我不知道，」我說。違心之論地反問他：「難道你從來未曾在快樂的時候哭過嗎？」

「她哭得這麼厲害，他不得不扶著她走過醫院的長廊。她哭得這麼兇，連車門都沒法開。到了她的公寓之後，她先巴雷下車，頭也不回地就跑到門口，好像無視於巴雷的存在一樣，因為她太高興了，高興藍鳥會準時飛了進來。而他也在一旁安慰她，並且為她所聽到的好消息而高興。」接著，他又重覆巴雷錄下來的話。「他非常的鎮靜，似乎一無牽掛。『我們正中目標了，派迪。萬事皆如意。這就是她哭的原因。』當然是的！」

他往後坐了一下，雙眼開了起來。巴雷那讓人聽了不得不信的聲音繼續從錄音機裡對他說著。

「他不再是我們的人了，」奈德說。「他已經離開我們了。」

是的，就像奈德一樣，他離開了我們，所不同的只是兩人離開的方式。原先是他領導發動這項非常行動。現在，只能藉著推理，眼睜睜地看著事態演變成他所無法控制的局面。在我一生中，從來沒有看過一個人如此地孤獨。也許，在這一點上，也只有我才堪跟他比擬吧！

間諜的工作就是等待。

間諜的工作就是憂慮。

間諜的工作就是孤獨，但還不僅僅止於孤獨而已。

已經消失的華爾特和還活著的奈德以前教給巴雷的靈丹妙藥，現在又重新在巴雷的耳邊響起。這一位曾經拜師學藝而如今已學精藝成的繼承人，魔法卻比他的兩位師傅高明。

他如今所處的情況，是他們任何一位都不曾爬升過的高擊。他有他的目標，也有達到目標的方法，更有克萊福所稱的動機；用好聽一點的話來講，也就是目的。他們所教過他的每一件事情，在他不動聲色地走到戰場時，都成為反過來欺騙自己主子的最佳工具。以子之矛，攻子之盾，正是他現在心中一切思考的內容。

他們的旗幟對他來講，根本不算什麼。反正不管天上颳的是什麼風，他們都會揮舞著它。但是他並不是要背叛他們；而他這麼做，也不是為了他自己。他知道這場仗他非贏不可，而且也非常清楚是為了誰，他才非贏這場仗不可的。他知道他準備做什麼樣的犧牲。他不是叛徒，但他也樣樣皆是。

他不需要他們那神聖的標幟以及那些讓他覺得格外軟弱的制度。他現在是獨自一人，但比起那些強行要控制他的一大夥人還要強得多。他知道他們是所有惡毒武器裡，最惡毒的一種，因為有他們的存在，所以使他們的目標合法化。

以一種說起來好像是很慎重，但又不是那麼慎重的方式來省視自己，他發現了蘊藏在內心深處的怒氣。他先是聞到了著火味，繼而聽見它劈哩啪啦地燒著。

只有現在。歌德是對的。明天是不存在的，因為它只是個藉口而已。不是現在，就什麼也都不是了。而歌德呢?即使什麼都不是，也仍然是對的。我們必須要把自己心裡的那些個討厭人物給完全除掉，我們必須要把自己的灰色裝束給燒掉，並且讓我們自己的心重獲自由。這是每一個有良知的人所共同的夢想，也是那些討厭人物（無論你相信與否）的夢想。但，要怎麼做，拿什麼來做，才能實現這樣的夢想呢？

歌德是對的，在偶然之間讓別人陷入這樣的局面，不是歌德的錯，也不是巴雷的錯。在巴雷的內心裡頭，有一種情緒正在逐漸上揚。這一種情緒，讓他愈來愈覺得和這一位萍水相逢的朋友有一種說不出來、而又極為強烈的親密關係。這一種感覺在巴雷的內心愈來愈熾熱，熾熱到他無力抵抗的地步。他對歌德那種瘋狂夢想——想要解除神智健全能力的束縛並打開人們污穢的心靈——懷有無比的熱忱。

但是巴雷並沒有久留在歌德的痛苦裡。歌德是在地獄裡，而巴雷也會很快地步上他的後塵。我若有時間，我會為他哀悼一番的，他想。直至現在為止，他的全副心思還是放在歌德以如此卑鄙的手段置生死而不顧，但如今又想藉著他最後僅存的一點兒勇氣加以護衛那位活人。

為了這一項他現在需要立即進行的工作，巴雷必須把他所學得的所有當間諜的伎倆全數給使出來。他必須完全依靠自己，但他依靠自己的程度要遠超過以前任何時候。他必須等待。他必須憂心。他必須變成一個和以前完完全全相反的人。一個內心經過調整，外表卻一無所成的人。在他扮演那一位他們希望看到的巴雷．布萊爾的時候，他必須要戰戰兢兢地踮起腳尖行走，並且曲身如貓，一點也閃失不得。

同時，他心裡的那一位下棋高手又在不停地盤算自己的行止。一直沉睡著的談判代表早已在不注意的時候醒轉了過來。他現在已經變成了現實需要和遠見之間頭腦冷靜的中間人了。

卡蒂雅知道，他心裡推想著。她知道歌德是給抓了。

但是他們並不知道她知道，因為她在電話裡一直都保持著機智。

而且他們也不知道我知道卡蒂雅已經知道了。

全世界，除了卡蒂雅和歌德以外，我是唯一知道卡蒂雅知道的人。

卡蒂雅仍然是自由的。

為什麼？

他們還沒有搶走她的孩子，搜掠她的公寓，把馬特維關進瘋人院，或是使出一種暴虐手段在那位擔任信差的女士身上，她為了一名蘇俄物理學家，把自己國家機密委諸一位玩忽職守的西方出版商出版。

為什麼？

一直到現在我也還是自由的。他們也還沒有把我的頸子栓到一面水泥牆上。

為什麼？

因為他們還不知道我們知道他們知道。

所以，歸根結柢來話，他們一定想要更多的東西。

他們要我們，但要的還不只我們。

他們可以等我們，因為他們要更多的東西。

但是，什麼才是他們所要——那更多的東西呢？

他們會有這麼大的耐性，原因何在？

奈德有一次講到生存之道時說：大家都會說。用今天的方法來逼供，沒有人不會吐實話的。他的用意是告訴巴雷，如果他被抓到的話，不要嘗試隱瞞什麼。但是巴雷想的不再是他自己，而是卡蒂雅。

以後的每一晚，每一分鐘，巴雷都在盤算著。他一面等待，一面計劃著。他在和我們一起等著星期五藍鳥的約會。

早餐時，巴雷這位模範出版商兼間諜總是很準時地參加展覽行列。每一天從早到晚，他都是展覽會場上的靈魂人物。

歌德，我對你已接束手無策了。這個世界上已沒有任何的力量可以把你從他們的魔掌下拯救出來。但卡蒂雅仍有一絲希望。她的兒女仍有一絲希望。雖然大家都會說，而歌德最後也會說沒有希望。至於我自己，仍然和往常一樣地無可救藥。

歌德給了我那份勇氣，他想。他心裡那不為人知的動機在滋長著，他對卡蒂雅的愛也在滋長著。不對。是卡蒂雅把兩樣都給了我，而且仍然不斷給著。

星期五就像前一天一樣地安靜，螢幕上近乎空白。巴雷在波多馬克暨布萊爾公司的開幕餐會上穿梭個不停。

表面上神態自如的巴雷，其實內心不住地關懷卡蒂雅的安危。他每隔一段時間就打電話給卡蒂雅，和她聊天，教她用「方便」這兩個字眼來做為「安全」的信號。而他則在自己的談話中，有意無意地用「誠懇」來表達他對他的關心。沒有什麼石破天驚的事；沒有什麼關係到一位偉大德國詩人之死的談話。只有：

妳今天如何？

說實在的，展覽會有沒有把妳給累倒了？

那兩個雙胞胎怎麼樣了？

馬特維是不是仍然很喜歡他的煙斗？

意思就是說：我愛妳，我愛妳，和我愛妳，我真誠地愛著妳。

為了要更確定她是安全的，巴雷派了維克婁到她所在的那個社會主義帳篷去看了看。「她很好呀！」維克婁回來的時候面帶微笑地說。看著巴雷那付緊張的樣子，他還幽了巴雷一默：「她穩得很呢！」

「謝謝你。你真好！老兄。」

第二次，又是應巴雷所求，亨西格自己去了一趟。也許巴雷只是為了要讓自己晚上能有多一點體力，所以自己才不去。或者，也許是他不信任自己的感情。但她還是在那兒，仍然是活著的，仍然在呼吸，而且她也已經換上了他的宴會裝。

不過，即使是為了能夠趕在賓客前而提早離開，開車進城，巴雷的心裡還是無時無刻不在盤算著能夠改變和不能改變的事實。他清晰的條理，連最資深的律師都要自嘆弗如。

16

「太好了！太棒了！太絕了！法侖卡在哪裏？」

「巴雷，求求你，看在老天的份上，救我吧！我們和你們英國人一樣地討厭二十世紀呀！我們一起遠走高飛吧！我們今晚就走，好嗎？機票由你買，如何？」

「尤里，這位是不是你的新歡？離開他，他是個怪物。」

「巴雷！聽著！一切都好商量！我們再也不會有任何疑心了！以前我們必須假設什麼事情都是一團糟！現在我們能從報紙上查明並得到證實了！」

「米夏！工作做得怎麼樣？好極了嗎？」

「這是一場戰爭，看在老天的份上！巴雷，是一場公開的戰爭。我們先要把那個老守衛給吊死，然後再來打一場史達林格勒大戰！」

「李奧！很高興見到你！桑雅近況如何？」

「巴雷，請你聽我的！共產主義不是一種威脅！它是一種寄生行業，依靠你們西方笨蛋的所有錯誤而存在！」

酒會是在城中的一個有多年歷史的旅館樓上，一個裝了鏡子的房間裏。旅館外的人行道上站有便衣警衛。大廳裏、樓梯間以及大廳的入口處有更多的便衣巡邏。

波多馬克暨布萊爾公司邀請了一百位賓客。有八位答應考慮，沒有人拒絕，而到目前為止，到場的賓客一共有一百五十人左右。但是在卡蒂雅還沒到之前，巴雷喜歡靠近門口的那個位置。

一位寂寞、已經喝醉而名叫安德烈的西伯利亞人，需要就一個很緊急的問題和巴雷說話。「一黨專制的社會主義是一種災害，巴雷。它已經讓我們心碎了。請保持你的英國人作風。你會出版我的新小說嗎？」

「我不知道，安德烈。」巴雷眼睛看著地板，謹慎地回答著。「我們的俄文編輯很想要出版它，但是他在英國看不出有任何俄文書的市場。我們正在考慮這件事情。」

「你知道我今晚來此的原因嗎？」安德烈問道。

「說說看。」

另一群人又到了。但始終沒有卡蒂雅的影子。

「為了盛裝給你們看，我們俄國人太清楚彼此的詭計了。我們把你們西方人當成是一面鏡子。你們到這裏來，走的時候帶走了我們投射在你們身上最好的影像，而我們為此感到非常地驕傲。如果你已經出版了我的第一本小說，那麼不出版我的第二本是說不過去的。」

「如果第一本小說沒有賺到錢，就說得過去。而安德烈，第一本的確是沒有賺錢。」巴雷以難得見到的堅定語氣說道。他看到維克婁從房間的另一邊朝著他們走來，著實鬆了一口氣。

「你可曾聽說過十二月時阿那托里在一次反抗飢餓的罷工浪潮中命喪牢獄？實施了兩年的新政策又讓我們享有到什麼？」安德烈喝了一大口威士忌，繼續說道。

「我們當然聽說了。」維克婁帶著安撫的語氣插了進來，說道。「真是令人不恥！」

「那麼，你為什麼不出版我的小說？」

巴雷把他留給了維克婁去應付，兀自張開了雙臂，迎向大門口。全蘇外國文學圖書館的娜妲麗女士大駕光臨了，她是一位年屆耳順的美人。他們彼此因為敬慕對方而擁抱在一起。

「今晚我們要討論的又是哪一位，巴雷？是詹姆斯・喬伊斯還是安德里安・摩爾？你為什麼突然看起來這麼聰明？是不是因為你已經搖身一變，變成一位資本主義分子？」

一陣騷動使得前來參加的來賓中過半都退到房間的另一端，並且警衛們也透過走道往裏面不停地瞧著。剛才激盪起的談話聲沉寂了下去，但瞬即又恢復了。晚餐開始了。

但是，還是沒有卡蒂雅的芳蹤。

「今天，在重建運動之下，一切都容易得多。」娜妲麗帶著她那讓人無法抗拒的微笑說著。「到外國旅行沒有問題；譬如，到保加利亞。問題是我們要如何向當局解釋我們是什麼樣的人。自然，在我們到達以前，保加利亞人需要知道這些。必須要先有人在事先告訴他們我們都是些什麼樣的角色。我們是高級知識分子？是中級知識分子？還是一般知識分子？保加利亞人必須要事先有所準備，也許還得先自我演練一番才行。我們是冷靜，還是容易鼓噪滋事？我們是腦筋單純的人物，還是充滿幻想的人物？在回答了這些簡單的問題之後，還有無數類似的問題等在後面。都過關了，我們才有資格來談更進一步的事項。譬如說家住何方、外祖母的全名、她去逝的年月日、死亡證書的號碼，並且，如果他們心血來潮的話，還會問你當時簽那份死亡證書的醫生名字。由此看來，你就可以知道我們這些官員無所不用其極，讓大家知道有這麼一條劃時代的新規則，好把我們連同我們的子女一同送到國外去度假。巴雷，你這麼一直四處張望到底是在找些什麼？」

「那麼，你到底告訴他們什麼了？」巴雷面上帶著笑容問道，並且還強迫自己的目光停留在她的身上。

「噢，我說我是個非常有智慧，且又冷靜、幽默的人。保加利亞人一定會非常樂於和我相處的。那些官員只不過是在試驗我們的決心而已。他們一定想，如果我們知道先得應付了這層層的關卡、重重的部門才得以獲准出國，那麼我們一定就會懷憂喪志，而決定還是留在國內的好。但即使是這樣，比起以前還是有一些改進。雖然改進的幅度不大，但凡事都還有那麼一點點改進。也許你不相信，但重建政策畢竟不是為外國人提倡的，而是為我們。」

「你的小狗還好吧，巴雷？」在巴雷的身側，一個人怪腔怪調地低聲插話進來。巴雷轉頭一看，那人是阿卡迪，是非官方的雕塑家。他身旁站著那一位美麗而非正式的女朋友。

「我沒有小狗啊！阿卡迪，你為什麼會這樣問？」

「我在想，這年頭談談小狗遠比論及個人如何要安全得多！」

巴雷轉頭，隨著阿木迪的目光看了過去，結果他看到亞力克．沙巴提尼站在房間的另一端，與卡蒂雅聊得正高興呢！

「最近，我們這些俄國人也委實談論得太凶了些。」阿卡迪的目光一直盯在沙巴提尼身上，繼續說道：「我們是興奮得過了頭而未留意處境之危險。即使大家在今年的秋天都沒有收穫，我們這些專門告密的人還是會大有斬獲的。你問他，就會知道我所言不虛。我敢說，他現在一定是釣到一條大魚了。」

「亞力克，你這個魔鬼！你在這兒折磨這個可憐的女孩做什麼？」巴雷先擁抱過卡蒂雅，再抱了沙巴提尼，並且一面說道：「我在那一頭就看到他的臉在紅了。妳要防著他，卡蒂雅。他的英文和妳的可說是不相上下，而且比妳講得快多了。妳好嗎？」

「噢，謝謝你！」她溫柔地說。「我很好。」

她身上穿的是那次在奧得薩旅館會面時所穿的那一套衣服。臉上顯現著一副生離死別的哀戚表情。丹．

齊柏林和羅．瑪莉站在他們的旁邊。

「巴雷，事實上，我們對人性做了一段很有意思的對話，」沙巴提尼邊解釋，邊把他的眼鏡繞著整團的人揮舞了一遍，意思是說談話的人不只他一個，大家都有份。「對不對，齊柏林先生？當西方人告訴我們應當如何善待我們的罪犯時，我們永遠都是洗耳恭聽的。但是，那又有什麼分別？我是在問我自己，一個是把他們認為是多餘的人關在牢裏的國家，另一個則是任它的黑社會組織成員胡作非為、逍遙法外的國家，在本質上，有什麼不同？我想，最起碼，在我們的談話中，已經為我們蘇聯的領袖們找到一個妥協點。明天早晨我們就會對所謂的赫爾辛基監督委員會宣布，除非他們把美國的黑手黨給關起來，否則我們不願再與他們有任何的交往。我的提議如何，齊柏林先生？我們放我們的人，你們關你們的人。這種交易很公平吧！」

「你要的是禮貌的回答還是真實的回答？」丹從羅．瑪莉的肩後露臉說道。

另一團由各國人士所組成的人員亦像一陣旋風似地到來了。不過，在他們到達以前，彼得．歐利方爵士在蘇聯籍隨從和英國籍跟班簇擁之下，以一種更為戲劇化的方式現身了。他們的加入，使得場內頓時熱鬧許多。三名面貌可憎的英國特派員檢視了一下杯盤狼藉的餐桌之後就離開了。有人打開場內的那一架鋼琴，彈了一首烏克蘭歌曲。一位女士隨著琴聲發出嘹亮的歌聲，眾人都應和著她。

「不，巴雷，我委實不知道是什麼事情把你給嚇成這副德性的。」卡蒂雅回答著巴雷，聽她這樣回答，可知巴雷一定已經問過她：「我相信妳一定是非常的勇敢，和英國人一樣的勇敢。」

在室溫和熱鬧的氣氛烘焙之下，興奮之情突然襲上心頭。巴雷覺得自己像是喝醉了，但不是出自酒精的作用，因為他手中握著半杯威士忌已經整整一個晚上了。

「也許本來就沒什麼事。」他開口說道，不但是對卡蒂雅講，也是對著一打他熟悉的面孔講。「天才都被摒除在外。」大家都在等下文，但巴雷也在等。他雖然努力地要看著大家，但觸目所見，卻盡是卡蒂雅。他剛剛說了什麼？他們已聽到什麼？這些臉孔雖然都轉向他，但是卻沒有一張臉孔有光采，包括卡蒂雅的。有的，也只是關切而已。他遲疑地繼續說下去：「好幾年以來，我們大家都有這種夢想，夢想能把所有偉大的蘇聯藝術家們發掘出來。」講到這兒，他已經是語不成句了。「哦，大家說，是不是？偉大的小說、戲劇？被禁的、不讓外人知道而暗中畫著的大畫家？他們在閣樓上裝滿了令人驚嘆但卻非法的作品？音樂家也是一樣？我們談論著這些，夢想著這些。十九世紀的秘密持續著。『當冰雪融化之時，他們會從冰層中躍起。他們的光采，會讓我們個個為之目眩。』我們大家都這麼說，既然我們說了，那麼，這些人，這些稀世的天才們如今身在何方？他們會不會終其一生地凍死在冰封之下？也許當局的鎮壓奏效了。我說的就到此為止了。」

現場一陣死寂。卡蒂雅來到他的身邊。「蘇聯的天才從未消失，而且一直都是存在著，巴雷，即使是時機再惡劣，他們也永不會被摧毀的。」她的話中暗示著自己也很堅強。「也許他們先是需要調適自己，準備接受新的環境，但不需多少時日，他們又會再度發出光芒的。我相信這就是你想要說的話，是嗎？」

亨西格在發表他的演說了。那是一篇絕妙的偽善之作。「但願波多馬克暨布萊爾公司憑著勇往直前的精神，為東西方的了解獻上它寶貴的一份力量！」他的語氣中流露出充分的自信，音調和手中的杯子隨之上揚。他是個誠實的商人、心地善良的美國人。毫無疑問地，他可是扮演得有板有眼，懂得藏拙。「祝大家發大財！」他叫著，把杯子舉得更高了：「在這裡大家可以無拘無束的，讓我們來一起談生意，一起交談，一起暢飲，一起讓這個世界更美好吧！各位女士先生們，我敬大家以及波多馬克暨布萊爾公司，並且敬我們雙方的利益，更敬重建運動。祝大家身體健康，阿門！」

他們都為巴雷而鼓掌。史百基．摩根先發起，尤里和亞力克．沙巴提尼跟進，而所有知道這是怎麼回事的那些老經驗的人都大聲嚷著：「巴雷！巴雷！」很快地，整個會場都為巴雷而喝采。其中許多人甚至不知道大家這麼做的原因何在，而且，有一度誰也看不見他。突然間，他已站在放餐點的長桌上，手中拿著一支向別人借來的薩克斯風，吹奏起「我那奇妙的戀人」。自從第一次到莫斯科以來，每逢到此參加書展時，他都要吹奏這一首曲子。亨西格坐在鋼琴前面，以十足費茲華勒的風格為他伴奏。

巴雷的吹奏既清晰又有力。站在門口的警衛們都擠進來聽他吹奏，樓梯上的警衛蜂擁到門口，而大廳裏的警衛則蜂擁到樓梯上。

「我們要到新印度餐廳去，看在老天的份上！」亨西格在人行道上眾目睽睽之下向巴雷抗議道，「帶卡蒂雅一起過來，我們已經訂了一桌了！」

「抱歉！傑克。我們已另外有約了。是很久以前就約定的！」

亨西格只是做做樣子而已。巴雷已經告訴過他：「她需要好好放鬆一下。我預備帶她離開，讓她安安靜靜地吃一頓晚餐。」

但是巴雷在告別亨西格之後並沒有帶卡蒂雅去吃晚餐，如那些非正規人員在被撤哨前所證實的，並且，這一次帶頭的是卡蒂雅，而非巴雷。卡蒂雅帶他去的地方，任何一個在城市長大的青年男女都知道。這種地方在每一個大城市裏因為特定目的而建造的住宅區裏都有。和卡蒂雅同年紀的年輕人裏頭，沒有一個人不把這種地方劃入其初戀範圍裡的。就在卡蒂雅所住的公寓頂上，就在最上一層階梯和閣樓交接的地方，就有著一個這樣的地方。不過，這種地方在嚴寒的冬季裡比在夏天更常受光顧，因為到底裡邊還有著滿目瘡痍的熱水槽和被黑色繃帶緊緊繃著的重重水管。

但是，在到達這個地方以前，她先必須要確定馬特維和那兩個雙胞胎都安全無恙。而巴雷則站在樓梯口等著。然後她領著他走上數級的樓梯，一直爬到最頂端的一層木製樓板。她身上帶著一串鑰匙，可以打開那一扇生了銹的鐵門。進了門之後，回身把門關上，然後引領著巴雷走過屋頂的椽緣，到達一處堆放硬木頭的地方。她在那兒準備了一個臨時的臥鋪。躺在那兒，他們可以經由那骯髒的天窗看到天上凌亂的星斗，聽著水管軋軋的聲音，還可以聞到他們身旁快乾的衣服所發出的臭味。

「妳給藍道的那封信並沒有交到我的手中，」他說。「它最後到了我們那些官員的手裡。就是那些官員派我來找妳的。對於這一點，我感到很抱歉。」

但是現在，已經再沒有什麼時間讓他們任何一人會為任何事情而驚訝了。他已對她提過一些自己的計劃，而現在則絲毫不提。這是可以理解的——她已經知道得太多。此外，他們還有更重要的事情有待商討，因為就在這一晚，卡蒂雅告訴了巴雷一些事情，這些事情在事後讓巴雷得以完全地了解卡蒂雅。而她也承認了自己對他的愛意，這份愛意正足以支撐著他度過那段他們都知道即將來到的短暫別離時期。

不過，巴雷也沒有久留不走，並沒有留給現場或是在倫敦的人為他擔心的藉口。在午夜時分，他回到了梅日。這是他和他的那些同伴所共度的最後一晚。

「噢，傑克，亞力克．沙巴提尼要我明天下午到他那兒去和他那一批夥伴說聲再見。」他在一樓的酒吧裏對喝著睡前酒的亨西格說。

「要我和你一起去嗎?」亨西格問道。他這麼問，是因為他像俄國人一樣，對沙巴提尼周圍的人絲毫不敢掉以輕心。

巴雷搖了搖頭笑笑說：「你受的苦還不夠多？這次聚會是專為我們這些在過去絕望的日子裏共患難的弟兄預備的。」

「什麼時候？」維克婁問道，一向是那麼地實際。

「我想，他說的是四點鐘。挑這個時間來喝酒，似乎是怪了些。對的，我想他是說四點鐘。」

說完之後，他就和他們道了晚安，然後就乘著電梯上「天堂」去了。

午餐時間到了。經過了一整夜和一個早晨未眠的我們，在午餐時分突然有了一個不祥的預感。但是不祥歸不祥，它終究只是一個感覺而已，一個經由別人傳遞過來的感覺。一個鎖在鋼製公事箱裏的黃色信封中的一個感覺。莊尼從倫敦情報站把這個皮箱一路馬不停蹄地帶到了狀況室裏。黃色信封是在警戒下由廣場那頭的大使館帶來的。

他一進來，就直奔指揮中心。到了指揮中心，才知道我們都已經移師到薛里頓的紅木會客室裏吃三明治，喝咖啡。

他把它交給了薛里頓，並且站在他的身後看著他讀那封附信。薛里頓讀完那封附信。之後，就把它塞到口袋裏，然後再讀訊息所在的那一部分。

讀完之後，薛里頓站起來，把信交給了奈德，而莊尼也跟著移步，站在奈德的背後，看著他讀它。一直到奈德把它交到了我的手中，莊尼才停止跟過來再看一遍。這封信是一段由在列寧格勒外駐紮的蘇聯軍方所拍發，卻被美國人在芬蘭截獲，然後送到維吉尼亞，由一群動力大到足夠可以照亮倫敦一年的電腦分析出來的訊息。

列寧格勒致莫斯科，副本送沙拉托夫。

葉可夫・沙維列夫教授於本星期五赴沙拉托夫軍事學校演講後，獲准赴莫斯科度假。請安排交通工具及設備。

「哦，謝謝你，列寧格勒的行政官。」薛里頓喃喃說道。

奈德從我手中拿回那封信，又把它讀了一遍。我們這些人當中，他似乎是唯一不為所動的一位。

「這就是他們破解的全部內容嗎？」他問道。

「我不知道，奈德。」莊尼說道，語氣中毫不隱藏他對奈德的敵意。

「這邊提到『一個交給一個』。這是什麼意思？請你查一查他們所截獲的電報之中，是不是還有其他的。如果還有的話，麻煩你查一查在同一網絡中，還有沒有什麼東西好推敲的。」他等到莊尼離開了房間之後，才帶著酸酸的語氣說道：「太好了，又是一堆陳腔濫調。我的天！你一定在想我們是在對付德國人了。」

我們站著，心不在焉地嚼著口中的東西。薛里頓把手插在口袋裏，轉過身去，凝視著窗外馬路上無聲地行走的車輛。他穿著一件長毛的黑色羊毛背心。透過室內的隔離玻璃窗，我們可以看得到莊尼正拿起一只應該安全的話筒在講著電話。過了一會兒，我們看見他把電話筒掛上，穿過房間，走回到我們這兒來。

「沒有。」他說。

「什麼沒有？」奈德問道。

「『一個交給一個』就是一個交給一個，意思是說它就是這麼一封。沒有別的意思。」

「這麼說來，這封電報是僥倖收到的了？」奈德暗示地說。

「就這麼一封。」莊尼重覆地說。

奈德轉頭對著薛里頓。他仍然背對著我們。「羅素，你讀一讀那些記號。」

現在輪到薛里頓把那張紙重新讀上一遍。讀完了的當兒，他裝出一種無奈的表情。大家都非常明白，他的耐性已經用得差不多了。

「奈德。那些密碼專家對我保證，截獲的情報得自一個低階軍人亂七八糟的行囊裡。沒有人會再用這種方式來設圈套騙人的。沒有人會再做這種事情。走偏的不是藍鳥，是你。」

「也許這就正是他們會拿它來設圈套的原因！你我不也有可能會這麼做嗎？故弄玄虛？」

「好，也許我們也有可能會這麼做，」薛里頓讓了一步說道，好像這種事情他絕少做過。「只是，如果你一旦這麼想，就很難再住別處想。」

克萊福在最不利的情況之下說話了：「在這種凡事順遂的情況下，你很難叫薛里頓把已經上了弦的箭撤回的，奈德。」他討好地說道。

「只有白癡才會這麼做的，」薛里頓糾正他說道，喜怒無常的個性又顯現出來。「若是凡事真都遂了我們的心意，那就是克里姆林宮的計謀，而一有什麼事故，那一定都是我們自己的錯了。奈德，我的單位差一點沒有死在這種觀念上。你的人也是一樣。我們今天就打定主意不再重蹈這種覆轍。這是我的行動。要有什麼閃失，就全怪到我的頭上好了。」

「可是去幹的卻是我的人，」奈德說。「我們已經把他給毀了。我們也已經把藍鳥給毀了。」

「當然，當然。」薛里頓帶著冰冷的語氣和緩地說。「毫無疑問。」

他不悅地看著克萊福，說：「怎麼樣，副局長先生？」

克萊福有他自己的騎牆方法，並且這一套方法百試靈驗。「羅素，奈德。我想兩位都有點太以自我為中心了。我們是一個整體，我們過的是整體生活，讓藍鳥得遂其志的是我們的主人，不是我們。因此，在這次的行動中，那個共同的意志應該是大於我們每一個個體。」

又錯了。我想。它比我們每一個個體都小。除克萊福可能需要它以外，它對於我們每一個人的能力來說都是一種侮辱。

薛里頓轉過身去對著奈德，但還是沒有把他的聲調提高。「奈德，如果我退出的話，你想華盛頓和蘭利會作何想法？你能想像國防部裏的那一大堆人會用什麼方式來恥笑我嗎？你能想像，到目前為止，他們都用什麼樣的眼光來看藍鳥的資料嗎？」他指了指正在那兒用一對死魚眼看著我們每一個人的莊尼說道：「你能看一看這個人所寫的報告嗎？這個猶大？我們要首府裡的人稍安勿躁，你可還記得？現在你卻告訴我，要把藍鳥丟回給那些走狗！」

「我是告訴你不要給他那份『購物清單』。」

薛里頓側了側頭，好像他有點兒聽力不良的樣子。「不要把那份『購物清單』給巴雷，還是不要把它給藍鳥？」

「誰都不要給。退出吧！」

終於。薛里頓真的生起氣來了。他已經上緊了發條，就等著這一刻到來，而現在它終於爆發了。他起身站在奈德前面不到兩呎的地方，高揮雙手抗議著，活像一隻發怒的大蝙蝠。

「好！我們現在就來假設一種最壞的狀況，完全按照奈德的模式設計的，好嗎？我們把那份『購物清單』拿給藍鳥看，結果單子變成了他們的財產，而不是我們的。難道我沒想過這種事情可能發生的機率？奈德，我日日夜夜除了這個，什麼都不想。如果藍鳥是他們的人，而不是我們的，如果巴雷也是，如果那個女孩也是，如果我們這些人當中有任何人有一點兒不軌，那份『購物清單』就會洩了美國人的底。」說到這兒，他開始踱著步子了。「那就等於告訴了俄國人到底他們自己的人給了什麼東西給別人。所以，他們就會知道我們知道些什麼。這已經是很不好的了，但還有更糟的——俄國人就會知道哪些東西是我們所不知道的，以及我們如何不知道的。這就夠壞的了，但還有更壞的。那份『購物清單』可以使我們的情報收集組織的漏洞都暴露出來。並且，如果他們夠聰明的話，還可以藉此洞窺我們的總部有多麼可笑、多麼無能、多麼荒謬。原因何在，因為我們到頭來所著重的完全在於我們所懼怕的事項，這些事項都是我們不能做，而他們能的。這都是可能發生的負面後果。奈德，我已經把所有正負面都考慮過了。我知道我們所要冒的險。我知道我們一旦贏了，我們贏的會是什麼；但一旦我們輸了，我們輸的有多大。輸使我失望。我見過輸的情況，我可並不喜歡。如果我們錯了，就是這狗屎城市害的。我們在那座無人島上就知道，現在我們也知道得更清楚，因為現在是實彈時刻。但是，除非有比鐵還堅硬的理由，否則，我們已經是箭在弦上，義無反顧了！」

他走到奈德身邊，說道：「藍鳥是清白的，記不記得，這是你說的？我相信你所說的，一直到現在都相信。藍鳥知無不言，言無不盡。而我那些短視的主人們根本不睬！你懂我的意思吧，奈德？你聽我講了這麼多的廢話，該不會睡著了吧？」

但是奈德不理會薛里頓話中所隱含的怒氣，繼續以平穩的語調說道：「不要把『購物清單』給他，羅素。我們已經不能再控制得了他。如果你要給他什麼，就拿『煙』給他好了。」

「『煙』？你的意思是說，叫我們玩弄巴雷？承認藍鳥是惡人？你是在開玩笑嗎？請你拿證據給我看，奈德！不要只是把你的預感說給我聽，給我十足的證據！所有在華盛頓的正常人都會告訴我藍鳥所說的話神聖莊嚴，是聖經，是可蘭經！現在你告訴我，拿『煙』給他！是你把我們帶到這個地步的，奈德！不要老虎一停止走路了，就從他身上跳下來！」

奈德對這一番話思索了一會兒，克萊福也在想奈德到底在想些什麼。最後，奈德聳了聳肩，意思也許是說反正怎麼做，最後的結果都不會有什麼太大的不同了。然後他就回到了桌子後邊，獨自坐在那兒，似乎是在讀報告。我現在記起來，那時我突然想到他是否也有一個漢娜，是否我們都有？或者，是一種什麼樣出了錯的生活，讓他一直不得不處在進退維谷之中。

也許全蘇版權協會是真的連幾個小房間都沒有，或者亞力克·沙巴提尼在獄中度過幾年之後，對小房間有一種讓人可以理解的憎惡。

不管是什麼原因，總之他所挑選的會面房間在巴雷看來是人到足夠跳一場團體舞了。而唯一的小東西是沙巴提尼自己。他伏首在一張長桌的一端，像一隻屋簷上的老鼠，當巴雷踏著地板向他慢步走來的時候，他就用敏銳的眼光凝視著這位客人。他那兩隻長臂垂掛兩側，手肘微彎，臉上的表情不像平日的沙巴提尼，是一種別人從來沒有見過的表情。這種表情裡沒有歉意，沒有曖昧，沒有裝出來的愚鈍，而是一種強烈到帶有威脅性的意圖。

沙巴提尼已經安排好一些文件，就放在他的跟前。在這一堆文件旁邊，還堆放著一堆書、一壺開水和兩個杯子。很明顯的，他希望給巴雷一個他正在工作的印象，而不要有其他道具，或他那些無數個助手的保護。

「我親愛的巴雷呀！你能在百忙之中還抽空到這兒跟我們道別，我真是感激不盡。」他一開口講話，就快得像連珠炮一樣。「我想，如果我們的出版業能夠像現在；不過這還只是我個人以及非官方的夢想，那麼我們就必須要再雇用一百位人員，並且再申請一間更大的辦公室。」他哼了哼，再把眼前的那些文件拿起來亮了亮，然後就把一張椅子向後拉了拉。在他的想法裏，這是一種舊式歐洲禮節才有的姿勢。但是巴雷像往常一樣，寧願站著。「在下今天斗膽邀請你在簽約後一起暢飲。雖然太陽尚未下山，但趁現在我們還有一點時間，請你坐下來好好和我交換一些寶貴的意見——」他邊講著，邊抬起了他的眼睫毛，看著錶說：「我的天！我們應該有一整個月才行！那個橫越西伯利亞鐵路的計劃進行得如何了？我是說看不出來有什麼大不了的困難，如果我們自己的地位獲得別人尊重的話，更何況，這些公平比賽的規則都已經由簽約的各方密切監視之中。那些芬蘭人是不是太貪心了？也許你們的亨西格太貪心了。我可以說，他是一個擇善固執的人。」

他的眼光和巴雷的再度遭遇，而心裏的不安也隨之升高。看著站在面前的巴雷，實在看不出他有任何一絲要討論橫越西伯利亞鐵路的樣子。

「你一直這麼強烈地堅持要和我單獨談話，我覺得有些奇怪。」沙巴提尼繼續用一種非常渴望的語氣說道：「畢竟，對柯尼葉娃太太的委員會來說是公平、公正的，這是由她和她的職員們來直接負責攝影師和所有實際的安排工作。」

但巴雷也有一番準備好的話，這番話並沒受到沙巴提尼的緊張語氣所破壞。

「亞力克，」他說道，仍然拒絕坐下。「那支電話還管用嗎？」

「當然。」

「我要出賣我的國家，並且很緊急。我需要你做的是替我找到蘇聯當局裏合適的人選，讓我可以跟他們接頭，因為有一些事情是需要事先溝通好的。所以，千萬不要說你不知道這種事要找誰。就照著我的話去做，否則那些自以為擁有你的豬玀就會少給你許多榮譽點數。」

那天下午，雖然才三四點，但冬天的昏暗景象已經籠罩了倫敦，而且在蘇俄司的小小辦公室裡也已沐浴在薄暮中。奈德的腳靠在桌子上，身子向後仰著躺在椅子上，眼睛闔上，手肘裏懷有一瓶暗色的威士忌。看到他這副樣子，我立即明白，他今天還有得喝了。

「那個沒生意做的克萊福，是否仍然和政府機關裡的那些權貴廝混？」他帶著一種疲倦的輕率口氣問我。

「他在美國大使館，想要解決那份『購物清單』的事。」

「我還以為沒有任何一個英國人能接近那一份『購物清單』呢！」

「他們談的是原則問題。薛里頓必須簽一份聲明，任命巴雷為美國榮譽公民。克萊福必須要加上一段褒揚辭。」

「說些什麼？」

「說他是一位體面、正直而又誠實的人。」

「是不是你替他起草的？」

「當然。」

「糊塗蛋！」奈德帶著一種夢話般的不以為然，說道：「他們哪天把你給賣了，你都還不知道！」說完，他往後靠了靠，把眼皮再度闔上。

「那一份『購物清單』真的是值得這麼多代價嗎？」我問。突然之間，我有一種感覺，覺得我比奈德受到更多的欺瞞。

「噢，它可以值得一切東西。」奈德不經意地回答著。「如果你要它值得什麼東西就是什麼東西。」

「能不能告訴我原因何在？」

我還未獲准閱讀藍鳥資料內最深的機密。但我知道，如果我獲准，我也沒法決定是要給他們還是不要。但謹慎的奈德曾經日夜地研讀它。他為了做此決定，曾經向我們的研究員虛心討教，並且和我們最優秀的國防科學家在科學會一齊進午餐，求證他們的看法。

「半斤八兩！」他鄙夷地說，「兩方都是瘋子。我們追蹤他們的玩意兒，他們追蹤我們的。我們互相觀察對方的射箭比賽，但都不曉得對方所要瞄準的目標是哪一個。如果他們瞄準的是倫敦，但他們會不會射到了伯明罕？錯在哪裏？他們葫蘆裡賣的究竟是什麼膏藥？誰最接近零誤差？」他看到我狼狽為難的樣子，好像有點兒自得其樂。「我們看著他們把洲際彈道飛彈的發射目標定在堪察加半島，但是這些飛彈會不會命中義勇兵飛彈的地下飛彈發射場？我們不知道，他們也不知道。不知道的原因是那個大玩意兒從來也沒有在戰爭狀態下測試過。他們目前所用的彈道並非戰爭爆發時會使用的那一個。託上帝的福，現在的地球並不是一個完整的球體。以它的年齡來講，如何可能完整？由於它的密度並非各處都一致，因此當類似飛彈和彈頭等物體飛經它的上空時，各處重力所產生的拉力也不一致。加上偏差，我們的射擊手嘗試著用調整的方法來彌補差異，歌德也在嘗試。他們從觀察地面的衛星上取得資料，也許他們做的比歌德還成功，也許不然。就好像在飛船上升以前，我們無從知道情況如何，他們也無法得知，因為你只能拿那個東西實際試驗一次。」他舒服地伸了一下身子，好像這個題目讓他興致突然大發起來。「這麼一來，我們的陣營就分裂了。鷹派的人吵著說：『俄國人準確無比。他們有能力把一萬哩以外的蒼蠅屁股都給打掉！』而鴿派所能回答的只是：

『我們不知道蘇聯能做到什麼程度，他們也不知道：任何人若是不知道他的槍管用不管用，都不會先開槍的。就是因為這種不確定的因素才使得我們今天還保持誠實。』但是，你知道，這種說法並不能滿足著重實際的美國人，因為著重實際的美國人並不喜歡執著於模糊不清的觀念或是漫無浪際的幻想，尤其是在實際的層次上。而歌德所說的甚至是更大的異端：他所說的也許不可靠，但我寧可相信他。所以鷹派的人就恨他。而鴿派的人則高興得不得了，而且大開慶功宴了。」他又喝了一口酒，說：「如果歌德只是支持相信蘇聯準確得不得了的那些人，那就不會有今天的這些麻煩了。」他帶著譴責的語調說道。

「那麼，那份『購物清單』呢？」我又重覆問了一次。

他那古里古怪的眼神透過鏡片說：「我親愛的帕爾弗萊啊！一方瞄準另外一方，端視這一方對另一方作何種揣測，反之亦然。永遠如此，我們要不要強化地下飛彈發射場？如果敵人射不中，我們又有何必要多此一舉呢？如果我們要把這些地下碉堡強化到萬無一失、固若金湯的地步，就算知道怎麼做，也非得花上數十億美元的代價還不只。事實上，我們已經在這麼做了，只不過並沒有大事吹噓而已。或者，我們也可以再多花個數十億美元的代價以並不是十全十美的星戰計劃來保護它們，但那就要看我們有什麼樣的偏見和由誰來簽發付款的支票了。除此以外，也還要看屆時我們是製造商呢？還是納稅人？我們是要把飛彈放在火車上，還是高速公路上，或是，就像本月份大家一直在爭論不休的：停放在鄉間的小道上。或者，就像是我們所說的，反正是垃圾一堆，管它是放到什麼地方去死！」

「這麼說來，現在是開始還是結束呢？」

他聳了聳肩，說：「何時曾結束過？把電視打開，看看你到底可以從螢幕上看到些什麼？兩邊的領袖們彼此擁抱。兩人的眼中都流著淚水。他們兩人愈過愈像對方。所以，大家就說，太好了，終於結束了。但是聽一聽內幕人士的講法，你就了解這幅畫面根本絲毫未曾改變。」

「那麼，如果我把電視關掉，又能看到些什麼？」

他的笑容消失了。說實在的，他那堂堂的面貌比任何時候都要顯得嚴肅；雖然我知道他即使生氣，也是對著自己生氣。

「你會看到我們，躲在我們的灰色布幕之後，互相告訴對方我們守住了和平。」

17

奈德話中那含糊不清的真理漸漸地顯現出來。雖然我對此的領悟不是很正確，但在我們的秘密世界中，通常是如此的。

傍晚六點鐘，有人看見巴雷走出全蘇版權協會辦公室的大門。我們在螢幕上得知這件事情，而都擔心他可能喝醉了。我們這樣的憂慮不是沒有原因的：沙巴提尼自己是一個嗜酒如命的人，而在那種大家喝伏特加歡送巴雷的場面，他能不開懷痛飲嗎？巴雷出來了，是沙巴提尼和他一起出來的。他們在門口熱情地擁抱著，沙巴提尼的臉紅著，舉止有些興奮；但巴雷卻顯得僵硬得多了。由於監視人員都擔心他可能醉了，於是就興起了一個怪念頭，把他當時的模樣給拍攝了下來——就好像是只要把那一刻給凍結起來，巴雷就會被他們給弄醒。並且，由於這是巴雷在檔案上最後的一張照片，由此你就可以想像得出我們在他身上付出了多少的心力。巴雷雙手抱著沙巴提尼，兩人緊抱著，最起碼巴雷是的。在我的想法裡，巴雷把這個可憐人緊緊地抱住，是要給他勇氣，讓他能守住買賣中他的那一半。照片中的建築顏色看起來很怪異。全蘇版權協會的辦公室是在莫斯科中央地區的波沙亞布隆那亞街上，以前原本是一個學校。我猜想它大約建於十九世紀末、二十世紀初，有許多大型的窗戶和塗了灰泥的門面，這種灰泥在那個年代裡，都是漆成粉紅色的。但在照片裡，大概是因落日餘暉照映的關係吧！它倒呈現出一種火焰般的橘紅色澤。於是乎，這兩個擁抱在一起的大男人就被籠罩在一圈紅色閃光燈一樣的光圈裡。有一位監視人員甚至以要拜訪附設自助餐廳為藉口，而進入穿堂，預備從背面照一張照片，但一個高個兒的人擋在他面前，看著人行道上的這幅景色。我們沒有人認得他。報攤上，有一個人，也是個兒高高的，正拿著一個馬克杯在喝酒，但不確信他的雙眼有否轉到外面那兩個正互相擁抱著的人身上。

監視巴雷的人並沒有注意到巴雷待在全蘇版權協會的那兩個小時之中，進進出出那棟建築物的眾多人物。他們又怎麼能夠呢？他們根本就無從得知這些人是來買版權的，還是來買秘密的。

巴雷回到了旅館，在酒吧裡和一大堆出版界的同業喝酒。亨西格也在這些人中間。他向倫敦證實了巴雷不但沒有喝醉；相反的，他的思路還頗為清晰。他的這一番證實，讓倫敦的人頓覺心安許多。

巴雷的確提過，他是在等待沙巴提尼的一名外務員的電話——「我們仍然想要撮合橫越西伯利亞鐵路的那件事情。」就在晚上七點鐘的時候，他忽然說餓了，所以亨西格和維克婁就帶他到日本料理餐廳去進食。同行的還有賽門舒斯特公司的幾位標致女孩子。維克婁希望藉由她們的陪伴，能夠舒解巴雷的緊張情緒。

餐桌上的巴雷表現得是如此的機智幽默，讓那些女孩子們個個對他另眼相看，於是乎一致要求他陪她們一同去國際旅館，因為在那兒有一群美國的出版業者正在開一場舞會。巴雷對她們說他有約在身，但如果能夠及早談完，他也許會趕過去。

就在維克婁的手錶指著八點整的時候，巴雷被召去聽一通電話，並且就在餐廳裡接電話。他講話的地方離那一群人坐的地方還不到五碼。維克婁和亨西格兩人不約而同地豎直耳朵，希望能聽到一些隻字片語，因為這也是他們的例行性工作。維克婁事後記得有聽到巴雷說道：「我要的就是這個。」亨西格則聽到「我們的交易談成了」，但是那也可能是「不成」，或是「不是真的」。

不論到底是什麼，巴雷講完電話之後。就回座對著亨西格罵那些人，說他們這些王八蛋養的只知道開口要錢。亨西格聽他罵完了，心裡想，這也許只是巴雷的內心緊張吧？而並非他真的對那個橫越西伯利亞的計劃有多大的興趣。

一刻鐘之後，那具電話又響了起來，巴雷和他們談完了之後，帶著微笑回到座位，「我們成了！」他以歡呼的語氣對亨西格說著：「蓋了章，簽了字，並且履約。這些人不會出爾反爾的。」聽完他說話之後，維克婁和亨西格一齊鼓起掌來。亨西格並且說：「我們倒可以在莫斯科再弄幾樁。」

這兩人似乎都沒有覺察到一件事，那就是巴雷從來沒有對一個出版計劃表現出過這麼大的熱心。但即使覺察到，他們所能想到的，又是什麼？是將在午夜發生的那場變生肘腋嗎？

巴雷在晚餐時談話的內容，雖然後來經過各方費盡心思的研究，還是沒有任何結果。他那一晚很健談，但是並不興奮。談話的主題都圍繞在爵士樂上面，他的偶像是蓋拉德。他一直堅持的論調是，偉大的爵士樂手永遠都是些不法之徒。爵士樂如果不憤世嫉俗，便不成其為爵士樂。又說，即興樂手在演奏的時候，若不能打破爵士樂本身的規則，都不算是成功的演奏。

大家對他的說法都一致表示贊同，是，是，異議分子萬歲！那些和討厭人物作對的人萬歲！只不過，沒有人是真的心口如一。更何況，他們又有什麼必要作如是想呢？

九點十分的時候，他們能夠打發的時間還剩不到兩個小時了，巴雷告訴他們他必須回房裡去了。他還有信要寫，有事情要處理。維克婁和亨西格都自願幫他的忙，因為他們都有令在身：盡可能不要讓他一個人獨處。但是在巴雷的婉拒之下，他們也不得不依了他。

所以。亨西格就在隔壁房間看信件，當巴雷在房裡伸展四肢時，維克婁也坐在大廳裡等著，不過事實上他不可能伸展四肢，因為他正在做一件接近英雄式的作為。

事後，我們追查出他在這段時間內，光是信就寫了五封，更不用說他還打了兩通電話到英國給他的兩個孩子了。兩通電話在英國都被監聽到了，並傳回葛若斯芬諾廣場，但兩通都沒有引發任何行動。巴雷在電話中只問了問家裡和他那個四歲外孫女兒的近況。他堅持要叫外孫女跟他講話，但也不知道她是人害羞還是人累，她始終就是不肯到電話跟前來。女兒安西雅詢問他的生活如何時，他的回答是「太好了！」這不像是他平常的回答，但是那時的情況也非能以平常的情況來預測的。

奈德獨自留意到巴雷不曾講過第二天要回英國的話，但事到如今，再也沒有人會理睬奈德了，而克萊福正非常鄭重地考慮完全不再讓他涉及這件案子了。

巴雷寫了兩封短信，其中一封給亨西格，另一封給維克婁。經過了事後查證，這兩封信並沒有被故意拖延，並且——更奇怪的——居然是非常準時地在第二天早晨八點整的時候將它們送到正確的旅館房間，我們不得不相信這是巴雷還在全蘇版權協會內的時候，所托付的一整套事項中的一項。

信中，巴雷告訴這兩個人，如果他們在當天帶著羅．瑪莉一齊離開這個國家，就不會受到任何傷害。巴雷對他們兩位都留下了非常溫馨的話語。

「維克婁，你是一個幹出版家的好料子。好好幹吧！」

對亨西格，他說：「傑克，我希望我的這個決定不會使你做出從鹽湖城提早退休的打算。請你告訴他們你從來就沒有信任過我。連我都不信任我自己，你又有什麼必要信任我？」

信中沒有講道，沒有引經據典。這幾封信似乎都是他獨力寫成的。

晚上十點鐘的時候，他在亨西格一人的陪伴之下，離開了旅館。他們坐車到了北邊市郊地區。賽伊和派迪再一次在安全卡車之內等待著。這一次是由派迪開車，亨西格坐在他旁邊，巴雷和賽伊一起坐在後座。巴雷把他的大衣脫了下來，讓賽伊把那個麥克風裝置給放進去。賽伊做完了之後，又把最新的情報告訴了他：

歌德從沙拉托夫飛來的座機已經準時地到了莫斯科，而且有一個特徵與歌德完全相符的人已經在四十分鐘以前進入了伊格的公寓。

很快地，在那一座他們即將會面的公寓房間裡，就點亮了燈光。

之後，賽伊把兩本書交給巴雷。其中一本是名為《直到永遠》的平裝書，其中的內容包括了那一份「購物清單」。另一本書是精裝的，比較厚，書裡有一個隱密的設計。一把書皮打開，隱藏在裡面的聲波阻流器就開始發生作用。巴雷在倫敦的時候曾經玩過這麼一樣東西，現在再使用起它來，可以說是已經駕輕就熟了。他的麥克風經過了調整，可以抵擋住這個玩意兒所發出的脈波，但一般裝在牆上的麥克風則沒有這個能力。他們也對他說明過這個阻流器的缺點，有它在房間裡運作，外面的人是可以測得出來的。如果伊格的房間裡被人裝置了麥克風，那麼，監聽的人立刻就會知道屋子裡面有一個阻流器。不過，雖然在使用它的時候，得冒這個險，但倫敦和蘭利的人都認為值得一試。

然而，還有一種險是他們所未曾考慮到的，那就是這個設備可能會落入敵手。雖然經過了幾年的時間苦心研究，但截至目前為止，這個得來不易的成果依然還是在原機型的階段。

晚上十時五十四分，就在巴雷離開了那一輛安全卡車的同時，他交給了派迪一個信封，並且對他說：「如果我有什麼不測，就請你把這封信交給奈德。」派迪把它塞進了夾克口袋裡，感覺這個信封裡裝著厚厚的一疊東西，在昏暗的燈光之下，他看到信封上沒有寫地址。

有關巴雷走向那間公寓的過程中，最生動的說法不是根據派迪，更不是賽伊所說的，而是由他那位挺為呱噪的朋友傑克·亨西格所提供的。亨西格陪著巴雷走過最後的旅程。根據派迪的說法，巴雷在途中一句話也沒有講，傑克也沒有。他們不希望在講話的時候被人認出是外國人。

「我們兩人併肩走著，彼此的腳步並不一致，」亨西格說。「他的步履大而長，我的步伐小而短。我無法和他齊步而行，讓我覺得很不自在。那間公寓像其他房子一樣都是磚砌出來的龐然怪物，好像四周環有一哩長的混凝土圍牆。我們走著走著，好像是永遠走不到我們的目的地一樣。我想，我們現在好像身在夢中。彷彿一直不斷地跑著，但不論跑多久，卻永遠跑不到你想要去的地方。天氣很熱，熱得叫人流汗。我正在流汗，但巴雷的身子卻冷得很。他一言不發，默默地走著，看起來好極了。在我眼中，他看來誠實而又正直。他祝我好運。在我覺得，他是神色自若、氣定神閒。」

不過，和巴雷握手的時候，亨西格突然之間覺得巴雷好像是在對某一件事生氣，也許是在生亨西格的氣吧？！因為當時在黑暗中，他似乎是有意避開亨西格的目光。

「那時，我想他也許是氣藍鳥，氣他不該把他拖入這個圈套裡。後來，我又想，想他可能是氣我們全體，但是因為他太有禮貌，太英國化，太善體人意，所以就算他再生氣，他也會把氣憋在心裡而不說出來。」

九十秒之後，就在他們準備離去時，賽伊和派迪看到在伊格的窗口上出現了一個人的側影。他們都以為那是巴雷的。那個人的右手調整著窗簾的頂端，這是他們約好的記號，意思是說：「一切順遂。」於是，他們安心地開車離去，把監視的工作交給了在附近的非正規人員。他們在彼此互相掩護下度過了一整個晚上，但那間公寓裡的燈光雖然還亮著，巴雷的行蹤已杳如黃鶴了。

現有的無數個爭論中，有一個是認為巴雷壓根兒就沒上到那一間公寓，由他們直接帶他穿過那間房子，到達另一邊，而映在窗戶上的那個人影是他們自己的人，譬如說，是那下午我們在全蘇版權協會的休息室所拍到的那一個人。無論那是誰，對我來說，似乎都沒有什麼太大的關係，但是對那些專家們來講，為了某一種理由，關係可大了。當一個問題眼看著就要吞沒你的時候，那就沒有所謂「不相干」的細節。

時間一刻一刻地過去了。但巴雷仍是蹤跡杳渺。漸漸地，大家都起了疑心。樂觀者如鮑伯和薛里頓，都堅持著要守到黎明之後。巴雷和藍鳥一定是在開懷暢飲了，連時間都給忘了——為了要保持高昂的士氣，他們不得不這麼想。他們彼此安慰著：皮里德爾基諾的那種情況一定又重演了，他們一定又喝得酩酊大醉，不醒人事了。

而有一度，他們還逐步建立起一種巴雷被綁架的理論，直到清晨五時半——真是多虧有時差的存在——當亨西格和維克婁都收到了巴雷留給他們的信，於是，維克婁二話不說，就立即叫了一部計程車趕往英國大使館。門口的俄國警衛並沒有攔著他。結果派迪發出一個閃光訊號給奈德，意思是說：你自己解碼吧！就在同時，賽伊發了一遍長長的電報給蘭利。薛里頓和所有其他想知道莫斯科那邊情況的人，當然都搶著這通電報閱讀著。

薛里頓以其一貫鎮定的態度讀著這通電報。他讀完賽伊的電報，抬頭看了看四周，這才發現大夥兒都在望著他。大夥兒，包括那些聰明的女孩子們、打了領帶的男孩子、忠實的鮑伯、野心勃勃而帶著槍手眼神的莊尼：還有奈德、布拉克和我自己這三位英國人。克萊福不在，因為他早已找著了更緊急的事情，溜掉了。薛里頓的身上一定有許多演戲的細胞，就像亨西格一樣，而現在他就運用起這項特有的天賦，他站起身來，拉拉腰帶，按摩了一下臉孔，像是一個想著自己是否需要刮鬍子的人。

「喂，大家聽好，你們最好把椅子放到桌上去，等下一次需要的時候再放下來。」

說完之後，他就朝奈德走過去。奈德仍然坐在他的桌子後面，讀著派迪的來電。他把一隻手擱在奈德的肩膀上。

「奈德，我欠你一頓豐盛的晚餐，找個時間，我一定請你。」他說。

之後，他就走向門口，把那件新買的雨衣從掛鈎上拿了下來穿在身上，走了出去。過了一會兒，鮑伯和莊尼也跟著離去。

其他人可沒這麼簡單就下得了台，至少那些十二樓的大人物是如此。

另一個諮詢委員會又成立了。該召來的必須召來，沒有任何人躲得掉。現在必須動動腦筋了！

副局長擔任主席，而帕爾弗萊擔任秘書。

我發現，這個委員會的成立，還有另一個目的，那就是通知大家這件已然告終的大事，來舉行個「結業」典禮。我們個個神情都顯得極為肅穆。

第一個要聽的永遠都是陰謀論者的說辭。這些人都是被立即徵召來的。他們有從外交部，有屬於國防部，還有一個頗不為人所喜愛的名叫「非正式顧問團」的團體。這個團體裡的成員包括了工業和學術界的科學家。他們個個都以為自己是天字第一號的大間諜。這些業餘的諜報人員對政府機關都有極大的影響力。在會議上，他們個個放言高論，如江河直瀉千里，沛然莫之能禦。有一位從愛丁堡大學來的教授訓誡我們時，足足添了五次煙絲。我們每一個人都被他燻得眼冒金星，但就是沒有一個人有那個膽子，叫他把手中的那個鬼東西給熄掉。

第一個偉大的問題是：下一步會發生什麼事？我們的使館人員會不會被俄方驅逐出境？這件事情會不會

演變成醜聞？我們在莫斯科的情報站會不會有什麼變化？我們的非正規人員有沒有任何人已妥協？

那一輛裝有收音機的卡車，雖然是俄國的財產，但卻是美國的問題。它突如其來的失蹤讓那些贊成要使用它的人著實地吃了一驚。

某人因何緣故被驅逐出境這個問題一向都不很單純，因為最近那些駐在莫斯科、華盛頓和倫敦的工作站首腦都已向自己的政府表態。在莫斯科中心的人員中，沒有人對派迪或賽伊的行動存有任何錯誤的想法。他們相互掩護不只是為了躲避敵方耳目保護自己，而且也是為了躲避真實世界的視聽。

不過，他們之中並沒有人被驅逐出境，一個都沒有。沒有人被對方逮捕。曾被無限期撤回的非正規人員，仍能平靜無事的回去從事掩護的工作。

對方這種絲毫沒有採取報復的姿態，很快地就被西方的觀察家認為是具有重大的意義。

是不是在開放運動的時節，對方有了修好的行動？

對我們來講，事態已經明朗到了洞若燭火的地步，那就是藍鳥只是一個誘餌，是對方用來向美國釣取「購物清單」的。

如果我們對此種假設還存有疑問，那就只好再作另一種解釋，那就是藍鳥的情報都是正確的，只不過要承認那是正確的，實在是人令人難堪了。

戰線已定下了。他們多多少少和奈德曾經對我解釋過的原則不謀而和。大西洋兩岸的鴿派和鷹派又一次涇渭分明，各不相讓。

鷹派說：如果俄國人告訴我們那份資料是正確的，那它怎麼突然之間又變得分明是不正確了呢？

鴿派說：反之亦然呀！

鷹派又說：反之亦然呀！

報告寫了，各方的爭論於焉展開。加官、晉級、調差、革職、獎金、贈勳等，各種提議不一而足，但是沒有一個定論。不過，通常是那些最有權有勢者獲勝，他們假裝是根據事情的合理推演而作結論。

在我們的委員會裡，唯有奈德拒絕加入這場爭論。對於大家加諸他身上的指控，他似乎很能欣然接受。「藍鳥是清白的。巴雷也是清白的，」他一而再，再而三地對委員們表示這個看法。「沒有人騙我們。我們是被自己所騙。走偏的是我們自己，不是藍鳥。」

不久，他被大家裁定，說他在精神上受到相當大的刺激。於是乎，大家也就愈來愈少召他前來作證了。

噢，小報告被送來了。是被動的，因為若是用主動的語氣來寫的話，就有出賣那個告密者的嫌疑。報告的內容極具傷害性，來源不在少數。

有報告說，奈德沒有將巴雷從列寧格勒回來之後私自逃走酗酒之事報告上級。

又有報告說在同一天晚上，奈德不顧一切，強行要求多位人士幫他查證巴雷的去處。這些他從未報告過的人士包括班·路格和監聽領班瑪麗所提供的服務。瑪麗不顧她對一位同僚的情誼，將奈德當時的專橫態度一五一十地都報告給了委員會。要她做非法的監聽！想想看，監聽電話！他的眼中還有一點點王法嗎？

在這次事件之後，瑪麗很快地被勒令退休。她現在住在馬爾它，心中懷著一股揮之不去的怨氣。很多人怕她會在那兒寫回憶錄。

還有人對我們那位法律顧問德帕爾弗萊——我名字中的「德」甚至失而復得了——值得商榷的所作所為打了小報告。他明知配合某某人等，只是為了達到非法統御該單位行動的目的，而隨意刪改程序，不惜以總局所頒定的議定書但書內容為依據，濫用內政大臣所賦予他的職權。

然而，斟酌了各方爭鬥之激烈反應，這一位法律顧問雖沒有被勒令退休，也沒有自我放逐到馬爾它島，但他也並不是就此可以無條件的開釋，他所犯下的罪最多也只有部分能得到赦免。法律顧問不應該和實際的行動如此接近的。這位法律顧問使用他的專業技巧不當。大家一致認為他在執行任務時有欠考慮。

另一則讓我很覺難堪的小報告說，同一位法律顧問就在距巴雷失蹤還不到四十八小時以前，為他起草了一份光輝燦爛的證明書讓克萊福簽字，俾使巴雷能夠擁有那一份「購物清單」，雖然他擁有這份清單的時間應該不算很長。

利用閒暇的時間，我起草了奈德的遣散條件，並且緊張兮兮地想著我自己的將來。雖然生活在這個單位裡有其限制，但是一想到我將離它而去，不由得使我毛骨悚然。

藍鳥逝世的消息對我們那個深思熟慮的委員會來說，的確是一次挫敗。不過，大家很快就恢復了。讓我們覺得不快的那一個消息，是來自《真理報》的一則六行小新聞，是經過謹慎處理而成的消息，不長也不短，宣告了列寧格勒傑出的物理學家葉可夫．沙維利夫在病後去逝的消息，文中並列舉了他的數項功勳。他是因為自然原因去世的——公報上面肯定地說——是在赴沙拉托夫一所軍事學校做一項重要演講之後不久即辭世。

收到這一項消息的那一天，奈德請了假，他一請就請三天，是輕微的感冒。但是那些陰謀論專家可樂歪了。

沙維列夫並沒死。

他已經死了，而我們所面對的那個人是一個騙子。

他一直都擔任他一貫所擔任的職務，也就是格別烏科學反情報小組的首腦。

他的資料經過證實，或沒有經過證實。

它一點兒價值也沒有。

它是無價之寶。

它是無意義的東西。

它是由蘇聯內部統治階層的溫和派冒著極大的生命危險送給我們的正確訊息。目的是要告訴我們，蘇聯的核子劍已經在劍鞘內生銹了。並且蘇聯的核子防護網的漏洞比一個破鍋還要多。

這是一個殘忍的陰謀，為的就是要奉勸美國那些被權力沖昏了頭的諸君們，把他們的手指從核子武器的按鈕上移開。

簡言之，從這事件所衍生出的分歧理論，足夠大家七嘴八舌地討論個沒完沒了。

由於交戰國之間存在的共生關係，其中一方採取行動後，另一方不可能沒有反應，於是反國防工業論者得以成長，而藍鳥事件中美國部分的歷史也很快地重寫了。

那些反國防工業論者說：蘭利自始就知道那個藍鳥是壞人。

或者，巴雷也是的。

或者，他們兩個都是壞人。

反國防工業論者還說：「薛里頓和布萊迪在唱雙簧。」他們所以要唱雙簧，其目的在故布疑陣，在「安全邊際」的無休止爭鬥中，先蘇聯一著而占上風。

薛里頓是天才。

布萊迪是天才。

他們都是，都是天才。

薛里頓已經完成了一次出人意表的行動，布萊迪也是的。這個情報單位裡面養了許多傑出的戰略專家。這些戰略專家比起他們在橢圓形世界裡的那些愁容滿面的對手來，要強得大多了。願上帝保佑這個單位。若沒有了他們，我們真不知道應該何去何從呢！

如果聽到這些傳言還嫌不夠的話，還有更新的：薛里頓在無意之間做了五角大廈和英國國防部的工具。五角大廈和國防部準備了假的「購物清單」，他們自一開始就知道藍鳥是一個騙局。

每次一有新的謠言，大家就爭相傳誦。但唯一真正讓人不解的卻是到底是誰製造出這個謠言，並且又是為了什麼緣故。許多的事例都顯示，答案是羅素．薛里頓，他為自身安全而戰。

至於藍鳥，如果他沒有自然死亡，他現在一定也會想這麼做的。

奈德從他加諸自身的徹夜不眠中回來了。又一次，他更無忌諱地說出更符合事實真相的話來。在他參加的第一次會議上，他坦白地說：「藍鳥是清白的，是我們殺了他。」此後，就再也沒有人邀請他去參加會議。

就在這些事情陸續發生的同時，甚至我們中間都還有人慶幸著找不到巴雷的時候，我們搜尋他的努力並沒有停止。我們曾針對著他，曾圍繞著他，更常遠離他，但我們是正直的一群。我們從來沒有放棄過。

但是巴雷到底做了什麼交易，又到底是為了什麼做這項交易的？俄國人到底是準備向他——從巴雷這位截至目前為止只需在他身上花上一頓昂貴的午餐（通常還是他自掏腰包呢），就可以說服他做些虧本生意的人——買些什麼？

就在他走向他們的時候，他就已經知道自己到頭來是會被撕成片片的！有什麼是那些俄國佬自己無法取得，而需要他來提供給他們的？我們所說的是透過種種的嚴刑、種種最卑劣的折磨、種種的痛苦。即使付出這麼多的代價會有回報，這回報也是地獄一般的糟糕。俄國人也許會改善他們給世人的觀感，但是沒有人會相信他們會在一夜之間就放棄了行之千年，賴以維繫國家生存的歹毒伎倆。

第一個答案，也是最明顯的一個答案，就是那份「購物清單」。巴雷可以大膽地要求俄國佬，除非他已經獲得所需要的保證，他是不會從他的主人那兒拿到那份「購物清單」。如果他白白去拿那份清單而無任何保障，這後半輩子都會在水深火熱之中。

而他們相信了他。他們明白如果不按照他所定的遊戲規則來玩的話，則斷然不可能拿到那一份「購物清單」的，並且因為兩方面的情報人員害怕自我犧牲就和害怕愛情一樣的厲害，於是乎格別烏的那些溫柔的聖人們就寧願和巴雷內心中他們所了解的那一部分打交道，而不願意去騷擾他們所不了解的那一部分。

他們知道他有那種拒絕他們、對他們說「不」的能力。他大可以對他們說：「不，我不會去拿那一份『購物清單』。不，我不會走進伊格的公寓，除非你們向我做出最神聖、最莊嚴的保證。」

他一開口講話，他們就知道，知道他有這個能力。並且，他們也像我們一樣，面對著這樣的一個人，顯得有點兒尷尬。

而巴雷呢？就像他在晚餐的時候告訴過亨西格和維克婁的一樣，他從沒有碰到過一位一言九鼎的俄國人，能夠給他一個莊嚴、神聖的保證，並且永不反悔的。當然，他談的並不是政治，而是商業。

這麼說來，他到底希求什麼回報呢？巴雷到底要用他所賣出去的情報交換些什麼回來呢？

卡蒂雅。

馬特維。

那一對雙胞胎。

這個條件不壞。用捉摸不定的說法來交換有血有肉的人。

而他自己呢？什麼都不求。為了那些他立意要保護的人，什麼事情都不能改變他的初衷、折損他的意志。

我們愈來愈清楚，巴雷已經完全豁出去了，簽了一份他這一生少有的第一流合約。如果藍鳥是一個無法挽救的人，那麼卡蒂雅和他的孩子們，無論從什麼方面來看，都已經是從敗部裡復活了。她還是在十月出版公司上班，在各種應酬酒會中，也偶爾會見到她出現。在公司或在家，她都可以自由地接聽電話。那一對雙胞胎仍然照常上學，並且哼著唱著那些傻瓜歌曲。馬特維還是和以前一樣地和藹可親。

就因此，一個新的理論又出爐了。「俄方正在進行一個內部的隱瞞計劃。」消息如是說。「他們不願意讓藍鳥揭發有關蘇聯政府無能的消息張揚出去。」

所以，箭頭又轉了方向，而藍鳥的資料就又被視為是真實的資料。但是，這種光景也維持不了好久。一個位高權重的人士對此種說法頗不以為然，大聲反駁：「他們就是要我們做如是想。」

但是巴雷的交易並沒有失效。卡蒂雅並沒有失去她的特權、她的紅卡、她的公寓、她的工作，甚至，一個月接著一個月的過去之後，她仍然美艷如昔。最初，我們這方面人員所做的報告上的確將她描述成一個面色蒼白、貌似寡居的婦人。她蓬頭垢面，很長一段時間沒有上班。情況已經非常明顯，沒有人曾經答應過巴雷，讓她免於受到邀請，將她和已過世的藍鳥的關係自動報告出來。

但是，在潛藏了一段時期之後，她又活躍起來，到處都有人看到她。

那麼，巴雷自己呢？

餘波蕩漾了一陣，接著就平靜無波了。最後終於歸為沉寂。

正式的辭職信，蓋的是里斯本的郵戳，在書展結束之後幾天寄到了他那幾個姑媽的手中。信中歷歷可見巴雷早先的風格，什麼對出版界有著一份憂慮啦！這個產業已經超出了它所應該成長的地步啦！所以他最好趁早在還有幾年好日子可過的時候，轉而去做別的行業等等的話。

至於他目前的計劃呢？他建議「讓他自由自在一會兒」，並且到各個不尋常的地方去遊歷遊歷。所以，事實已經非常的清楚，他已經不在蘇聯了。

似乎是很清楚了，但誰又知道呢？

最後，連他自己也這麼說。在梅日旅館有辦事處的巴瑞．馬丁旅行社的女職員也是這麼講的，說史考特．布萊爾先生已經決定不飛往倫敦，而飛往里斯本。是全蘇版權協會的一名信差替他買的機票。她重劃了一張機票，並且為他登記了在星期一早上十一時二十分起飛，中途停留於布拉格，下午二時三十分到達里斯本的直飛班機。

並且，有人用了那張機票。是一個高個兒的男人，一語不發，看樣子即或不是巴雷，亦不遠矣。他的身高和全蘇版權協會大廳裡的那個人也很相似，但不管怎麼樣，我們還是追查了他。我們一路追查到底，最後查到他在里斯本的女管家提娜。是，是！提娜告訴米利都，她有接到他從莫斯科寄來的一張明信片，說他遇到一位女性的朋友，他們預備一起去度假！

聽到這個消息，米利都大為鬆了一口氣，因為他在暗中慶幸巴雷終究沒有回到他的窩去。

之後幾個月，巴雷後來的行蹤漸漸有了一點蛛絲馬跡，但隨即又失去消息。

一位西德的走私藥販在拘留期間聽到有一位符合巴雷特徵的人被關在基輔附近的一所監獄裡接受審訊。那位德國人說，他是位可人兒，很受監獄裡囚犯們的喜歡。他很自由，甚至連守衛都對他抱以嫉妒的笑容。有兩位勇敢的法國監視人員夫婦回家之後，報告他們在蘇聯斯摩棱斯克和一輛轎車相撞時，曾經受助於一位「友好的高個兒英國人」。當時沒有人受傷。那人身長八呎，棕色的頭髮一團邋塌，但很有禮貌，笑聲很大，身旁有幾位粗壯的俄國人在伺候著。

接著，快接近聖誕節的某一天，就在奈德正式把蘇俄司移交給別人之後不久，一則來自哈瓦那的電訊中提到一位提供消息的古巴人。電報的大意是說在明斯克附近的監獄中有一位英國人因為特殊的理由而遭到拘留。他經常唱歌。

唱歌？這邊回了一個閃急的訊號回問：唱什麼歌？

哈瓦那來電了。他唱了一首「沙其莫」。那位提供情報的古巴人是一位爵士樂迷，就像巴雷一樣。

還有，巴雷致奈德的信中，到底寫些什麼呢？

至今，這一封信的去處仍然是一個謎團，因為那封信從未真正的入過檔。並且在藍鳥案子正式的記載中，並沒有這一封信的紀錄。我想，奈德是把信藏起來了。他太珍惜，所以不願意把信歸檔。

這麼說來，這篇故事也應該告終了，或者，這篇故事根本就沒有結尾。在知道巴雷這件事的人所下的判斷裡，他必會成為莫斯科灰暗社會的一員，這個社會裡有被人不齒的變節者、間諜、被交易來的人、不被信任的人帶著他們可憐的老婆、驚恐的幼兒，分擔他們逐漸減少論及的西方樂事和西方回憶。

幾年以後，他應該會在一個既意外又故意的場合被人看到。那個場合也許會是一個聚會什麼的，一位幸運的英國記者很神秘地出現在那個場合。而且，如果時未移，勢未遷，他會弄一些反情報來揶揄人，或者受命把一些胡椒粉潑在以前那些主子的眼睛裡。

就在這山窮水盡的時候，派迪的繼任人突然了來一封快電，於是乎膠著日久的狀況一下子又明朗開來。電報上說曾經有人看過一位高個兒、棕色頭髮的英國男士，不但看過，而且還聽過，在舊城裡一家新開張的俱樂部裡吹奏著薩克斯風。那是在他失蹤一年之後的事了。

克萊福從他的床上被人給拉了起來，倫敦和蘭利之間的電報飛快地傳遞著。外交部應邀表示意見。外交部照做了，立刻有了定論：不是我們的問題，也不是你們的。他們似乎覺得俄國人比我們還有本事讓巴雷保持沉默。不管怎麼說，俄國人有的是教人屈服的手段。

第二天，第二封電報進來了。這一次是由那一位胖胖的米利都從里斯本打來的。那一位米利都很不情願地與她保持連繫的提娜，也就是巴雷的管家，已經接到指示，把房子打掃整潔，迎接主人歸來。

但是他是用什麼方法指示妳的，米利都問道。

他打電話給我。巴雷先生也曾經打電話給她啊！

電話是從什麼地方打來的，妳這個笨女人？

提娜既沒有問，巴雷也沒有說。她有什麼理由問他現在在哪兒，如果他隨時都會來里斯本的話。米利都得到這個消息之後嚇呆了。嚇呆的還不止他一個人。我們通知了美國人，但蘭利卻像失去了記憶。他們幾乎是這麼問我們的：巴雷是什麼人？大家都知道像我們這種情報機構會對那些出賣機密的人做出嚴重報復的。嗯，有時候他們的確言出必行——雖然極少有對像巴雷這種等級的人施以報復。但是在這件事情上，我們一聽就明白，沒有人——至少是蘭利所有的人員——會希望把一位他們極欲忘懷的人重新塑造成一座燈塔。於是他們同意，最好還是收買他——而且不要讓美國人插手此事。

我提心吊膽地爬上了那座扶梯。我已經婉謝了布拉克的保護和米利都虛情假意的協助。這座扶梯又黑又陡，對我不懷好意，而且靜得讓人心裡覺得毛毛的。時間雖然還不到傍晚，但我們知道他在屋子裡。我按了按門鈴，但是沒聽見鈴響，所以就用手關節敲了敲門。那是一扇矮門，門上嵌著厚厚的板子。它讓我想起了那座小島上的船屋。我聽到屋內有人走動的聲音，於是就立即退後了一步。雖然至今我不曉得這麼做是為了什麼，但是也許是出於一種動物的自衛本能吧！他會不會很兇？或者會不會生氣？或者會不會熱情洋溢？他會不會把我推下樓梯？或者伸出手臂擁抱我？我那時手上提著一個公事箱，我記得把它從右手換到左手，就像是已經準備好要保衛我自己一樣。雖然我已經擺好了這個架勢，但是天知道我並不是一個會打架的人。我聞到了新鮮的油漆味。門上沒有窺孔，鐵製的橫木上泛著紅光。除非他把門打開，否則他是無法知道門外站著的是什麼人。我聽到一個門栓滑動的聲音，然後，門就往裡開了。

「哈囉，哈瑞。」他對我說。

因此，我就說：「哈囉，巴雷。」這時我是穿著一身輕而薄的暗色西裝，藍色的成分比灰色的要多。我說完這句話後，就站在那兒等著他對我笑。

他瘦了，不過也更硬朗，更挺直，因此，看起來也就非常的高，比我要高一個頭。你是一個沉著的旅人，當時我一面等著，一面這樣想。早年，漢娜就曾經這麼說過，說我們兩個人都得要學著作一個這麼樣的人。他以前那種不在乎的舉動已經不見蹤影。小空間給他的約束力已經顯出了效果。他的容貌整潔，身上穿著牛仔褲和褪了色的板球襯衫，襯衫的袖口捲到了肘部。手臂上有點點的白色油漆，前額上也有一抹。我看見他的身後有一個梯子。梯子靠在一面塗了半白的牆壁上。房間中央放著堆疊起來的書和唱片，一塊防塵布蓋在上面保護著它們。

「進來下一盤棋好嗎，哈瑞？」他問道，面孔上仍然沒有微笑。

「我只想和你談談。」我說，我的語氣就像是和漢娜說話，或是和任何一個我想向他提出權宜辦法的人說話一樣。

「是正式的談話？」

「嗯。」

他打量著我，就好像他從來沒有看過我這號人物一樣。他的態度誠懇，並且是用他自己的時間。他好像是有很充分的時間——依我想，非常充裕的時間。他用他的時間來打量著我，就好像一個人打量著他在監獄裡的室友，或是一個在一般禮儀派不上用場的世界中的審問人員。

不過，他的目光中既無迴避之意，亦無羞赧之情。沒有自大，更沒有權謀。他的表現與上述的情形完全相反，倒似乎已經是永遠設定在那個以前他偶爾漂移到的遙遠地方。

「如果你認為還可以的話，我這裡還有些冰的便宜酒。」他說著，就後退了一下身子，看著我走過他步入屋內，然後把門給關上，栓子栓好。

但他還是沒有笑。他的情緒如何？對我來說，真是一團迷霧。我覺察得出來，除非他願意告訴我，否則我別想從他那兒打探出什麼，用另外一種說法來講，我所能夠了解他的，僅限於我所能夠掌握住的；其餘的，對我來講，是個無窮無盡的未知數。

椅子上也有防塵罩，但是他把罩子都給拉掉，並且疊了起來，好像它們就是他的床單一樣。據我多年的觀察，凡是從牢獄中出來的人，要經過許多年的時間才能揮得掉他們身上的那點傲人之氣。

「你們要什麼？」他一邊問道，一邊從細頸瓶裡為我們各倒了一杯酒。

「他們希望我能夠把事情給理出個頭緒，」我說。「請你解開一些謎題，給些保證，並且付給你一些報酬。」我原本想說的話，這會兒都說不出口了。「不管是我們能幫得上忙的，還是你所需要的，」我說。「總之，為了將來，也為了現在，我們可以做成一些協議的。」

「我所要的所有保證，都已經得到了，謝謝。」他挺有禮貌地說，說到那個讓他頗感興趣的字眼時，他的語調似乎提高了一點。「他們會按著他們自己的步調行事的。我已經答應過他們把嘴巴閉起來。」他最後還是笑了。「我已經遵從了你的勸告，哈瑞。我已經成了一個保持長距離的情人了，像你一樣。」

「我去了莫斯科，」我很努力地要把話鋒轉到所要談的話題上。「我去了那些地方。看到了那些人。是用我的本名去的。」

「是什麼？」他以同樣的禮貌問道。「你的本名。什麼名字？」

「帕爾弗萊。」我說著，刻意把那個「德」給刪掉了。

他笑了。笑中帶著了解，也像是帶著認同。

「本單位送我去莫斯科找你。是非正式的，但就像正式的一樣。我問那些俄國人有沒有看到你，想要把事情理出個頭緒。我們覺得該是找出你來問到底發生了什麼事情的時候了。我們來看看有沒有什麼可以幫得上忙的。」

我應該還可以再加上一句：並且確定他們有沒有遵守規定。在莫斯科沒有人存心興風作浪，也沒有消息糊里糊塗地走漏，或是搞出新聞噱頭。

「我已經把發生在我身上的事都告訴你們了。」他說。

「你的意思是說寫給維克斐、亨西格和大家的信？」

「是的。」

「嗯，我們知道如果你有寫些什麼信的話，那些信也都是在脅迫之下所寫的。看一看那個可憐的歌德所寫的信。」

「胡說！」他說。「我寫的信完全是出於自己的自由意志。」

我想把話點得更明白一些，也把靠在我身旁的公事箱拉得更近了些。

「就我們而言，你表現得非常正直。」說著，我就從公事箱中抽出一個卷宗，並且把它放在膝蓋上打了開來。「大家在受到脅迫的時候都會招供，你也不例外。我們對你所做的事非常感激，並且知道你所付上的代價，無論是在業務上或是就個人而言，有多麼大。我們認為你應該得到完全的補償。不過，我們給你的補償是有條件的。補償的金額可能是一筆很大的數目。」

他是從哪裡學到用這種眼光來看我的？這麼的鎮定？他自己似乎是泰然自若，但卻把緊張傳染給別人。

我把那些條件讀給他聽。這些條件正好和藍道的條件相反。他必須停留在英國境外，並且只有獲得我們的允許，才可入境英國。最後，還要求他在六種不同的情況下要永遠保持沉默。最後，我們帶有一大筆錢讓他簽收——如果他同意，而且也只有在他同意永永遠遠閉嘴的條件之下，他才可以有權獲得這筆金錢。

出乎我意料之外，在我唸完之後，他並沒有簽。他聽我從頭到尾唸著這篇宣言時，早就已經不耐煩了，一隻手就把我那支非常重要的筆給撥了開去。

「先告訴我，你們把華爾特怎麼了？我買了一頂帽子給他。是老虎紋的茶壺保溫蓋樣式的帽子。」

「如果你能把帽子寄來給我，我保證他能夠收得到。」我說。

他從我的口氣裡似乎覺察出一點什麼，面帶憂戚地對著我笑了笑。「可憐的華爾特，他們對他施展了手腳，嗯？」

「我們在各自的行業裡可說是少年得志。」我說。但因為無法直視他的眼光，所以就改變了談話的主題。「想必你也聽說了，你的姑媽們已經把書店賣給陸普書局了。」

他笑了——不是他舊時所有的那種狂放不羈的笑，真的，而是一種身為自由之人的笑。「那個老魔鬼，居然連那個『神聖不可侵犯者』都騙得了！算他了得！」

但是，對於這件事情，他看得很淡泊，似乎是真為它能找到這樣的歸宿感到高興。就像所有幹我們這行的人一樣，我很害怕，怕那些能人之所能的人。但我也能夠在他的安息中分享他的快樂。他似乎是已經練就了對凡事忍耐的功夫了。

她會來的，他眼睛凝視著遠方的碼頭，告訴我。他們答應過，有一天，她會來的。

並不是立刻，並且時間還不是由巴雷所控制，而是由他們掌握。但是她會來，這一點他絲毫不懷疑。也許今年，也許明年，他說。這些一向官僚慣了的俄國佬腦子裡，會對他生出什麼樣虛情假意的憐憫呢？但是他對他們的應許卻堅信不疑，雖然不會很快，但是終究是會發生的。他們已經答應過他了。

「他們不會食言而肥的。」他向我保證。面對著這種信任，就算我有一千個理由要反駁他，也變得難以啟口了。但是，真正讓我不能反駁他的，卻是另一件事——又是漢娜。我覺得她在央求著我讓她在生活中保持她的人性，雖然她的已經被我給毀了。「你認為你不會改變，所以別人也就都不會改。」有一次，她對我這麼說過：「你只有從惡夢中清醒的時候才會覺得安全。」

我提議帶他出去吃飯，但他對我的話似乎充耳不聞。他站在那長型的窗前，看著碼頭上的燈光。而我就站在他的背後。他擺出我們初次在里斯本詢問他時相同的姿勢。拿著眼鏡的，是同樣的手臂。同樣的姿勢，和他在那個島上奈德告訴他他已經贏了的時候相同的姿勢，不過要挺一些。他是不是對著我在說話？我知道他是。他說，他將會看到從列寧格勒來的那艘船，卡蒂雅將帶著兩個子女匆忙走下舷梯迎向他來。他會和馬特維叔叔坐在他窗戶底下公園裡的樹蔭下——那個在他成為男子漢以前的舊日，曾與奈德、華爾特併肩所坐的樹蔭下——聽著卡蒂雅為他翻譯著馬特維那些堅忍不拔的英雄故事。他滿心相信那些。那是在我寧願選擇充滿了無盡猜疑與不信的堡壘作我安全的棲身之所，也不願行走那危險的愛情路途時，埋藏在心底裡的希望。

我終於還是勸動了他和我一同共進晚餐，並且很愉快地讓我付帳。但是我從他那兒什麼也買不到。他什麼也不肯簽，什麼也不接受，什麼也不要，什麼也不隱瞞。他什麼也不欠我們的，並且，他不帶一絲怒氣地說，希望我們都下地獄吧！

但是他卻靜得出奇。他並不尖刻，很能為我的感受著想，即使他太禮貌，禮貌得不願意探詢我心裡到底有何感受。我卻也從未告訴他漢娜的事，而且我知道永遠也不可能，因為那一個新的巴雷不會再有耐性聽我翻出陳年的老帳。

此外，他似乎要把他的故事當做一項禮物送給我，好讓我回去的時候可以對上級交差。他帶我回到他的公寓，堅持我該來杯睡前酒，又說這些都不是我的錯。

接著，他就開始說了。他說給我聽，也說給他自己聽。他說了又說。告訴了我一個現在在這兒努力地想要告訴你們的一個故事——從他的那一面，也從我們的這一面來說。他一直講，講到天色發白為止。在我清晨五點鐘離去之時，他還在想著是不是可以把那一面牆都漆完了才去睡覺。有許多東西得準備，他向我解釋。毯子、窗簾、書架。

「明天會更好的，哈瑞。」他帶我走出玄關的時候，對我保證。「告訴他們。」間諜的工作就是等待。